# UNA FIESTA A MEDIANOCHE

# LUCY FOLEY

# UNA FIESTA A MEDIANOCHE

Editado por HarperCollins Ibérica, S. A.
Avenida de Burgos, 8B - Planta 18
28036 Madrid

Una fiesta a medianoche
Título original: The Midnight Feast
© Lost and Found Books Ltd, 2024
© 2024, para esta edición HarperCollins Ibérica, S. A.
Publicado por HarperCollins Publishers Limited, UK
© De la traducción del inglés, Victoria Horrillo Ledesma

Diseño de cubierta: CalderónSTUDIO®
Imágenes de cubierta: Dreamstime.com y Shutterstock
De los dibujos del interior: Dix Digital Prepress and Design

ISBN: 978-84-1064-085-6
Depósito Legal: M-15914-2024
Impreso en España por: BLACK PRINT

*Para Kim, por diez años maravillosos trabajando juntas.*
*¡Gracias por todo!*

# El bosque

Un motor al ralentí en la linde del bosque, de noche.

Un mensaje dejado en el hueco de un árbol.
Una invocación.

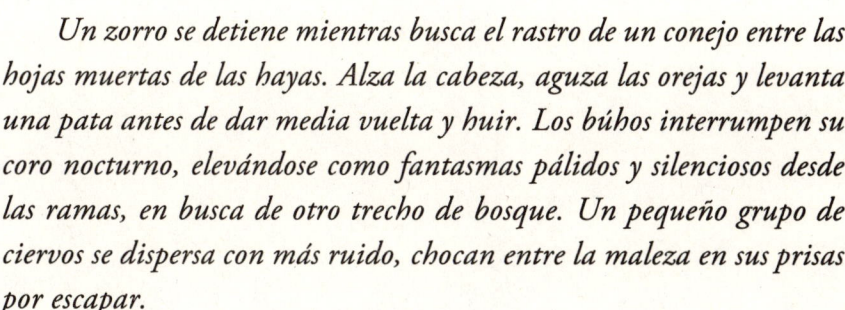

Un zorro se detiene mientras busca el rastro de un conejo entre las hojas muertas de las hayas. Alza la cabeza, aguza las orejas y levanta una pata antes de dar media vuelta y huir. Los búhos interrumpen su coro nocturno, elevándose como fantasmas pálidos y silenciosos desde las ramas, en busca de otro trecho de bosque. Un pequeño grupo de ciervos se dispersa con más ruido, chocan entre la maleza en sus prisas por escapar.

Algo se mueve por el bosque turbando la armonía nocturna habitual. Sombras con forma, con sustancia. Hacen crujir las hojas al pisar el suelo del bosque rompiendo ramas y helechos.

Se congregan en lo profundo del bosque. En el mismo claro que han usado siempre y que usaron antes sus antepasados, desde que comenzaron las leyendas. Una extraña congregación. Vestidos de negro, con cabeza de bestia. Nacidos de las profundidades desconocidas del bosque: una imagen de un grabado medieval, un lúgubre cuento popular para asustar a niños traviesos. En el mundo moderno, un mundo de ajetreo, de velocidad y conexión, carecen de sentido, pero aquí, entre los árboles, ocultos a la luz de la luna y las estrellas, es como si el cuento de hadas fuera el mundo moderno: ajeno y extraño.

*A poca distancia, el anciano está sentado en su estudio del bosque: una cabaña de madera reformada, rodeada de árboles centenarios.*

*La puerta está entreabierta a los elementos. Ahora que ha oscurecido, sopla un aire frío. Se cuela por la puerta abierta, revuelve los papeles del escritorio.*

*Delante del anciano hay una pluma de pájaro cuya pelusa negra agita la brisa.*

*El anciano no le presta atención.*

*No le presta atención porque está muerto.*

# JUNIO DE 2025, NOCHE DE INAUGURACIÓN

## *Bella*

Esta noche se inaugura La Mansión, *la nueva joya de la costa de Dorset*. Por delante todo es espectáculo: las vistas al mar desde lo alto, las praderas de color esmeralda que llegan hasta el borde del acantilado, la piscina infinita diseñada por Owen Dacre. Pero de este lado, del lado que mira hacia el interior, hay otro mundo. Detrás del edificio principal se extiende la espesura de un bosque antiguo y denso al que los huéspedes pueden acceder a través de una serie de senderos de grava que serpentean entre las Chocitas del Bosque, una de las cuales es mía.

Cierro la puerta. Sigo el sonido de la música y las risas a través del crepúsculo violáceo hasta el cóctel de bienvenida, que se está celebrando al borde mismo de los árboles. Entro en un elegante decorado boscoso. Cientos de farolillos cuelgan de las ramas. Hay una arpista tocando. El suelo del bosque está cubierto de alfombras antiguas y enormes cojines esparcidos con bohemia indolencia. Me siento en uno de ellos y me bebo un cóctel espíritu del bosque, «una pizca de esencia de abedul de cosecha local y ginebra aromatizada con romero».

Los otros huéspedes pululan por ahí, parlanchines y embriagados por la emoción de pasar un fin de semana al sol junto al mar, sin nada que hacer más que comer, beber, bañarse y pasarlo bien. Muchos

13

parecen conocerse: deambulan de acá para allá y chillan al encontrarse con amigos o, recostados en las alfombras, llaman a sus conocidos para que vayan a reunirse con ellos. El ambiente es relajado, aunque esté aderezado con un leve matiz de competición social.

Nadie necesita las mantas de lana ultrasuaves que hay a disposición de los huéspedes porque, aunque se está poniendo el sol, todavía hace calor suficiente para llevar una sola capa de lino (hay lino a montones). La primera llamada de la ola de calor inminente.

En el centro de la escena, como una reina de las hadas —cual Titania en su trono del bosque—, se sienta la dueña de La Mansión. Francesca Meadows. Radiante de rosa pálido, con un vestido de seda lavada sin hombreras, el pelo ondulado cayéndole por la espalda y el rostro iluminado por la luz de las velas. *La culminación de un sueño*, eso decía en el artículo. *Me hace mucha ilusión compartir este lugar con todo el mundo.* Bueno, será con todo el que pueda permitírselo. Pero ¿para qué vamos a ponernos quisquillosos?

Miro a mi alrededor. Supongo que todo es muy idílico si estás en pareja o en grupo, si has venido aquí para escapar de la ciudad un fin de semana. Puede que yo sea la única a quien todo esto no le parece tan dulce y encantador.

Espero a que el alcohol me haga efecto mientras mi mirada se desliza hacia las sombras cada vez más espesas de entre los árboles, hacia el desigual techo de ramas alumbrado con farolillos, hacia mi propia vestimenta: de lino, sí, pero con arrugas que delatan que acabo de desempaquetarla. Sin que pueda evitarlo, mis ojos se posan una y otra vez en el mismo sitio: en el rostro de Francesca Meadows. Parece tan zen, tan asquerosamente satisfecha…

De pronto se oye un tumulto en lo profundo del bosque. Francesca mira en esa dirección. Los huéspedes se callan y observan la penumbra. La arpista deja de tocar.

14

De pronto, un grupo de recién llegados irrumpe en escena. No visten de lino. Son gente desastrada, con botas de montaña. Mujeres, sobre todo, con *piercings* y tatuajes y las raíces grises sin retocar. Francesca Meadows no se mueve, su sonrisa no vacila, pero una empleada —una mujer rubia, menuda, con camisa blanca y tacones, puede que la encargada— se acerca a los recién llegados como obedeciendo a una orden silenciosa. Habla en un discreto murmullo, pero la cabecilla del grupo de desarrapados se niega a escucharla.

—Me importa una mierda —dice—. Aquí ha habido derecho de paso desde hace siglos, mucho antes de que existiera esa casa. Sois vosotros los que os estáis pasando de la raya. La gente de por aquí siempre ha transitado por estos bosques, ha aprovechado su madera, su flora y su fauna. Aquí hay una convergencia única de líneas ley. Mantener a la gente alejada de la tierra, de su tierra, de esta manera, es perverso. Es una especie de asesinato.

Mira por encima de la cabeza de la mujer, directamente a Francesca Meadows, y grita:

—¡Te estoy hablando a ti, por cierto! Me da igual que hayas pagado al ayuntamiento lo que sea que les has pagado. Por lo que a nosotros respecta, este bosque es más nuestro de lo que será nunca tuyo. Así que puedes dejarnos pasar por aquí o podemos montar un alboroto de verdad. ¿Qué prefieres?

La encargada da un paso atrás, vacilante. Una mirada fugaz a la propietaria. Tal vez, una mínima inclinación de la rubia cabeza de Francesca Meadows. Luego, la encargada le dice algo en voz baja al pequeño grupo. Sea lo que sea, parece dar resultado porque, tras un momento de deliberación, siguen su camino. Cruzan el claro mirando a su alrededor con desprecio. Bajo la fuerza de sus miradas, los huéspedes recostados se incorporan un poco, se recolocan la ropa arrugada. Una de las intrusas vuelca una copa con el pie y el ruido del cristal al romperse acompaña su partida.

La arpista vuelve a tocar, el barman empuña de nuevo la coctelera. Pero noto que algo ha cambiado en el ambiente.

# EL DÍA DESPUÉS DEL SOLSTICIO

El barco pesquero sale justo antes del amanecer. Su estela brilla, plateada, a la luz de los focos halógenos. Los pescadores se dirigen a aguas profundas, dando un rodeo para esquivar la Mano del Gigante, cinco columnas de piedra caliza que sobresalen como cuatro dedos y un pulgar enormes más allá de la línea de los acantilados. Son casi las cinco de la mañana. Es casi la hora más temprana a la que saldrá el sol en todo el año: el día después del solsticio de verano, la jornada más larga.

El cielo se está arrebolando, pasa del violeta al malva. Pero esta mañana hay algo extraño. Ha aparecido una segunda veta de color, como un amanecer duplicado pero en dirección contraria, sobre la tierra. Una rociada de pintura de un escarlata descolorido.

Más tarde dirán que sintieron el calor. Incluso allí, en el mar. Su aliento caliente en la nuca, como el calor de otro sol.

—¿Qué es esa luz? —El primero en darse cuenta se la señala al tipo que tiene al lado.

—¿Cuál, tío?

—Ahí, justo encima de los acantilados.

Los demás también se vuelven y miran.

17

—Eso no es una luz. Es… ¿Qué es? Uf, joder.

—Es un incendio.

—Algo se está quemando. Justo en la costa.

Cuando cambia el viento, también huelen el humo. Aparecen pavesas en el aire; danzan a su alrededor, se posan sobre la cubierta, sobre las olas.

—Madre mía. Es un edificio.

—Es ese sitio, el hotel que acaban de abrir. La Mansión.

Paran el motor. Se detienen y miran. Permanecen todos callados un momento. Miran fijamente, horrorizados. Emocionados.

Uno saca unos prismáticos. Otro saca su teléfono.

—No me da ninguna pena, con las mierdas que estaban haciendo —dice mientras hace unas cuantas fotos—. Se lo tienen bien merecido.

Otro coge su móvil.

—No, hombre, no. Puede morir gente. Gente inocente. Trabajadores. Gente del pueblo.

Guardan silencio mientras asimilan esa posibilidad. Observan el humo, que empieza a hincharse en enormes nubes cenicientas. Notan su olor acre arañándoles el fondo de las fosas nasales.

Uno de ellos llama por teléfono a la policía.

La luz vuelve a cambiar. El humo se extiende como tinta por el agua: se derrama rápidamente entre el blanco azulado de la madrugada, tapando el sol recién salido. Es como si retornara la oscuridad de la noche, como si un sudario cubriese el cielo. Como si lo que está ocurriendo en los acantilados hubiera anulado el amanecer.

# NOCHE DE INAUGURACIÓN

## *Eddie*

Es poco antes de medianoche. Casi el final de mi turno. Todos los huéspedes están en el cóctel de bienvenida, así que el bar de dentro está vacío. Estoy sacando vasos de una caja de plástico y colocándolos en las estanterías mientras escucho a Rita Ora con los auriculares puestos. Los chicos del equipo de *rugby* solían meterse conmigo por mis gustos musicales, pero la verdad es que *I'll Be There* me ha ayudado a sobrellevar las montañas de platos y vasos sucios: apilarlos, sacarlos, enjuagarlos y vuelta a empezar después de que la gente bajara del Seashard, el restaurante de aquí. Vi la comida cuando la sacaron: tenía una pinta increíble. Ahora, en cambio, parece comida para cerdos. Tengo hambre, pero no me dan ganas de probar ni un bocado.

Es mi primer turno de verdad, ahora que el hotel está lleno. Aún no me manejo bien con el grifo ducha: me he empapado los zapatos dos veces. Aquí, en La Mansión, todo el personal lleva deportivas porque el ambiente es «informal», pero son zapatillas Common Projects, que yo nunca me compraría porque cuestan el triple de lo que gano en una semana.

Doy un brinco cuando alguien me levanta un auricular de la oreja, pero es Ruby, mi compañera de recepción.

—¿Qué tal, Eds? Vengo a por una Coca-Cola.

Meto la mano en la nevera y le paso una.

—Necesito cafeína —dice—. Llevo todo el día sonriendo y estoy molida.

Ruby vivía antes en Londres. La mayoría de los trabajos de cara al público han sido para gente que no es de aquí, como ella, con experiencia (Ruby trabajaba antes en un sitio llamado Chiltern Firehouse) y el acento adecuado.

Entra un tipo con un traje rosa claro y zapatillas pijas.

—¿Tenéis Macallan de veinticinco años? —Echa un vistazo a la estantería que hay detrás de mí—. ¿Solo de dieciocho? Ah.

Se va resoplando con fastidio. Ruby bebe de su Coca-Cola. Cuando el tipo se pierde de vista, dice:

—¿No crees que hay hombres cuya personalidad puede definirse como «blanco rico y gilipollas»? —Bebe otro sorbo—. Me parece que se han juntado todos aquí este fin de semana.

Ruby es una de las pocas empleadas que no es blanca; su padre es trinitense. Cuando no va de uniforme, lleva abrigo de cuero y gafitas estilo Matrix, y es tan guapa y tan guay que no me atrevería a hablar con ella si no fuera porque además es supersimpática y un poco friki: dentro de poco empieza un doctorado de Filología Inglesa en Exeter. Además, es imposible que le guste un cateto de Dorset mucho más bajo que ella, así que, como ya de partida no tengo ninguna posibilidad, no puedo cagarla.

Cuando se va subo el volumen y, al ritmo de la música, me pongo otra vez a apilar vasos altos, vasos bajos, copas de martini y copas de champán. Hay un jueguecito al que juego cuando los meto en el lavavajillas: intentar adivinar el cóctel por el olor y el color del líquido que queda. A lo mejor suena cutre, pero yo lo veo como una forma de practicar. Creo que un buen barman tendría que poder adivinarlo. El cóctel especial del bar del hotel es el mulo de La Mansión, una mezcla de pomelo, jengibre, vodka y unas gotas de aceite de CBD (que aquí parece que se lo ponen a todo).

Resulta que trabajar en verano en la granja de tu padre solo te capacita para fregar platos. Pero por algún sitio se empieza, ¿no? Y si «demuestro que valgo» en los próximos días, Michelle dice que podré ayudar en la fiesta del sábado por la noche, sirviendo bebidas y tal. Quiero ser barman, para escapar de Tome y tener una nueva vida en Londres. En cierto modo, lo de la lesión del ligamento cruzado anterior fue un alivio. Yo no quería jugar al *rugby* a ese nivel. Ya no me divertía, había demasiada presión. Tampoco quiero ir a la universidad. Y desde luego no quiero tener la vida de mi padre, hacerme cargo de la granja. Era mi hermano quien estaba destinado a eso.

Veo movimiento por el rabillo del ojo y consigo contenerme para no soltar un taco cuando veo que una figura oscura se acerca a la barra. ¿De dónde ha salido? Se acerca a la luz.

—Hola —me dice—. ¿Me pones un martini?

Tiene pinta de ser de Londres y rica. Rubia, pintalabios rojizo, con clase, huele a perfume caro, un poco ahumado. Es algo mayor. No como si pudiera ser mi madre, pero claramente mucho mayor que yo. Es guapa de cara, aun así, con las cejas bonitas y normales. Ahora hay muchas cejas que dan miedo. Mi exnovia, Delilah, tuvo una etapa en que se las pintaba con rotulador.

Me seco las manos húmedas en los vaqueros y carraspeo. Se supone que no debo preparar bebidas. Si Michelle, la encargada, me pilla…

Pero no puedo decírselo. No me atrevo a decirle a esta mujer que solo soy el friegaplatos.

—Eh… ¿Ginebra o vodka? —pregunto.

—¿Qué elegirías tú?

¿Alguien como ella no debería saber cómo le gusta el martini? Ahora que me fijo, me doy cuenta de que parece un poco nerviosa. Se ha puesto a juguetear con el montón de servilletas de cóctel y está rompiendo una en tiritas irregulares. Carraspeo otra vez.

—Supongo que depende de lo que le guste. —Para parecer más seguro de mí mismo, uso una frase que le he oído decir a Lewis, el barman jefe: «Pero, en mi opinión, no hay nada como la ginebra». Como si preparara cientos al día—. Puedo hacérselo sucio o con corteza de limón.

Sonríe casi agradecida.

—Con ginebra, entonces. Me fío de ti. Dos martinis con ginebra, por favor. ¿Qué significa «sucio»?

Me pongo colorado. Espero que esto esté tan oscuro que ella no se dé cuenta.

—Pues… significa que se le pone un poco de salmuera de aceitunas.

—Entonces, sucio, por favor.

¿Está tonteando conmigo? Delilah siempre decía que nunca me entero cuando una chica quiere ligar conmigo: «Joder, Eddie. Podrían acercarse, enseñarte las tetas y restregarse contra ti y tú dirías: "Qué simpática es esa Jenny, ¿verdad?"».

—Marchando dos martinis sucios con ginebra —digo con toda la seguridad de que soy capaz. ¿Parezco un idiota? ¿Un palurdo del West Country intentando ser lo que no es? Bueno, eso es justo lo que soy, imagino.

—¿Sabes qué? —Se baja del taburete. Es más bajita de lo que parecía, claro que yo soy más alto que la mayoría de la gente—. ¿Podrías llevármelos a mi habitación? Estoy en la Chocita del Bosque número… —saca una llave de su bolso y le echa un vistazo— once. La que está más cerca del bosque.

—Pues…

Me quedo pensando. Si Michelle me pilla yendo a la habitación de una clienta, puede que me mate. Ruby me dijo ayer que Michelle tiene «ojos de loca, como Liz Truss», y que «no conviene que la tome contigo, porque podría apuñalarte mientras duermes».

—Te estaría muy agradecida —dice la mujer, y sonríe. Parece un poco… un poco necesitada.

Pero el cliente siempre tiene la razón. Michelle nos lo dijo literalmente la semana pasada, en el curso de formación. Sobre todo, los clientes que se alojan en un sitio como este.

—Claro —le digo—. Enseguida se los llevo.


Diez minutos después llamo a la puerta de la Chocita del Bosque número 11. El paseo hasta las cabañas por los caminos de grava, cargado con una bandeja con bebidas, se hace bastante largo; sobre todo, si tienes que estar atento por si aparece Michelle. El cóctel de bienvenida debe de haber terminado porque no se oyen música ni voces, solo los búhos y el sonido del viento entre las hojas. Esta «chocita» es la más alejada del edificio principal, está pegada a los árboles. Las ramas se enroscan a su alrededor como si quisieran meterla más adentro, en el bosque. Yo no dormiría aquí ni aunque me pagaran.

Estas habitaciones se llaman «chocitas» porque a los ricos les gusta fingir que están durmiendo en el monte, a la intemperie, cuando en realidad están bien arropaditos en sus camas enormes, con bañera al aire libre y ducha de lluvia. Son las más baratas, no tienen las vistas al mar de las Cabañas del Acantilado, al otro lado de La Mansión. Baratas comparadas con las otras, quiero decir. Supongo que las habitaciones nuevas, las Casitas del Árbol, serán para gente rica

23

que busque el mismo tipo de experiencia, pero durmiendo varios metros por encima del suelo.

—Hola —dice la clienta al abrir la puerta—. Qué rapidez.

Con su voz ronca suena un poco guarrillo, como cuando Nigella hablaba de salchichas o mantequilla derretida (antes mi madre y yo veíamos muchos programas de cocina juntos, y Nigella fue mi primer gran amor). Tiene el pintalabios un poco corrido y se ha quitado los zapatos.

Intento decir algo guay o ingenioso, pero solo me sale:

—Sí, nada, no se preocupe.

—¿Puedes dejar las bebidas dentro? —Me abre la puerta de la habitación—. Pasa.

Mientras me quito los zapatos mojados (mi madre me ha dado mucho la vara con esas cosas), echo un vistazo alrededor. Aún no había entrado en ninguna habitación. No sé qué me esperaba, pero es todavía más pijo de lo que creía. La habitación es pequeña, pero a un lado hay una cama grande con dosel y sábanas blancas y un par de sillones de terciopelo naranja oscuro a sus pies, con una mesa dorada de cristal en medio. No sé por qué, pero el que la cabaña sea de madera hace que los muebles de lujo parezcan todavía más lujosos. Y huele a lujo, igual que el resto de La Mansión. Hay un «aroma de la casa» que difunden por todos los espacios. Ruby dice que le da dolor de cabeza.

Dejo la bandeja sobre la mesa baja. Creía que iba a aparecer un marido o un novio para tomarse el otro martini, pero aquí no hay nadie. La mujer se sienta en un sillón y coge una de las copas. Debe de haberse levantado la brisa, porque las ramas están arañando las ventanas.

—¿Y la otra copa? —pregunto—. ¿La dejo aquí?

Sí, estoy remoloneando un poco porque esta podría ser mi primera oportunidad —y a lo mejor la única— de conseguir una propina.

—Es para ti —me dice.

—Eh… —Ya me he pasado de la raya, pero creo que eso sería pasármela varios pueblos—. Es que yo no…

—Es casi medianoche. No hay nadie más en el bar. No pasa nada. ¿Me haces compañía? —Da unas palmaditas en el sillón de al lado.

Lo dice de una manera un poco rara. Le ha cambiado la voz. De repente parece… ¿qué? ¿Como si se sintiera sola o estuviera asustada? ¿Como si no quisiera quedarse aquí sola? Me siento en el borde del sillón, sintiéndome superincómodo.

Se oye otro roce de las ramas en el techo y veo que ella se asusta.

—Esta era la última habitación que tenían —dice—. Supongo que no pensé cómo sería estar aquí sola de noche.

Falta muy poco para que acabe mi turno. Y, además, no sé muy bien cómo decirle que no. La mayoría de la gente que se aloja en sitios como este está muy acostumbrada a salirse con la suya.

Coge la copa de martini con descuido y vierte un poco de líquido.

—¡Uy! —Una risita nerviosa. Bebe un sorbo y dice—: Tenías razón.

Parpadeo. Ni idea de qué está hablando.

—¿Qué?

—Mejor con ginebra. La bebida. Prueba la tuya.

Tomo un sorbito, porque otra vez no sé cómo negarme. Otra raya que me salto: estupendo, Eddie. Sabe como me imagino que sabe el líquido para mecheros; como cuando te emborrachas por primera vez. Ni siquiera sé si está bueno, pero, como ella parece contenta, me siento bastante orgulloso. Y además tiene una pinta bastante profesional, con sus aceitunas.

—¿Cómo has dicho que te llamas?

—Eddie.

—Hola, Eddie. Yo soy Bella. Entonces…, ¿eres de por aquí? Tu acento…

—Eh, sí. De aquí cerca.

No voy a decirle que vengo de la granja que hay un poco más abajo, en la carretera, porque ya he oído a un par de huéspedes quejarse del olor. Los empleados también se ríen. Por eso, entre otras cosas, tampoco se lo he contado a la mayoría de la gente con la que curro.

Ella me observa atentamente, como si intentara entender algo. Noto que vuelvo a ponerme colorado.

—Perdona —dice al darse cuenta de que me está mirando. Desvía la mirada y vuelve a coger su copa.

Se oye algo fuera. Un gemido. No es lo que yo creo, ¿verdad? Noto que me pongo aún más colorado, menos mal que aquí hay poca luz. Hay muchas cosas en La Mansión que son lo más de lo más, pero puede que la insonorización de las Chocitas del Bosque no sea una de ellas. Otro sonido: una especie de chillido… y luego un gemido. Ay, Dios. Ay, no. En algún sitio bastante cerca de aquí —puede que solo a unos metros de distancia— alguien se ha puesto a follar a lo bestia, en plan PornHub.

No sé qué cara poner. Entonces ella se ríe, y es un alivio porque así puedo imitarla y fingir que no me estoy muriendo de vergüenza. Cuando deja de reírse, no se me ocurre qué decir. A lo mejor a ella tampoco, porque el silencio se alarga tanto que ya es muy difícil volver a decir algo. Se oyen algunos grititos más y un golpeteo rítmico. Yo no podría estar más tenso. Y aquí dentro el silencio se nota aún más, en comparación.

—La verdad es que no sé muy bien qué hago aquí —suelta de repente, casi como si hablara consigo misma.

—¿Dónde? ¿En esta habitación? —Ya somos dos, supongo.

—No. Digo aquí, en La Mansión. Hice la reserva impulsivamente, ¿sabes? —Parece un poco ansiosa. Casi… ¿asustada?—. Y ahora…, bueno, ahora que estoy aquí no sé si fue buena idea. —Se interrumpe—. Joder, lo siento. Estoy diciendo tonterías. Es el martini, imagino. —Pero no parece borracha. Parece nerviosa.

La verdad, no entiendo cómo puede ser malo el poder pasar tres noches en un sitio como este, donde solo tienes que pensar en si vas a la piscina o a la playa y qué vas a desayunar. Problemas de gente rica. Ruby dice que lo convierten todo en un drama porque, cuando no tienes ningún problema real, te los acabas inventando.

—Bueno…, parece un sitio bastante chulo para pasar unos días —le digo.

—Sí —contesta—. Sí, supongo que sí. Si… —Se para otra vez y sonríe—. Creo que estoy un poco achispada. —Levanta el martini—. ¡Qué peligro tiene esto!

Pero bebe otro trago largo, aun así.

Cuando vuelvo a mirarla, me está observando tan fijamente que no sé qué cara poner.

—Perdona —me dice—. Es que tienes algo que me recuerda… —Se detiene y levanta la mano—. Puede que sean tus labios. La forma que tienen, aquí. —Recorre con el dedo la línea de mi labio superior.

Noto un cosquilleo en la piel. ¿Está ligando conmigo? ¿Esto está pasando de verdad?

Se oye otro gemido en la cabaña de al lado.

Hace tres meses que no me enrollo con nadie. De repente, hasta los ruidos del sexo cutre me parecen excitantes.

Noto que le huele el aliento a alcohol. Está en forma, aunque sea mayor. Y hay algo muy intenso en ella y en toda esta situación que también me excita.

Me sonríe, pero no como antes, cuando nos hemos reído. Yo también le sonrío.

No sé cómo, pero parece que nos hemos acercado un poco más.

Creo que sé lo que está a punto de pasar, pero aún no me lo creo.

Y entonces ocurre. Me besa. O nos besamos… porque parece que yo también la estoy besando. ¿Me está gustando? Bueno, me he empalmado. Pero es que soy un chaval de diecinueve años, me empalmo casi con cualquier cosa.

Pero también… también está toda esa dinámica de poder que hace que me sienta raro. ¿Voy a acostarme con una clienta del hotel solo porque soy demasiado educado para decirle que no? Solo me he acostado con otra persona antes. ¿Significa eso que soy basura? Cuando cortamos, Delilah me dijo que «fingía la mitad del tiempo». Pienso en eso mucho más de lo que me gustaría.

Cierro los ojos con fuerza e intento olvidarme de Delilah.

Y entonces se acaba. Ella se aparta. Abro los ojos.

Me mira fijamente. Tengo la impresión de que está sorprendida de verme aquí sentado, como si esperara ver a otra persona.

—Mierda —dice después de unos segundos—. Yo… Dios mío, lo siento. Tengo que… tengo que ir al baño.

Se tambalea un poco al levantarse y me doy cuenta de que a lo mejor no está solo «un poco achispada». Cuando entra en el cuarto de baño, veo encima del tocador una botella de vino espumoso medio vacía.

Me quedo sentado en esta habitación tan pija, esperando que se me baje la erección y preguntándome qué voy a hacer ahora. Decir que estoy incómodo es poco. Si ella está borracha y yo no… Qué mal, ¿no? La cosa no pinta nada bien.

Ya solo quiero marcharme. Sería muy fácil mientras ella está en el baño, pero también sería de muy mala educación. Y además podría empeorar las cosas, no sé, si la toma conmigo porque me vaya. Podría hacer que me despidieran en mi primer día de trabajo.

Me acerco a la puerta y sin querer le doy un golpe a la cómoda. Una carpeta cae al suelo y se desparraman un montón de papeles. Joder. Me arrodillo para meterlo todo dentro y entonces me paro en seco. Son un montón de artículos recortados de revistas y periódicos. Todos parecen ser sobre Francesca Meadows, la jefa de La Mansión. Hay montones y montones de ellos. Uno sobre su boda con el arquitecto, Owen Dacre, hace un par de meses. Leo el titular de otro, donde se cita a Francesca: «Quería crear un lugar para que nuestros clientes escapen del estrés de su vida en la ciudad, un lugar donde puedan encontrar la paz. Sé que algunos dirán que una persona normal no puede permitírselo, pero yo quería que este lugar fuera perfecto y la perfección es costosa».

Justo debajo, en la misma página, hay una foto de la jefa sosteniendo un gallo blanco impoluto. Encima alguien ha escrito a boli ZORRA, apretando tanto que ha rasgado el papel.

El picaporte de la puerta del baño empieza a girar. Me doy cuenta de que he visto algo que no debía. Dejo a toda prisa el montón de papeles encima de la cómoda y consigo salir por la puerta antes de que ella regrese a la habitación.

# Francesca

La noche de la inauguración, por fin. Llevaba mucho tiempo esperando este momento. La Mansión está por primera vez llena de huéspedes y yo me siento *bendecida*. Es la palabra que he escrito en mi diario, donde todos los días anoto algo para arraigarme en el presente (se me da de maravilla vivir el presente). Voy a contarte un secretillo: casi todos los días escribo esa palabra, *bendecida*. Sé que se ha convertido en una especie de tópico de Instagram, pero para mí es verdad y eso es lo que importa. La autenticidad es fundamental, ¿no?

Estoy sentada en mi espacio de meditación, en nuestro apartamento del último piso de La Mansión, mirando por las ventanas. Hace todavía un calor espléndido. El calentamiento global es terrible, pero hay que ser positivo y además no se puede negar que viene bien para el negocio. Nunca había visto el cielo tan despejado. Las estrellas brillan tanto y parecen tan cercanas que el cielo me recuerda al ópalo negro del anillo de oro que llevo en la mano izquierda. Los cristales nunca me fallan. Son tan importantes que aquí en cada habitación hay una pequeña selección de piedras elegidas especialmente para suplir las necesidades de nuestros huéspedes. Detalles así son los que distinguen a La Mansión. El ópalo negro representa la purificación del cuerpo y el alma, ¿lo sabías? «No es que tú lo necesites», me dijo mi flamante marido, Owen. Y además actúa como escudo contra la energía negativa.

Sentí que me hacía falta hace un par de horas. Esa escenita en el cóctel de bienvenida, esos intrusos metiéndose en el idílico rincón del bosque que habíamos creado… No quiero pensar en eso, pero, de verdad, a estas alturas ya tendrían que haber aceptado que han perdido, lisa y llanamente. Estamos en el campo, por Dios santo. Tienen espacio de sobra para pasear sin tener que meterse en terrenos privados.

Paso las yemas de los dedos por la piedra negra. *Inhala, exhala.* Miro las praderas y el mar, que brilla plateado más allá, bañado por la luz de la luna gibosa. Mi reino.

Todo aquí es absolutamente perfecto, quitando un par de problemillas. El primero es la granja Seaview, un poco más abajo, en la carretera. El dueño… No me gusta hablar mal de nadie —no está en mi carácter—, pero, Dios mío, es un bestia con pinta de loco, y la granja también es un espanto. ¡Y no digamos ya el olor! Los animales parecen tristes, como si suplicaran una vida mejor. En serio. Es lo último que uno esperaría ver antes de cruzar nuestras puertas. ¡Con la de cosas que podría hacer yo con esa granja! Todo superlimpio y superbonito, como un cruce entre Soho Farmhouse y Daylesford Organic. Nuestros huéspedes podrían pasear por allí con las botas de agua especiales que les daríamos, hacer visitas guiadas, alimentar a los corderitos con biberón y elegir los huevos que quieren para el desayuno. Por ahora es solo un sueño, pero he encontrado entre los papeles de mi abuelo unos documentos interesantes que dan a entender que hay dudas sobre la titularidad de gran parte de esas tierras. He tenido una pequeña charla con mis abogados y he presentado una reclamación en el ayuntamiento. Así que ¡cuidado!

Ahora tengo un par de amigos en el consistorio. Nada es imposible. De eso me di cuenta cuando conseguí desviar el sendero.

Verás, siempre he sentido que a mí en la vida todo me sale bien; mejor que bien, de hecho. No hay más que ver este sitio: ¡lleno total para seis meses desde el día que empezamos a aceptar reservas! Hemos empezado como queremos, con una celebración magnífica, y así vamos a seguir. Cuando me di cuenta de que el fin de semana de la inauguración coincidía con el solsticio, sentí que era cosa del destino. Era nuestra forma de decir que aquí estamos, con algo curativo y experiencial. Una fiesta de medianoche al aire libre. Hoy en día no basta con ofrecer todas las comodidades y comida de primera calidad. Los clientes esperan algo más. Un poco de magia. Algo de lo que puedan sentirse partícipes, algo de lo que poder hablar cuando vuelven a casa, algo que…, sí, que despierte la envidia de amigos y familiares, y de sus seguidores de las redes sociales (aunque oficialmente desaconsejamos el uso del teléfono aquí, para procurar que nuestros clientes conecten de verdad entre sí y con la tierra). Un poco de envidia sana nunca viene mal.

Y hay mucha historia pagana local que quiero aprovechar, antiguas tradiciones rurales de celebración de las estaciones, pero dándoles un toque fresco y moderno. Nada macabro, ya sabes. Porque algunas leyendas de por aquí son un pelín oscuras. Y nada *hippy*, además. «Pagano chic», podríamos decir. Me imagino la fiesta al aire libre del sábado por la noche bajo un cielo despejado y lleno de estrellas, y parece por el pronóstico del tiempo que mi deseo va a hacerse realidad. ¿Lo ves? Siempre consigo lo que quiero. Va a ser fabuloso. Lo presiento.

Cierro los ojos para sentir en la cara la energía de la luna. Es tan importante activar todos los sentidos, conectar con el entorno… Aunque ahora me doy cuenta de que se oye el bum, bum, bum de unos graves a lo lejos. Un grito, risas. Vienen de la playa, más abajo del hotel, estoy segura. Han vuelto. Pensaba que no tendrían la caradura de volver a meterse aquí ahora que La Mansión está abierta. Esa playa es mía.

Cojo el teléfono y llamo a Michelle.

—Hola, guapa —le digo en tono ligero—. Ya están otra vez. ¿Puedes encargarte?

—Claro, Francesca. ¡No hay problema!

Michelle, siempre tan ansiosa por complacer… Casi la noto vibrar de emoción ante esta oportunidad de demostrar su valía. Ha estado a mi lado todos los días estos últimos seis meses, mientras preparábamos la inauguración. Tan leal y obediente como un *spaniel* adiestrado.

—Eres un sol —le digo—. Lo sabes, ¿verdad? Gracias.

Otra vez el estruendo de esos graves, justo cuando cuelgo. Y entonces, ¡zas!, una llama de pura rabia se enciende dentro de mí, tan rápido que me corta la respiración.

«No, Francesca. Inhala. Tú no eres así. Tú estás muy por encima de todo esto. Busca la luz. Busca ese lugar donde reina la paz. Exhala».

# *Bella*

Ay, mierda. ¿En qué estaría yo pensando?

Salgo del cuarto de baño. Acabo de echarme un montón de agua fría en la cara y me noto mucho más despejada. Bueno, todavía estoy borracha, pero ahora soy consciente de lo que acaba de pasar, con todos sus detalles bochornosos.

La chocita está vacía, la puerta acaba de cerrarse de golpe. Eddie, el camarero, se ha ido. Qué alivio, y qué vergüenza también. ¿Ha sentido que tenía que huir?

Cielo santo. Soy madre, por el amor de Dios. Puede que incluso tenga edad para ser su madre.

Lo que pasa es que no quería estar sola aquí, al lado del bosque.

Hice la reserva hace meses. Llevaba un montón de tiempo pensando en alojarme aquí, y ahora que he llegado estoy cagada de miedo. No puedo creer que de verdad esté aquí. No sé si tengo valor.

Me doy una ducha caliente y larga. Luego me siento delante del tocador para intentar ordenar mis pensamientos. Llevo la suave bata de color verde bosque que dan en el hotel. Lleva LA MANSIÓN bordado en el bolsillo, en la misma letra que el pequeño kit de papelería que había en la habitación. También hay un atado de salvia para «purificar» el ambiente y, al lado, una caja de cerillas con la marca del hotel, lo que me parece una osadía. Hay, además, una «selección personalizada de cristales». Todo con ese mismo aire de La Mansión, magufo pero chic. Como me explicó la chica de recepción, los cristales vienen con una bolsita de terciopelo y una cadenita de oro creadas por una joven diseñadora de joyas para que los llevemos colgados al cuello mientras estemos en el hotel. Cojo una de las piedras —pequeña y negra, pulida y suave— y la hago rodar por la palma de la mano. El folleto que hay en la mesa dice que *los cristales están cargados para uso y sanación de los huéspedes,* y me pregunto cómo se carga un cristal. Pienso en mi melancolía, una dolencia crónica con la que convivo desde la adolescencia. Y no sé por qué, pero me da que los cristales no van a curarla.

Cuando me miro al espejo, me sobresalto. No reconozco a la persona reflejada en él. En la penumbra, mi pintalabios es un tajo rojo. Mis ojos tienen un brillo negro.

La verdad es que lo de esta noche ha sido un experimento. Creo que nunca en mi vida había pedido un martini. Y lo que ha pasado con el camarero es totalmente impropio de mí, pero en cierto modo es lógico, puesto que estoy encarnando un personaje. Esa persona del espejo, esta habitación, la ropa colgada en el armario, incluso el nombre de la reserva, no son míos. Una de las peculiaridades de La Mansión es que tuve que mandarles una biografía por adelantado. «Nos gusta saber a quién acogemos en la familia». Mientras la redactaba me acordé de cómo me gustaba escribir cuando iba al colegio, y de la cantidad de diarios que escribí. Fue casi divertido construir un nuevo personaje en torno a mi vestuario alquilado. La mujer del espejo trabaja en un sector poco conocido de la producción cinematográfica. Es tan segura de sí misma que disfruta alojándose sola en un hotel un fin de semana. Y seduciendo a miembros del personal, por lo visto.

Miro los sillones de terciopelo y pienso en cómo hemos estado ahí sentados, cada uno con su copa, y en cómo que me he dado cuenta de que Eddie estaba esperando; de que incluso esperaba para dar un sorbo a su bebida, con la copa llena en la mano. Me tocaba a mí marcar el orden del día. Así es como deben de sentirse los hombres, pienso. Los hombres mayores y los ricos. Ese poder me resultaba extraño. Peligroso. Además, parecía un chico muy majo. Inocente y bondadoso. Ya no los hacen así. O, por lo menos, eso pensaba yo. Una vez conocí a un chico como él, con esa misma falta de malicia.

Cojo un pañuelo de papel y me quito el carmín de los labios. Nunca me los pinto de rojo ni me maquillo tanto, y verme tan rara en el espejo me asusta. Cuando tiro el pañuelo, veo que tengo una mancha de carmín debajo de la boca, a un lado. Parezco un súcubo maligno que rejuveneciera chupando la sangre a jóvenes camareros. También parezco borracha y unos años mayor de lo que soy.

Apoyo la cabeza en las manos e intento pensar. Trato de respirar con normalidad.

¿Qué coño hago aquí?

Miro hacia la cómoda y veo los recortes encima, amontonados de cualquier manera. O sea que Eddie los ha visto. Intento imaginarme lo raro que le habrá parecido. Puede que haya pensado que me documento muy bien antes de alojarme en algún sitio. Claro que supongo que habrá descartado esa idea al ver la foto con la palabra ZORRA escrita encima.

La foto es del artículo de *Harper's Bazaar*. La melena peinada en mantecosas ondas prerrafaelistas, cayéndole sobre los hombros desnudos y relucientes. Da la impresión de estar completamente desnuda, pero la foto está cortada por debajo de los codos y su pecho queda oculto por el gallo blanco que sostiene en brazos, con las plumas tan lustrosas como su pelo y la cresta del mismo rojo fresa que sus labios. El titular dice: CONOCE A LA CREADORA DE TU NUEVO PARAÍSO RURAL.

Me lo mandó alguien. Eso es lo más extraño de todo, lo que me quita el sueño desde entonces, porque no paro de preguntarme quién fue y por qué.

Me acuerdo de cuando la carta cayó al felpudo. Me acuerdo de que la recogí mientras me comía una tostada. Abrí el sobre, saqué el artículo.

Ahora me lo sé casi de memoria.

*Tengo tan buenos recuerdos del tiempo que pasé allí…*

*Días de verano idílicos…*

*La diversión. Las fiestas a medianoche y las quedadas en la casa del árbol. Quiero recrear todo eso, pero en versión adulta.*

Ese extraño chisporroteo en mis oídos.

Recuerdo que me atraganté con la tostada y me dieron arcadas. Por un momento pensé que iba a vomitar.

*Las reservas se abren dentro de unos días,* decía el artículo.

Mi hija Grace estaba arriba, llorando porque se había despertado de la siesta.

Mierda, ahora me doy cuenta de que he olvidado llamar para ver qué tal se ha dormido. Se ha quedado con mi madre mientras yo estoy aquí, en «viaje de trabajo». Un «fin de semana de *team building*». Porque a las recepcionistas de las agencias inmobiliarias siempre nos invitan a esas cosas. Este es el tipo de sitio en el que se alojan nuestros clientes, los que van a comprar una segunda residencia en el campo. No yo. ¿Qué diría mi madre si supiera dónde estoy?

«No debería estar aquí, no debería estar haciendo esto».

No debería andar por ahí borracha intentando ligarme a los camareros. No debería estar haciendo nada que me aleje más de unos centímetros de ese cuerpecillo cálido y regordete, de esas manos pequeñas pero sorprendentemente fuertes, de esos ojos oscuros y serios que parecen sondearme el alma con una especie de sabiduría ancestral, como si se preguntara *¿quién eres?*

Este no es mi sitio. Es una sensación tan extraña… Como si estuviera haciendo pellas en mi propia vida.

No, me recuerdo a mí misma. Aquí es donde debo estar. Es necesario. En cierto modo, lo hago por ella, por mi hijita indefensa. ¿Qué le voy a transmitir? ¿Quién quiero ser para ella?

Pero tengo que ser sincera: también lo hago por mí.

Las ramas vuelven a arañar el tejado. Las veo a través de las ventanas, apretándose contra el cristal. Me levanto y corro las cortinas, pero no sirve de gran cosa.

Vuelven a asaltarme las preguntas que me hago desde que leí que iba a abrir La Mansión. ¿Quién me mandó ese artículo y por qué? Y, sobre todo, ¿qué sabe esa persona?

# EL DÍA DESPUÉS DEL SOLSTICIO

Los pescadores han cambiado de rumbo para dar la vuelta. Se han acercado para ver mejor la ruina del edificio. Todavía arroja humo mientras arde hasta los huesos: un enorme esqueleto negro agazapado sobre los acantilados.

Entonces, uno de ellos frunce el ceño. Se acerca a la proa del barco y se hace parasol con la mano sobre los ojos. Señala algo un poco más allá, en la costa.

—¿Qué es eso? Allá abajo. ¿Lo veis?

—¿Dónde?

—Casi al pie de los acantilados. Debajo de la granja. Parece… —Se interrumpe, no quiere decirlo hasta estar seguro.

—Joder —masculla otro.

No es la primera vez que encuentran un cadáver. Se ve de todo en el mar: cualquier cosa que pueda colarse en una red, que pueda flotar para descansar en la superficie. Pero esto es distinto. La sangre, para empezar. En un ahogado no hay sangre. Y además, cuando los encuentran, los cadáveres casi no parecen humanos: pobres criaturas hinchadas surgidas de las profundidades y transfiguradas por el agua salada en algo distinto y extraño.

El horror se les aparece en fragmentos. Un brazo estirado y en-sangrentado, los dedos de la mano pálidos como piedra caliza a la luz de la mañana. Los miembros retorcidos en ángulos inverosími-les. El cabello brillando bajo los primeros rayos de sol. El resto de la cabeza… No, es demasiado horrible para contemplarlo más de unos segundos. El impacto de la caída. La cara borrada por completo.

# NOCHE DE INAUGURACIÓN

## *Francesca*

Camino descalza por el césped húmedo de rocío, a la luz de la luna, para conectar mejor con la tierra. Todavía oigo el gemido metálico de la música en la playa, el zumbido de los altavoces. Cierro los ojos y procuro relajarme. Michelle está en ello.

Tengo que hacer una cosita antes de que el fin de semana empiece de verdad. Una liberación de otro tipo. Una purga. Miro rápidamente detrás de mí para asegurarme de que nadie me observa.

En una mano sostengo la urna con las cenizas de mi abuelo. Su deseo era que fueran esparcidas junto al invernadero, donde está enterrado Kipling, su viejo labrador, pero no quiero arriesgarme a que haya vibraciones macabras al lado de lo que ahora es nuestro centro de tratamiento. Estoy segura de que él lo entendería. Era pragmático ante todo.

La abuela murió antes que el abuelo y resulta que este sitio era suyo, en realidad. Me lo dejó en fideicomiso. Sospecho que fue un pequeño desquite contra el abuelo por sus muchas indiscreciones, contra mi madre por apenas haber pisado esto desde que es adulta, y contra mis hermanos mayores por tratarlo todo tan mal. Evidentemente, ella me consideraba su legítima heredera.

Supongo que enarcaría una de sus cejas perfectamente cuidadas si viera que he abierto la casa para alojar a huéspedes de pago. Pero una tiene que moverse con los tiempos que le ha tocado vivir. Además, escogemos con mucho cuidado a nuestros huéspedes. Son personas del tipo adecuado. Por eso me gusta llamarlos nuestra «familia».

Abro la urna. Con movimientos amplios y elegantes, esparzo los restos del abuelo y la brisa cálida se los lleva por encima de los acantilados, hacia el mar.

Ya está, hecho. Me he quitado un peso de encima.

Una de las primeras cosas que hice cuando por fin falleció mi querido abuelo fue deshacerme de su estudio del bosque. Murió allí de un infarto, así que tenía reminiscencias desagradables. Se volvió un poco raro al final de su vida, por desgracia. Pasaba todo el tiempo allí, convencido de que todavía trabajaba para el Gobierno, haciendo cosas importantes. Parecía bastante inofensivo y, claro está, no habría estado bien meterle al pobre en una residencia en cuanto heredé, aunque sí que empecé a pedir permisos de obras y esas cosas.

La última vez que vine a visitarlo (y a entregarle en mano una botella de *whisky* muy especial a uno de mis nuevos amigos del ayuntamiento), tenía una obsesión muy particular.

—Debes tener contentos a los pájaros —repetía—. No molestes a los pájaros.

Así una y otra vez. Qué lástima, con la mente tan brillante que había tenido.

—Sí, abuelo —le decía yo.

Pobrecillo. Era evidente que estaba un poco gagá y había empezado a creer en las idioteces de por aquí.

Pero luego se incorporó en la cama y me agarró la muñeca con tanta fuerza que me hizo daño.

—No molestes a los pájaros. ¿Entendido?

—Ay, por Dios, Arthur —dijo su enfermera volviendo a entrar—, no empieces otra vez con los pájaros.

Lanzo el último puñado de cenizas al viento. Me aseguro de que la urna está vacía. Compruebo otra vez que nadie ha visto mi ritual secreto de medianoche. Ya está. Ha sido una ceremonia adecuada. Una forma de subrayar que lo que fue ya pasó.

Siempre se me ha dado bien dejar atrás el pasado.

# Eddie

—Ah, ahí estás, Eddie —dice Michelle.

Estoy otra vez en la barra e intento que no se note que me ha dado un susto. Michelle tiene la costumbre de aparecer de repente, como si intentara pillarte haciendo el vago.

La miro de reojo. Parece enfadada por algo. Espero a que me diga que sabe lo que acabo de hacer y que estoy despedido —¡en mi primer día de trabajo!—, pero entonces suspira y dice:

—Me acaba de llamar una pareja para suplicarme que les cambie de su chocita del bosque a una de las cabañas con vistas al mar, pero obviamente no hay ninguna libre. ¿Qué se creen que somos? ¿Un hotelucho cualquiera? Es el fin de semana de la inauguración. ¡Me ha faltado poco para decirles que no deberían haber sido tan tacaños!

Michelle siempre habla en plural. Se ha creído totalmente lo de «la familia de La Mansión». Y supongo que a ella se le permite hablar así de los huéspedes y quejarse de ellos, pero, si yo dijera algo, me despedirían en el acto. Incluso con el descuento por las obras, las chocitas del bosque cuestan cientos de libras por noche. Puedo imaginarme cuánto le pagan a Michelle: más que a mí, pero no mucho más. Claro que supongo que trabajar en sitios como este te hace perder la noción de lo que es normal.

Se mete detrás de la barra y su perfume me da tal bofetada que doy un paso atrás. Nos hacen ponernos las fragancias que venden en la tienda del hotel —El Mercadito de la Mansión— porque «es muy importante para crear ambiente», y por lo visto Michelle se ha echado todo un bote encima, como si pensara que así va a demostrar lo buena empleada que es. Rebusca en la nevera, saca una botella de vino blanco y se sirve una copa casi hasta el borde.

—¿Estás bien, Eddie? —pregunta.

—Sí —le digo con cautela.

Durante la fase de formación, antes de que abrieran el hotel, me di cuenta de que Michelle unas veces se comporta como si fuera tu mejor amiga y otras como si ella fuera la reina del universo y tú algo que se le ha pegado a la suela del zapato. Es difícil seguirle el ritmo, así que conviene andarse con ojo.

Bebe un buen trago y la mitad del vino parece desaparecer de golpe. Agarra la copa con tanta fuerza que me preocupa que se vaya a romper. Supongo que todo esto debe de ser muy estresante para ella. No seré yo quien le recuerde que tiene que volver a casa en coche (como la mayoría del personal). En este pequeño rincón de Dorset las cosas son distintas. La gente bebe y conduce todo el tiempo por estas carreteras rurales, como si fueran los años setenta o algo así.

—¿Por qué tenían tantas ganas de cambiarse? —pregunto.

—¿Qué? —Me mira con el ceño fruncido por encima del borde de la copa.

—Los huéspedes, ¿por qué querían irse de la chocita del bosque?

—Ah. Me han dicho que no les gustaba «la atmósfera» —dice haciendo con los dedos el signo de las comillas—. Que los árboles estaban más cerca de lo que pensaban. Pero también han dicho que oían ruidos extraños en el bosque, que veían luces y cosas así. —Pone cara de fastidio—. No sé si habrá sido antes o después de beberse su botella de cortesía de Bacchus espumoso. Tú ya me entiendes.

No los culpo, aunque no se lo voy a decir a Michelle. Mi madre siempre me advertía que no jugara en el bosque después de oscurecer. «No es seguro», decía. «Nunca se sabe quién estará rondando por ahí». Yo creía que era porque estaba superparanoica, después de lo que pasó con mi hermano. Pero la gente de por aquí cree cosas sobre estos bosques. Últimamente, he vuelto a hacer lo que hacía de pequeño: cerrar bien las cortinas de noche, sin dejar ningún hueco. Si no, tengo la sensación (ya sé que parece una tontería) de que el bosque me vigila.

—Ya has terminado tu turno, ¿no? —Michelle mira su reloj.

—Eh, sí, terminaba a medianoche.

—Bueno. Otra vez hay jóvenes en la playa. —Dice «jóvenes» como si tuviera ochenta años, aunque no creo que tenga más de treinta y cinco—. Me ha avisado Francesca. Ahora que hemos abierto, le preocupa muchísimo ese tema.

Pronuncia el nombre de Francesca como si le emocionara decirlo. Ruby cree que Michelle está un poco enamorada de la jefa. «O que la pone, por lo menos. Aunque dudo que Francesca sepa siquiera cómo se llama», dice Ruby. Pero se equivoca. La jefa parece saberse el nombre de todos. Aunque dé la sensación de que va por ahí como flotando y sonriendo a todo el mundo, yo creo que no se le escapa nada.

—Eddie —dice Michelle—, ¿podrías ir a hablar con ellos?

Su voz ha cambiado: vuelve a ser la jefa que da miedo. Es bastante bajita, pero se nota enseguida que no conviene enemistarse con ella. Es toda ella ángulos agudos: esa camisa blanca con el cuello puntiagudo, la melena rubia cuadrada, los zapatos de punta.

—Pues… —digo—. No creo que…

—Quieres trabajar en la barra, ¿verdad? —Entonces sonríe. Da más miedo cuando sonríe—. A ver si me explico. Cuando uno hace una cosa así, eso no se olvida. —Se toca con el dedo la cabeza—. Piensa en ese ascenso, Eddie. —Me mira de arriba abajo—. Eres un tío grande. Confío en ti. Te he elegido especialmente porque creo que conoces esta zona mejor que la mayoría de la gente. ¿Me equivoco?

Me clava los ojos hasta que bajo la mirada. ¿Sabe que puse una dirección falsa en la solicitud de empleo? ¿Que en realidad vengo de aquí al lado, de la granja Seaview? No me extrañaría que se hubiera enterado de algún modo. Ni tampoco que lo usara en mi contra si no hago lo que dice.

—Eh…

—Bien —dice, aunque en realidad no he accedido a nada—. A veces, cuando uno trabaja, tiene que hacer un esfuerzo extra. Tiene que hacer cosas que le incomodan. Seguro que lo entiendes.


Saco mi bici de la caseta de detrás del edificio principal y la dejo junto a la valla, al borde del acantilado. La luna está casi llena y, un poco mar adentro, las rocas calizas de la Mano del Gigante están iluminadas: parecen enormes dedos plateados saliendo del agua negra. Más allá, a través del oscuro espacio del mar, distingo las luces tenues de la isla de Wight. Las estrellas también se ven muy nítidas. Mi hermano sabía algo de estrellas. Es uno de los últimos recuerdos que tengo de él. «Ahí está la Osa Mayor», recuerdo que me decía. «Ese soy yo. Y ahí estás tú, la Osa Menor». Sé que, si las buscara ahora en el cielo, podría encontrarlas, pero casi siempre evito mirar.

Se oye un grito abajo. No me apetece nada hacer esto. Pero, como a Michelle no se le dice que no, marco el código de la verja que da a las escaleras que bajan a la playa. Es la única manera de llegar a la playa desde tierra, atravesando la pradera delantera de La Mansión, así que los chavales de la zona deben de haber llegado en barca. Sí, distingo una pequeña lancha neumática varada en la arena. Han encendido una gran hoguera en medio de la playa. Veo un montón de gente sentada alrededor, con las capuchas subidas, y los puntitos naranjas de los cigarros y los porros brillando en la oscuridad. Suena Stormzy a toda tralla en un altavoz. Respiro hondo y empiezo a bajar los escalones.

Cuando llego a la arena, grito:

—¡Eh! ¡Chicos!

En realidad no lo digo muy alto. ¿Qué voy a decirles? Hay como veinte y yo estoy solo. Y este es un país libre, pueden estar aquí. Supongo que el problema es la música. Es lo que diría Michelle. Pero no creo que vayan a decirme: «Ah, sí, claro, Eddie, ¡perdona, tío! ¡Ahora mismo! ¡Eso está hecho!».

Aún podría volver a subir las escaleras. No creo que me hayan visto. Estoy metido entre las sombras. Podría decirle a Michelle que lo intenté y que…

El golpe llega de repente, por detrás. Y entonces estoy tirado en el suelo, con la boca y la nariz llenas de arena y las costillas doloridas como si me hubiera roto algo. Me he quedado sin respiración.

# *Francesca*

Vuelvo al apartamento purificada. Mi amado Owen ha vuelto de su sesión en el gimnasio; suele entrenar por la noche para conciliar mejor el sueño.

—¿Qué tal el cóctel de bienvenida? —pregunta. Es un hombre de pocas palabras, que se expresa a través de sus creaciones (aquí es el responsable de todas las innovaciones arquitectónicas).

—Pues… simplemente mágico —le digo. No tiene sentido insistir en lo negativo y hablarle de los intrusos—. Ven aquí, deja que te mire, mi hombre bello.

Busco su cara y la cojo entre las manos, observo las líneas oscuras de sus cejas y su pelo, el gancho afilado de su nariz, los pómulos altos. Siempre me han atraído las cosas y las personas bellas. Y también las rotas. Y Owen está un poco roto, claramente. Su madre lo abandonó cuando él era un adolescente. Por lo poco que me ha contado, es evidente que ella estaba trastornada. Perdón, que tenía problemas de salud mental. Ojalá me contara más cosas. Quiero ayudarlo a sanar. Además, con lo de la madre ausente no me cuesta empatizar: la verdad es que es un milagro que yo haya salido así, con esta inteligencia emocional.

Pero mentiría si dijera que no me atrae esa faceta suya tan oscura. Me fijé enseguida, la primera vez que nos reunimos en un club privado de Londres para discutir mis planes para La Mansión. Vi cómo se giraba la gente para mirarlo, atraída por su magnetismo y su presencia. Por su aire de misterio. Nos vi a los dos reflejados en el gran espejo de enfrente y no pude evitar fijarme en que hacíamos una pareja fabulosa. Su oscuridad y mi luz. Una pareja noble.

—Bueno —recuerdo que le dije mientras me bebía mi té espumoso—, ¿qué te atrae del proyecto?

Se lo pensó antes de responder. Mi amor habla con frases tan precisas y austeras como sus diseños.

—Al principio, cuando me llamaron de tu despacho, iba a rechazarlo. Hace años que no trabajo en el Reino Unido. Pero no podía quitármelo de la cabeza.

Intuí una inmensa hondura bajo su contención. Y la sanadora que llevo dentro percibió también el daño.

—¿Te llamaron de mi despacho? —pregunté, extrañada.

Tenía que haber un malentendido, claro está: no habían hecho tal cosa. Era él quien se había puesto en contacto con nosotros, al mandar su propuesta. Pero no le di mucha importancia. Presentía que había intervenido la mano del destino. Y además, mientras me hablaba de sus planes, casi sentí que levitaba de emoción ante la visión y la escala del proyecto. Owen compartía mi ambición, sabía exactamente lo que necesitaba este lugar. Era como si nuestra alianza, que entonces era solo profesional, estuviera llamada a ser.

Nos casamos hace solo un par de meses, después de un noviazgo relámpago. Cuando lo sabes, lo sabes. ¿No?

—¿Listo para acostarte? —pregunto.

Dejo que la bata de seda *vintage* se deslice por mis hombros.

Todos los días me aplico aceite de almendras dulces y romero: sé que mi piel parece satinada en la penumbra.

Él asiente en silencio.

Le sonrío.

—Solo una cosita de la que quería asegurarme primero. Los árboles se talan mañana, ¿no?

Asiente otra vez.

—Por la mañana. Después empezaremos a excavar.

—Qué noticia tan estupenda.

Lo es, aunque ojalá las casitas de los árboles hubieran estado terminadas a tiempo. ¡Intenté hacerle entender lo importantes que eran para mí! No debería haber maquinaria de construcción por aquí en un fin de semana tan especial. No da buena imagen. Pero, como soy una optimista, abrí las reservas para el otoño y ahora no tenemos ni un día libre.

Calma, me recuerdo. Serenidad y calma. Es lo que todos esperan de mí, incluido Owen.

Le cojo de la mano y le llevo al dormitorio, notando los callos de sus dedos. No es lo que una esperaría de las manos de un arquitecto, la verdad.

Cuando nos acercamos a la cama, veo que hay algo en la almohada. Una pluma negra. Qué raro. Las ventanas han estado abiertas, así que puede que la haya traído el viento. Aun así, mañana intentaré hablar con el servicio de limpieza, porque es un descuido que no lo hayan visto.

Por ahora, voy a vivir este momento. Tiro la pluma al suelo. Luego dejo que mi bata la siga: un susurro de seda en la tarima.

Ahora puedo ser de verdad yo misma.

# Owen

Estoy tumbado escuchando el sonido entrecortado de mi respiración. Me duele el hombro derecho. Dios mío, estoy agotado. Me siento… utilizado. Un poco maltratado. Pero en el buen sentido. Por lo menos, eso creo.

La forma de ser de Francesca en la cama… No se parece en nada a cómo se comporta en los demás aspectos de la vida. Lo lógico sería pensar que para ella todo son velas y música suave, y mirarse a los ojos, y un poco de tantra, quizá. Para hacer el amor.

Pero no es eso en absoluto. Es follar. No se le puede llamar de otra manera. La verdad es que no parece que el amor tenga nada que ver con el asunto. Es una cosa salvaje y oscura. A menudo un poco violenta. Por su parte, no por la mía. Yo soy su víctima (casi) voluntaria.

Esta noche no he terminado. Estaba demasiado… ¿Demasiado qué? ¿Nervioso? Noto el escozor de los arañazos que me han dejado sus uñas. Creo que esta vez me ha rasgado la piel. Sí, cuando giro la cabeza para comprobarlo, veo que las marcas de mi hombro derecho tienen gotitas de sangre oscura.

Es emocionante, supongo. Desde luego, me gusta más que las

velas y el tantra. Pero todavía me desconcierta. Hace que me pregunte si mi pareja no tendrá otra cara. Una cara que solo vislumbro en el dormitorio, del mismo modo que ves otra cara de algunas personas cuando están borrachas o drogadas: una parte oculta de su personalidad que se libera. Fran no bebe ni toma nada, claro, así que puede que el sexo sea su única espita de salida. O puede que sea solo sexo. A lo mejor le estoy dando demasiadas vueltas.

Fran se vuelve hacia mí y me coge la cara con las dos manos.

—Ha sido glorioso, amor mío. ¿Para ti también?

Y así, de repente, desaparece todo rastro del animal salvaje de hace unos minutos. Me mira a los ojos sin pestañear. Soy el primero en apartar la mirada, como siempre. Hay cosas que no le he contado sobre mí. No creo que puedan llamarse secretos. «Omisiones» sería más exacto: he omitido aquellos aspectos que no encajan en la versión de mi persona que le muestro. Pero ¿no es lo que hacemos todos, hasta cierto punto? ¿Exhibir lo mejor? Supongo que ser arquitecto ayuda. Por la atención al detalle. Visto así, puede que yo sea mi construcción más magistral.

—¿Verdad que es una locura cómo nos juntó el universo? Es como si yo te hubiera pedido y en ese momento tú hubieras entrado en mi vida. ¿Lo piensas alguna vez? ¿Piensas en cómo te trajo el destino hasta mí?

Bueno, no fue exactamente el destino. Recibí una llamada telefónica («Llamo del despacho de Francesca Meadows») invitándome a presentar una propuesta para el proyecto de reforma. Fran pareció desconcertada cuando se lo mencioné, la primera vez que nos reunimos. Dijo que ellos no habían hecho tal cosa. Pero enseguida dio por sentado que era obra del cosmos. Yo he pensado un poco más en ello. He intentado recordar la voz de la persona que me llamó, pero estaba tan concentrado en lo que decía que ni siquiera me fijé en si era un hombre o una mujer. La mansión de Tome, en la costa de Dorset. ¿Había oído hablar de ella? ¿Podría interesarme? «Creemos que sería usted perfecto para el proyecto».

Oigo un eco de risas procedente de la playa, unos gritos y el martilleo inconfundible de la música, puede que incluso más fuerte que antes. Chavales del pueblo, ninis sin nada mejor que hacer. Pensar en ellos me deprime. Aparecen casi todas las noches desde principios de verano. Todas las mañanas, Francesca manda a alguien a limpiar la playa de madera quemada, ampollas de *popper* y latas vacías de cerveza Tennent's y sidra blanca. Yo a veces echo una mano porque siempre soy el primero en bajar: me gusta hacer surf por la mañana, poco después de que amanezca.

Fran se envuelve en su bata de seda y se acerca a mirar por la ventana.

—Michelle me ha asegurado que lo tiene controlado —dice.

Esa mujer… Hago una mueca.

—Ya sé que no la soportas, amor mío. No lo entiendo. Es un cielo.

—Es una entrometida. Y también un poco hortera, para el aire que quieres darle a esto.

Fran arruga la nariz.

—Tendré que hablar con ella sobre esas mechas. Incluso podría pedirle a mi maravilloso estilista que venga un día a dar un repasito a varios miembros del personal. Hay otras a las que también les vendría bien un poco de ayuda. —Sonríe—. Pero reconocerás que Michelle es muy eficiente.

Se le borra la sonrisa cuando llega otro grito de la playa, más animal que humano. Suspira.

—¿Por qué no respetan lo que hemos creado aquí? Yo lo he intentado, de verdad. Incluso les dejamos asistir a la fiesta que celebramos para la gente del pueblo. ¿Te acuerdas?

—Difícilmente podría olvidarlo.

A fin de cuentas, fue hace solo una semana. Una misión de concordia y pacificación. Yo me ausenté por varias razones, pero me enteré de todo. Las bebidas estaban «a mitad de precio» (aunque sé que Fran encargó género más barato para la ocasión, pensando que no sabrían apreciar el mezcal *premium* y las ginebras artesanales). Vinieron, se pusieron ciegos, se cachondearon de todo e hicieron de las suyas. Alguien dejó una mierda flotando en la piscina. Una mierda humana. ¿Te imaginas? Menudos bestias.

—Fue tan… decepcionante —dice Fran—. Y ya sabes que para mí no es una cuestión de clase. De verdad que no. Pero con algunas personas no se puede.

Sí, la clase no debería importar en 2025. Pero importa. Quizá más que nunca. Y puede que mi maravillosa esposa, aunque prácticamente perfecta en todos los sentidos, sea un poquitín esnob. Pero no pasa nada, lo entiendo. Puede que yo también me haya convertido en un esnob, viviendo en este mundo.

Fran siempre dice que quiere conocerme de verdad. Que quiere que me muestre «vulnerable» con ella. Es una persona muy sensible (fuera de la cama). Y le he contado cosas, a mi manera. Solo que no sabe lo selectivo que he sido. Le he contado lo esencial: que tuve una infancia de mierda y que me sentía abandonado. Tampoco parece que su madre fuera una madre modelo, a pesar de sus privilegios, así que eso es algo que tenemos en común.

Me tapo con las sábanas y entonces me doy cuenta de que hay manchitas de sangre en su inmaculada blancura, seguramente de los arañazos de mi hombro. No pasa nada. No voy a preocuparme por las sábanas, aunque sean de finísimo hilo belga; tenemos más. Porque esta es mi vida. Qué locura. Una parte de mi cerebro todavía no se cree que esté durmiendo aquí, que lleve zapatillas de ante de cuatrocientas libras y que conduzca un coche a lo James Bond, regalo de cumpleaños de Francesca. Que me despierte cada mañana en este lugar, como un moderno lord, dueño y señor de la mansión.

Soy un puto farsante.

# Eddie

Escupo arena. Me siento como si acabaran de hacerme una entrada muy dura en el campo. Me tumbo de espaldas y miro hacia arriba.

—Eddie, Eddie, Eddie. Vaya, vaya, vaya.

Está en cuclillas, mirándome.

Mierda. Nathan Tate. Todo el mundo de mi edad lo conoce, principalmente porque es el que suministra drogas a fiestas y *raves* en treinta kilómetros a la redonda y porque, si se arma algún follón, él nunca anda muy lejos. Hace años se juntaba con mi hermano mayor y ahora sigue yendo con chavales de diecinueve años, aunque empieza a tener entradas en el pelo negro, que le llega hasta los hombros. Lleva una sudadera negra con capucha que pone PRACTICO LA ASFIXIA AUTOERÓTICA EN LA PRIMERA CITA. Me pilla leyéndolo.

—Eddie, tío, ¿cómo te quedas? Imagino que lo vuestro era más rollo velitas, Ed Sheeran y la postura del misionero. ¿No?

Debe de referirse a Delilah. Me pongo de pie. Debería devolverle el empujón por lo que ha dicho, pero, después de pensármelo un momento, paso. Paso de casi todo, supongo. Por eso, aunque soy un tío grande, nunca me he metido en una pelea de verdad, como no sea alguna tangana en el campo de *rugby* (que nunca empezaba yo). «Mi gigante bondadoso», dice mi madre. «No puedes ni matar una puta araña», me dijo Delilah, cabreada, cuando me pidió que aplastara la que había debajo de su cama. Aun así, todo el mundo tiene un límite, imagino. Solo que yo nunca he encontrado el mío.

Tate sigue sonriéndose, aunque sus ojos no sonrían. Veo su colmillo muerto, de color marrón, del que parece sentirse casi orgulloso. La sonrisa se le engancha de ese lado. El mismo lado de los tres aros de oro que lleva en el lóbulo de la oreja. Seguramente cree que así se parece a Johnny Depp en *Piratas del Caribe*, pero no.

—¿Qué tal te va, Eddie, Eddie, Eddie? —Dicho así, mi nombre suena totalmente ridículo—. ¿De dónde has salido?

Echo un vistazo y veo que los otros, los de la hoguera, se han vuelto y nos están mirando.

—De La Mansión —murmuro.

—¿De La Mansión? —dice en tono burlón—. ¡Qué monada! ¿Te alojas allí, Eddie, tío? ¿En la *suite* del ático?

No contesto. Tiene un mechero en la mano. Lo enciende de vez en cuando y la llama parpadea.

—Me han dicho que van a hacer no sé qué gilipollez de fiesta por el solsticio. Un amigo mío que trabaja en una fábrica de sidra ecológica dice que les han hecho el mayor pedido de su historia. Ya lo estoy viendo. Esos mamones de la ciudad desbarrando el fin de semana. Bueno… —hace una reverencia burlona—, ¿qué te trae por nuestro humilde reino?

Pienso en ese ascenso del que me habló Michelle. Se acabaron las zapatillas empapadas. Podría preparar mis propios cócteles. Me estiro un poco. Le saco una cabeza.

—He… he venido a deciros que os vayáis de la playa. La música… Estáis molestando.

—¿Ah, sí? —Sonríe—. ¡Fíjate, Eddie! Estás hecho todo un hombrecito. No, tío, ni hablar. Que les den. Esto es terreno público, ¿no? —Habla como si fuera de un barrio chungo de Londres, pero suena un poco raro con su acento de Dorset—. Han intentado vallar el acceso y tal, pero no pueden hacer nada si llegamos en barca. —Se gira y mira por encima del hombro—. ¡Eh, mirad quién es! ¡Ven, nena!

Miro más allá y veo que otra persona se ha separado del grupo. Cuando se acerca, descubro que es Delilah. Ay, joder. He tardado un momento en reconocerla porque se ha teñido el pelo: de rubio decolorado a rojo oscuro. Se para junto a Nathan y cruza los brazos.

—Hola, Lila —le digo, intentando hacerme el simpático.

—Eddie —contesta en tono borde.

—Estás distinta.

Mueve la cabeza, sonríe. Sé que la estoy mirando fijamente.

—Mira bien lo que te estás perdiendo, idiota.

Corté con ella el año pasado. Al principio, no me podía creer que hubiera querido liarse conmigo en aquella fiesta y que después siguiera liándose conmigo, y además del todo, hasta el final. Pero luego ese rollo de la *influencer fitness* se volvió aburridísimo. No, la verdad es que no echo nada de menos ser el novio de una *tiktoker*. A lo mejor lo habría respetado si ella hubiera hecho ejercicio de verdad, pero lo único que hacía era untarse con aceite de oliva, vestirse de licra y pedirme que la grabara miles de veces perreando con la ropa de entrenar. Luego se tumbaba en el sofá a comer fideos chinos de sobre y a ver *Selling Sunset*. Y todos esos comentarios grimosos, seguramente de pervertidos de cincuenta años… Además, tampoco es que ganara ningún dinero, solo le mandaban mallas baratas y suplementos cutres para que hiciera promoción. Delilah está superbuena, sí, pero en las redes sociales ya hay miles —o millones— de tías que están superbuenas y que llegaron primero y han ido acumulando seguidores. «Solo necesito una oportunidad», decía. «Estoy casi segura de que solo es cuestión de tiempo que PrettyLittleThing llame a mi puerta».

«Estas tetas te van a destrozar la vida», contestó cuando le dije que lo nuestro no funcionaba. «No vas a encontrar nada mejor».

Pero yo quiero algo más que unas tetas, pensé (aunque sean unas tetas increíbles). Quiero a alguien con quien pueda reírme y hacer planes. Alguien que no tenga como única meta en la vida parecerse a Khloé Kardashian.

Aunque en realidad no fue por eso. Fue por lo que pasó en el bosque. Por lo que encontramos. Cada vez que la veía, pensaba en eso. Cada vez que nos enrollábamos, me acordaba de que estábamos a punto de hacerlo en el bosque cuando oímos ese sonido. El grito.

Tate le pasa la mano por el culo. Qué asco. Miro a Delilah. «¿En serio? ¿Nathan Tate?», le pregunto en silencio. «Atrévete a decir algo», me responde su expresión. Trago saliva. Seguramente le tengo más miedo a ella que a Michelle.

Tate se vuelve hacia ella.

—¿Qué tal, nena? —Le mete la lengua hasta la garganta.

Yo miro más allá, hacia la hoguera. Al final, Tate se separa de ella con un asqueroso chasquido húmedo.

—Tiene una voz la hostia de bonita, mi Lilo —dice—. Vas a unirte a la banda, ¿verdad, nena?

No sé qué es peor: que acabe de tratarla como si fuera una colchoneta inflable y que a ella no parezca importarle, o ese rollo de la banda. Antes nos reíamos de Tate. El tío se comporta como si fuera la estrella de Tome porque él y su banda supuestamente tocaron una vez fuera (muy muy fuera) del escenario principal en Glastonbury, pero de eso hace más de quince años y él todavía sigue aquí, fingiendo que es la hostia.

—Creía que eras *influencer* —le digo a Delilah.

—Tengo diecinueve años —contesta—. Puedo ser lo que me dé la gana, Eddie. Y además ya no es asunto tuyo, aunque antes tampoco lo era. No eres el único que quiere largarse de aquí.

Tate se vuelve hacia ella.

—Eddie me estaba diciendo que no podemos estar en esta playa. Dice que nos piremos.

Delilah levanta una ceja.

—Eso es porque se cree mejor que nosotros, porque trabaja en ese sitio. ¿Sabes lo que hace allí? —Suelta una risita—. Fregar platos. —Me mira y sacude la cabeza como con pena—. ¿Verdad que sí, Eds?

—La verdad es que me han ascendido —digo—, a camarero.

Pero suena patético, como la mentira que es.

—Uy, qué bien —dice Delilah—. Camarero. Seguro que te sientes muy especial.

Sé que Delilah solicitó un puesto en el *spa*. Fue a una academia de estética en Poole al acabar el colegio. No le dieron el trabajo y, ahora que trabajo en La Mansión, sé que no tenía ni la más mínima posibilidad. Aparte de Julie, una mujer del pueblo con mucha experiencia (mi padre jura que es bruja), todo el personal del *spa* viene de balnearios exclusivos y hoteles de lujo de Ibiza, Los Ángeles, Londres y San Bartolomé (que a saber dónde está eso). El personal de recepción viene también de muy lejos, o han conseguido ocultar cualquier rastro de que son de por aquí. Ruby está segura de que Michelle ha ido a clases de dicción.

Clic. La llamita del mechero de Tate vuelve a encenderse y a apagarse. Es como un pirómano de doce años.

—¿Cómo es trabajar para todos esos ricachones gilipollas? Sabes que eso no te convierte en uno de ellos, ¿verdad?

—Sí, pero él quiere llegar a ser uno de ellos algún día —dice Delilah—. Ese es su plan.

Está jugando con una cadena de oro que lleva al cuello. Creo que es nueva, pero no quiero fijarme mucho, por si cree que le estoy mirando las tetas.

—¿Tus padres saben que trabajas ahí? —pregunta mirándome.

—No sé —contesto encogiéndome de hombros como si no importara.

Ella entorna los ojos.

—Sí, ya… No creo que se lo hayas dicho. Vi a tu madre en el pueblo el otro día. Me dijo que se alegraba mucho de que nos lleváramos tan bien y que era estupendo que pasáramos tanto tiempo juntos. —Otra mirada de las que me hielan la sangre en las venas. Sí, es mucho peor que Michelle—. ¿Qué quiso decir con eso, Eds? Me parece que no le has contado adónde vas todos los días.

«Por favor», intento decirle en silencio, «no se lo digas a mi madre». Eso me complicaría mucho la vida.

Tate interviene como si pensara que ya hemos hablado bastante y ahora le toca a él:

—Lo alucinante es que quieren que esto sea una playa privada para sus huéspedes. Mira. —Señala la escalera de madera que han construido para bajar desde la pradera de arriba y la fila de casetas a rayas blancas y verdes que han puesto al lado, como esas en las que se cambiaba la gente en época victoriana—. Han arrasado el camino que usábamos desde siempre, el que llevaba al sendero del acantilado. Y han puesto un puto panel en la escalera. Pero esta es nuestra playa y no nos la van a quitar como le quitaron el *camping* a mi padre… —se le quiebra la voz.

Por un momento parece perder toda su chulería y tengo que apartar la mirada. He oído que ahora el viejo Graham Tate se pasa las noches en El Nido del Cuervo, hasta que está tan borracho que se cae del taburete y se niegan a servirle más.

Sí, sé lo que es que tu padre se desmorone delante de tus ojos.

—Que le den por culo a ese sitio —dice Nathan, viniéndose arriba otra vez—. Que le den por culo a esa Francesca Meadows. ¿Sabéis lo que creo? Que va siendo hora de que cambien las tornas.

Otra vez el mechero. Clic, clic, clic. Está nervioso, mira de acá para allá, a todas partes. Va muy ciego. ¿Ha traído él la barca hasta aquí? Puede que Delilah y yo ya no estemos juntos, pero aun así me preocupo por ella.

—Lila —digo—, ¿podemos hablar un momento?

Menea la cabeza.

—No vuelvas a llamarme así. No puedes llamarme así.

—No, no, no —dice Tate—. Ahora somos Tate y Lyle, ¿a que sí, nena?

Junto a la hoguera empieza a sonar *Hail*, de Kano, por los altavoces. Tate se gira hacia sus colegas y levanta el puño, gritando la letra.

Miro a Delilah: «¿Tate y Lyle? ¿Va en serio?».

Puede que a ella también le dé un poco de grima, porque no me mira a los ojos. Va a echarse el pelo hacia atrás, pero se le engancha la mano en la cadena del cuello. Se le sale de la camiseta y yo me quedo helado.

—Delilah —susurro, mirándola—. ¿Qué cojones...?

—Uy. —Mira hacia abajo—. Es una pluma, Eddie. No es para tanto.

—Pero es la que... La de cuando lo encontramos, ¿no? La que estaba encima de la mesa.

—Sí. Bueno. Él no va a echarla de menos, ¿no?

—Deberíamos haberla dejado allí, para la policía.

—Venga ya, Eddie. Ya sabes lo que dijeron. Un ataque al corazón. —Me mira y por un momento sé que está recordando lo

63

horrible que fue aquella noche. Me parece ver un destello de miedo, pero desaparece enseguida y ella dice—: Espera, ¿no me estarás diciendo que crees que existen?

Tate se vuelve hacia nosotros.

—¿De qué estáis hablando?

No soporta no ser el centro de todo.

—A Eddie le da miedo mi colgante —dice Delilah, tapándolo con la mano como si quisiera protegerlo.

—A mí no...

—Le dan miedo los Pájaros —añade—. Cree en ellos.

Se está burlando de mí, pero yo vi lo asustada que estaba esa noche, cuando encontramos al viejo muerto, con esa mirada horrible en la cara. La brisa hacía chirriar las bisagras de la puerta. «Dios mío, Eddie. ¿Crees que...? ¿Crees que...?».

Tate se sube la capucha negra y su cara queda totalmente en sombras.

—Quemado hasta los huesos —dice con voz ronca.

Y aunque sé que está bromeando, noto una punzada de miedo. Entonces levanta la barbilla y lo único que veo son sus dientes torcidos, ese colmillo marrón y su sonrisa desquiciada.

—¿No me digas que te dan miedo unos pajaritos, Eddie, chaval?

# *Bella*

Estoy tumbada en el colchón más cómodo en el que he estado nunca y sin embargo nunca he tenido menos ganas de dormir.

—Debo informarle de que estará muy cerca del bosque —me dijo la recepcionista cuando llamé para reservar, después de transferir a mi cuenta corriente un buen pellizco de mis modestos ahorros—. Y habrá obras durante su estancia, cerca de las cabañas, pero a cambio le ofrecemos un descuento considerable.

—¿De cuánto?

—Del cincuenta por ciento, pero también le informo de que esa cabaña en concreto es la que estará más cerca del ruido.

Respiré hondo.

—Me la quedo.

No son las obras inminentes, eso no me molesta. Es la sensación de que el bosque me está acorralando, de que los árboles se aprietan contra los cristales de las ventanas como si intentaran verlo todo.

Renuncio a dormir y navego por Instagram hasta encontrar la cuenta oficial de La Mansión. Todas las fotografías y los vídeos están envueltos en una especie de bruma soleada, como si se tratara de una dimensión ligeramente más perfecta y bella que la nuestra. Y cada preciosa imagen de los alrededores —la pálida casona georgiana recortada contra el sol poniente, el fulgor de la piscina, el jardín de hierbas aromáticas cuajado de flores, los bosques envueltos en la neblina del amanecer— está intercalada con una fotografía o un *reel* (son muy modernos) de Francesca Meadows con ese mismo aire pintoresco: con una cesta de mimbre llena de romero colgada del brazo, agachada con un largo vestido de lino acariciando las orejas de un cerdo extraordinariamente limpio, o caminando descalza por un prado lleno de flores silvestres como si fuera un anuncio de perfume. Esas imágenes, las de ella, son siempre las que parecen tener más *likes,* las más vistas. Sigo haciendo *scroll* hasta que me duelen los ojos. Y ni así puedo dejar de mirar.

Un ruido, fuera. Levanto la cabeza. El teléfono se me escapa de las manos y cae al suelo con estrépito. Fuera, en la oscuridad, proveniente del bosque, se oye un gemido bajo y gutural.

Y luego… nada. Pasa en un segundo, pero el silencio parece resonar. Me levanto de la cama, descuelgo la bata del perchero y me envuelvo en ella. Tengo los nervios de punta. Cuando me miro al espejo, mis ojos parecen muy abiertos y asustados.

Abro la puerta. El calor del aire es casi foráneo, nada inglés. Fuera reina un silencio casi absoluto, solo se oye el levísimo rumor de los árboles cuando la brisa se mueve entre ellos. El cielo es de un negro profundo, aterciopelado, campestre, y las estrellas parecen increíblemente brillantes y cercanas, como hacía muchos años que no las veía. Ya no se oye ese ruido. Ahora me cuesta recordarlo bien, captar exactamente lo que he oído. O puede que no procediera del bosque, como he pensado, sino de alguna de las otras cabañas. Quizá la pareja de antes, la que hacía tanto ruido, haya vuelto a las andadas. Aunque no creo que sea eso. No quiero ni pensar en qué tipo de sexo produciría un ruido como ese. Sonaba como un gemido de dolor.

Y entonces distingo algo en el límite de mi campo de visión. Al principio es como una ilusión óptica, como esas motitas plateadas que aparecen a veces cuando te levantas muy deprisa. Puntitos de luz moviéndose entre los árboles. El cóctel de bienvenida ya habrá terminado hace rato; no puede ser eso. Por un momento me pregunto si es solo cuestión de perspectiva y si en realidad lo que estoy viendo no serán luciérnagas, algo diminuto. Pero no; cuando se me acostumbran los ojos, veo que las luces parecen más bien llamas parpadeantes que se mueven a la altura de la cabeza o puede que más arriba.

Y ahora veo otra cosa. ¿Una figura justo en la linde del bosque? A unos cinco metros de distancia, iluminada apenas por los focos perimetrales. Está tan quieta que, si no hubiera mirado justo hacia ese lado, no la habría visto. Dudo de lo que es porque no estoy totalmente segura de no estar viendo una ilusión óptica: una figura, quizá, con una especie de capucha. Si se trata de una persona, es difícil saber dónde acaba y dónde empiezan las sombras. Y —si es que es una persona— no alcanzo a distinguir su cara. Escudriño la oscuridad. Ahora me parece observar una especie de movimiento. Pero también podría tratarse de un espejismo producido por el viento, una reordenación de las sombras. O podría ser otro huésped fumando tranquilamente, al fresco.

Algo araña los bordes de mi memoria, sin embargo. Algo que no quiero dejar salir de su jaula.

Cierro la puerta rápidamente y echo el pestillo. El corazón me martillea en el pecho. Una cancioncilla se repite en mi cabeza.

*Si esta noche vas al bosque, una sorpresa te llevarás.*
*Si esta noche vas al bosque, más te vale ir con disfraz.*

La mayoría de la gente la reconocería, supongo. Solo que en la versión original había ositos de peluche y en la que yo aprendí lo que acechaba en el bosque era algo mucho más siniestro.

# EL DÍA DESPUÉS DEL SOLSTICIO

El pesquero se acerca aún más, todo lo que se atreven a acercarse los pescadores sin hacerlo encallar. Las rocas sumergidas de este tramo de costa tienen mala fama.

Ahora distinguen un poco mejor el cuerpo, los miembros descoyuntados.

—Se habrá caído desde el camino del acantilado —dice uno.

—Pues hay una buena caída.

—Imagínate… ¿Cuánto tiempo serás consciente de que estás cayendo antes de chocar contra el suelo?

—Joder, tío. Qué mal rollo. No digas esas cosas.

Se ha levantado el viento. Un trozo de tela se infla y ondea como una vela: el paño blanco surcado de manchas de sangre.

—Es uno de ellos —dice otro—. Tiene que serlo. De ese sitio. Anoche hicieron una fiesta de inauguración, ¿no? Se oía la música en Tome.

Qué alivio. No es alguien del pueblo, entonces. Es uno de ellos. De la especie alienígena. De los invasores.

—La marea se lo llevará pronto —comenta otro—. Deberíamos…

—No, ni hablar. No vamos a acercarnos más. Ya hemos llamado a la policía. Hemos hecho lo que teníamos que hacer.

El humo sigue llenando el cielo por el oeste.

—Tiene que estar relacionado, ¿no? Con lo que está pasando ahí.

—Anoche, en el *pub,* la gente estaba hablando —tercia otro—. sobre los Pájaros.

—Venga ya, tío.

Un encogimiento de hombros.

—Yo solo digo lo que me contó Joe Dodd.

—Ah, el bueno de Joe. Ya. En fin, ese tiene mucho cuento. Se habría tomado unas cuantas pintas, ¿no?

—Pues no sé, puede ser. Pero en el pueblo lleva mucho tiempo hablándose de ponerlos en su sitio. A lo mejor alguien se ha hartado y...

Dejan de hablar al oír sirenas y un súbito desfile de destellos azules sobre el acantilado.

—Bueno, ahí están. Ya no es asunto nuestro. Cualquiera sabe qué averiguarán.

Se quedan callados otra vez. A pesar de la cantidad de sangre, puede que lo peor sea el pelo. Por cómo se mueve, tal vez. Se agita con la brisa, dando una falsa impresión de vida.

# NOCHE DE INAUGURACIÓN

## *Eddie*

Mi madre está en la cocina cuando llego a casa, con su albornoz viejo y sus zapatillas de andar por casa, además de una taza de té en la mano. Son casi las dos de la madrugada, no esperaba que estuviera levantada. Pero quizá no debería extrañarme. Tiene problemas para dormir desde que yo era pequeño. Desde lo que pasó con mi hermano, seguramente.

—¿Dónde has estado, Ed? —pregunta.

—Por ahí… En la playa, con Lila y los demás.

No es mentira.

—¿Bebiendo?

—No.

—¿Has vuelto por la carretera? ¿No por el bosque?

—Sí, mamá.

—Vale. Pero aun así ten cuidado. La gente que va a ese sitio ha estado pasando por la carretera desde media mañana, conduciendo como locos.

—No pasa nada, mamá. Siempre tengo mucho cuidado.

—En *Good Housekeeping* había un artículo sobre ella. Todo ese rollo de la diosa tierra… Menuda mierda. No puede una ir por ahí cargándose el sustento de la gente y quitándoles el derecho de paso. Yo creo que hay algo malvado en ella. Esta ola de calor que viene… He oído que mañana va a ser el día más caluroso de los últimos sesenta años. Espero que los funda a todos, ¿tú no?

Es un poco chocante oír a mi madre decir «mierda»; es lo más cerca que ha estado nunca de soltar un taco. Por eso precisamente no puedo decirles a mis padres dónde trabajo.

—Sí —digo ambiguamente.

—¿Quieres una Horlicks, cariño? —me pregunta—. ¿Para llevártela a la cama?

No me la voy a beber, porque fuera todavía hace veinticinco grados y no hace tiempo de beber leche malteada, pero sé que a mi madre le gusta prepararla, cuidar de mí.

—Sí, claro. Gracias.

En la cocina, calienta la leche en el viejo fogón, que apesta a fueloil y seguro que estará recalentando más de lo que ya lo está mi pequeña habitación, justo encima. Cierra de golpe el armario al sacar el bote de Horlicks y, cuando se da la vuelta, tiene las mejillas coloradas. Lo de ruborizarme lo he sacado de ella, pero ahora no se está sonrojando: está enfadada. Papá está siempre cabreado, así que uno se acostumbra. Pero mamá es amable, dulce… hasta que estalla de repente. «Qué buena es tu madre», me dijo una vez Delilah. Y es verdad. Pero también es aterradora cuando se le cruzan los cables.

—Tienen allí una «tienda rural», así la llaman —masculla.

—¿Sí?

Le eché un vistazo el otro día. Nunca había visto unas fresas tan lustrosas, pequeñas y perfectas (vienen en cestitas de mimbre) o granola con tantos «superalimentos» diferentes (a diez libras la caja). Hoy he visto salir a varios huéspedes con bolsas de papel enormes, como si hubieran ido a hacer la compra semanal. No entiendo qué van a hacer con tanta comida, si todos llaman al servicio de habitaciones o comen en el restaurante del hotel.

—Decían que iban a vender productos locales.

Noto una especie de vértigo en el estómago.

—Ah...

—Sí, se lo dije a tu padre. Porque ¿qué hay más local que la granja de al lado? Al principio se opuso, claro, pero creo que al final se entusiasmó. —Intento imaginarme a mi padre «entusiasmado» con algo y me quedo en blanco—. Ya sabes, como los supermercados le están fallando y hacen pedidos cada vez más pequeños y esas cosas... Se presentó allí con un montón de queso y leche.

De repente se me viene a la cabeza la imagen horripilante de mi padre entrando a trompicones en el vestíbulo de La Mansión, pasando por delante de la exposición de relucientes tractores antiguos (me imagino lo que pensaría de ellos), con sus enormes botas de trabajo embarradas, su chaqueta manchada y su barba canosa, y un saco lleno de productos a la espalda, como un Papá Noel de bajo presupuesto.

—Les enseñó lo que había llevado y le dijeron... —Pone acento pijo—: «Ay, ya tenemos nuestros proveedores, gracias. Y además solo vendemos productos ecológicos». Ni siquiera se molestaron en preguntarle si nuestra leche era ecológica.

(No lo es: demasiada burocracia, dice mi padre, y de todas formas no puede permitirse hacer el cambio).

—Son unos idiotas y se lo tienen muy creído, mamá —le digo.

Se pasa la mano por la cara.

—Son peor que eso, Eds.

—¿Qué quieres decir?

—Tu padre no ha tenido mucho cuidado con los papeles estos últimos años. Cosas del registro de la propiedad...

—¿De qué estás hablando?

Menea la cabeza como si se arrepintiera de haber dicho nada.

—No te preocupes. Seguro que no será nada.

No parece que no sea nada, pero sé por la fina línea de su boca que no va a decirme nada más.

—¿Papá se ha acostado hace mucho? —le pregunto.

Me da la espalda mientras remueve la leche.

—No. Aún no ha llegado.

¿Dónde cojones está a estas horas de la noche? En Tome no se puede ir a ningún sitio después de las doce. Mamá se ciñe más la bata, aunque es imposible que tenga frío. Nos miramos y sé que los dos estamos pensando en aquel día, hace años, cuando papá se encerró en la nave del tractor.

—Vale —dice ella como si hubiera decidido no pensar más en ello. Me pone delante una taza humeante de Horlicks. Solo de mirarla me empieza a sudar la frente—. Buenas noches, cariño. —Me revuelve el pelo.

La veo dar la vuelta y subir por la escalera arrastrando los pies. Me siento mal por ella, atrapada, esperándonos a los dos y preguntándose dónde estará mi padre, después de pasar todo el día aquí, sin nadie. Debe de sentirse muy sola. Mientras la veo subir la escalera, encorvada, pienso: «Parece una anciana». Mis padres me tuvieron bastante tarde. Mamá me dijo una vez (después de pasarse con el jerez navideño) que fui un accidente. «¡Pero un accidente de los buenos!». Ya no creían que pudieran tener más hijos. Mi hermano y yo nos llevábamos trece años. Por eso nunca le conocí de verdad.

Una hora después, oigo chirriar la puerta de entrada. Mi padre ha vuelto. No sé si mamá también lo habrá oído. Yo me he quedado despierto, con el oído atento, mientras miraba las redes sociales de Delilah: ha borrado todas sus cosas de *influencer fitness* y ahora en Instagram solo tiene una foto suya en blanco y negro con su nuevo pelo, más oscuro, y un aire malhumorado y misterioso. El texto de debajo dice: *Atentos a este espacio. ¡Pronto habrá algo IMPORTAN-TE!* Y lo mismo en su TikTok, solo que ahí se vuelve hacia la cámara y guiña el ojo muy despacio.

«Nathan Tate», pienso. «¿En serio?».

Oigo a papá tropezar en el pasillo y maldecir mientras lucha por quitarse las botas. Lleva el mismo par de botas todo el año, llueva o haga sol; de esas a las que puedes darles un hachazo sin hacerles ni una marca. Salgo sin hacer ruido y lo observo desde las sombras del rellano. Se tambalea ligeramente. Creo que está borracho. Pero no puede haber estado en el *pub,* por lo menos hace poco, porque cerró hace horas. ¿Significa eso que ha venido en coche de algún sitio? Me parece que no he oído el motor fuera.

Empieza a subir las escaleras. Me meto en mi cuarto, no quiero verlo así; a los dos nos daría vergüenza. Pero, entonces (¡mierda!), estornudo. Seguramente es él quien me ha hecho estornudar, porque pasa mucho tiempo con las vacas y acaba cubierto de babas y pelos.

—¿Quién anda ahí? —dice—. ¿Eddie?

—Eh… Sí, papá. Hola. —Salgo al rellano. La lamparita de noche parpadea.

Aparece en lo alto de la escalera. Espero a que me diga dónde ha estado o a que me pregunte qué hago levantado a estas horas, pero desvía la mirada. Parece nervioso, como si se sintiera culpable por algo.

—Bueno —dice bruscamente—. Buenas noches, hijo. No podemos quedarnos aquí charlando. No quiero despertar a tu madre.

Le observo mientras sigue subiendo la escalera hasta la habitación de matrimonio, en el desván. No me explica dónde ha estado estas últimas horas. Nada.

# *Owen*

Abro la puerta del almacén, en busca de algo de beber que me ayude a dormir. Aquí es donde se guardan los artículos más caros: el vino y el alcohol y otras cosas que no se pueden encomendar al personal mal pagado. No conseguía conciliar el sueño, y lo más alcohólico que tiene Fran en el apartamento es kombucha.

Veo una botella de *pinot noir* inglés (al parecer, el último grito en vinos, y a Francesca le gusta estar a la moda) y la bajo de la estantería.

—Buenas noches.

—¡Joder! —Se me cae la botella y consigo atraparla al vuelo.

Es Michelle, la perrita faldera de Francesca. Ha aparecido de la nada, como un puto genio de la lámpara. No sé cómo se las ha arreglado para no hacer ruido con esos zapatos, cuando normalmente va taconeando por ahí como si anunciara su presencia a bombo y platillo. ¿Por qué lleva esos taconcitos tan cursis cuando el resto del personal lleva deportivas?

—Ah, es usted, señor Dacre —dice.

—Owen, por favor —le digo, no porque quiera dar pie a ninguna intimidad con el tuteo, sino porque había algo raro en su forma de pronunciar mi apellido.

75

Quizá sea porque su acento es como una sopa de letras: un batiburrillo de inglés de la reina y acento de Dorset. Como es un miembro clave del personal de recepción, Fran la obligó a ir a clases de dicción. Creía que el acento local «no era el más adecuado para este ambiente».

En el caso de Michelle, las clases solo han servido a medias y el resultado —un popurrí de pronunciaciones mutantes— es casi peor.

—Owen —dice—. Perdón.

Está muy cerca y eso no me gusta. Siento cómo me estudia, cómo recorre mi cara con los ojos. Me alegro de que aquí haya poca luz.

—¿Sabes? —dice—. Creo que esta es la primera vez que hablamos de verdad, tú y yo.

Desde luego, es la primera vez que estamos tan cerca. Hasta ahora había conseguido esquivarla. Doy un paso atrás.

«Es tan capaz», me dijo Fran. «Y tan ansiosa. Se nota que desea muchísimo este trabajo. Estará muy agradecida». Si no conociera bien a mi pareja, diría que también quería tener a alguien a quien pudiera controlar por completo. «Además, cariño», me dijo, «es muy importante que haya alguna gente de por aquí en la plantilla. A los ayuntamientos les encanta que los empresarios den trabajo a la población local, y quiero que vean con buenos ojos nuestros planes de futuro».

Michelle señala con la cabeza la botella que yo intento esconder a mis espaldas.

—Ah —dice—, me extrañaba que no cuadrara el inventario. Creía que era algún empleado. —Se toca un lado de la nariz con el dedo y sonríe—. No te preocupes, yo te guardo el secreto.

La miro con el ceño fruncido. Por Dios santo. Ahora me fastidia haberme tomado la molestia de esconder el vino. Me siento como si hubiera hecho novillos y un profe me hubiera pillado fumando detrás de la caseta de las bicis. Y, sin embargo, soy su superior, su jefe a todos los efectos. Si quiero llevarme algo del almacén, me lo llevo y punto.

—No tengo nada que esconder.

—No, claro que no. —Mueve la cabeza con seriedad, con esas mechas cutres cayéndole sobre los hombros.

¿No ve Francesca lo hortera que es? Luego sonríe.

—Local, ¿verdad?

—¿Qué? —digo bruscamente.

Vuelve a señalar la botella.

—Un tinto de la tierra, ¿no? No creas que están a la altura de los franceses. Siempre saben un poco a pescado, si quieres que te dé mi humilde opinión.

—¿Sí? Creo que no quiero. —Mi respuesta suena aún más áspera de lo que pretendía.

Sus ojos se agrandan. Me doy cuenta de que estoy agarrando la botella con mucha fuerza y tengo los hombros levantados como un boxeador listo para el combate. Me obligo a relajarme.

—Lo siento —digo.

Qué estupidez, reaccionar así.

—No pasa nada —responde, pero parece un poco temblorosa. Y entonces añade—: ¿Te importaría…?

Entonces veo que estoy delante de la puerta, impidiéndole salir. Me aparto y nuestras miradas se cruzan cuando pasa. Tiene una expresión entre calculadora y desconfiada. Bajo la mirada y ella se escabulle por la puerta.

Solo cuando la botella se me resbala de la mano y se rompe contra la piedra y el vino se derrama por las baldosas, me doy cuenta de lo alterado que estoy.

# EL DÍA ANTES DEL SOLSTICIO

## *Eddie*

—¿Has dado de comer a las gallinas, Eddie?

—Sí.

—Así me gusta.

Mamá me sirve una taza de té mientras engullo los Krispies. Hoy me toca entrar pronto, tengo turno partido. Papá está sentado en silencio entre los dos, como un oso con dolor de cabeza. Tendría que haber empezado a ordeñar hace un par de horas, pero acaba de levantarse. Huele a alcohol. Lleva, además, su chaqueta de currar, que me está dando alergia. Me esfuerzo tanto por contener un estornudo que, cuando por fin se me escapa, es un estallido y los copos de arroz inflado salen disparados por la mesa.

Papá me pone mala cara. Yo me quedo mirando mi cuenco, con las mejillas ardiendo. ¿Por qué tengo que ser alérgico a las vacas? Nadie es alérgico a las vacas.

—Para conducir un tractor no hace falta tener ningún título —me dijo mi padre cuando me matriculé en bachillerato.

Y no era broma. Mi hermano estaba destinado a hacerse cargo de la granja. Y lo habría hecho genial.

—Con doce años ya conducía el tractor como si llevara haciéndolo toda la vida —dijo papá una vez. Nunca habla de mi hermano;

supongo que por eso se me quedó grabado. Por eso y porque hizo que me sintiera como un inútil.

—¡Sí, pero él no está aquí! —me dieron ganas de gritarle—. Lo siento, pero solo te quedo yo. El tonto de Eddie, el alérgico que no puede ni acercarse a las vacas.

Llaman a la puerta. Es Kris, uno de los dos peones de la granja (papá tuvo que despedir a los otros cinco por culpa del Brexit y los costes de contratación). Kris tiene la nacionalidad, aunque nació en Polonia.

—Buenos días a todos —dice educadamente. Y luego se dirige a papá—: Harold, Ivor ha desaparecido. No está en el campo ni en el establo. La puerta del establo está abierta. ¿Tú sabes algo de eso?

Papá niega con la cabeza. Kris hace una mueca.

—Entonces, creo que lo han robado.

Ivor es el toro más viejo de la granja. Seguramente ha montado a mil vacas, y alguna vez he pensado que me gana por novecientas noventa y nueve veces, solo que obviamente me refiero a tener relaciones sexuales con personas, no con vacas, digan lo que digan sobre Dorset.

—¿Por qué iban a robar a Ivor? —pregunto.

—Puede que no sepan lo que le pasa —dice mamá. Ivor tiene una enfermedad congénita que pronto empezará a causarle muchos dolores, así que papá tendrá que llevarlo al matadero—. Además, sigue siendo un animal valioso, de una raza rara. Pero, si alguien lo hubiera robado, seguro que habríamos oído un motor o habríamos visto luces o algo. Ivor pesa más de media tonelada. A un animal así no lo metes en el maletero como si tal cosa. —Se vuelve hacia papá—: ¿Tú oíste algo, Harold? ¿Cuando estabas fuera?

—No. —Papá la mira un momento y luego aparta los ojos.

Ella suspira.

—Bueno, más vale que avise a la policía, supongo. Yo me encargo. Aunque otra cosa es que vayan a hacerle mucho caso a este asunto.

Diez minutos después, cuando estoy arriba lavándome los dientes, pienso: «¿Por qué no se ha puesto furioso papá porque ha desaparecido Ivor?». Puede que Ivor ya no sea el de antes, pero aun así lo normal sería que mi padre se pusiera hecho una furia. Puede que incluso encontrara la manera de echarle la culpa a La Mansión. Una vez culpó a Francesca Meadows de que se hubiera agriado la leche.

—Te digo que es una especie de maleficio —dijo.

—Por Dios, Harold —contestó mamá—, que estamos en el siglo XXI. Seguro que tiene mucho más que ver con tu sistema de refrigeración, que es una antigualla, que con la magia negra.


Mis padres no están cuando bajo. Casi no hablan cuando están solos. El silencio es peor que cualquier discusión. A veces me pregunto si todavía se gustan. Recuerdo vagamente que antes se reían juntos y se abrazaban y esas cosas. Pero eso fue hace mucho mucho tiempo. Antes de que nuestra familia se desmoronase. Antes de que papá se encerrara en la nave aquella vez, con el motor del tractor en marcha, y Graham Tate (en los tiempos en que aún llevaba el *camping* y no era un borrachín hecho polvo) tuviera que echar la puerta abajo con un hacha.

Aunque solo son las siete de la mañana, fuera ya hace calor y noto que se me humedece la camiseta bajo los brazos mientras hago en bici el corto trayecto hasta La Mansión. Esta mañana he oído en la radio que este fin de semana va a ser «abrasador». Paso junto a un grupo de mujeres con ropa de yoga que van hacia la pradera. Algunas me miran de arriba abajo, parándose en varios sitios: en la cara y luego en los hombros, y algunas en…, bueno, en el paquete. Esto empezó a ocurrir hace solo un par de años y todavía no me he acostumbrado.

Estoy llevando la bici a la parte de atrás de La Mansión, cerca de la entrada de servicio de la cocina, cuando veo que la mujer de anoche viene hacia aquí, con una de las bolsas de tela de color verde oscuro del hotel. A la luz del día y sin el pintalabios rojo, parece distinta, un poco mayor, pero sigue estando muy buena, con ese aire de mujer madura rica. Cuando me desperté esta mañana, aluciné al pensar que me había presentado así en su habitación y... y todo lo demás. Confiaba en que no volviéramos a encontrarnos.

Se está acercando. Imagino que está perdida. Por aquí no hay nada para los huéspedes, solo un cartel de madera que pone ACCESO EXCLUSIVO PARA PERSONAL, que supongo que no habrá visto. Aunque es difícil no verlo, estando ahí mismo, escrito en letra mayúscula bien grande.

Debería ir a ofrecerle ayuda, ¿no? Actuar con calma y profesionalidad, acercarme a ella e indicarle la dirección correcta. Pero no me atrevo. No sabría qué decir. Solo de pensarlo, noto que me pongo colorado como un idiota. Así que, antes de que me vea, dejo la bici en la grava y me escondo de un salto detrás de uno de los grandes cubos azules de basura de la cocina. Está claro que hoy voy a llegar tarde.

Oigo el crujido de la grava mientras sus pasos se acercan. Ya debe de haberse dado cuenta de que se ha equivocado de camino: aquí solo hay cubos de basura y generadores y, más allá, el arco de piedra que da a un patio, debajo de la vivienda privada de Francesca y Owen. Los pasos se detienen. Me arriesgo a asomarme: está mirando mi bici. La rueda trasera sigue girando. Mira a su alrededor como si buscara a quien la ha dejado ahí tirada.

Pasa de largo y entra en el patio a pesar del enorme cartel de madera que pone PRIVADO. Salgo de detrás del cubo de basura y avanzo un par de pasos, hasta el borde del arco de piedra, para poder asomarme.

Allí está, de espaldas a mí, al pie de la escalera que lleva al apartamento privado. Mira en todas direcciones, como un animal olfateando el aire, atento a los depredadores.

Debería hacer algo. Decirle que no puede estar ahí. Pero luego está lo que pasó anoche, claro. Aunque empezara ella, aunque fuera ella quien me entró, cuando pasa algo así siempre se la carga el empleado. Fijo que me despedirían.

Está subiendo por la escalera que lleva a la vivienda de Francesca Meadows. ¿Va a llamar? Mira hacia atrás como si quisiera comprobar que nadie la observa. Parece estar sacando algo de la bolsa que lleva colgada al hombro, pero no alcanzo a ver qué es.

Ahora baja. Vuelvo a meterme de un salto detrás de los cubos de basura y un minuto después pasa a mi lado a toda prisa, murmurando:

—Mierda, mierda, mierda.

¿Qué acaba de hacer?

Miro el reloj. Joder, llego quince minutos tarde. Tengo que salir corriendo. Estoy tan concentrado en que Bella no me vea que no miro por dónde voy y casi me choco con una limpiadora que está saliendo por la puerta de personal, con la gorra baja, empujando uno de esos carros grandes que usan para limpiar las habitaciones.

—Hola —le digo—. ¡Buenas!

Ya me he dado cuenta de que algunos miembros del personal tratan bastante mal a las limpiadoras, como si creyeran que están por encima de ellas o como si quisieran dejar bien claro que hay una gran diferencia entre el trabajo que hacen unos y otras. Pero a mí mi madre me educó mejor. Además, yo también soy un limpiador, de hecho, solo que mi trabajo consiste en fregar platos sucios.

—¿Eddie?

La voz que acabo de oír no tiene ningún sentido. La persona que me mira es la última persona que esperaba ver aquí. O puede que la penúltima. Es...

—¿Mamá? —digo, incrédulo.

Parece tan sorprendida (o tan alucinada) de verme como yo de verla a ella.

—Mamá, ¿se puede saber qué...? —le digo—. ¿Qué haces aquí? —Estoy un poco enfadado; este es mi territorio. Luego, por fin, me fijo en el uniforme de limpiadora y en el carrito—. ¿Trabajas aquí? —pregunto al mismo tiempo que ella dice:

—Ya me parecía que pasabas mucho tiempo con Lila estas últimas semanas.

Nos quedamos mirándonos sin saber qué decir.

—No puedes decírselo a tu padre —añade rápidamente—. Esto... le destrozaría. Ya sabes lo que opina de este sitio.

—¡Ya lo sé! —contesto—. Sabía que papá se cabrearía un montón. ¡Pero tú también odias este sitio!

Mamá se pone muy colorada.

—Bueno..., las cosas están difíciles, Eds. A tu padre no le viene mal una ayuda económica, pero es demasiado orgulloso. Además, no quiero estar de brazos cruzados y tu padre no me deja ayudar en la granja.

Hace unos años, un buey le aplastó la mitad de los huesos del pie y entonces mi padre decidió que el trabajo era demasiado peligroso para ella. A menudo me pregunto si mamá se siente tan inútil como yo en lo que respecta a la granja.

—Así que le he dicho que me han contratado en el Spar. Él nunca va por allí y, además, Mags me cubre.

Mags es una buena amiga de mi madre que trabaja de cajera.

—Pero ¿por qué no trabajas en el Spar?

Sería mucho mejor, creo. No me gusta verla con el uniforme de limpiadora. Ya sé que suena un poco clasista. Puede que yo no sea mucho mejor que los otros miembros del personal, a fin de cuentas.

—No necesitan a nadie ahora mismo. Como tienen la nueva caja de autopago... Mira —dice con energía—, eso no significa que me guste este sitio. Ni mucho menos. Pero necesitamos el dinero. Y cuando aprieta el hambre, no hay pan duro. —Parece asqueada de veras—. Así que aquí estoy, aireando los trapos sucios de otros.

Miro el carro de limpieza. Encima hay un montón de sábanas sucias.

—¿Eso es sangre? —pregunto al ver una manchita.

Ella frunce los labios.

—La verdad, Eddie, no te creerías lo que se ve aquí. Da igual cuánto dinero tengan. Si te soy sincera, comparados con ellos los animales de granja son limpísimos. —De repente se echa a reír—. Fíjate, vaya dos —dice—. Creo que este es uno de esos momentos en los que o te ríes o te echas a llorar. Ven aquí, cariño.

Abre los brazos. Miro hacia atrás antes de acercarme para darle un abrazo rápido. Luego retrocede y me pone las manos en los hombros.

—Pero aún no me has dicho qué trabajo haces aquí.

Estoy a punto de contarle que soy camarero, pero no puedo mentirle a mi madre y, además, seguramente va a enterarse de todos modos.

—Friego platos —digo—. Y hago algunas otras cosillas. Pero estoy esforzándome para ser camarero.

Mamá acerca una mano y me alborota el pelo.

—Pues estoy orgullosa de ti, cielo. —Y luego añade suavemente—: Sé que papá también lo está, aunque no siempre lo demuestre.

Me avergüenza sentir que me escuecen los ojos. Toso y parpadeo con fuerza.

—Gracias, mamá.

—Y que esto quede entre nosotros. De acuerdo, ¿vale? Porque, si se entera, tu padre se muere de un… —Se para al ver que unos huéspedes vienen hacia aquí—. En fin —dice rápidamente—, lo que quiero decir es que a veces es mejor ocultarles algo a nuestros seres queridos que hacerles daño diciéndoles la verdad. ¿No?

—Sí.

Pienso en mi padre, en lo tarde que llegó anoche. Mucho después de que cerrara el único bar de por aquí. Parece que no somos los únicos que tienen secretos.

# *Bella*

Salgo a toda prisa del patio privado y rodeo la parte de atrás de La Mansión, con el corazón acelerado. Cruzo un pequeño aparcamiento que debe de ser para el personal. Hasta yo sé que ese descapotable plateado y reluciente es un Aston Martin. En la matrícula pone D4CRE.

Atravieso el huerto cercado por un muro, un perfecto mosaico de verduras: el verde vivo y el rojo sangre de los cogollos de lechuga, los frondosos penachos de las zanahorias que la brisa agita suavemente. Al parecer, todo lo que se sirve en el restaurante es «ecológico y procede de cultivos y explotaciones locales». En un extremo veo la Casa del Jardinero, una casita de piedra que cualquiera que fantasee con jugar con sus amiguitos a ser el señor McGregor, el jardinero de los cuentos de Beatrix Potter, puede alquilar por varios miles de libras la noche.

Salgo por la puerta del huerto al camino principal, que serpentea entre praderas de color esmeralda, relucientes de rocío. Hay unas cuantas personas sentadas en corro en la hierba, con la cabeza agachada. Debe de ser la «meditación matinal» que vi anunciada en recepción. Más allá está el mar, y los acantilados que descienden hasta una playa de arena. Eso lo sé sin tener que mirar el mapa dibujado a mano que me dieron al registrarme.

Al otro lado del camino, detrás de los setos, distingo la parte de arriba de la red de la pista de tenis y oigo el golpeteo de una pelota, a pesar de que es muy temprano. Me imagino a la gente guapa que juega detrás de ese seto, con los miembros bronceados y el pelo lustroso, gritando, riendo y chocando los cinco. Me siento como una alumna becada en un internado rural ultrapijo.

Espero a que las grandes puertas de hierro se abran y me dejen salir de los terrenos de La Mansión. Las dos columnas de piedra de la verja están rematadas con sendas estatuillas de un zorro sentado y manchado de líquenes. Debajo, tallado en la piedra, se lee: MANSIÓN DE TOME.

Delante de mí, la carretera se aleja del mar y se adentra en el interior. Encuentro la señal del sendero que va en sentido opuesto, hacia los acantilados. TOME, dice, 1,75 MILLAS. Avanzo por un pasadizo de setos tan tupido por el verano que más allá no se ve nada, solo hojas y luego el cielo, azul como fuego de gas. Me paro un momento y husmeo el aire como un animal. Ese olor… Tan característico, tan familiar. El olor jabonoso del perifollo verde mezclado con el tufo sofocante del estiércol.

De repente estoy en los acantilados. A la luz clara y limpia, el mar tiene un brillo mediterráneo. El viento que me azota es cálido. Parece que alguien ha madrugado aún más que yo: hay una persona haciendo *kitesurf* en el agua.

La carretera vuelve a unirse a los acantilados junto a un lugar llamado Granja Seaview. Parece medio abandonada: tejados de chapa combados, vallas rotas, un montón de maquinaria agrícola oxidada. La brisa hace restallar una lona negra, y unas gallinas piojosas picotean por el patio. Tengo la sensación de que alguien me observa. Puede que sean las vacas del establo más cercano, que me siguen con sus grandes ojos oscuros.

Me apresuro a seguir; no quiero entretenerme. En torno a este lugar el aire sabe a tristeza. O tal vez sea solo yo, proyectando la mía.

Al doblar la curva siguiente, me acerco a un *camping* de caravanas: un centenar de casas móviles apartadas del mar, detrás de una valla de madera. La pintura de esta está descascarillada; las caravanas, sucias y vacías, con las patas envueltas en hierbajos. Al otro lado de la sucia pared de color crema de la más cercana, alguien ha escrito en color rojo sangre: PAGARÉIS POR ESTO, PIJOS DE MIERDA.

No… No, esto no está bien. Tendría que haber cestas colgantes y trajes de neopreno manchados de salitre secándose al aire, gritos y ruido de balonazos de niños jugando al fútbol, olor a salchichas asadas en el aire, la algarabía y el tintineo de los cubiertos y la vida…

—¡Dios! —Me sobresalto.

Acabo de ver una figura sentada en una tumbona vieja. Tan encorvada y arrugada que, al principio, me parece una especie de extraño espantapájaros. Hasta que se echa hacia delante y me señala con el brazo, y entonces veo su cara roja de borracho bajo el pañuelo anudado con el que se cubre la cabeza. No puedo dejar de mirarlo. No puede ser…

—¿Qué miras, niña? —farfulla, y el *whisky* de la botella abierta que tiene en la mano salpica—. ¿Has venido a reírte del pobre Graham? ¡Pues vete a la mierda!

Sigo adelante a toda prisa, asombrada. No puedo creer que se haya convertido en eso…

Ahora sí que estoy en el lugar correcto. Respiro hondo y salgo de la carretera. Si alguien me está viendo, pensará que estoy a punto de tirarme por el borde del acantilado, pero aquí hay un sendero, si uno sabe lo que busca: rodeado de zarzas, baja serpenteando por la pared de piedra caliza.

Cuando llego a la cala escondida, me quito los zapatos y los calcetines para sentir la arena húmeda entre los dedos de los pies. La marea ha bajado y ha dejado charcos de agua salada entre las rocas planas. Subo hasta donde alguien ha dejado una mochila y un montoncito de ropa. Trepo hasta el charco más cercano, notando en la planta de los pies la áspera piedra pómez de los percebes y las algas resbaladizas, y escudriño su superficie vidriosa. Dentro hay todo un universo. Busco un destello de vida entre las algas: un cangrejo o un pececillo. Una pequeña distracción mientras me armo de valor para hacer lo que tengo que hacer.

Y ahí está, detrás de mí: la cueva. Justo donde la recordaba, en un extremo, encajada entre las rocas más empinadas. ¡Cómo contrasta su frescor húmedo con el calor de la mañana! Su interior oscuro parece lleno de fantasmas.

No quiero ir más allá, pero para eso he venido. Entro hasta el fondo de la cueva, donde está aún más oscuro. La linterna del móvil alumbra lo justo para que vea la abertura en la pared del fondo, a la altura de mi esternón. Me apoyo en la roca y me impulso hacia arriba. No sé si esto va a funcionar. Soy delgada, pero la chica que se subió aquí en tiempos era una enclenque. Consigo encaramarme hasta la boca del túnel. Luego me arrastro bocabajo, tratando de no pensar en la roca maciza que me rodea. Tanteo con una mano delante de mí. Parece una locura que aún pueda estar aquí. Pero por otro lado, si no está, ¿qué pasaría? ¿Qué significaría eso?

Por fin rozo algo con los dedos. Algo pequeño, envuelto en plástico. Me late tan fuerte el corazón que me parece oír su eco entre las piedras. Tiro del bulto y retrocedo poco a poco, arrastrándome, sin soltarlo.

Cuando vuelvo a estar fuera, parpadeando al sol, examino mi botín. Aunque esté envuelto en varias bolsas de plástico, parece muy viejo, como si acabara de desenterrarlo. Quito la primera bolsa del Spar, rajada y descolorida, y la segunda, que ha aguantado mejor, y la tercera, que está un poco húmeda pero prácticamente como nueva.

Y ahí está. La cubierta de cartón un poco manchada y húmeda y las páginas combadas por el agua, pero mucho mejor de lo que esperaba. Está casi intacto después de tanto tiempo.

Estoy a punto de abrirlo cuando un destello de color me distrae. Levanto la vista y veo una vela de *kitesurf* verde brillante. El surfista toma una ola y la tabla se eleva en el aire. Me doy cuenta de que estoy conteniendo la respiración. Caerse a esa velocidad y chocar contra el agua debe de ser como chocar contra cemento, pero él se posa a la perfección, abriendo una franja de espuma blanca en las olas.

Vira hacia la playa y se acerca, salta al agua con elegancia y tira de todo el aparataje para sacarlo a la playa. No me ha visto y me siento como una mirona mientras se baja la cremallera del traje de neopreno y se quita la parte de arriba. Veo su espalda ancha y morena y la gran sombra negra de un tatuaje que resulta ser un ave rapaz con las alas extendidas. Las puntas de las alas tocan apenas los hombros, ajustándose perfectamente al lienzo de su piel.

Cuando se baja más el neopreno, veo dos cosas: una, que tiene el mismo bronceado uniforme y ambarino en todo el cuerpo, y, dos, que no lleva nada debajo. Debe de pensar que está solo. Vuelve la cabeza hacia un lado y veo su perfil orgulloso, su nariz romana. Es Owen Dacre. El joven arquitecto de moda, el «mayor talento de su generación», según la prensa. El dueño, con toda probabilidad, de ese Aston Martin descapotable. El tipo que ha diseñado los nuevos anexos de La Mansión. Marido y socio de Francesca Meadows. Formaban una pareja impresionante en las fotos de la boda que vi. Él parecía Jim Morrison vestido con ropa de Mr. Porter. Su aspecto disoluto contrastaba con la radiante lozanía de ella. ¡Pero cómo la miraba en esas fotos! Como si estuviera totalmente bajo su hechizo.

Se da la vuelta por completo —santo cielo— y sube a grandes zancadas por la playa, con el culo desnudo, hacia las rocas y la mochila que —ahora me doy cuenta— debe de ser suya. Me agacho, paralizada en el sitio. Sé que debería apartar la mirada, pero no puedo. Veo como se seca con una toalla, se pone la ropa y guarda el equipo de *kitesurf* en la mochila. Luego se gira hacia este lado. Ahora tiene que verme. Se sobresalta y murmura algo en voz baja.

Levanto una mano para saludarlo.

—Hola —le digo.

Está muy quieto, pero parece atravesado por una especie de energía contenida, como un zorro sorprendido en plena caza.

—¿Qué hace aquí? —pregunta bruscamente.

—Me alojo en La Mansión —contesto.

Frunce el ceño.

—Es peligroso que se bañe aquí. Hay rocas ocultas debajo del agua, cerca de la playa. Y la bajada…

—No pasa nada —le digo, irritada por su tono condescendiente—. Ya he estado aquí otras veces. —Me quedo callada. ¿Ha sido una estupidez decir eso? Se me ha escapado. Pero supongo que por sí solo no significa nada. Esta parte de la costa es muy conocida.

Lo observo alejarse de la playa por el sendero del acantilado, hasta asegurarme de que estoy sola. Entonces respiro hondo y me pongo el cuaderno sobre el regazo. Antes de nada, le doy la vuelta y lo abro por la parte de atrás, deseando que mis dedos temblorosos funcionen como es debido. Ahí está. Un mapa dibujado a boli. La casa, los acantilados, el bosque.

Una equis marca el lugar.

Es hora de sacar a la luz el pasado, aunque sea a rastras.

Vuelvo a dar la vuelta al cuaderno. Leo el primer renglón. Siento el escozor repentino de las lágrimas.

Tonta, más que tonta.

# DIARIO DE VERANO
## La caravana – Camping Tate

**23 de julio de 2010**

Hoy he conocido a una chica en la playa. Nunca había conocido a nadie como ella.

Estoy pasando el verano en Dorset porque mis padres, como son profes, tienen vacaciones escolares. Mamá y yo votamos por el Algarve, pero no nos llegaba el presupuesto. De todos modos no hace tan mal tiempo como pensaba. Me he comprado este «Diario de verano» en una gasolinera cuando veníamos para acá, aunque es muy cursi, porque siempre necesito tener un sitio donde escribir mis pensamientos. Es lo que pasa por ser hija única.

He encontrado un fósil, pero es como si me hubiera encontrado él a mí.

Mientras mis padres sacaban las cosas, bajé a la playa y estuve hurgando en los charcos que se forman entre las rocas. Tengo dieciséis años, soy demasiado mayor para meterme en los charcos, pero la playa estaba llena de chicos con tablas de *bodyboard*, muy bronceados. Todos se conocían y yo no quería sentarme ahí sola como una pringada. O como otro chico que estaba solo, de doce o trece años, flaco y con el pelo moreno mal cortado.

Le estaba observando cuando noté algo con el dedo gordo del pie. Miré hacia abajo y vi que esa cosa me estaba mirando, atrapada dentro de un trozo de roca: un ojo y algo que parecía un pico, o una mandíbula. Con los dientes pequeñitos y aserrados. Daba <u>mogollón</u> de miedo. No sé si grité o qué, porque de repente oí una voz a mi lado que decía: Ostras, nunca me he encontrado uno así. Era uno de los chicos que estaban jugando con las tablas. No podía mirarle directamente porque con los chicos soy una pánfila total (es lo que tiene ir a un colegio solo de chicas), sobre todo con los que están muy buenos, y este tenía el pelo color caramelo y olía a sal y sudor (que, dependiendo del chico, es un buen olor).

Entonces sus amigos se acercaron a mirar y la mayoría se pusieron a mirar el fósil, pero uno de ellos le gritó al chico bajito moreno: oye, Gamba, dile a tu madre que no puedo darle lo suyo esta noche porque tengo mucho lío. Aunque ya sé que se muere de ganas. Algunos se rieron, pero el chico del pelo color caramelo dijo: no seas gilipollas, Tate. Eso me gustó. El otro no respondió. Solo se encorvó.

Luego todos se callaron y empezaron a apartarse para dejar paso a otros tres. Una chica y dos chicos más mayores, gemelos. Era como si vinieran de otro planeta. Y lo mismo que se notaba que ese chico, Gamba, es pobre, se notaba que estos eran ricos. Por el pelo y los dientes, y hasta por la postura. La chica se acercó y dijo con una voz ronca y muy pija: hala, qué guay. Extendió la mano y se lo di sin pensar. Llevaba unas gafas de sol negras muy grandes, de PRADA, con la marca en letras plateadas en la patilla, y un

93

*piercing* en el ombligo. Yo tuve que <u>suplicarle</u> a mi madre que me dejara hacerme los de las orejas.

Oye, me dijo con el fósil en la mano, ¿puedo quedármelo? Y antes de que yo dijera nada, va y dice: y puedes venir mañana a la mansión si quieres. Mis abuelos tienen piscina. Es mucho mejor que la playa. No hay gente del pueblo.

Entonces me tocó el brazo. Sería divertido que vinieras. Me sonrió, aunque yo no podía verle los ojos detrás de esas gafas tan grandes.

Le dije: sí, claro. No tengo ni idea de por qué, pero, de toda la gente que había en la playa, me eligió a mí.

## 24 de julio de 2010

¿Sabes en el libro de Narnia, cuando atraviesan el armario? Pues hoy ha sido así. Empezó en una caravana y acabó en un palacio. O en una mansión, pero es igual.

Papá me llevó en el Corsa. Aunque suene fatal, me hubiera gustado que el coche no fuera tan pequeño y tan viejo. Paró delante de la verja cerrada: dos columnas grandes con zorros de piedra encima y, tallado en una de las columnas, MANSIÓN DE TOME. No se veía la casa, solo el camino de entrada, muy largo. Papá dijo: ¿te dijo esa chica que era una finca señorial? No quiero que el lord de estos contornos se líe a tiros con su escopeta.

Entonces las puertas se abrieron con un chirrido, subimos por el camino y por fin se vio la <u>enorme</u> casa, con el mar a un lado y un bosque oscuro y espeluznante al otro. Y puede que suene cursi, pero se me ocurrió que el fósil era como un amuleto mágico que me había permitido entrar en otro mundo, como en un cuento de hadas.

Papá volvió a parar el motor a mitad de camino y dijo algo así: mira, cariño, es lo que dijo Graham. La gente que vive en sitios así no es como nosotros.

Él no lo entiende. De eso se trata. ¿Cuándo voy a poder ir a un sitio así en Streatham?

Es solo para bañarnos en la piscina, papá, le dije yo. Así que siguió conduciendo hasta que vimos a la chica esperándonos delante de la casa, de pie, con la cadera ladeada. Llevaba un bikini rosa y una minifalda vaquera. La saludé con la mano y no me devolvió el saludo, pero, como se estaba protegiendo los ojos del sol con la mano, puede que no me viera.

Bueno, dijo papá. Vete, cariño. Tú lo has querido.


**27 de julio de 2010**

He ido todos los días a la mansión de Tome y ha sido <u>alucinante, literalmente</u>. La piscina es tan bonita… Frankie (así se llama la chica) es supergenerosa. Me ha regalado un bikini para tomar el sol (todavía tenía la etiqueta puesta… 40 libras!!!!!!). Dijo: a mí me queda pequeño de tetas, pero tú eres bastante plana, así que te queda perfecto. Y cualquier cosa es mejor que ese bañador horroroso, Gorrión (me ha llamado así estos últimos días, por lo flaquitas que tengo las piernas). Dice que también tengo que arreglar el «problemilla de mis ingles». Me ha dado unas tiras de cera, pero no me atrevo a usarlas, me da miedo.

Frankie está siempre diciendo lo aburrido que es esto, que no hay nada que hacer. Pero es ALUCINANTE. ¡No sé ni cuántas habitaciones tiene la casa! Tiene una biblioteca. Una bodega. Como veinte habitaciones. Y luego está el bosque lleno de árboles que tienen miles de años.

Aquí hay que portarse bien en el bosque, me dijo Frankie cuando me quedé a dormir la otra noche y vimos *El proyecto de la bruja de Blair* (su película favorita). Sobre todo de noche. O vendrán a por ti. No les gustan los forasteros.

¿A quién?, le pregunté. ¿A quién no le gustan los forasteros?

Se echó a reír. ¡Qué cara has puesto! Era una broma. No es verdad. Mi abuela dice que solo son cuentos de campesinos.

Su abuela es muy elegante y delgada y da miedo, y se pasa todo el tiempo trabajando en el jardín. Hoy he conocido al abuelo mientras estábamos tumbadas al lado de la piscina leyendo revistas. Cayó una sombra sobre nosotras y allí estaba, de pie: alto, con el pelo blanco repeinado hacia atrás y una boca un poco antipática. Es viejo, pero tiene un aire como poderoso. Como el retrato de un emperador romano que vi una vez en un museo, pero con pantalones de pana rojos. Tiene un labrador que se llama Kipling. Dijo algo así como: así que tú eres la nueva amiguita de Francesca. ¿También veraneas aquí?

Yo dije: eh, sí, estamos en el *camping*.

Ah, dijo. Graham Tate es uno de nuestros arrendatarios. Entonces me miró (ojalá hubiera llevado algo más que el bañador) y dijo: supongo que eso significa que eres nuestra huésped por partida doble.

Yo sonreí, cortada. ¿Qué iba a decirle?

Cuando se fue, Frankie puso cara de fastidio. No le hagas caso. Mi abuela y él acaban de reconciliarse. Tuvo una aventura con su secretaria. Yo debí de poner mala cara, pensando en un tío tan viejo haciendo algo así, porque Frankie dijo: sí,

¿verdad que es asqueroso? Pero el caso es que ha vuelto a guardar el pajarito en la jaula. Y menos mal, porque mi abuela ya estaba hablando de vender la casa y mudarse a un piso en Marylebone. Esto es aburrido de cojones, pero no sé qué haría si no pudiera venir todos los veranos, sobre todo porque la foca de mi madre está tan ocupada tomando el sol en el Mediterráneo que pasa de nosotros. Esto es mi hogar, ¿sabes?

## 28 de julio de 2010

Hoy Graham Tate, el dueño del *camping*, ha venido a charlar un rato con mis padres. Es un tío grandote y moreno, que lleva un pañuelo atado en la cabeza como en los dibujos animados y se pasa el día por ahí, charlando con todo el mundo. Le gusta meterse con papá porque el Palace (el equipo de mi padre) va de culo ahora mismo.

Cuando salí de la caravana, papá me señaló con el dedo y dijo con retintín: esta ha estado yendo a la mansión. Graham contestó: a la Mansión de Tome, ¿no? Pues ándate con ojo, niña. No voy a decir más porque les tengo arrendados estos terrenos, pero yo no me fiaría de ellos. No les importa la gente como nosotros, nunca les ha importado. Antiguamente, el señor tenía unos caballos blancos de pura sangre. No los tenía bien entrenados y estaban medio salvajes. Un día fue a cazar y atajó por un sendero del bosque y había allí una chica del pueblo cogiendo flores. El caballo se encabritó y la coceó. La mató. Y unos días después le oyeron quejarse delante de sus amigos ricachones de que se le había escapado el zorro. No indemnizó a la familia, nada de nada.

Mamá se puso: ¡qué horror! Y supongo que sí que lo es, pero no veo qué tiene que ver una historia de hace mil años con la casa o con esa chica y sus hermanos. Aunque pasara de verdad, fue hace siglos, ¿no?

Y eso no es todo, dijo Graham Tate con una voz que ponía los pelos de punta. Una noche que entraba del mar una niebla muy espesa, se abrieron los establos y se escaparon los caballos. A la mañana siguiente resultó que todos se habían despeñado por los acantilados. Todos, hasta el último.

Entonces, ¿lo hizo alguien?, preguntó mamá. ¿Alguien los llevó hasta allí?

Alguien no, dijo Graham con esa voz siniestra. Algo. Los Pájaros.

¿Los Pájaros?, preguntó papá.

Los pájaros de por aquí no son cualquier cosa, dijo Graham Tate, y se tocó la nariz. No puedo decir más.

## 29 de julio de 2010

Hoy he hablado con los hermanos de Frankie, los gemelos. Hugo tiene un mechón blanco en el pelo y es más gritón que Oscar, pero los dos son bastante gritones. Llevan ropa deportiva pija: pantalones de chándal de la liga de *rugby* escolar. En la playa parecían modelos de Abercrombie, pero no son tan guapos, aunque sean altos y musculosos. Se ríen como las hienas de *El Rey León*. Hoy entraron en la cocina mientras yo estaba esperando a que Frankie encontrara un esmalte de uñas (para arreglarme mis «horrendas» uñas de los pies). Olían a desodorante Lynx y a sudor rancio. Bebieron leche directamente de la botella, a morro, primero uno y luego otro. La cocina parecía más pequeña con ellos dentro. Hugo pasó la mano justo delante de mi tripa para sacar un cuchillo del cajón.

Me gusta tu bikini, dijo.

Yo en parte quería que se me tragara la tierra y en parte no, ¿sabes?

Así que tú eres la nueva, dijo.

Y yo: ¿la nueva?

¡La nueva de la colección!

Solté una risa tonta por los nervios y me puse: eh…, no lo pillo.

Y él dijo: sí, ¿sabes que hay gente que colecciona cosas? Cromos de fútbol, por ejemplo. O los pájaros, que recogen cosas brillantes para sus nidos. Pues a nuestra hermanita le gusta coleccionar gente. Puso falsa cara de pena. Nuestra mami no le dio suficiente cariño.

Estaban los dos sonriendo. Yo también sonreí para demostrarles que había pillado el chiste, aunque en realidad no tenía gracia. La verdad es que me sentí como si el chiste fuera yo.

Supongo que tú eres la favorita de este mes, dijo Oscar.

Sí, dijo Hugo, hasta que llegue la próxima.

Me alegré cuando volvió Frankie. Me miró agitando el botecito morado oscuro: aquí está, Gorrión. «Laguna a medianoche». Lo que me recuerda que pronto podríamos hacer una fiestuqui de medianoche. ¿Te apetece?

Claro, dije, suena genial (aunque lo de la «fiestuqui» me sonó un poco infantil en ella…). Los gemelos se miraron. Sí, nosotros también nos apuntamos, dijo Hugo, y puso su sonrisa de hiena. Ya sabéis cómo me gustan las fiestas.

# Owen

De vuelta de la playa, cruzo el huerto para llegar al patio privado por el que se entra a nuestro apartamento. Hay un tipo vestido con ropa de entrenar cara haciendo como que corre por los senderos. Será idiota. Tiene toda la finca para correr, ¿qué hace aquí? Espero que tropiece, se dé un golpe en la cabeza con un bordillo y se ahogue en el estanque de las carpas.

Ayer me pareció una invasión, cuando empezaron a llegar los primeros coches por el camino de entrada. No he construido nada de esto para ellos, sino para ella. Creo que me había autoconvencido de que no vendrían. Pero aquí están. No han pasado ni veinticuatro horas y ya me parece que están degradando este lugar. Dejan huellas grasientas en el cristal del Seashard, rayan los acabados, tiran las toallas en montones húmedos como setas alrededor de la piscina, revuelcan sus cuerpos antiestéticos en el agua, emborronan las líneas diáfanas del diseño. Me lo tomo como una afrenta personal. Sé que son un mal necesario. Entiendo que ese es el objetivo de La Mansión. Pero en mi opinión estábamos mucho mejor antes de que llegaran, cuando la casa estaba terminada y perfecta, nuestra visión materializada por completo, inmaculada. He creado algo transformador aquí. No solo para este viejo edificio, no solo para Fran, sino también para mí. Algo que empezaba a curarme.

Los huéspedes son como una plaga. Son insaciables. ¿Y por qué parecen todos tan infelices, joder? Tienen cara de vinagre, como diría mi padre. La cara de la gente que espera el autobús bajo la lluvia. Están pasando unos días en «el hotel rural de moda». Han pagado cientos, incluso miles de libras en algunos casos por ese privilegio. Tienen todo lo que pueden necesitar.

Dios mío... Y pronto vendrán aún más. Para eso estamos construyendo las casas del árbol dentro del bosque, que ya están reservadas para el otoño a pesar de que la construcción va con muchísimo retraso. Es culpa mía, por idiota. La cagaba constantemente con los diseños. Es extraño, pero cada vez que iba al bosque para visualizarlos, me descentraba. No sabía que Fran ya había abierto el calendario de reservas. Tenemos que empezar las obras ya mismo. Sé que a ella no le hace ninguna gracia que sea durante el fin de semana de la inauguración, pero he intentado convencerla de que era mejor así. Las celebraciones distraerán a los huéspedes mientras hacemos los trabajos más ruidosos: excavar para desarraigar los árboles talados y dejar espacio para los cimientos. De ese modo no hemos tenido que cerrar las reservas. Fran puede parecer una inconformista, pero es una empresaria sumamente astuta.

Al volver de la playa he pasado por delante del Camping Tate, que ahora es una estampa penosa: una mancha en el paisaje. Estoy deseando ponerme manos a la obra con los planes que tiene Fran para esa zona: un *glamping*, pintorescas caravanas de gitanos con duchas de lluvia al aire libre. Pero vamos a cobrar más por las casitas del árbol, así que tienen prioridad.

El tipo que antes estaba corriendo se ha puesto a hacer estiramientos en uno de los bancos de hierro que hay entre los parterres.

Un tío no debería llevar unos pantalones tan cortitos. Estoy seguro de que de un momento a otro se le va a salir un huevo sudado y voy a tener que ver ese espectáculo.

Los huéspedes no respetan ni la cala escondida, por lo visto. Esa mujer en las rocas, hace un momento. ¿Cómo coño llegó allí? La mitad de la gente de por aquí ni siquiera sabe que la cala existe y los que lo saben no se molestan en ir porque la bajada es peligrosa. Por las mañanas la tengo para mí solo, que es como me gusta. Es el único lugar fuera de la finca que de verdad me gusta visitar.

Cuando me enteré de que buscaban un arquitecto para La Mansión, pensé que yo no podría hacerlo de ninguna manera. La verdad es que casi no había trabajado en el Reino Unido. Mis últimos proyectos habían sido la casa de vacaciones de un actor islandés en los fiordos occidentales y un hotel en Costa Rica. Y aun así no podía quitármelo de la cabeza.

—¿No crees —me dijo mi terapeuta— que valdría la pena indagar en por qué dices que no puedes? A veces, para vencer un miedo es necesario hacer lo que nos asusta.

—Mandaré una propuesta breve —contesté yo—. Haré eso, por lo menos.

Fui a la primera reunión preparado para enfrentarme a mis demonios. Y en vez de eso me encontré con mi ángel: atrapada en un rayo de sol que entraba por la ventana, con el pelo dorado cayéndole en ondas sobre los hombros.

Un par de sesiones después se lo conté a mi terapeuta.

—La forma en que hablas de ella… ¿Cabría concluir que has estado buscando una figura materna? —me preguntó.

—No se parece nada a mi madre —le espeté—. Fran es perfecta.

—¿Hay alguien perfecto? —repuso ella—. Esa es una etiqueta difícil de sostener para cualquier ser humano.

Mierda de psicología barata. Cancelé las sesiones siguientes. Ya no necesitaba un terapeuta. Tenía a Fran.

Aunque, curiosamente, cuando me calmé sí que vi que había cosas suyas que me recordaban a las mejores cualidades de mi madre. La belleza. Los grandes sueños. Pero, a diferencia de mi madre, mi esposa es toda positividad. Toda ímpetu. Cuando echo la vista atrás, no sé si me enamoré primero del proyecto o de Fran. Desde luego, nunca antes me había sentido tan conectado con mi trabajo.

Me paro detrás de uno de los perales en espaldera, echo un vistazo rápido para asegurarme de que nadie me ve y saco un ladrillo suelto de la pared. Ahí, metida en el hueco, tengo mi reserva de tabaco de emergencia. Me lío chapuceramente un cigarrillo. A pesar de todo, sigo comprando el mismo tabaco de liar Benson & Hedges. Es el único que me sabe bien. Fran cree que lo dejé hace años. Dudo que haya probado nunca el tabaco: así de pura es. Bueno, menos en la cama.

Cuando entro en el patio privado me paro y frunzo el ceño. Algo cuelga de la puerta que da a nuestro apartamento. Algo blanco y andrajoso. Algunos jirones se han desprendido a medias y se agitan movidos por la brisa cálida.

El sabor del tabaco se me agria de pronto en la boca.

Me acerco. Empieza a erizárseme la piel, aunque todavía no sé muy bien qué estoy viendo.

Un paso más. Ahora lo huelo y reconozco ese olor con ese olfato animal que seguramente tenemos todos. Es un bicho muerto.

Dios santo. Al darme cuenta de lo que es, un grito me atraviesa por dentro. Es un pájaro. Alguien ha clavado un pájaro muerto en nuestra puerta. Y no es un pájaro cualquiera: es el gallo blanco del corral del huerto. El de las fotos de Francesca para *Harper's Bazaar*.

No soy aprensivo, pero doy un paso atrás cuando veo salir un gusano de la cuenca vacía de un ojo. Joder. Lo primero que pienso

103

es: «Tengo que deshacerme de eso antes de que Francesca lo vea». Bastantes preocupaciones tiene ya.

Intento desclavar el bicho muerto, pero se me agolpa la bilis en la garganta del hedor que desprende. El calor no habrá ayudado. Bajo la mirada al inhalar y veo un sobrecito blanco metido por la ranura de la puerta. Me agacho, me lo meto en el bolsillo y vuelvo a centrarme en el pájaro. Las cosas que hago por Fran… Pero es lógico que las haga, porque ella lo es todo para mí. Sin ella no soy nada.

—Hola, Owen.

Me giro bruscamente.

Por Dios, otra vez no. Me doy la vuelta de mala gana y pillo a Michelle mirándome de arriba abajo.

—Hace calor, ¿verdad? —dice, y de repente me siento como en una película porno mala—. Seguro que estabas mejor en el agua.

A simple vista, sus palabras no tienen nada de particular. No es ningún secreto que casi todas las mañanas salgo con la tabla. Pero hay algo en ellas que me irrita.

—Dios mío. —Está mirando lo que hay en la puerta, detrás de mí.

—Sí —le digo—. Parece que alguien tiene una idea muy retorcida de lo que es una broma pesada.

Aunque no puedo evitar sentir que no es ninguna broma, en absoluto.

—Voy a buscar a Francesca —dice—. Tiene que ver esto.

—No, no vayas —le digo casi gritando. Esto es lo último que necesita Francesca. ¿Es que no lo ve, la muy idiota?

Me quito la camisa. Es de lino italiano, ahora tengo un armario lleno de ellas. Envuelvo esa cosa asquerosa, hago un lío con ella y lo llevo a uno de los cubos de basura que hay junto a la entrada de personal. Cuando lo tiro dentro, la sangre ya ha empezado a empapar la tela de la camisa.

Cuando me doy la vuelta, tengo que reprimir un escalofrío: Michelle me observa con el ceño un poco fruncido.

—Tienes algo —me dice— aquí.

Acerca la mano antes de que pueda apartarme y me pasa un dedo por la clavícula. Noto como su uña araña ligeramente la piel. Gira el dedo para mostrarme una mancha carmesí.

# *Francesca*

Un pinchacito. Introduzco la aguja en la vena. Cierro los ojos. Aquí viene el subidón. Apoyo la cabeza en los cojines.

«Sí».

Ya tengo experiencia suficiente como para ponerme yo misma el goteo y, además, no me fío de que otra persona vaya a hacerlo bien.

Me estremezco de placer al pensar en el cóctel de vitaminas que está entrando en mi torrente sanguíneo. Este fin de semana necesito estar en plena forma, para la fiesta de mañana.

Hace una mañana absolutamente perfecta. La ola de calor prevista está a punto de llegar. Hace un par de días hicimos un pedido urgente de abanicos de plumas blancas para que mañana por la noche nuestros huéspedes puedan refrescarse con estilo. Las guirnaldas ya están en las habitaciones. Las esculturas de mimbre, hechas por un artista visionario de Hackney, llegarán más tarde. Estuve mirando algunos artistas locales, de verdad que sí, pero no había ni punto de comparación. Ese tío hizo una instalación para The Vampire's Wife hace poco. Es a-lu-ci-nan-te. Y la gente que se aloja aquí espera calidad londinense, ya se sabe, aunque ofrecida en un entorno rural. Como nuestras bolsitas de cristales para el cuello, ese mismo tipo de estética espiritual elevada. Va a ser espectacular, y un bombazo en las redes sociales. Una auténtica gozada que va a darnos muchos beneficios.

Saco la aguja con cuidado. La bolsa está casi vacía. Ya noto cómo su contenido me nutre y me renueva por dentro.

Aunque puede que esto —enciendo el portátil— sea lo que más me nutre. Hago clic en un pequeño icono que representa una lente. Si uno no sabe lo que es, puede parecer la esfera negra y brillante de una bola de cristal. Y supongo que en cierto modo lo es. Eso me gusta: le da un aire mágico y místico al asunto. Sé que la tecnología está en la raíz de muchos males y que la luz azul es obra del diablo, pero esto es distinto.

Tecleo la primera contraseña y luego la segunda. Es un sistema muy seguro, afortunadamente. Aparecen ante mí cientos de minúsculas miniaturas, cada una de un canal diferente. Las cámaras instaladas en el hotel son diminutas, apenas visibles para el ojo humano. Y en cualquier caso no se verían, porque están muy bien escondidas. Se encargó de ello un hombre que antes trabajaba para… En fin, digamos que para gente que sabe mucho de estas cosas.

Nadie más en La Mansión sabe que esto existe, ni siquiera Owen. Hice que lo instalaran mientras él estaba de viaje por otro proyecto y antes de que llegaran los diseñadores de interiores. Esa es otra característica del tipo que lo instaló: no es de los que se van de la lengua.

Empiezo a hacer clic en los iconos: varios canales por cada espacio público, para cubrir todos los ángulos, y un solo canal por habitación.

Sé que, estrictamente hablando, no es del todo legal instalar cámaras en las habitaciones, pero la verdad es que es por un buen motivo. Era una de las reglas del abuelo (extraída sin duda de su experiencia en el

Gobierno): ¡prepárate para lo peor y no ocurrirá! Quiero que La Mansión siga siendo lo que es ahora: un entorno seguro y feliz. Quiero que nuestros huéspedes sientan que confiamos en ellos. Un sitio de este nivel no puede tratar a sus clientes con paternalismo, ofrecerles perchas antirrobo y advertirles que no roben el gel de ducha; no hay nada peor que eso. De ahí que tengamos aceites de baño en envases de cristal grandes y cerillas en los tocadores. Pero al mismo tiempo hay que tener un plan de emergencia. Al fin y al cabo, este lugar es mucho más que un hotel. Es un hogar. Y una tiene derecho a proteger su hogar, ¿no?

Veo a mis huéspedes haciendo sus cosas. ¡Todo un mundo de actividad humana! Muchos están en el baño, algunos hacen el amor (una pareja, en una posición inverosímil; ¡no sabía que las piernas pudieran doblarse así!). En una habitación, otra pareja está en plena discusión. Pongo mala cara: ¡aquí no queremos esas vibras! Ay, Dios, ahí está mi hermano Hugo con esa horrible mujer que ha traído. Seguro que es una especie de prostituta de lujo. Espero que no me ponga en evidencia este fin de semana. Oscar está un poco mejor educado. Los dos participan en este proyecto conmigo, aunque solo en cuestiones de dinero. Pensé que era prudente que fuera un negocio familiar y darles la oportunidad de beneficiarse de este sitio, ya que la abuela pasó de ellos y me lo dejó a mí. Además, están muy bien relacionados: tienen un par de amigos inversores que van a pasar el fin de semana aquí. En fin… Sigo haciendo clic rápidamente. No quiero ver cosas desagradables.

Solamente hay una habitación ocupada por un solo huésped, una mujer. La veo entrar en su chocita del bosque. Lleva colgada del hombro una de nuestras preciosas bolsas de tela de color verde oscuro. Saca de ella una toalla y una especie de libro. Es curioso. Casi todos los demás huéspedes han venido con su pareja. ¡Hasta tenemos un trío! Me pregunto qué hace aquí sola. O sea, ¡bien por ella, por supuesto! Pero es el fin de semana de inauguración… Una celebración, un acontecimiento social. Hay algo en ella que no me cuadra. Busco su nombre en las reservas. Bella Springfield. Un nombre bonito, aunque un poco corriente. Si trabaja en comunicación, como da a entender su biografía, no me suena de nada. Qué raro.

En fin… Ya están todos aquí, por fin. Mis huéspedes. Aquí, en este reino mágico que he creado para ellos. Si yo fuera una mala persona, diría que esto me produce una enorme sensación de poder. Pero no lo soy. Me he esforzado mucho a lo largo de los años para sublimar mi ego. Así que digamos que lo que siento por ellos es una especie de amor maternal. Es lo que siempre digo: ¡aquí somos una gran familia feliz!

Después miro las cámaras del exterior. Ahí está la piscina, el huerto, y ahí… Hago una pausa. Vuelvo a la cámara del patio. ¿Se puede saber qué hace Owen hablando con Michelle? ¡Si la detesta! ¿Y por qué va con el pecho desnudo? Amplío la imagen. Hay en el lenguaje corporal de ambos una extraña intensidad.

Cierro los ojos. Inhalo, dos, tres, cuatro; exhalo, dos, tres, cuatro, cinco, seis, siete, ocho. Ah. Ya está. Mucho mejor. Es bueno que Owen y Michelle se lleven bien. Es importante para mí que todos estén en armonía. Como digo, tenemos que ser una familia feliz.

Abro los ojos al oír pasos en la escalera, vuelvo a mirar la pantalla y veo que Owen ya no está. Casi no me da tiempo a cerrar el portátil antes de que abra la puerta.

—Hola, cariño —le digo—. ¿Qué tal en el agua?

—Bien —contesta.

Pero no parece que haya vuelto renovado de su ejercicio matutino. Se le ve nervioso. Y huele un poco a tabaco. Se cree que no sé lo de su escondite secreto, pero hay muy pocas cosas que yo no sepa de lo que pasa por aquí. Lo que no sabe es que cambié ese tabaco barato asqueroso que había en la bolsa por una variedad orgánica baja en alquitrán. Un poco mejor será, ¿no?

Mientras se ducha, yo empiezo a maquillarme con esmero, muy ligeramente. La gente tiene que creer que para tener este aspecto me bastan la luz del sol, ocho horas de sueño y antioxidantes. Forma parte del conjunto. Intento ser completamente auténtica en todo, ¿sabes?, pero a veces tienes que darle a la gente lo que quiere. Y la gente no quiere saber nada de tratamientos para las bolsas de los ojos, láser y algún que otro pinchacito de bótox, ¿verdad? Verás, yo no soy guapa de manera natural. Ya está, ahora puedo decirlo sin rencor. Creo que a la mayoría de la gente le chocaría darse cuenta, al fijarse bien, de que tengo razón. Tengo los ojos un poco juntos y la mandíbula demasiado recia. Antes eso me afectaba, pero he aprendido que, con retoques (muy sutiles) y el maquillaje adecuado, se puede corregir. Por supuesto, lo que irradia de dentro es lo más importante, pero los rellenos dérmicos también ayudan.

Owen sale de la ducha secándose el pelo con una toalla. Observo cómo se mueven los músculos de su espalda bajo la piel, dando una apariencia de vida a la enorme águila que lleva tatuada en los omóplatos, como si estuviera a punto de alzar el vuelo.

Mi amado no camina, sino que acecha como un depredador cuando se acerca al vestidor a sacar su ropa. La camisa de lino que elige (es muy exigente con su ropa, tiene un gusto impecable) lo amansa un poco. O al menos le tapa el tatuaje, pero aun así debajo de la ropa se sigue intuyendo al animal: un lobo con piel de cordero. Veo que cierra de golpe la puerta del vestidor. Parece que algo le ronda por la cabeza.

—Espero que no te moleste que lo diga, amor mío, pero tienes mala cara. ¿Te preocupa algo?

Se encoge de hombros. Duda un poco.

—No. Es solo que me he cansado surfeando, supongo.

—Bueno, van a ser un par de días muy ajetreados. Me alegro de que hayas tenido ese rato para ti solo.

—Para mí solo, no del todo. Deberíamos impedir que los huéspedes bajen a la cala escondida.

Frunzo el ceño.

—¿Qué quieres decir?

Es absurdo que un huésped haya encontrado la cala escondida. Por algo se llama así.

—Una mujer bajó esta mañana.

—¿Seguro que no era de por aquí?

—No, se alojaba en el hotel. Llevaba una de nuestras bolsas de tela.

Como soy una persona muy visual, enseguida me imagino la escena. Ellos dos en esa playa aislada. Me descubro preguntándome si le habrá parecido atractiva. Una imagen centellea ante mis ojos: dos figuras en la cala de arena, moviéndose juntas, abrazadas. Y con esa imagen surge también un sentimiento de pérdida que crece rápidamente, hasta convertirse en algo más oscuro y colérico.

Parpadeo y desaparece de mi vista, como el agua del mar filtrándose en la arena.

Dios mío, ¿qué me está pasando? Vuelvo a respirar hondo. No. He evolucionado, he superado el mezquino sentimiento de los celos. Es tan liberador… Somos todos criaturas de Gaia y la atracción hacia otras criaturas bellas forma parte de nuestra estructura orgánica. Además, estamos hablando de Owen. De Owen, que me adora. Está, a falta de una palabra mejor, completamente obsesionado conmigo. No de una forma enfermiza, entiéndeme. Solo en el sentido de que su alma está inextricablemente unida a la mía.

111

Mi tono suena muy ligero y despreocupado cuando me inclino hacia el espejo y digo:

—Me gustaría saber cómo ha llegado allí. Al fin y al cabo, yo veraneaba aquí todos los años y no descubrí la cala hasta la adolescencia.

Encajo con cuidado el rizador de pestañas sobre mi párpado.

—Bueno, dijo que había estado aquí antes y que conocía el camino.

—¡Ay, joder!

Doy un respingo de dolor: parece que me he pillado el párpado con la tenacilla metálica. Mientras pestañeo para contener las lágrimas, Owen me mira sorprendido. Francesca Meadows nunca dice palabrotas.

—Uy. —Sonrío para tranquilizarlo.

Pienso en la mujer a la que acabo de ver entrar en su chocita con una bolsa verde de tela. La huésped solitaria. La mujer de la playa era ella, de repente estoy segura. Ahora que lo pienso, su nombre me suena, aunque no sé de qué.

Mientras Owen se pone los vaqueros, tomo nota mentalmente de que tengo que informarme sobre Bella Springfield. Solo para satisfacer mi curiosidad. Nada más que por eso.

# EL DÍA DESPUÉS DEL SOLSTICIO

## *Inspector Walker*

El inspector Walker aparca el Audi en lo alto del acantilado, junto al antiguo *camping* de caravanas. Se mira en el espejo retrovisor; se pasa una mano por el tieso pelo recién cortado. Treinta y pocos años y ya lo tiene salpicado de canas. ¿Cómo ha ocurrido, cuándo?

Saca su termo y se sirve café en la taza. Le tiembla un poco el pulso por la adrenalina. Alguien toca en la ventanilla y el líquido caliente le salpica el pulgar. Mierda. La sargento Heyer le mira a través del cristal. Han coincidido ya varias veces. Ella nació a principios de los noventa; a su lado, Walker se siente un anciano.

Se pone las gafas de sol y sale del coche.

—Hola, jefe. —A Heyer parece faltarle un poco la respiración—. Me gustan tus gafas.

—Gracias.

Ella pone cara de extrañeza.

—Vives en New Forest, ¿verdad? Habrás tardado, ¿cuánto?, una hora en llegar aquí. ¿No había nadie más cerca?

Walker se encoge de hombros.

—Soy madrugador. Supongo que lo vi primero. ¿Estás bien?

Heyer también irradia adrenalina: el modo en que le brillan los ojos, su forma de moverse, poniéndose de puntillas.

—Sí, bueno… Supongo que en Londres se ven más estas cosas. Aquí, no tanto.

—¿El qué? ¿La muerte?

—Así, no. Aquí son todo accidentes con maquinaria agrícola o jubilados que se caen por las escaleras. Uno de mis primeros casos fue un viejo al que le dio un infarto en su estudio. Cosas así. Nada parecido a esto.

—Bueno, todavía no sabemos exactamente qué tenemos entre manos, ¿no? Pero cuéntame qué tenemos de momento.

—Pues… lo encontraron unos pescadores. Están esperando abajo. Los de la científica todavía están acordonando la zona. Aquí los acantilados son muy empinados. Tenemos que bajar andando hasta la playa siguiente y que nos recojan en barco. Esto estaba…

—No vais a cogerlos —farfulla una voz allí cerca.

Heyer se sobresalta y suelta un taco en voz baja. Al darse la vuelta, Walker ve una figura apoyada en la valla desconchada del *camping*. Los mira guiñando los ojos. Agarra una botella de Bell's con su mano carnosa. Tiene las mejillas amoratadas del bebedor empedernido. Un chaleco sucio, un pañuelo anudado en la cabeza, torcido. Walker nota desde aquí el olor a alcohol que desprende. Santo Dios.

—¿Esto qué es? —grazna el viejo, señalando las gafas de sol de Walker—. ¿El puto *Corrupción en Miami*? —Suelta una carcajada que se convierte en una tos gargajeante.

Walker no se da por aludido.

—Ha dicho usted algo hace un momento —dice—, ¿qué es lo que…?

—¿Y ese acento? ¿De dónde eres? —El hombre se inclina hacia

114

delante y lo mira. Si no fuera porque la valla soporta el peso de sus gruesos antebrazos, quizá no podría mantenerse erguido.

—De por ahí —contesta Walker, esquivo. Es mejor mantener un tono impersonal—. Oiga… ¿Vio usted algo anoche?

—Sí —contesta el viejo con voz pastosa—. Lo vi todo. Estuve sentado ahí todo el tiempo.

Se vuelve y con un brusco ademán señala una tumbona descolorida a unos metros de allí, entre las caravanas abandonadas, con sus ventanas rotas y sus consignas pintadas con aerosol. Suelta una risa áspera.

—Bienvenido a mi reino, hijo. Quieren destruirlo. Quieren quitármelo. Por encima de mi cadáver. ¿Me oyes? Por encima de mi… —Se interrumpe cuando otro ataque de tos se apodera de él.

—¿Dice que lo vio todo? —insiste Walker.

El hombre se vuelve lentamente hacia él y lo mira de frente. Sus ojos han cambiado. Son casi negros: todo pupilas, como si acabara de salir de la oscuridad. Cuando habla, su voz suena baja y rasposa.

—Sí —dice—. Los vi. A uno de ellos, por lo menos.

—¿A uno de ellos? —pregunta Walker con cautela.

El viejo asiente despacio.

—A uno de los Pájaros.

Walker frunce el ceño, desconcertado por la expresión de la cara del viejo.

—Cuando dice «los pájaros»…

—Era alto —prosigue el viejo, gesticulando con ambas manos—. Más o menos de tu altura, quizá. Todo de negro. —Se pasa la mano por su rosto arruinado—. Sin cara. Un pico grande de cojones, así. Afilado como una navaja. Y unas alas así de grandes. —Abre los brazos todo lo que puede—. Los vi tan claro como te estoy viendo a ti. Fueron ellos. Claro que sí.

—¿Puedo preguntarle a qué se refiere?

—No es la primera vez que matan. El viejo lord Meadows. Seguro que fueron ellos los que acabaron con él, al final. Y volverán a matar.

Walker, a su pesar, nota un escalofrío.

—¿Y qué vio que hacía ese… pájaro?

—Lo persiguió hasta el acantilado —dice como si fuera evidente—. Y luego —añade en tono sombrío— se fue volando.

Walker oye que Heyer suelta un leve suspiro.

—¿Se fue… volando? —pregunta.

El viejo asiente despacio, muy serio.

—Por allí. —Señala el sendero del acantilado, hacia el lugar donde el humo aún se infiltra en el cielo—. Pueden volar y todo —dice—. Cómo no van a poder. Son pájaros.


—Antes regentaba ese *camping* de caravanas —explica Heyer después de tomarle los datos a Graham Tate y dejarlo con su *whisky*—. Su hijo Nathan es una especie de delincuente oficial del pueblo: algunas detenciones por posesión de drogas, hurto y cosas así. Por un momento he pensado que a lo mejor podía contarnos algo útil. Pero por estos contornos la gente cree cosas raras. Además, está claro que le falta un tornillo, aparte de que está más cabreado que un mono.

—Bueno, quién sabe —dice Walker—. Puede que aun así nos sea útil. Quizá haya algo de verdad en lo que cuenta.

—O quizá… —Heyer arruga el entrecejo.

—¿Qué?

—Bueno, estaba pensando que… ¿es posible que esté implicado en esto? Porque ¿acaso tiene coartada? Puede que le haya parecido buena idea echarle la culpa a una leyenda folclórica.

—Bien pensado —dice Walker. Heyer se endereza un poco, visiblemente satisfecha—. Tendremos que interrogarlo cuando esté sobrio.

Ella hace una mueca.

—A saber cuándo será eso.

—Bueno, ahora vamos a bajar a conocer a nuestra víctima. —Walker se encamina hacia los acantilados y luego se para—. Mira esto. ¿Ves esas zarzas a lo largo del acantilado? Están rotas y pisoteadas. Hay que decirles a los de la científica que suban a examinarlas.

—Sí.

—Hay un surco abierto en ellas, como si quien pasó por ahí no hubiera tenido ningún cuidado al atravesarlas. Da que pensar, ¿no? Fíjate en el tamaño de esas espinas. Hay que estar muy loco para pasar por ahí. Tener muchas ganas de tirarse por ese acantilado. O es lo que dijo Graham Tate: que hubo una persecución.

—Joder. —Heyer hace una mueca—. Con todas las formas que hay de morir… Ninguna es buena, ¿no?, pero que te persigan y te empujen por un acantilado… —Se estremece—. Tiene que ser de las peores. Mmm. —Mira las zarzas entrecerrando los párpados—. Hay algo ahí enganchado, mira.

Walker mira. Y lo ve también: un pequeño jirón de tela negra.

Se acerca al borde del acantilado. Se asoma. Siente ese extraño impulso de saltar que a veces lo acomete a uno en los lugares altos. Ve a los técnicos de la policía científica y a otros agentes agrupados en la playa. Un par de lanchas ancladas cerca de la costa. Hay una cornisa de piedra caliza en medio del acantilado, una mancha de color óxido en su blancura. La víctima debió de chocar contra ella en su caída. Quizá así la muerte fuera más rápida. Entonces lo ve. Un brazo: la única parte del cuerpo visible desde aquí. La palma de la mano hacia arriba, los dedos extendidos hacia el mar como suplicando piedad.

Se detiene. «Contrólate, Walker».

Se inclina aún más hacia delante. Un paso más y quizá pueda…

—¡Por Dios, jefe! —grita Heyer cuando casi pierde el equilibrio y tiene que echarse hacia atrás a toda prisa, lanzando algunas piedras sueltas al vacío. En la playa, un par de agentes miran arriba.

«Supongo que habrá que esperar». Avanza por la cima del acantilado hasta encontrar un lugar donde ralea la vegetación. Se vuelve hacia Heyer.

—Aquí, mira. Donde clarea un poco la aulaga. Hay un camino.

Heyer traga saliva.

—Parece bastante peligroso. Los demás han llegado en lancha.

Pero Walker está nervioso de impaciencia.

—Puedes esperar aquí si quieres. Yo voy a bajar por aquí.

Cuando por fin llegan a la arena, Heyer se vuelve hacia él.

—Solo para que lo sepas, jefe, eso no era un camino, ¿vale? Era un puto tobogán en el que podías matarte. —Se agacha, apoyando las manos en las rodillas—. Madre mía. Es demasiado temprano para estas cosas. Pensaba que iba a echar el desayuno a mitad de camino.

—Lo siento. Es más empinado de lo que parecía.

Emprenden el corto trayecto a pie por la arena, hacia el lugar donde los agentes de la policía científica pululan alrededor del cuerpo. Walker está impaciente por verlo. Los agentes, vestidos con trajes protectores, le tapan la vista mientras se mueven de un lado a otro. Walker solo atisba de vez en cuando las extremidades extendidas, la brillante mancha de sangre.

Y entonces Heyer grita y señala algo, la vista fija en un punto situado varios metros por delante de ellos, a escasa distancia del cadáver. Allí, medio hundida en la arena, hay una botella rota de *whisky* Bell's.

# EL DÍA ANTES DEL SOLSTICIO

## *Bella*

El servicio de limpieza ya ha pasado por mi habitación. Está todo impecable. Se han llevado las copas de anoche y han dejado encima del tocador una guirnalda de hojas verdes, atadas en círculo. Me sobresalto un poco al verlo, parece casi algo vivo. Cojo la guirnalda y leo la nota que lleva:

*Acompáñanos mañana en nuestra fiesta de medianoche.*
*Código de vestimenta: coronas del bosque y color blanco.*

Me quedo mirando un momento la nota. ¿Fiesta de medianoche? ¿De verdad van a llamarlo «fiesta de medianoche»? ¿Cómo coño se atreve? Es lo más morboso, lo más malvado y retorcido que…

Un segundo después, miro hacia abajo y me doy cuenta de que he roto tanto la nota como la «corona del bosque», las he hecho pedazos. Hay hojas y trozos de papel por el suelo. Los recojo y los tiro a la papelera. Que las camareras de piso piensen lo que quieran.

Veinte minutos más tarde, al sentarme a desayunar en el Seashard, procuro aparentar calma mientras recorro el restaurante con los ojos. Como si estuviera contemplando el paisaje, como si fuera

119

una huésped más disfrutando de su desayuno una mañana soleada en el campo. Me cuesta, aun así, teniendo como tengo los nervios de punta, tensos como un resorte, a la espera de verla. Tampoco ayuda que me sienta tan fuera de lugar aquí, rodeada de parejas que se cogen de la mano como si no pudieran soportar no tocarse mientras se comen su muesli Bircher.

En contraste con el aire estudiadamente zen del restaurante, hay gente hablando a voz en grito, casi como si quisieran que los escuchen los de las mesas de alrededor.

—Vamos a celebrar un evento impresionante en el metaverso. Va a ser increíble. Son como… memes de Internet, pero en plan Banksy. Elon es uno de nuestros mayores coleccionistas. Quién dice que ver explotar un gatito no puede ser arte, ¿verdad?

O:

—La verdad es que pasé casi todo el confinamiento en Tulum. ¡Fue una locura! Había muchísima gente. Socializábamos mogollón. ¡Fui para una semana y acabé quedándome meses! Solo había que tener cuidado con los cenotes, porque eran un caldo de cultivo total para el coronavirus.

O:

—Las microdosis están de moda, tío. Pero no de ácido. Y de toda esa mierda farmacéutica, olvídate. Ahora lo que se lleva es lo orgánico, los hongos. Yo me pongo melena de león en el batido por la mañana y luego, si necesito un empujoncito, una pizca de psilocibina. Y me ha cambiado. La. Vida. —El tipo habla así, como si hubiera un punto y seguido entre cada palabra.

Voy a por algo de comer a la mesa del desayuno, para no tener que seguir escuchándolos. Es un auténtico festín. Una enorme pirámide de frutas, algunas de las cuales ni siquiera sé cómo se llaman, y productos cosechados aquí, en los huertos del hotel (creo). Bollos dorados y bruñidos que nadie parece comer. Cojo un cruasán bien gordo.

Hay comida suficiente para dar de comer a todos los huéspedes varias veces (sobre todo, teniendo en cuenta el IMC medio de la clientela). Van a tener que tirar un montón de cosas. Y, sin embargo, todos los huéspedes parecen emitir una especie de zumbido de pánico y se arremolinan alrededor de la comida como si estuviera a punto de acabarse. Esta gente no puede relajarse, ni siquiera estando aquí, en la campiña de Dorset. Claro que quizá sea precisamente porque están aquí, porque este es el «sitio de moda para dejarse ver». Son el estrato de la sociedad que se salta las colas y gira a la izquierda diciendo «soy socio». Los conozco bien, por mi trabajo. Son los que, durante la pandemia, venían a la agencia a comprar una segunda residencia y se les hacía pasar a una salita de reuniones privada para «comentar sus requisitos» (o sea, para concretar qué dígito iba al principio de ese presupuesto de siete cifras).

Cuando vuelvo a la mesa, suena mi móvil. Es mi madre. Mierda, se me ha olvidado por completo llamar. Lo cojo.

—¿Cómo está? —pregunto, sintiéndome culpable.

—Tomándose el biberón tan ricamente. Y ha dormido de un tirón hasta las siete.

Suelto un suspiro.

—Estupendo. Menos mal.

—¿Eso es...? Espera, ¿eso que se oye de fondo es una gaviota? —pregunta.

Malditas ventanas abiertas. Mi madre siempre ha tenido oído de murciélago, es un fastidio.

—Sí —digo con cautela—. ¿No te lo había dicho? Lo del trabajo es en la costa.

—No. La verdad es que no me has contado gran cosa. ¿En qué parte de la costa?

—Cerca de… —Pienso a toda prisa—. ¡Southampton!

Es factible, ¿no? Una gran ciudad, bien comunicada con Londres.

—Ya —dice—. Southampton.

¿No me cree? De todos modos, no puedo decirle la verdad. ¿Qué diría si supiera que he vuelto aquí?

Además, en cierto modo es un viaje de trabajo. Esto ha sido un poco como tener otro trabajo, a lo largo de los años. Mantenerme al tanto, digo. Sobre todo, desde que Francesca Meadows heredó este sitio. Mi empleo de recepcionista no es muy exigente para alguien como yo, que una vez tuvo plaza en una universidad de primera fila (aunque nunca llegara a matricularme). Me deja tiempo y espacio para dedicarme a otras cosas. A la investigación.

—Te dejo, cariño —dice mi madre—. Acaba de…

Me refreno a tiempo para no preguntarle si Grace me echa de menos. Es como querer apretarse un hematoma. Bastante culpable me siento ya.

Cuelgo y le doy un sorbo a mi *flat white* (he tenido que suplicar que me pusieran leche de vaca, ha sido como pedir una sustancia ilegal) mientras miro a mi alrededor.

Y entonces la veo, sentada en medio del barullo. La viva imagen de la calma, como si todo girara en torno a su centro inmóvil. Está rodeada de un halo de luz tan brillante que casi deslumbra, como un ángel en una pintura medieval. Entonces me doy cuenta de que está colocada justo debajo de una de las claraboyas, a través de cuyo cristal entra el sol de la mañana. ¿Por pura casualidad o a propósito? Esboza una media sonrisa serena mientras se lleva un vaso a los labios: una bebida del mismo tono de amarillo soleado que el vestido de lino sin hombreras que lleva puesto. De nuevo ¿una coincidencia? Me apostaría algo a que es el batido de cúrcuma y almendras de la carta, aunque cualquiera sabe, podría ser Nesquik con sabor a plátano.

Leí que se había ido de peregrinación, que se había «encontrado a sí misma» y había «sanado» meditando en no sé qué *ashram* al pie del Himalaya. En el artículo hablaba en detalle del «trabajo que había hecho consigo misma». No es que hubiera tenido una revelación divina, decía, sino que había encontrado la claridad mental necesaria para saber qué hacer con su vida: empezar a regentar centros de retiro y *wellness* para mujeres con exceso de cortisol y dinero. Y así, claro, había abierto este sitio.

La observo fascinada. No soy la única. Muchos de los que no están concentrados en vigilar los bollos que no van a comerse no le quitan ojo. Hay tres o cuatro caras famosas: un par de actrices, creo, y un hombre-niño que puede que sea un cantante. Pero en este momento la radiante Francesca Meadows los eclipsa a todos.

Entonces se gira y nuestras miradas se cruzan un par de segundos. Algo tiembla en el aire, entre nosotras. Luego, sin perder la sonrisa, continúa observando la sala. Yo escondo la cara bajo el pelo. Pero ya me ha visto, estoy segura. Siento un escalofrío. Es la sensación que dicen que te entra cuando alguien camina sobre tu tumba.

# DIARIO DE VERANO
## La caravana – Camping Tate

**31 de julio de 2010**

Qué calorazo ha hecho hoy. Nos hemos tumbado en la piscina y hemos estado escuchando a The Cure en el iPod rosa de Frankie, enchufado a unos altavoces portátiles pequeñitos. Frankie se dio la vuelta para que le diera el sol en la espalda. ¡Fiestuqui de medianoche mañana, Gorrión! ¿Te hace ilusión?

Mm, sí, dije, aunque la verdad es que me suena a una de esas fiesta de pijamas que haces cuando tienes diez años.

Frankie se puso otra vez a leer *Leyendas de Tome,* un libro que compró en una librería chiquitita del pueblo. Yo estoy leyendo *Bella,* una novela de Jilly Cooper que encontré en la estantería de préstamo del *camping.*

Qué mierda de portada, dijo Frankie. (Sale una mujer con un cardado setentero horrible y sombra de ojos azul turquesa). Pero Bella es un nombre muy chulo, dijo tocando la portada de mi libro. Podrías llamarte así.

Le pregunté: ¿qué tiene de malo Alison?

Respondió: que es un poco..., ¿de dónde dijiste que eres?

Le dije que de Streatham y se encogió de hombros: solo digo que Bella es un nombre muy chulo, nada más.

Al segundo siguiente se levantó de un salto y señaló el mar.

¿Ves ese barco? Uno de los pescadores nos está mirando, el muy pervertido, ¿ves cómo brillan sus prismáticos? Entró corriendo a buscar el telescopio de su abuelo, miró por él y dijo: bah, es solo un niño, y me pasó el telescopio. Era ese chico moreno de la playa, Gamba. Sonrió y dijo: voy a darle algo que mirar. Se subió la parte de arriba del bikini y le enseñó las tetas. Así, sin más.

Por eso me gusta estar con ella. Porque nunca sabes qué es lo que va a hacer. Es emocionante. Me da un poco de miedo que se dé cuenta de que soy una sosa y se aburra de mí. Ojalá me pareciera más a la chica a la que conocí en las duchas del *camping,* cuando se estaba maquillando. Era mayor que yo y mucho más guay. Puede que tuviera veintitantos años, tenía arruguitas alrededor de los ojos. El pelo oscuro recogido encima de la cabeza como Amy Winehouse y un montón de tatuajes delicados en las manos y los brazos, y pulseras en las muñecas. Debió de pillarme mirándola, porque sonrió y vi que tenía un diente partido por la mitad, lo que en la mayoría de la gente quedaría muy cutre, pero a ella le quedaba guay, supongo que porque es muy guapa.

Hola, dijo. Soy Cora. ¿Estás aquí, en el *camping*?

Le dije que sí. Se pintó la raya por la parte de dentro de los ojos, y parecía un gato precioso.

Yo no sé pintarme así la raya, siempre se me corre, le dije.

¿Quieres que te la pinte yo?, me preguntó. Le dije que sí y, mientras me la pintaba, se me humedecieron los ojos y un anillo celta que ella llevaba en el dedo me rozaba la mejilla, y estaba frío. Le olía el aliento a tabaco y a chicle de menta, y me dijo: te queda bien, y me miré al espejo y me sentí como si fuera otra persona.

¿Cómo te llamas?, me preguntó.

Bella, le dije.


## 1 de agosto de 2010

Esta noche he puesto la alarma a las 23:30 y he salido sin hacer ruido de la caravana con unos Skips y unas chocolatinas de la reserva de aperitivos que tiene mi madre para la playa. Me ha dado un poco de miedo ir yo sola por el sendero del acantilado a la luz de la luna, pegada al precipicio. Cuando he mirado el mar oscuro, me he acordado de la historia que nos contó Graham Tate sobre esos caballos que una noche se tiraron por el acantilado.

Me llevé un susto cuando miré hacia el camino y vi a tres tíos que venían en dirección contraria, pero entonces uno de ellos ha dicho: ah, hola, eres tú, y me he dado cuenta de que era el chico de la playa, el del pelo color caramelo. Me ha preguntado si estaba bien o si me había perdido y le he dicho que había quedado con una amiga.

¿De La Mansión? Hizo una mueca.

Esos pijos gilipollas, dijo uno de los que iban con él. Y él le soltó: cállate, Nate. Luego me dijo: bueno, si alguna vez te aburres de ese sitio, vente a la playa, ¿vale? Podemos quedar allí. Menos mal que estaba oscuro y no podía verme la cara. Pero yo no paraba de pensar en ello por el camino, mientras iba hacia La Mansión. Sonreía como una pringada total.

Frankie estaba esperándome en la verja. Los gemelos también estaban. Había una chica con ellos, con un chándal Kappa con corchetes a los lados. Cuando le pregunté a Frankie cómo se llamaba la chica, me dijo: bah, solo es una putita del pueblo. Los gemelos no paraban de hacer el tonto y chulearse, intentado que se riera.

Vamos al bosque, me dijo Frankie. Venga.

Llevaba un bolsito de cuentas colgado del brazo y el fósil que encontré en el charco de las rocas. Le enseñé la comida que había cogido de la caravana y me dijo: ¡madre mía, Gorrión, me parto contigo! No vamos de merienda, aunque supongo que nos vendrá bien tener algo que picar.

Nos metimos en el bosque. Nunca había estado en un lugar con tanto silencio. Allí brillaba menos la luna porque los árboles están muy juntos, pero Frankie llevaba una linterna. Yo intentaba no pensar en *El proyecto de la bruja de Blair*. Primero pasamos junto a un árbol blanco muerto con dos ramas, una hacia cada lado.

Ese es el Hueso de la Suerte, dijo Frankie. Por aquí. Los gemelos nos siguieron, chuleándose, haciendo que aullaban como lobos y cosas así. Es raro porque, aunque son mayores que Frankie, está claro que la que manda es ella. Yo oía reírse a la chica. No paraba de preguntar: ¿qué vamos a hacer? Pero nadie le respondía.

Frankie nos llevó entre los árboles hasta un claro donde había unas piedras puestas en círculo alrededor de un árbol. Me recordó a cuando fui a Stonehenge con mis padres, pero en versión mini.

No deberíamos estar aquí, dijo la chica del chándal. Aquí es donde vienen.

Frankie preguntó: ¿quiénes? Y la chica dijo: los pájaros, pero lo dijo de una forma que sonaba como Los Pájaros. Pensé en la historia de Graham Tate. Empezaba a estar un poco asustada.

Me daba la risa floja y estaba emocionada. Pero sobre todo estaba asustada.

Frankie se rio y alumbró con la linterna el árbol que había en medio de las piedras. Tenía unas figuras muy extrañas en la corteza, cientos de ellas. A mí me recordaban a algo y estaba intentando pensar qué era cuando la chica del chándal dijo: lo llaman el Árbol de los Cien Ojos. Y sí que parecía eso, eran como un montón de ojos de diferentes formas y tamaños, mirando en todas direcciones.

Frankie extendió la mano. Mirad esto, dijo señalando una ranura larga y estrecha que había en el árbol. A mí me recordó a un buzón o a una boca. Se volvió hacia mí y me dijo: a ver si te atreves a meter la mano ahí.

Yo me reí. Le dije que no quería.

Venga, dijo Frankie. Hazlo.

Así que al final lo hice y sé que parece una estupidez, pero tuve la sensación de que a lo mejor no podía volver a sacar la mano. Y entonces la chica se puso: no se debe tocar el árbol, a no ser que vayas a usarlo.

Frankie se volvió hacia ella. ¿A usarlo?

Sí. La chica parecía un poco avergonzada. Puedes dejarles mensajes en el árbol.

¿Mensajes?

Si quieres que hagan algo por ti. Para vengarte y eso.

Frankie le apuntó a la cara con la linterna. ¡Qué mona! Te crees de verdad esas cosas, ¿no? Y se rio.

La chica también se rio, aunque no creo que le hiciera gracia.

Después fuimos a la vieja casa del árbol. Vi una escalera endeble que subía al árbol y una forma oscura como agazapada entre las ramas. Estaba muy oscuro allá arriba, olía a madera

podrida y yo notaba el suelo húmedo debajo del culo. Casi no ca-
bíamos los cinco dentro. Entonces Frankie abrió su bolsito y alumbró el interior con la linterna.

Buen trabajo, hermanita, dijo Hugo. Oscar se rio. Joder, la has
dejado pelada. Frankie me miró sacudiendo el bolsito. Esta es
nuestra merienda, dijo. Mi madre es una foca, pero sirve para algo.
Imagínate la cara que pondrá cuando llegue a Saint-Tropez con su
amiguito y se dé cuenta de que no tiene su reserva de pastillitas
para relajarse. Se lo tiene merecido por dejarnos aquí tirados todos
los veranos.

A mí me entró el pánico. Nunca he tomado drogas. Solo me
he emborrachado una vez. Cogí una pastilla y me la metí en la
boca, pero la escupí cuando Frankie no miraba y solo me tragué
lo de fuera.

Los gemelos cogieron una cada uno. La chica también. Entonces Hugo se inclinó y le dijo algo a Frankie y ella me agarró
del brazo en plan, venga, vamos a dejarlos solos.

Volvimos al claro. Frankie se sacó unas velitas de los bolsillos, las
puso en el espacio entre las piedras y las encendió. Colocó el fósil en
el centro. Esto puede ser nuestro instrumento de invocación, dijo.

Le pregunté qué íbamos a invocar. Me temblaba mucho la
voz. Oía ruidos en los arbustos, cerca de allí. Me dije que solo era
un conejo.

Frankie dijo: a los Pájaros, boba. Aunque la verdad es que
necesitamos un sacrificio humano.

Me quedé totalmente congelada.

Se rio de mí. ¡Es broma! Dios mío, qué ingenua eres, Gorrión.

Me hizo tumbarme con ella en el suelo, bocarriba encima de
las hojas muertas, y todo estaba húmedo y frío, pero me cogió
de la mano y la suya estaba caliente y seca.

Puede que me hubiera tragado un trozo de pastilla más grande de lo que creía, porque no sentía el suelo debajo de mí, era un poco como si estuviera flotando y sentía que me latía el corazón como loco, no podía respirar bien.

Luego se oyó algo, como un grito. Y entonces Frankie dijo: ¡Joder, Gorrión, mi mano! No me había dado cuenta de lo fuerte que la estaba agarrando.

¿Qué ha sido eso?, le pregunté. ¿Lo has oído? Y ella contestó: pues no sé. A lo mejor ha funcionado. ¡A lo mejor son los Pájaros! Luego se rio y dijo: seguramente habrá sido un zorro. Hacen unos ruidos horribles cuando están en celo. Pero yo tenía un mal presentimiento. Miré hacia la casa del árbol.

Después vinieron los gemelos. Dijeron que la chica se había ido a casa. Y luego, justo antes de irme, Frankie me dio un abrazo muy fuerte y dijo: ¿verdad que ha sido divertido? Le contesté que sí, porque en cierto modo había sido divertido. De una manera un poco siniestra. Entonces me dijo: pero la próxima vez trágate la pastilla, Gorrión. No tiene gracia si no te la tragas. Es un poco decepcionante. Odio que la gente me decepcione.

# *Francesca*

He pensado que daría buena imagen mezclarme con los huéspedes esta mañana. Para demostrarles que soy como ellos.

Ha sido un poco incómodo porque se han vuelto todos a mirarme cuando he entrado en el restaurante. Supongo que todos saben quién soy. Para mucha gente soy «la cara de La Mansión» (ahora que lo pienso, puede que sea una cita literal del artículo de *Harper's Bazaar* sobre mí).

Bebo un sorbo de mi bebida, un batido vegano de cúrcuma; la leche de almendras la hacemos nosotros aquí. Uf, no está muy bueno. Levanto un dedo para llamar a Georgina, la encargada del Seashard.

—Georgina, querida, ¿por qué está esto tan aguado? No podemos darles a nuestros clientes algo que podrían sacar de un brik. ¿De acuerdo?

Georgina asiente dócilmente.

—Muy bien, ¡eres increíble! Ve corriendo a arreglarlo. Gracias, mi amor. Te lo agradezco mucho.

Se derrite.

Aunque no es la leche de almendras. Hay algo más. Como esa sensación, cuando estás en el mar y de repente te encuentras con una zona de agua que está mucho más fría que el resto, sin saber por qué. Sí, eso es: una corriente fría de energía negativa en este día deliciosamente cálido. Yo soy muy sensible a esas cosas.

Paseo la mirada por la sala del desayuno para anclarme, para recordarme que este es mi espacio. Aquí nada puede rozarme...

Y entonces me paro en seco. Veo una cara entre la gente. Una cara que... que no debería estar aquí. Intento encontrarla otra vez entre el ajetreo de la sala. Es como cuando estás leyendo y una palabra parece que salta de la página antes de que la leas, pero no recuerdas exactamente dónde la has visto.

No, sí que me acuerdo. Pero no es posible. Les pedimos a los huéspedes que nos enviaran pequeñas biografías «para poder acomodarlos mejor y adaptar su experiencia de manera personalizada». Quiero saber quién se aloja con nosotros. No por nada siniestro, solo para crear un sentimiento auténtico de comunidad. Las revisé yo misma, como pienso hacer en el futuro. O sea que, si hubiera algo raro, yo lo sabría. Así que ¿por qué me siento tan mal, como si me hubieran intoxicado? Me imagino la avalancha de cortisol corriéndome por las venas.

Doy otro sorbo a la bebida y casi la escupo. Sabe fatal. Noto un horrible sabor metálico en la boca. Me levanto y mi silla chirría. Los clientes de la mesa de al lado levantan la vista. Veo que el hombre me mira la boca y se sobresalta. Me llevo instintivamente los dedos a los labios. No me he dado cuenta, pero debo de haberme mordido, porque cuando aparto la mano tengo las yemas de los dedos manchadas de sangre.

## *Owen*

Me pongo las botas de trabajo y echo a andar hacia el bosque. Estoy deseando distraerme con los aspectos prácticos del trabajo de hoy: preparar el terreno para el proyecto de las casas del árbol. Las casas tendrán pasarelas de cuerda, puentes entre los árboles, escalerillas de madera y duchas al aire libre a varios metros de altura. También tendrán camas con dosel, equipos de sonido de última generación y paneles retráctiles en el techo, controlados electrónicamente, para que los huéspedes puedan ver las ramas y disfrutar de una experiencia inmersiva, de un «baño de bosque».

Deberían haber estado acabadas mucho antes de la inauguración y sé que Francesca no está precisamente encantada con que haya maquinaria por aquí durante el fin de semana de apertura.

Veo al podador esperando en la linde del bosque, con su mono reforzado a prueba de motosierras y sus herramientas en el suelo.

—Hola. —Me tiende la mano cuando me acerco—. Soy Jim, el…

—He marcado los árboles que hay que talar con una cruz blanca —le digo sin preámbulos—. ¿Ves? Aquí hay unos cuantos, para empezar.

—Ya, sí, es que...

Algo en su tono hace que me gire y me fije más en él. Tiene los brazos cruzados, una postura un poco defensiva.

—No quiero talar esos árboles, tío.

—¿Qué? —Debo de haberle entendido mal.

—He dicho que no quiero talarlos. —Por lo menos tiene la delicadeza de parecer un poco avergonzado.

No tengo tiempo para esto.

—¿Cómo que no? Para eso te pagan, literalmente.

Mueve la cabeza.

—Esos de ahí delante son saúcos.

—Sí, ya lo sé, gracias.

Las ramas están llenas de las típicas flores blancas del saúco.

—¿Sabes lo que dicen sobre cortar un saúco?

Soy vagamente consciente de que hay una superstición ligada a esos árboles. A mi madre le interesaban esas cosas. Pero no voy a ahorrarle el bochorno: voy a obligarle a que me lo explique.

—No. ¿Qué dicen?

Se rasca detrás de la oreja.

—Pues que trae mala suerte, ¿no? Solo se pueden cortar unas pocas ramas y aun así tienes que... —Tose, cada vez más incómodo, como es lógico cuando un hombre adulto habla de esas cosas—. Pedir permiso antes.

—¿Pedir permiso?

Parece aún más avergonzado.

—A... la Madre Saúco. El espíritu del árbol. Pero si lo cortas entero... Eso trae mala suerte y ya está.

—Espera un momento, a ver si lo entiendo. ¿Te hemos contratado para talar estos árboles y ahora me vienes con que te niegas a hacerlo?

—Lo pone en mi página web, tío. «Nada de saúcos». Es una de mis condiciones, ya sabes.

¿Qué le pasa a la gente de esta parte del mundo? Tanto empecinarse en supersticiones retrógradas, en brujería y cosas raras. A Francesca le encanta todo lo espiritual, sí. Pero ella se plantea estos temas con una especie de sentido común refrescante. Selectivo, digamos. Utilitarista, en el sentido de que puede sacarles partido. Algunos dirían que es cinismo, pero a mí me parece puro sentido práctico.

Me doy cuenta de que Jim me está mirando, esperando mi reacción, seguramente.

—Vale, yo me encargo de los saúcos. Los robles, entonces; tú puedes talar los robles. He marcado los que hay que talar. Con cruces blancas.

Jim frunce el ceño.

—No eres el único que los ha marcado, tío.

—¿Qué?

—Echa un vistazo.

Me hace señas de que me acerque. Señala una marca en el árbol más cercano. No está hecha con aerosol como mis cruces, sino grabada en la corteza. Son cortes recientes, la madera horadada parece fresca y húmeda. Deben de haberlos hecho hace muy poco. Me retiro para ver bien la marca. Es como un dibujo tosco de un pájaro volando.

No puedo evitar tener un mal presentimiento; lo noto aflorar como un regusto desagradable al fondo de la lengua.

—Vale —digo tanto para mí como para Jim—. O sea, que unos gamberros del pueblo se han estado divirtiendo. No me dirás que significa algo más.

Jim hace una mueca.

—Creo que significa: «No cortes el árbol», colega. Y también: «Podría pasar algo malo si lo cortas».

—Por el amor de Dios. Han intentado ponernos trabas a través del ayuntamiento y ahora intentan esto. Es patético.

Hemos hecho algunos enemigos en los alrededores. Es lo que tiene esta zona: un odio al progreso, al cambio. Desde que se aprobó el permiso de obras de las casas del árbol, hemos recibido mensajes bastante desagradables: amenazas e insultos. Pero lo mismo podría ser una broma de uno de los descerebrados que se juntan en la playa que una amenaza de alguno de esos chalados del pueblo que parecen obsesionados con estos bosques.

—Además —añado—, han invadido una propiedad privada para hacer esto. Me va a dar una enorme satisfacción talar esos árboles. Así que manos a la obra.

Jim parece realmente incómodo.

—Sí, mira, lo siento mucho, pero no puedo, tío. Me da mal rollo.

—Pero te hemos pagado…

Levanta las manos en señal de rendición.

—Os devuelvo el dinero. No quiero el trabajo. No merece la pena. Este es un sitio extraño, ¿sabes? Tome, quiero decir. Aquí hay cosas en las que no conviene meterse. —Lanza una mirada nerviosa hacia los árboles—. He parado a desayunar en el *pub* de camino aquí. La gente está muy cabreada con este sitio, ¿no? —Menea la cabeza—. Muy cabreada.

Me gustaría saber qué ha oído exactamente, pero no se lo pregunto. Prefiero mantener las distancias.

—Mira —le digo—, puedes quedarte con el dinero, lo que me parece bastante decente por mi parte, pero voy a usar tu motosierra. ¿Vale? Los espíritus no se meterán contigo si soy yo quien la maneja, ¿no? Y a mí no me importa correr ese riesgo. —Señalo la máquina. Si los malos espíritus existen, conmigo ya la tomaron hace tiempo.

Después de dudar un momento, me pasa la motosierra. Gruñe cuando la enciendo. La apoyo contra la corteza del roble más cercano, empujo hacia delante y siento una explosión de astillas cuando empieza a cortar. Procuro ignorar una ligera punzada de inquietud. De repente, me parece oír la melodía tintineante de una vieja canción infantil.

*Si esta noche vas al bosque...*

Aprieto los dientes y ahogo la melodía con el rugir de la máquina. Cuando miro a Jim, veo que está de espaldas, como si no soportara mirar.

Después, me siento en uno de los troncos caídos a fumarme un cigarrillo, con el bosque a mis espaldas. Es extraño. Tengo la sensación de que me están observando, noto un cosquilleo en la nuca. Miro hacia atrás un par de veces, pero no hay nadie. Puede que sea solo el sudor que se me mete en los ojos lo que me hace ver un extraño temblor entre los árboles. Aun así, no consigo sacudirme una sensación de inquietud. El recuerdo nauseabundo del pájaro muerto clavado en la puerta flota ante mí.

Mientras estoy sentado fumando, noto que algo se me clava en la parte de atrás del muslo. Me meto la mano en el bolsillo de los pantalones cortos y saco el sobrecito de color crema. Después de deshacerme del bicho muerto y de que me interrumpiera Michelle, me había olvidado por completo de él.

Leo el nombre garabateado delante: *FRANKIE*.

¿Quién es Frankie?

Noto una sacudida al comprenderlo. Debe de ir dirigido a Francesca, aunque nunca he oído que la llamen así. Y quizá porque nunca he oído que la llamen así, no puedo resistirme a la tentación de darle la vuelta y abrirlo. La hojita de papel que se desliza fuera me resulta familiar: arriba, impreso en verde oscuro, pone *La Mansión*, y debajo está la dirección y un dibujo en miniatura del edificio.

*Reúnete conmigo en el bosque a medianoche. Como en los viejos tiempos. Al pie del árbol de los cien ojos. Ha pasado mucho tiempo. Tenemos mucho que discutir.*

Esto no me gusta. Es lo primero que pienso. El diminutivo. Esa familiaridad. La cita a medianoche en el bosque. ¿Ha dejado la nota la misma persona que clavó el gallo en la puerta? Si es así, la cosa adquiere un tinte muy siniestro, siniestro de cojones. Sobre todo, porque quien haya escrito la nota tenía acceso al papel del hotel, por lo que difícilmente puede ser una broma de un vecino cualquiera. Y si no la dejó la misma persona que dejó el pájaro muerto, la cosa sigue sin gustarme ni un pelo. Porque sugiere intimidad. Una historia compartida. Al volver a leerla, me fijo en ciertas frases:

*Ha pasado tiempo.*

*Mucho que discutir.*

Aviva una de mis inseguridades respecto a nuestra relación: el poco tiempo que Francesca y yo hemos pasado juntos, lo superficial que es el conocimiento que tenemos el uno del otro. Soy consciente de lo poco que le he desvelado de mí mismo. Pero Francesca, con su integridad y su énfasis en la «honestidad radical», siempre me ha parecido un libro

138

abierto. Por primera vez, se me ocurre que quizá haya un yo más profundo, una historia que desconozco por completo.

*Frankie.*

Doblo la nota y me la vuelvo a guardar en el bolsillo, pero la noto ahí, el filo del sobre se me clava en la pierna. No me gusta esa insinuación de que hay secretos. Joder, odio que la gente tenga secretos. Sobre todo, la gente más cercana a mí.

# EL DÍA DESPUÉS DEL SOLSTICIO

## *Inspector Walker*

Walker se pone un traje protector, a juego con el de las demás figuras vestidas de blanco en la playa. A poca distancia hay un grupo de pescadores: son los que encontraron el cadáver y dieron el aviso. Forman un público atento e inquieto.

Una oleada de adrenalina atraviesa a Walker cuando se acerca a la víctima. Ve el cadáver entero, sin obstáculos: está subiendo la marea y no hay tiempo de montar una tienda para taparlo. La tela empapada de sangre que se agita con la brisa. El escorzo estrafalario, como de marioneta rota, de las extremidades y el cuello. La cara arruinada. Las facciones totalmente destrozadas por el impacto.

«Tampoco habría servido de mucho que cayera en la arena en vez de en las rocas. Pero habría hecho menos destrozo».

Solo cuando levanta la vista y ve la cara que ha puesto Heyer se da cuenta de que lo ha dicho en voz alta. Ella parece sorprendida. Y él también se sorprende, de hecho, por su propia insensibilidad. Suele tener mucho cuidado, procura siempre mostrarse respetuoso con la víctima, preservar la dignidad del fallecido.

—¿Inspector?

Se da la vuelta y ve a la jefa del equipo de la policía científica allí de pie, mirándolo con el ceño fruncido. Con la mano enguantada, le tiende una bolsita de plástico transparente.

—Hemos encontrado esto —dice—. Lo tenía la víctima en la mano.

Se oye una exclamación detrás de ellos. Walker se vuelve y ve que varios de los pescadores están mirando la bolsa de pruebas. ¿Quién les ha dejado acercarse tanto? No tendrían que ver la bolsa, pero ya no hay nada que hacer. Walker nota que uno de ellos levanta la mano y se santigua rápidamente.

—¿Eso es…? —Heyer también se ha acercado a mirar—. ¿Es una…?

—Parece pertenecer a alguna especie de córvido —dice la jefa del equipo de criminalística—. Un cuervo o un grajo. Un ave de ese tipo, en cualquier caso. Luego sabremos exactamente a cuál.

Walker observa la pluma a través del plástico transparente. Su lustre grasiento, el pequeño penacho de plumón oscuro en la base, encima del cañón afilado.

Una pequeña pluma negra.

# EL DÍA ANTES DEL SOLSTICIO

## *Bella*

Aunque aún no es mediodía, me estoy tomando una «margarita de la casa» sentada en una tumbona a rayas verdes y blancas, junto a la piscina, mientras planeo mi próxima jugada.

Desde aquí veo la bahía y, justo debajo, la playa. Con la intensa luz del verano, el mar se ha vuelto de color aguamarina; añil allí donde se junta con el horizonte y con el azul despejado del cielo. Los escalones que bajan a la playa, diez metros más abajo, están provistos de un cartelito pintado y una barandilla de cuerda. Los lacayos bajarán sombrillas de rayas verdes y toallas de felpa a juego para los huéspedes, también neveras llenas de bebidas y aperitivos *gourmet*.

La piscina infinita es una muestra de la genialidad arquitectónica de Owen Dacre. Crea la ilusión de una caída abismal desde los acantilados al mar abierto. Los azulejos son de un verde grisáceo apagado. Recuerdo, de muchos veranos atrás, las viejas losas enmohecidas, las estatuas de ninfas acuáticas cubiertas de liquen y la caseta de la piscina atiborrada de trastos. El pasado centellea como un espejismo en el agua.

Recuerdo haber escarbado en busca de un puñado de monedas de una libra, y su grito desde la tumbona: «¡Si las encuentras, puedes quedártelas!». Recuerdo tumbarme a secarme sobre las piedras calientes y ásperas, que se me enganchaban en la braguita del bikini, y sentir primero la caricia y luego el picor del sol. El olor a cloro, un escozor en las fosas nasales.

Mi tumbona está junto al extremo «infinito» de la piscina, más cerca del mar. Casi todas las tumbonas están ya cogidas. Las que no están ocupadas por impecables cuerpos de Instagram (sobre todo, mujeres) y clientes panzudos (hombres, en su mayoría) tienen puesta una toalla encima: nadie, por muy rico que sea, está exento de marcar su territorio como un turista del montón.

Me levanto y me acerco a la piscina. No voy a meter la cabeza. La peluquera me advirtió que tuviera mucho cuidado con el tinte rubio: podía ponerse verdoso con el cloro. Y eso no encajaría con la imagen que quiero dar aquí. Bajo los escalones y me hundo en el agua. Es una sensación suntuosa; la textura es como de seda. Toco el fondo con los dedos. No tiene un tacto viscoso, el suelo de esta piscina.

Después, vuelvo a tumbarme en la lona caliente de mi tumbona. Por los altavoces suena música *house* europea, anónima y sensual. Me llegan retazos de conversación de las tumbonas de al lado.

—Madre mía, mira qué melones.

—A mí, personalmente, me van más las piernas. Esa recepcionista tan sexi... Esa sí que sí.

—Así que ¿tú también has invertido en este sitio?

—Sí. Puse algo de dinero cuando vendí la empresa. Para echarle un cable a mi hermana. Antes nos pasábamos el verano entero en la piscina. Es raro haber vuelto a la escena del crimen. Claro que en aquel entonces había una piscina horrorosa con forma de riñón, no se parecía en nada a esta. Pero a nosotros nos parecía la hostia en aquel momento.

De repente, todos mis sentidos se ponen en alerta máxima.

—Hay que reconocer que Fran ha dejado esto muy bonito.

No me atrevo a girar la cabeza, pero por detrás de las gafas de sol miro hacia la derecha, lo justo para ver un bañador de color rosa (mala elección cuando empiezas a tener la piel achicharrada por el sol) y, por encima de la goma del bañador, el blando abultamiento de la barriga. Subo la mirada hasta el pelo cortado en alguna peluquería cara. Por delante clarea un poco, pero sigue teniendo ese llamativo mechón de pelo blanco en la coronilla.

Hugo.

—¡Mierda! —La margarita me salpica el pecho.

Me seco con la esquina de la toalla. Soy consciente de que los dos tíos se han vuelto para mirarme. Seguramente se habrán lanzado una mirada cómplice, burlándose de la loca solitaria que bebe cócteles a estas horas.

Tengo muchísimas ganas de levantarme e irme, pero de repente me noto tan mareada que no estoy segura de que pueda andar. Agacho la cabeza, dejo que el pelo me caiga sobre la cara y me quedo así sentada, con el corazón retumbándome en los oídos. Luego, con dedos torpes, meto la mano en mi bolsa y saco lo que he traído para leer en la piscina. El cuaderno decrépito destaca un poco entre los tomos sobre finanzas y los premios Booker que «leen» todos los demás (no es cierto que los estén leyendo; los libros están solamente esparcidos por ahí, como si fueran parte del atrezo de un escaparate veraniego).

Doy un largo trago a mi bebida. Paso las páginas hasta que encuentro lo que busco.

—Sí, Francesca lo ha hecho estupendamente —oigo decir al interlocutor de Hugo Meadows.

Gracias a Dios, han vuelto a charlar. Noto cómo retrocede el foco de su atención.

—Sí —contesta Hugo—. Aunque me dio la risa cuando vi esos caminitos tan cucos que han hecho en el bosque. ¡Cuando pienso en cómo corríamos por ahí como auténticos salvajes!

—Suena fantástico.

—Sí. Nos hemos corrido unas juergas estupendas en esos bosques, al aire libre.

La última frase me sienta como un puñetazo en el estómago.

# DIARIO DE VERANO
## La caravana – Camping Tate

**2 de agosto de 2010**

Esta mañana estábamos Frankie y yo en la piscina con nuestros libros y ella ha dicho: fue divertido, ¿verdad? Lo del bosque.

Sí, le he contestado yo, aunque anoche tuve pesadillas.

Luego se ha inclinado, ha tocado mi libro y ha dicho: lo lees por las escenas de sexo, ¿verdad? Por eso leí yo *Polo*.

Y yo he dicho: eh…, puede ser. Entonces se ha vuelto hacia mí y ha pegado tanto su cara a la mía que he notado el olor de su brillo de labios y me ha dicho: tú ya lo <u>has hecho</u>, ¿verdad? Ay, Dios (ha dicho como si me notara en la cara que solo he besado a un chico), ¡no lo has hecho! ¡Cariño! Eso tenemos que arreglarlo. Aunque por aquí no hay mucho donde elegir para echar un polvo.

He estado a punto de contarle lo del chico del pelo color caramelo, el del día que encontré el fósil. Lo veo a veces cuando voy por el camino del acantilado. Tiene una tabla naranja, pero lo distinguiría igual sin ella. Tiene un cuerpo como de póster de revista. Sus amigos y él van nadando hasta la Mano del Gigante y a veces saltan desde allí. Él salta como si no le diera ningún

146

miedo. No para chulearse, sino como si le diera igual. La otra noche levantó la vista, me vio y me saludó con la mano, y anoche pensé en la línea de sus caderas por encima de la goma del bañador verde que lleva y cuando estaba sola en mi habitación _____.

Mamá, si estás leyendo esto, DÉJALO.

Al final no le dije nada a Frankie. Es muy rara con la gente del pueblo. Y, además, a lo mejor prefiero guardármelo para mí.

## 3 de agosto de 2010

He vuelto a ver a ese chico, Gamba, esta tarde. Hay una caravana que está un poco apartada de las otras, está más sucia y más vieja, pero parece que vive alguien allí, hay un tendedero, unos tiestos viejos y cosas así. Estaba sentado ahí, en los escalones de la caravana.

Jugaba con una caja de cerillas, encendía una tras otra y miraba cómo se consumía la llama hasta el final, hasta quemarse los dedos. ¿Sabes que en clase siempre hay un chico con el que se meten porque es raro o pobre o porque lleva ropa usada? Pues él es ese chico. Me dio pena.

Lo saludé y murmuró no sé qué. Y entonces yo le dije: eres Gamba, ¿verdad? Y él gruñó: ¿y a ti qué te importa? Bueno, pues vale. Yo solo intentaba ser amable.

Oí la cerilla primero, ese sonido rasposo que me hizo dar un brinco. Luego miré más de cerca y vi la llama y su cara iluminada por ella. Me dio muy mal rollo.

## 4 de agosto de 2010

Hoy han pasado dos cosas. Las dos malas.

Anoche hubo tormenta. Una auténtica tormenta eléctrica con relámpagos en el mar. Pero esta mañana hacía calor otra vez, así que Frankie y yo hemos ido a la piscina. La lona tenía encima un montón de hojas y cosas. Y debajo había un bulto. Yo pensaba que a lo mejor se había quedado un flotador atrapado debajo. Frankie empezó a retirarla y cuando estaba a medias vi una cosa que asomaba por debajo del plástico, como un montoncito de ramitas. Entonces vi que era la garra de un pájaro. Frankie siguió retirando la lona hasta que apareció el bicho entero, todo destrozado. Era asqueroso. Parecía enorme. Yo no sabía que eran tan grandes. En el cielo parecen mucho más pequeños.

Seguro que lo arrastró la tormenta, dije.

Sí, contestó Frankie, y se me quedó mirando. Pero entonces, ¿cómo es que estaba debajo de la lona?

Le pregunté qué quería decir.

Creo que han sido ellos, dijo. Los Pájaros. Puede que al final sí que los invocáramos. Ve a por la red, Gorrión. Está en la caseta.

La caseta de la piscina me da escalofríos. Está toda mohosa y oscura y seguramente llena de arañas. Como fuera había mucha luz, dentro parecía que estaba muy oscuro. El interruptor de la luz no funciona y yo no veía la red por ningún lado. Solo cachivaches sueltos: jarras rotas, macetas vacías, cordel de jardín y libros viejos llenos de polvo.

Al final la vi apoyada en el rincón. Me acerqué a cogerla y entonces sentí unas manos en la cintura. Hice un ruido como el que hace Trasto, nuestro gato, cuando le pisas la cola. Por un segundo no supe si estaba emocionada o asustada. Luego él se rio y me empujó hacia el rincón. Entonces sí que me asusté. Era muy fuerte y me hizo darme la vuelta para mirarlo. Crucé los brazos para taparme la tripa, pero no podía cubrirme entera y él se apretaba contra mí. Me tapaba la luz y lo único que veía era ese mechón de pelo blanco, y olía a Lynx Africa y a sudor. Me metió la lengua en la boca y me dieron arcadas; sabía a Doritos y a marihuana. Luego me metió los dedos en la braga del bikini. Me eché hacia atrás y conseguí decirle: déjame salir.

Me dijo: no me vengas con esas. Veo cómo me miras, contoneándote con tu bikini, eres una calientapollas y una guarra. Te estaba haciendo un favor. Con lo plana que eres, pocos tíos van a entrarte.

Cuando salí, el sol brillaba tanto que me deslumbró. En la piscina Frankie se bajó las gafas de sol como una estrella de cine y me miró por encima de ellas. Ah, estás ahí, dijo. ¿Has encontrado lo que buscabas?

## 5 de agosto de 2010

No quiero darle importancia a lo que pasó en la caseta de la piscina. No quiero pensar mucho en ello. No quiero que me estropee el ir a La Mansión. Hoy he vuelto porque quiero hacer como que todo es normal, pero no paro de darle vueltas. Me sigo acordando de cómo me metió la lengua en la boca. Esta mañana me desperté sintiendo que no podía respirar.

A lo mejor no es para tanto, ¿no? A lo mejor yo le di pie. Puede que todo se arregle si mantengo las distancias.

Ojalá pudiera dejar de darle vueltas. Las cosas que dijo sobre mi cuerpo. Esa palabra que usó. Guarra.

Menos mal que hoy no me ha hecho ni caso. Se ha peleado con Oscar por no sé qué de un chándal. Hugo le decía que le había robado el suyo y Oscar le contestaba: pero si tiene puesta la puta etiqueta con mi nombre, idiota, ¡mira!

Me están poniendo de los nervios, dijo Frankie. Me han robado la mitad de mis pastillas y ya solo me queda un puñado para todo el verano.

No se lo he contado a Frankie. Porque ¿y si se lo cuento y se lo toma a mal? ¿Y si me mira con otros ojos? ¿Y si piensa que yo me lo he buscado? O peor, ¿y si la miro a la cara y veo que ya lo sabe?

## 6 de agosto de 2010

Esta noche Frankie me ha invitado a El Nido del Cuervo, un *pub* muy antiguo de Tome con los techos bajos y vigas de madera. Yo pensaba que íbamos a estar solas ella y yo, pero los gemelos también estaban, han ido en el Golf GTI verde lima de Oscar. Me quedé helada cuando vi a Hugo en la mesa. Pero dijo: ¡Hola! Y sonrió como si no hubiera pasado nada, como si no hubiera hecho ni dicho esas cosas tan feas o como si lo que pasó no hubiera sido tan horrible como yo recuerdo (si no lo fue, ¿por qué sigo teniendo pesadillas?). Hasta me preguntó si quería beber algo, pero la dueña no quiso servirnos porque ninguno llevábamos documentación (aunque los gemelos ya tienen edad suficiente). Parecía que todo el mundo nos estaba mirando.

Estábamos a punto de irnos cuando alguien dijo: ¡Hola! ¡Eres tú! Era Cora, la de las duchas del *camping,* con su pelo a lo Amy Winehouse y unos pantalones de cuero y un top blanco. A los gemelos se les caía la baba y Frankie no paraba de mirarla, y yo me sentí bastante orgullosa de que se acordara de mí. Cora dijo: trabajo aquí, he estado pintando el cartel de fuera, ¡mira! Levantó las manos y tenía las palmas manchadas de pintura dorada. La verdad es que necesito una copa. Cuando sonrió vi su diente roto y también que tenía ojeras, pero a ella hasta le sentaban bien.

Frankie dijo: pues a nosotros no nos sirven, y ella contestó: eso lo arreglo yo ahora mismo. Nos preguntó qué queríamos. Hugo le dio un billete de veinte. Ella volvió con las bebidas y dijo: he pedido un *gin-tonic* doble para mí, espero que no os importe. Hugo dijo que sí con la cabeza como un niñito tímido. Cora se sentó con nosotros. Al final nos pidió tres rondas, hasta que pasó una mujer y dijo: Cora, ¿podemos hablar un momento? Cuando Cora volvió nos dijo: estupendo. Por lo visto he servido alcohol a menores. Os juro que estaba esperando el momento de despedirme. Bueno, pues adiós a otro trabajo. Pero no pueden impedir que me termine mi copa. Parecía un poco borracha y no paraba de hablar de que había ido a Glastonbury «en su vida anterior», y los otros estaban pendientes de cada palabra que decía. Yo me levanté para ir al baño. Le pregunté a Frankie si quería venir. Ni siquiera me miró cuando dijo que no.

Al salir del aseo me choqué con alguien alto y por un momento me asusté. Seguro que era Hugo, que había venido a buscarme para demostrarme que estaba fingiendo en la mesa, haciéndose el buenecito. Entonces vi la cadena de plata en el cuello. Era el chico de la playa. Hola, dijo, voy aquí al lado a comer *fish and chips*. ¿Te apetece? Soy Jake, por cierto.

Me pareció mejor que volver y sentarme delante de Hugo, así que le dije que sí. Salimos por detrás.

Estaba pensándome si quería abadejo o bacalao cuando vi a la persona que atendía el mostrador y me quedé helada. Era la chica que vino al bosque con nosotros la noche de la fiesta de medianoche.

Cuando levantó el cestillo de las patatas, vi que le temblaba la mano. Le salpicó aceite en el brazo y dio un gritito. Le pregunté si estaba bien.

Me contestó: ni que a ti te importara.

Pero ahora creo que sé lo que le pasó en la casa del árbol. Estaba a punto de decirle algo para demostrarle que lo entendía cuando entraron Frankie y los gemelos. Frankie me dijo: ¿se puede saber qué haces, Gorrión? Si quieres que te llevemos, nosotros nos vamos ya. Cuando volví a mirar hacia el mostrador, la puerta que había detrás se estaba cerrando y la chica ya no estaba. Miré a Jake y estuve a punto de disculparme como una tonta, pero se limitó a sonreír, se encogió de hombros y dijo: otra vez será.

En el coche, Frankie me preguntó que quién era ese chico. Le respondí supertranquila que me lo había encontrado un par de veces, pero creo que mi voz sonó un poco rara. Ella arrugó la nariz. Pero no te gusta de verdad, ¿no?

Le pregunté que por qué y se encogió de hombros. Bueno, si te gustan esas cosas… Pero esa cadena que lleva en el cuello… ¡Qué hortera! ¡Y ese acento de paleto! ¿Te lo imaginas cuando se corra? Será como follarse al tío del anuncio de Ambrosia. ¡Ooh, ahh! Entonces me miró a la cara y me dijo: cielo, solo intento cuidar de ti, ¿vale? En fin. ¿Hacemos otra fiestuqui mañana por la noche?

Como no contesté enseguida, me dijo: a lo mejor, si tú no puedes, se lo pido a Cora. Es muy guay, ¿verdad?

Le dije que iría.

Cuando volví al *camping,* Gamba estaba sentado junto a la entrada jugando con su cajita de cerillas. No me vio y, cuando la llama le iluminó la cara, vi que miraba fijamente hacia el camino por entre los barrotes de la verja. Sus ojos parecían muy grandes y negros. Y sí, la verdad es que se portó como un gilipollas cuando intenté hablar con él el otro día y fue un poco asqueroso que nos mirara desde aquel barco con los prismáticos, pero me dio lástima, porque en ese momento parecía un niño perdido.

## 7 de agosto de 2010

Anoche fue...

Voy a escribirlo aquí y ya está.

Frankie dijo: ¡he hecho *brownies*! Va a ser una fiestuqui con merienda y todo. Nos los comimos cuando íbamos hacia el bosque. Cómete otro, cielo, me dijo Frankie acercándome la caja, o me los comeré yo todos.

Hacía tanto calor que íbamos solo con camiseta y pantalón corto, y las estrellas estaban preciosas y se veían superclaras. Frankie me dio el brazo y los gemelos iban delante, a lo suyo. Yo me sentía mejor. Era una noche tan mágica que podía hacer como que lo de la caseta de la piscina no había pasado.

Cuando llegamos a la casa del árbol empecé a notarme un poco rara, como si mis pies no tocaran el suelo. Y Frankie se puso: ¡ja, Gorrión! Te has comido DOS *brownies* de maría, ¿qué creías que iba a pasar?

Entonces dio un gritito y me agarró del brazo. ¡Dios, Gorrión! ¡Mira! Alumbró la casa del árbol con la linterna. Yo dejé de respirar. Había un montón de símbolos pintados encima. Cientos de ellos. Eran de color rojo oscuro. Parecía sangre. Voy a intentar dibujar uno aquí:

Hostias, dijo Hugo.

Y Frankie se puso: Dios mío, ya sé lo que es. Lo vi en *Leyendas de Tome*. Es su marca. ¿Veis que parece un pájaro? Me agarraba del brazo tan fuerte que me hacía daño. ¡Gorrión! Joder…, ¿crees que los hemos invocado? Creía que no funcionaría…

Yo notaba que los gemelos estaban tan asustados como nosotras. Hugo estaba callado y Oscar murmuraba que teníamos que largarnos de allí.

Entonces Frankie gritó: ¡mirad el árbol! Y apuntó con la linterna hacia las ramas que sostenían la casita. Vi unos «nidos» allí, había como diez. Pero no se parecían a ningún nido de pájaro que yo haya visto, porque eran muy grandes y estaban hechos como de trapos y atados como con una cuerda negra. Además, ¿no los habríamos visto si hubieran estado ahí la otra noche?

Vamos a mirar dentro de la casa, dijo Frankie.

Ni hablar, dijo Hugo.

Y entonces ella lo llamó gallina.

Él la mandó a la mierda y, supongo que para demostrar que no eran unos gallinas, Oscar y él subieron primero. Frankie y yo los seguimos. Yo no quería subir, pero tampoco quería quedarme sola abajo, en el suelo.

Antes de ver lo que había dentro oí que Hugo murmuraba: qué cojones… Parecía muy asustado. Y entonces vi lo que estaba mirando.

Había un cuerpo dentro. Estaba allí tendido, una forma grande y oscura tirada contra la pared del fondo. Casi me da un ataque, pero Frankie lo iluminó con la linterna y entonces vimos que era como un muñeco de la Noche de las Hogueras: un poco de ropa rellena de paja.

Joder, ese es mi chándal, dijo Hugo, y casi no le salía la voz.

Mira la cara, dijo Oscar.

Frankie alumbró con la linterna y soltó un grito horrible.

Tenía cabeza de pájaro. Un pico enorme y plumas que parecían de verdad y unos agujeros grandes en vez de ojos.

Hugo miró a Oscar y le dijo: cabrón, sabía que me habías robado el chándal. Se notaba que estaba buscando pelea, y empujó a Oscar, que estaba en plan: no he sido yo, te juro que no he sido yo, joder. Parecía asustado. Dijo: ¿crees que es porque...? ¿Crees que ella...?

Hugo gritó: cállate. Cállate. No es nada. Mira, no es más que una máscara comprada en una tienda de disfraces. Lo cogió todo y lo tiró fuera de la casa, y se oyó un golpe horrible cuando cayó al suelo. Costaba recordar que no era un cuerpo de verdad.

Y entonces Frankie gritó: espera, hay algo ahí, mirad. Fue a cogerlo. Era una nota, donde antes estaba el cuerpo. Daba muchísimo miedo. Decía: LOS PÁJAROS VIGILAN.

# *Bella*

—Se está quemando algo —dice la chica de la tumbona de al lado, y me veo arrastrada de vuelta al presente, parpadeando, lejos de la fría oscuridad del bosque, hacia el calor y la luz del sol.

Se ha incorporado en la tumbona, con la nariz en alto. Su marido o novio le lanza una mirada perezosa.

—Será el horno de las *pizzas*, seguramente —dice—. Hay uno en el bar de fuera.

—No —contesta ella—, viene de la playa.

Y puede que en ese momento cambie la brisa, porque de repente nos envuelve una nube azul y acre de humo de leña, tan espesa que casi no se ve el otro lado de la piscina.

—¡Pero, hombre…! —exclama el marido, incorporándose—. ¿Quién ha hecho fuego con este calor?

—¡Mira! —dice la chica con voz chillona, y señala con el dedo.

La brisa vuelve a cambiar y, al disiparse un poco el humo, distingo allá abajo, en la arena, unas figuras junto a una pequeña lancha neumática. Una pandilla de chavales de dieciocho o veinte años. El humo viene de una hoguera que han encendido en mitad de la playa.

Y entonces se oye el runrún de un motor y llega otra barca, cuyos ocupantes —todos ellos chicos con bermudas— saltan al agua y arrastran la barca hasta la orilla. Observo sus cuerpos fibrosos y bronceados desde detrás de las gafas de sol. ¿Tienen idea de lo hermosos que son? Pienso en Eddie anoche, en su rubor. Seguramente no. A esa edad, tienes que ser muy descreído para conocer tu propio poder. Los hombres que se alojan aquí parecen fofos y pálidos en comparación, aunque seguramente se pasan media vida en el gimnasio y gastan cientos de libras en bañadores hechos a medida. No son rivales para el crudo encanto de esos chicos, con sus cuerpos morenos y duros y sus bermudas raídas. Quizá el único que podría competir con ellos sea el que conocí esta mañana en la playa: Owen Dacre.

Aparece otra barca, que se acerca a velocidad de vértigo y frena justo antes de llegar a la playa. Ahora todo el mundo alrededor de la piscina está mirando. Y entonces una chica con el pelo teñido de rojo oscuro, color Coca-Cola Cherry, sale de las olas llevando solo un tanga negro. Parece una sirena punki o una *Venus* de Botticelli en versión Generación Z, con la melena mojada pegada a la espalda, la piel blanca como la espuma del mar y tatuajes dibujados en contraste azul y negro. Yo, que nunca he tenido muchas tetas, flipo al ver las suyas: enormes y erguidas, como desafiando a la gravedad en su cuerpo esbelto. Se retuerce el pelo con la cadera ladeada, como si nada, aunque seguro que sabe que tiene público.

—Hostia puta —oigo murmurar al tipo que está junto a Hugo Meadows, y se tapa la entrepierna con su *GQ*.

Me da envidia la figura de la chica, claro que sí, pero sobre todo envidio su valentía, su seguridad en sí misma o sus cojones, como quieras llamarlo.

Ahora los chicos de la playa —unos veinte— se alinean formando una larga fila en la arena. El que lleva la voz cantante parece

157

mayor que los demás, casi maduro. Lleva una camiseta de una banda de música o algo así y tiene algo en la mano: un megáfono. De repente, todos levantan la cabeza hacia nosotros. Uno de ellos hace un gesto muy evidente.

Aquí arriba la cháchara ha cesado por completo. Hay tanto silencio que se oye el ruido de la depuradora de la piscina, el canto de los pájaros.

—Aquí no pueden subir, ¿verdad? —murmura la chica que está a mi izquierda.

—No, cariño —contesta su pareja—, hay una verja cerrada.

Pero de pronto no parece suficiente.

La primera piedra cae en la piscina. Sucede casi a cámara lenta: la superficie del agua se pliega para recibirla, luego se rompe y las ondas se propagan.

—Pero ¿qué coño…? —dice alguien cerca de mí.

Entonces cae otra piedra, y luego otra y otra, hasta que llueven a nuestro alrededor, caen en la piscina, en las tumbonas, golpean la carne desnuda. Se hace un breve silencio de perplejidad e indignación y luego los huéspedes empiezan a maldecir y a gritar, vuelcan las tumbonas en sus prisas por huir. Se rompen vasos y tazas, se abandonan hamacas y móviles, unas gafas Oliver Peoples acaban pisoteadas.

—¡Que alguien llame a la policía! —grita un hombre, pero la tormenta ya parece haber pasado.

Un último guijarro cae en la piscina como un signo de puntuación y un momento después se oye el rugido de unos motores fueraborda allá abajo. Justo antes de que se marchen, resuena una voz a través de un megáfono:

—¡Ya volveremos con más, pijos de mierda! ¡Que disfrutéis de vuestra estancia!

# *Francesca*

Michelle acaba de llamar para decirme que ha habido jaleo en la playa. Gente del pueblo, otra vez. Me ha asegurado que está todo bajo control, que ya no hay de qué preocuparse, pero aun así… Toco el ópalo negro de mi anillo. Normalmente, sus vibraciones me calman de inmediato, pero en este momento me parece una piedra fría y muerta. Por lo general, haría una limpieza energética y así me encontraría mejor, pero ahora mismo no va a bastarme con eso. Sé lo que necesito. Necesito a Julie.

Me cruzo con algunos huéspedes de camino al Invernadero. Les dedico mi sonrisa más serena.

—¿Está siendo estimulante su estancia con nosotros? —les pregunto. ¿Me ha salido la voz un poco más aguda de lo normal? ¿Un poco chillona?

Van a comer. Al menos, eso creo que han dicho. Es un poco como si los estuviera oyendo a través de un zumbido de electricidad estática.

—Cuánto me alegro —digo con una sonrisa radiante—. ¡Espero verlos mañana por la noche en nuestra fiesta del solsticio!

El Invernadero está al oeste de la casa principal, doblando la esquina. La palabra *spa* siempre me ha parecido algo chabacana, como de cupón de descuento y productos de belleza de supermercado, ¿sabes? Además, la parte original del edificio antes era el invernadero de mis abuelos, así que hay una sensación increíble de luz y espacio que Owen ha sabido copiar a la perfección en las salas de tratamiento.

Estoy superorgullosa de que tengamos las instalaciones de *wellness* más punteras y modernas. Todo lo que puede encontrarse en Londres o en Los Ángeles, en este pintoresco rincón de la campiña inglesa. También tenemos nuestra propia línea de cuidado de la piel, formulada a partir de musgo autóctono, con solo una pizquita de productos químicos. Se vende exclusivamente aquí, aunque pronto (¡por ahora es secreto!) se venderá también en SpaceNK, Liberty y Cult Beauty, para que todo el mundo pueda probar un poquito de su magia. Es bastante democrático, si no se tiene en cuenta el precio. Sería perjudicial para el negocio que yo reconociera que todos los meses me hago un tratamiento de higiene facial profunda que seguramente tiene mucho más que ver con el brillo de mi cutis que cualquier *serum*. Pero ¿uso los productos? ¡Por supuesto que sí! Por lo menos a veces: mi esteticista es muy estricta.

En cuanto entro en el Invernadero y aspiro el aroma a hierbas autóctonas que impregna el aire, me siento mejor. Voy derecha a recepción, donde me reciben deshaciéndose en sonrisas.

—Hola, queridas —les digo—. Suze, ¿qué tal tus hijos?

Suze sonríe encantada.

—Bien, gracias, Francesca. Sol cumplió tres años ayer, así que hicimos una fiesta...

—¡Qué maravilla! Seguro que fue un día muy especial. —Es muy importante tratar bien al personal. Leí un libro fascinante sobre el tema. ¿Sabías, por ejemplo, que la gente suele aceptar un sueldo más bajo si cree que se la valora de verdad en su puesto de trabajo?—. Bueno, mis amores —digo—. Necesito ver a Julie.

—Mmm. —Suze frunce el ceño al consultar su agenda—. Tiene a alguien a la una.

—¡Es igual! Seguro que vosotras podéis obrar vuestra magia. Le buscaréis otro hueco, ¿a que sí?

—Pues… —Suze mira la pantalla. Va a hacerlo, claro. Porque, aunque ninguna de nosotras lo reconozca, en realidad no tiene elección—. Creo que sí. —Eso no es suficiente y ella lo sabe—. Por supuesto —añade con más ímpetu—. Déjamelo a mí, Francesca. Enseguida lo arreglo.

—¡Estupendo! Entonces voy directamente a verla, ¿vale?

En cuanto me pierdo de vista, noto que mi sonrisa vacila y se desinfla como una vela al perder el viento. Pero Julie me ayudará. Es la mejor, en serio. Hice *reiki* con ella cuando estuve aquí supervisando la reforma y necesité una inyección de autocuidados. Tenía su «clínica» en casa, en una casita húmeda a las afueras de Tome: el último recurso, a falta de otra cosa. Pero resultó que era un tesoro escondido. Percibí enseguida que tenía un don. Eso se me da bastante bien: «descubrir» a las personas, sacar lo mejor de ellas. Realzarlas, podríamos decir. Julie es más mayor que la mayoría de nuestros empleados, tiene más de sesenta años, pero creo que eso puede ser una ventaja en este tipo de puestos, ¿sabes? Porque indica experiencia. La gente ve arrugas y enseguida piensa en sabiduría. Además, ahora está mucho más elegante, con el uniforme de lino de color crudo que le he pedido educadamente que se ponga. Las chaquetas y las mallas de M&S no pegaban mucho con una «sanadora espiritual».

—Hola, Francesca —me dice. Julie tiene una mirada muy directa.

—Estoy un poco… alterada —le digo—. Es como si… —busco una forma de expresar la sensación con palabras—, como si acabara de tomarme cuatro cafés, aunque nunca tomo cafeína, aparte de algo de *matcha.*

Ella asiente.

—¿Desde cuándo estás así?

—Desde hace muy poco —contesto. No me atrevo a contarle lo de la cara que me pareció ver en el desayuno—. Puede que sea por los agobios de la inauguración, ¿sabes? ¡Pero es lógico!

Me hace tumbarme en la camilla. Cierro los ojos, me sujeta un momento la cabeza con las manos y me pide que respire hondo tres veces. Me cuesta un montón hacerlo, curiosamente: me siento como si acabara de subir varios tramos de escaleras. Me pasa las palmas por encima y al instante noto su calor, como si de algún modo calentara el aire entre sus manos y mi piel. Mientras baja lentamente por mi cuerpo, siento que contiene la respiración. Me incorporo, aunque sé que no debo interrumpirla.

—¿Qué pasa? —pregunto—. ¿Qué has sentido?

—He oído algo —dice solemnemente—. Una voz.

Me agarro a los lados de la camilla.

—¿Qué... qué decía?

—Decía: «Está oscuro y hace frío aquí abajo» —dice con una voz horrible y quejumbrosa—. «Está oscuro y hace frío». Solo eso, una y otra vez.

—No tengo ni idea de lo que puede significar. Puede que las energías estén confusas —digo.

No contesta y me hace un gesto para que me vuelva a tumbar. La oigo respirar hondo, como si se estuviera armando de valor. Vuelve a posar las manos sobre mí. Y luego, casi enseguida, se para otra vez. Hace una larga pausa y mi sensación de terror aumenta.

—No estás a salvo —me dice por fin—. Hay alguien cerca que quiere hacerte daño. —Cierra los ojos. Cuando vuelve a hablar, su voz suena más grave, como si hablara en sueños—: Un enemigo se acerca.

Noto que se me eriza la piel de frío, a pesar del calor que hace hoy.

—¿Quién? ¿Quién es?

Sacude la cabeza como para despejarse. Con su voz de siempre dice:

—No puedo responderte a eso. Es un saber ciego: una sensación, más bien. Solo sé lo que te he dicho. No puedo darte un nombre, ni una cara.

—Pero… algo habrá que puedas hacer para aclararlo.

Me mira con el ceño fruncido.

—Así no —dice—. Pero sí que hay algo, aunque no tengo mucha experiencia en ese campo. Es una… —vacila—, una práctica muy antigua. —Por un momento he pensado que iba a decir «magia»—. A mí me la enseñó mi abuela.

—¿Podemos intentarlo? —pregunto, un poco desesperada.

—Sí. Necesito un cuenco con agua. Y un huevo.

—¿Un huevo?

Asiente con la cabeza. Hace años que no como huevos, pero tal y como están las cosas no voy a llevarle la contraria. Llamo a Suze por el teléfono de aquí y le pido que avise a la cocina para que nos traigan unos huevos enseguida. Mientras esperamos, Julie enciende unas velas y el aroma a vetiver impregna el aire. Llena de agua un gran cuenco de piedra. Unos minutos después llaman a la puerta.

Al otro lado hay un chico muy guapo. Me cuesta más de lo normal recordar su nombre, y es un fastidio, con lo que me he esforzado por llamar a los empleados por su nombre de pila y hablar de ellos como «la familia de La Mansión». Le da a Julie una cestita de mimbre con huevos desiguales, recién puestos por nuestras gallinas. Al dárselos se sonroja: le sube una mancha por el cuello y las mejillas.

Puede que sea por estar tan cerca de mí, envuelta en mi albornoz, o por la intimidad de la habitación iluminada por las velas.

—Gracias —le digo, y le sonrío. Se sonroja aún más. Qué mono—. Gracias, Eddie —añado, acordándome justo a tiempo.

Hace una reverencia muy graciosa y cierra la puerta.

Julie apaga todas las lámparas del techo y la única luz que queda es la de las llamas temblorosas de las velas. De repente hay una atmósfera muy nítida aquí. La veo cascar el huevo en el lateral del cuenco con un brusco movimiento de muñeca, de modo que solo salga la clara. Antes de que vuelva a bajarse la manga, veo una marquita en la cara interna de su brazo. Una especie de símbolo, puede que un carácter chino. Vaya, no me parecía de las que se hacen tatuajes. No cuadra con su imagen de abuela. ¿Un capricho de juventud, quizá? Eso puedo entenderlo.

Tira la yema al lavabo y se vuelve hacia mí con el cuenco en la mano.

—Siéntate —me ordena. Me siento en la camilla. Coge una vela y la coloca a mi lado. Luego me pone el cuenco delante—. Mira —me dice.

A la luz de la vela, distingo el contorno gelatinoso de la clara, la fina película que la separa del agua.

—¿Qué ves? —pregunta. Noto cómo le ha cambiado la respiración: ahora es ronca y áspera, como si hubiera estado haciendo algo que requiriera un gran esfuerzo.

Sigo mirando.

—No veo nada.

—Más cerca —me ordena—. Tienes que acercarte más.

Bajo la cara hasta que prácticamente toco el agua con la nariz.

—Sigo sin ver nada.

—Deja de esforzarte. Debes mirar, pero no con los ojos, sino con tu conocimiento interior.

Empieza a murmurar, en voz tan baja que no entiendo las palabras. Puede incluso que sean extranjeras. Empiezo a sentirme a la deriva, como cuando estás a punto de dormirte. Es curioso, me parece notar que una especie de calor se desprende de la superficie del agua, aunque la he visto llenar el cuenco con agua fría.

Sigo sin ver nada especial, aparte de la clara de huevo que se mueve y ondula, cambiando de forma, transformándose en...

—Veo algo —digo—. Hay algo ahí.

Algo parecido a la imagen de una cara empieza a revelarse. Unos ojos. Dos ojos pequeños, sin límite entre el blanco y el iris, más animales que humanos. Y luego... no una nariz ni una boca, sino algo que sobresale por debajo de los ojos. Parece... un pico. Sí, ahora lo veo con claridad: es la cara de un pájaro, con un pico ganchudo y cruel y ojillos como cuentas.

¿Un pájaro?

Empiezo a desconcentrarme. La imagen se difumina y luego desaparece.

—Ya no está —digo mirando a Julie.

—Pero has visto algo.

—Sí, pero... En fin, ¡parecía un pájaro! —Suelto una risita que suena más nerviosa de lo que era mi intención—. Pero eso es absurdo, ¿no?

Julie no me devuelve la sonrisa. Con tan poca luz, sus ojos parecen negros, como si no tuvieran pupilas, y su boca tiene una expresión sombría. Me está asustando.

—El cuenco nunca miente —susurra—. Lo que has visto representa de algún modo a tu enemigo. Significa que debes andarte con mucho ojo.

# Owen

Vuelvo del bosque cubierto de restos de corteza y serrín, sudando como un cerdo. Noto cómo aumenta el calor fuera de la sombra de los árboles. Los huéspedes languidecen en los bancos, abanicándose. El Londres blando se derrite. Esta gente debe de ir de vacaciones al extranjero varias veces al año, pero, por lo visto, en la campiña inglesa no aguanta más de treinta grados. Y está claro que los tíos consideran que el uso de crema solar en el Reino Unido es una mariconada: la mayoría están ya rojos como cangrejos. Y al parecer mañana va a hacer aún más calor; a saber cómo van a soportarlo.

No me quito de la cabeza esa nota invitando a Francesca a ir al bosque. Estoy seguro de que no es nada; de que, cuando le pregunte a ella, tendrá una explicación perfectamente razonable. Pero aun así me da mala espina.

Un ruido me saca de mis pensamientos. Miro hacia abajo. Justo delante de mí, en el camino, hay dos cuervos enormes disputándose las entrañas de algún animalillo. Bailan y riñen mientras desgarran la carne. Me acuerdo entonces del horrible regalito que nos dejaron en la puerta. Doy un paso adelante esperando que echen a volar, pero están demasiado absortos en su festín. Le lanzo una patada al que tengo más cerca. Ni se inmuta. Ladea la cabeza y me mira, o eso parece, con pura malevolencia. Me aparto, nervioso.

—¡Fuera! ¡Largo de aquí!

Levanto la vista y veo que Michelle viene hacia mí por el camino. No tengo tiempo de escabullirme. Dios mío, ¿me está acosando esa mujer? Da una palmada rápida y autoritaria y los dos pájaros alzan el vuelo al instante, uno de ellos llevándose el despojo en las garras. Dejan una mancha de sangre en la grava.

—Hola, Michelle —le digo educadamente, pero con frialdad. No estoy dispuesto a alterarme por ella.

Me mira de arriba abajo y noto que se fija en mi ropa cubierta de serrín, en el sudor de mis sienes y mis axilas.

—¿O sea que ya están talados? —pregunta—. ¿Los árboles?

—Sí —contesto.

—He oído que las casas de los árboles están inspiradas en una que tenía Francesca de pequeña, ¿es cierto? —añade.

—Sí, así es.

Recuerdo a Fran explicándome su idea: «Nos lo pasábamos pipa jugando allí, en el bosque. Como en *Golondrinas y amazonas*, pero en la vida real. ¡Qué recuerdos tan felices!».

Michelle se queda callada mientras mira hacia el bosque. Luego se vuelve hacia mí.

—Yo nunca olvido una cara —dice—. Por eso se me da tan bien este trabajo. —Señala con la cabeza a una pareja de huéspedes que pasean por la pradera—. Los Hodgson, cabaña con vistas a la playa, número catorce —dice como una niña recitando la tabla de multiplicar.

—Impresionante —le digo—. Pero no sé…

—Eres tú —dice—. ¿Verdad?

Trago saliva, tengo la garganta seca.

—No sé a qué te refieres.

—Con tu ropa normal estás muy distinto, pero ahora… —Señala mi camiseta sudada y mugrienta y mis pantalones cortos—. Me acuerdo de los dos, cuando veníais a dejar la pesca. De ti y de tu padre. Erais tan callados… Tú casi ni me mirabas. Supongo que era porque todo el mundo se burlaba de ti. Y mírate ahora, Gamba.

Siento que me tambaleo. ¡Y yo que procuraba mantenerme alejado de Tome y de los vecinos por miedo a que me reconocieran! Me han descubierto aquí mismo, en casa.

Ella me mira frunciendo el entrecejo.

—Has vuelto. Igual que yo. Es lo que dicen de Tome: que al final todo el mundo vuelve… —Se interrumpe y por un segundo parece sinceramente avergonzada. Se tapa la boca con la mano, recordando quizá que no todo el mundo vuelve.

Yo me quedo sin habla un momento. Luego digo:

—Y tú eres Shelly, ¿verdad? La del *fish and chips*.

No me había dado cuenta hasta ahora, pero algo no me encajaba; por eso, de manera instintiva, he procurado mantener las distancias. Por eso hice todo lo posible por convencer a Francesca de que no la contratase. Michelle, la eficacísima ayudante de Francesca, no es otra que la chica de la freiduría a la que mi padre y yo le vendíamos la pesca por las mañanas.

—Pero ¿por qué has vuelto? —Parece realmente intrigada.

—Bueno, ya que lo preguntas —digo, irguiéndome—, fue Francesca quien se puso en contacto conmigo y me encargó el trabajo.

Vuelvo a pensar en aquella llamada de su «oficina», en el malentendido de aquel primer encuentro. Pero si no fue Francesca, ¿quién llamó? Noto un picor en el cuero cabelludo. No quiero pensar en eso. Y desde luego no voy a contárselo a Michelle.

—Pero no puede ser una coincidencia —dice—. El que hayas vuelto.

—¿Por qué lo dices? —pregunto con más brusquedad de la que pretendía.

—Por… nada. —De repente se retrae—. No debería haber dicho nada. —Luego, como si trazara una línea para subrayarlo, añade—: En fin, míranos. Los dos nos hemos reinventado, ¿no? Qué lejos quedan ahora la traineras y las freidurías, ¿verdad?

No, ni hablar, de eso nada. Siento un arrebato de indignación al ver nuestras posiciones confundidas. Tú eres una trepa, Michelle, una advenediza. Yo, no. Yo no formo parte del personal. Yo no tengo que desplazarme para ir a trabajar. Y no he «vuelto», en realidad, porque aún no he pisado Tome. Yo vivo aquí. Duermo bajo sábanas de hilo belga. Soy el señor de la puta mansión.

De repente me viene un recuerdo: ver este lugar por primera vez, a través de la luz azulada del amanecer y de una bruma de nicotina y humo de gasoil del motor fueraborda. La casona parecía flotar sobre los acantilados, su gris claro resplandecía a la luz de la mañana. Completa, perfecta, intocable. Un universo distinto al de la caravana mohosa y destartalada. Ahora recuerdo, claro como el agua, volver por la tarde en la trainera, bordeando la Mano del Gigante, y ver a través de los prismáticos de mi padre a una diosa rubia con un bikini fucsia. Yo tenía trece años y ella algunos más. Era como si hubiera salido de mis fantasías. Un cuento de hadas de los años 2000. La princesa en su castillo, vista por el mísero hijo del pescador. Y entonces ocurrió una cosa alucinante, espectacular: se quitó la parte de arriba del bikini y yo me quedé sin respiración.

—Sé que no es nada fácil sobreponerse a cómo te ve la gente —dice Michelle, devolviéndome groseramente al presente—. Las etiquetas que te ponen…

—Para —le espeto—. No quiero oírlo.

No quiero volver a eso. A ser el chico raro, el pobrecillo del que todos se burlaban primero y al que después compadecían (lo que es aún peor) porque su madre se había largado sin decir adiós.

Siento como si me hubiera desprendido de una capa de piel. Aquí está, expuesto bajo la ropa elegante y la fachada de Owen Dacre, el célebre arquitecto: yo.

—Me dabas tanta pena…

—Vete a la mierda.

Veo que da un paso atrás, ofendida. Mejor.

—Yo no necesito que te compadezcas de mí, gracias —le digo—. Parece que me has tomado por un igual. Y soy tu jefe.

Frunce el ceño.

—Mi jefa es Francesca, en realidad.

Doy un paso hacia ella.

—Pues voy a recomendarle encarecidamente a tu jefa que te despida con efecto inmediato. Creo que le diré que la chica de la freiduría del pueblo no está capacitada para ocupar un puesto directivo aquí. No me extraña que seas tan poco profesional…

—No creo que te convenga hacer eso, Gamba —dice rápidamente. Ese viejo mote es como una bofetada—. Yo tengo mucho menos que perder que tú. Este sitio lo es todo para ti, ¿verdad? —De repente suena su teléfono y mira la pantalla—. Ah —exclama—. ¿Quieres ver quién es? —Da la vuelta al teléfono para que lea el nombre de quien la llama. *Francesca*. Pronuncia las palabras siguientes con una especie de siseo—: Ella tampoco es como tú crees, ¿sabes? No sé quién te metió en esto, pero estoy segura de que no estaba previsto que te enamorases de ella. No es buena persona.

—¿Se puede saber qué…?

Ella levanta una mano.

—Más vale que lo coja. —La veo contestar al teléfono, y es inquietante la rapidez con que vuelve a adoptar el papel de profesional consumada—. Hola, Francesca. Qué curioso, estaba aquí con Owen.

—¿Ha pronunciado mi nombre con un énfasis extraño? ¿Para recordarme que me ha descubierto?—. Sí, sí, está avanzando con las Casas del Árbol. Qué emoción, ¿verdad?

Se aleja hacia el huerto, parloteando por el teléfono.

Pero justo antes de perderse de vista, se vuelve y me mira. Y en medio de este bochornoso día de verano, noto de pronto un escalofrío.

# EL DÍA DESPUÉS DEL SOLSTICIO

## *Inspector Walker*

El trayecto en coche desde la cala hasta La Mansión es corto: la carretera serpentea hacia el interior por espacio de casi dos kilómetros para volver luego a la costa. El equipo forense está centrado en trasladar el cuerpo antes de que suba la marea y el inspector Walker ha recibido una llamada del sargento Fielding, uno de los miembros del equipo que está ya en La Mansión, para informarle de que el incendio está bajo control. El cielo, aun así, sigue saturado de humo. Más allá, el sol es un disco delgado y pálido, de luz mortecina. Nada que ver con el calor aplastante de ayer.

—¿Una chocolatina? —pregunta Heyer desde el asiento del copiloto, sacándose una barrita del bolsillo y ofreciéndosela.

—No, gracias. No me gustan.

—Eso no es normal, jefe.

—Nunca he dicho que yo sea normal.

Ella se encoge de hombros y se mete un trozo en la boca.

—Un bajón de azúcar. Aunque he pensado por un momento que no podría volver a comer después de eso, de… la cara. Era… —se interrumpe, le faltan las palabras. Walker sabe lo que quiere decir—. ¿Tú veías muchas cosas así, jefe? ¿Cuando estabas en la Metropolitana?

—Muchas muertes, sí. Pero nada como eso.

—Sí. Me han dicho que te ocupabas sobre todo de casos sin resolver.

Él se encoge de hombros.

—He trabajado en unos cuantos.

—¿Y cómo es?

Walker se queda pensando.

—Frustrante. Lento. Laborioso. Y a menudo muy ingrato, remover tierra vieja…

—Parece un trabajo duro.

—Sí que lo es. Hay que revisar todas las pruebas. A veces tienes tan poco con lo que trabajar que hay que ser extremadamente creativo. Pero, cuando resuelves un caso, no hay nada que pueda compararse a eso. Corregir un error histórico. Conseguir que se haga justicia para la víctima y su familia, después de que se les haya negado durante tanto tiempo…

Se le da bien prestar atención al detalle. No deja piedra sin remover, va donde haya que ir, pateando las calles, se deja el pellejo, y todos esos tópicos.

—¿Cómo es que pediste el traslado aquí? —pregunta Heyer mientras mastica el chocolate—. ¿Por cambiar de ritmo de vida y esas cosas?

Walker se encoge de hombros.

—Podría decirse que sentí una especie de llamada. Y se presentó la oportunidad.

—¿Vives con alguien o…? —Heyer se interrumpe. Es la pregunta que no debe hacerse nunca, ¿no? ¿Eres normal, tienes a alguien o eres un rarito, un solitario?

—No. Solo. —No hay manera de que suene menos triste. Menos parecido al estereotipo disfuncional de un detective de policía.

No está ansioso por hablar en profundidad de ese tema y, además, está seguro de que Heyer se arrepiente de haberlo preguntado, así que es un alivio que de pronto aparezca una figura en la carretera, justo delante de ellos. Bajo esa luz cargada de humo, la chica parece un espectro. Puede que sea por el vestido plateado, roto y con el dobladillo mugriento. Va descalza, con los zapatos en la mano. Tiene el pelo largo, de un rojo oscuro que solo puede ser de bote. Va con la cabeza agachada, pero la levanta bruscamente al oír el ruido del motor, y Walker capta el momento exacto en que los ve: sus labios forman la palabra «JODER». La ve cambiar ligeramente de postura como calculando si le da tiempo a huir en dirección contraria, y darse cuenta de que no tiene ninguna esperanza.

Para el coche, sale y le enseña la placa.

—No tengo por qué hablar con vosotros —le espeta ella levantando la barbilla—. No estoy detenida, ¿verdad? —Su descaro desafiante no cuadra con el maquillaje corrido de sus ojos ni con las marcas de lágrimas que surcan su cara como restos de hollín.

—No —contesta Walker con suavidad—. Solo hemos parado para ver si estabas bien. Y para preguntarte si viste algo anoche que pueda ayudarnos a averiguar qué pasó.

—Pero eso es lo que intentáis siempre, ¿no? Que la gente diga cosas sin que un abogado esté presente.

«Ah», piensa Walker. «Otra que ha visto demasiada televisión».

—No, nada de eso —dice—. No intentamos engañarte. Es solo que íbamos hacia el hotel y te hemos visto. ¿Estuviste allí anoche?

—¿Por qué lo preguntas?

—Bueno —dice él en tono razonable—, esta carretera termina en La Mansión. Y allí no hay nada más. Además, vas muy elegante. Y anoche hubo una fiesta allí, tengo entendido.

Una breve pausa. La chica se encoge de hombros.

—Sí. Estuve allí. ¿Y qué?

—¿Te alojas en el hotel? —pregunta Heyer.

La chica se pasa la mano por la cara sucia. Por fin niega con la cabeza. Traga saliva.

—¿Estás bien? —pregunta Walker.

—Estuve… Estuvimos… —Se le quiebra la voz. Luego vuelve a empezar—: Él dijo… Dijo que sería divertido. Que solo íbamos a echarnos unas risas.

—¿A qué te refieres? —pregunta Walker.

—A nada —contesta bruscamente, como si recordara de pronto dónde está y con quién—. Es solo que… me peleé con mi novio. ¿Por qué me hacéis tantas preguntas?

—Hubo una muerte anoche —dice Walker—. Alguien se despeñó por el acantilado, cerca de aquí.

Advierte la repentina y sutil dilatación de sus ojos, cómo se le entrecorta la respiración.

—Estamos intentando averiguar qué ocurrió. —Suaviza el tono—. Quizá tú puedas ayudarnos. Solo queremos saber si viste algo. Cualquier cosa, por pequeña que sea, puede ser útil.

Los ojos de la chica vuelan de Heyer a Walker y viceversa.

—No. —Sacude la cabeza—. No vi a nadie.

Heyer lanza una mirada a Walker. Él asiente con la cabeza.

—¿No viste a nadie? —insiste Heyer, poniendo un énfasis sutil en la última palabra.

Los ojos de la chica se agrandan.

—No vi nada —puntualiza—. Joder, es solo una forma de hablar, ¿vale? —De repente se desinfla. Encorva los hombros y ese simple cambio de postura hace que parezca mucho más joven. Se echa a llorar: las lágrimas abren dos surcos limpios entre la suciedad de su rostro—. Solo quiero irme a casa —dice con la voz entrecortada por los sollozos.

—¿Quieres que te llevemos? —pregunta Walker—. Vamos a La Mansión. O podríamos enviar a algún compañero a…

Ella abre los ojos de par en par.

—¡Joder, no! No voy a subirme a un coche de policía. Yo no he hecho nada malo. Solo quiero irme a casa. Estoy muy cansada. —Hunde los hombros—. Anoche… No tenía que ser así. No… —Se interrumpe y luego solloza—: Tenía que ser… especial.


—Bueno —dice Heyer cuando vuelven a subir al coche, después de conseguir (no sin cierta dificultad) que Delilah Rayne les dé sus datos—. ¿Has visto la cara que tenía? Seguro que oculta algo. ¿Qué querría decir con eso de que «tenía que ser especial»?

Walker asiente.

—Sí. Hay algo raro, desde luego. La citaremos para que haga una declaración formal en cuanto sea posible.

Pasan junto a una verja con cinco barrotes. Junto a un cartel desconchado. Junto a un granero ruinoso, con un rebaño de vacas vigilantes.

Heyer leer el cartel.

—Granja Seaview —dice—. ¿Crees que deberíamos preguntarles si vieron algo?

—Ahora no. Tardaríamos demasiado.

—Mira el estado de este sitio. Menudo basurero. Lo lógico sería que, si vives en un lugar tan bonito, tuvieras la casa un poco más decente. Y encima apesta.

Quizá sea la forma en que arruga la nariz lo que impulsa a Walker a decir:

—No seas así, Heyer.

Ella se endereza en el asiento como si acabara de abofetearla. ¿Se ha pasado de la raya?

—Perdona —dice Walker—. Pero la compasión está infravalorada en este trabajo. Nunca sabe uno cómo es la vida de la gente, por lo que pueden estar pasando.

Ella no contesta, se limita a arrancar con los dientes otro trozo de chocolate, malhumorada. De pronto abre los ojos de par en par y grita:

—¡Mira, jefe!

Al doblar el recodo, Walker ve los restos de un Aston Martin descapotable plateado, precioso y muy caro. Lo han estrellado en la cuneta llena de helechos, en la curva de la carretera. Una de las ruedas delanteras está levantada, apoyada en el talud. Hay fragmentos de cristal dispersos por el asfalto. El capó es un amasijo de chapa.

Walker acerca el Audi lentamente. Lee la matrícula. Una matrícula de lujo, personalizada: D4CRE.

La puerta del conductor está abierta, el asiento delantero vacío. No hay nadie a la vista. Y, apenas visible a través del parabrisas destrozado, una mancha de sangre en el cuero claro del volante.

# EL DÍA ANTES DEL SOLSTICIO

## *Bella*

Cuando entro en Tome, tengo la camisa empapada de sudor y la brisa ligera me levanta el pelo pegajoso de la nuca. Me dirijo al *pub* del pueblo porque no puedo permitirme comer en el restaurante del hotel (el precio de la habitación solo incluye el desayuno). Y porque es, además, la parada siguiente en mi búsqueda del tesoro hurgando en el pasado.

En Tome reina una paz que casi da escalofríos. Las casas de piedra gris clara con tejado de paja se apiñan a lo largo de las calles, algunas de ellas apresadas entre las garras de un rosal trepador o una madreselva. No se ve a nadie. Puede que estén todos dentro, huyendo del calor, aunque tengo la sensación de que algo vigila en medio de este vacío. Varias veces noto un temblor de movimiento más allá de las ventanas, acechantes como ojillos oscuros.

Un poco más adelante veo el crucero del pueblo, una edificación de piedra muy antigua, y me pongo a su sombra para orientarme sin que el sol me derrita el cerebro. Me siento en el poyete de piedra, frío bajo mis muslos sudados, me seco el sudor de los ojos y me descubro mirando la estela de piedra labrada que tengo enfrente. Doce figuras encapuchadas formando un círculo, con la cabeza inclinada de modo que no se les ve la cara. Hay árboles alrededor, como si estuvieran en medio de un bosque. El corazón me late un poco más deprisa. Una de las figuras parece sostener un cuchillo largo y afilado.

Mi mirada se desliza hacia la estela siguiente. Muestra a un hombre vestido con ropajes medievales: túnica con cinturón y botines puntiagudos. Sostiene algo en las manos y tiene una expresión aterrorizada. Me acerco para verlo mejor.

—Es una pluma —dice una voz suave detrás de mí.

Casi me muero del susto. Creía que estaba sola. Al darme la vuelta, veo a una mujer con el pelo canoso cortado a media melena, vestida de negro a pesar del calor veraniego.

—Son preciosas, ¿verdad? Y muy antiguas. Del siglo xv, creo. —Me sonríe, curiosa—. Veo que le han impresionado.

—Bueno —digo—, son muy… expresivas, supongo.

—Eran una forma de recordarles a los lugareños que debían portarse bien. Hace siglos, esta era una zona muy agreste y apartada. No había policía que mantuviera la paz, así que surgió una autoridad de otro tipo. Para proteger a la población y enmendar agravios. Para impartir justicia.

—Los mensajes del árbol. ¿Siempre cumplían las peticiones?

Ladea la cabeza, extrañada.

—Yo no he dicho nada de mensajes en un árbol. ¿Conoce la leyenda?

—Pues… —contesto con toda la naturalidad que puedo—. Imagino que la habré oído en alguna parte.

—Bueno —dice—, depende. En primer lugar, de si el agravio del mensajero, o sea, del que dejaba la nota en el árbol, era auténtico. Los Pájaros tenían formas de averiguar la verdad de los hechos. Luego dependía también de la magnitud de la falta y de si el culpable mostraba el debido arrepentimiento y procuraba reparar el daño. Si no… —Hace una mueca—. Digamos que eran otros tiempos. Más oscuros, más sanguinarios.

La miro esperando que diga algo más, pero se queda callada. Entonces me doy cuenta de que lo que me había parecido un vestido negro un poco excéntrico está rematado por un cuello duro de color blanco.

—¿Es usted vicaria?

—Sí. —Sonríe tímidamente—. ¿Le parece extraño que me interesen estos temas? En esta región, lo pagano y lo eclesiástico siempre han estado íntimamente unidos.

Me vuelvo hacia las estelas para echarles otro vistazo.

—Pero son hechos históricos, ¿verdad? —pregunto—. Quiero decir, que es de suponer que ese grupo…, que esos Pájaros, fueran lo que fuesen, dejaron de existir hace mucho tiempo.

Espero a que responda, pero no lo hace. Al volverme, veo que se ha ido.

Estoy nerviosa, asustada por el encuentro y por los recuerdos que amenazan con aflorar. Quizá me ayude echarme algo al estómago.

De camino al *pub,* paso por delante de las tiendas típicas en un pueblo como este: una pequeña farmacia independiente, un Spar, una oficina de correos, una librería llamada La Estantería Torcida. Me paro a mirar el escaparate. Junto a los *best sellers* habituales hay una colección de libros de temática parecida: *El West Country mágico, Gran Bretaña oculta* y *Runas: la guía definitiva.* Entonces veo uno que me deja paralizada: *Leyendas de Tome.* Me estremezco y sigo adelante, apretando el paso.

Por fin llego al *pub.* No es como lo recordaba. Solo queda parte del antiguo edificio Tudor: un trozo de la fachada de piedra, la puerta baja y los postigos de las ventanas. El tejado, que antes era de paja, ahora es de tejas, y las ventanas son modernas, batientes, en vez de tener parteluces, como las de antes. Los añadidos nuevos se han fijado a las partes antiguas como un injerto de piel mal hecho. El letrero, en cambio, es el mismo. Se balancea adelante y atrás, empujado por la brisa cálida. Una especie de carillón de viento fijado a su parte de abajo tintinea. No, no es eso. Al mirarlo más de cerca, veo que parece estar hecho de un montón de huesecillos.

Cuando entro se hace el silencio. Está tan oscuro comparado con el blanco resplandor del mediodía que casi no veo nada. Hace fresco, además, seguramente debido a lo pequeñas que son las ventanas y al grosor de las paredes de piedra. El aire huele a madera, a vinagre y a cerveza derramada. Cuando se me acostumbran los ojos, tengo la impresión de que toda la gente que falta en las calles vacías de Tome está aquí dentro. Unos cuantos me observan desde las mesas de las esquinas. Ocupo un taburete de la barra.

Observo a una pareja sentada cerca de mí. Son más jóvenes que el resto de los clientes, o al menos la chica —muy guapa, con el pelo granate— lo es. Al fijarme mejor, veo que él va vestido como un adolescente, con vaqueros desteñidos y una camiseta vieja en la que se lee SOLO ES DELITO SI TE PILLAN, pero se está quedando calvo y seguramente tiene unos años más que yo.

De repente me doy cuenta de que los conozco: son los cabecillas del grupo que estuvo tirando piedras en la playa. Tienen la cabeza baja y hablan en susurros, pero alcanzo a oír algunas frases.

Él:

—Vamos a hacer que sea una noche inolvidable, ya lo verás. He hablado con Gaz. Va a traer todo el equipo. Vamos a liarla a lo grande.

Ella:

—Ya… Es que no sé si es buena idea, Nate.

—Qué va, va a ser flipante, ¿que no? Venga ya, Lyles. Solo vamos a echarnos unas risas.

181

—Eso espero. —La chica mira hacia aquí y me pilla observándolos antes de que me dé tiempo a apartar la vista—. Luego hablamos, cariño. Hay gente escuchando las conversaciones de los demás. Qué maleducados.

Se oye un golpe en la barra y al volverme veo que la dueña está mirando con mala cara mi bolsa de tela con el logotipo del hotel.

—¿Eres de La Mansión?

Tiene sesenta y pocos años, el pelo rubio platino cortado casi al rape y la cara franca y morena, con arrugas blanquecinas, de reírse, alrededor de los ojos. Pero a mí no me sonríe. Cuando levanta la mano para servir una pinta, veo en la parte inferior de su bíceps un pequeño tatuaje oscuro que refuerza el aspecto de punki entrada en años que le da el corte de pelo.

—Ah, sí —contesto—. Se me ha ocurrido venir a explorar Tome. —Noto que la chica de pelo granate y su acompañante me miran. De hecho, de repente siento que todo el mundo en el *pub* me está mirando, como si tuviera FORASTERA tatuado en la frente.

—Aquí hay quien piensa que no debería servirte. —Señala con la cabeza a los otros clientes—. No le tenemos mucho cariño a ese sitio por aquí. Van a acabar con los negocios de la gente del pueblo, nos prohíben el acceso a esas tierras… Pero hoy me pillas de buenas, puede que porque has pronunciado bien Tome. Los forasteros siempre lo dicen mal. Tú has dicho *Tum*, igual que nosotros. ¿Qué te pongo?

Pido un plato combinado de la casa.

—¿Qué le ha pasado al *pub*? ¿Qué ha sido de los elementos originales? —le pregunto cuando lo saca.

Me mira con sorpresa.

—Eso fue hace siglos. Quince años, lo menos. Alguien intentó quemarlo.

—Ah. —Me quedo de piedra. Pienso en el *pub* lleno de gente cada noche, entonces igual que ahora—. Qué… qué horror.

—No murió nadie ni hubo heridos, así que podría haber sido mucho peor. Nunca pillaron a quien lo hizo. Pero, por lo menos, al final el seguro pagó. —Me mira fijamente—. ¿Te conozco? Tengo buena memoria para las caras. Reconozco a la gente, aunque pasen años.

Se me ha secado un poco la boca.

—No creo —contesto—. Gracias por la comida. ¿Puedes decirme dónde están los aseos?

—Por ahí. —Señala a la derecha sin dejar de observarme—. Por el pasillo.

La verdad es que recuerdo perfectamente dónde están. Al fondo, saliendo hacia el jardín del *pub*.

Entre el de caballeros y el de señoras hay otra puerta, ligeramente entornada. SALÓN DE ACTOS, leo en letras de latón. SALÓ DE ACTOS, en realidad, porque la N se ha caído. Me paro y veo una especie de estructura dentro de la sala, visible a través del resquicio de la puerta. Vislumbro centenares, puede que miles de ramas entretejidas y retorcidas. Si me acerco un poco más, podré distinguirlo bien…

—No puedes entrar ahí, cielo —dice una voz—. Es privado.

Me sobresalto y veo a la dueña a unos metros de mí. Su tono ha sonado ligero, pero su mirada es gélida y no había ni pizca de calidez en ese «cielo».

—Ah, vale, lo siento. Estaba buscando el aseo.

—¿Ves el simbolito de una mujer con vestido en esa puerta de ahí? No dice «Salón de actos». Es una buena pista.

—Claro, ¡qué tonta soy!

Noto que no me quita ojo mientras voy por el pasillo.

# DIARIO DE VERANO
## La caravana – Camping Tate

**9 de agosto de 2010**

Estos dos últimos días he estado con mis padres. Quería descansar un poco de La Mansión. Esa cosa que encontramos en la casa del árbol me ha dado pesadillas. Y luego está Hugo. Aunque en el *pub* estuviera distinto, sigo sintiéndome fatal cada vez que lo veo, me pongo a temblar. Pero la verdad es que es un poco aburrido estar tumbada en la esterilla, en la playa, mientras mi madre lee a Maeve Binchy y mi padre se echa la siesta con un libro de Lee Child encima de la cara. Con Frankie nunca me aburro.

Fui a darme un baño y vi a Jake. Estaba solo, con su tabla. Me saludó con la mano y se acercó. Me puse un poco nerviosa porque me acordaba de lo que dijo Frankie sobre el sexo con él. Y, además, todavía me siento sucia después de lo que me dijo Hugo. *Guarra calientapollas.* Pero Jake tiene una sonrisa tan bonita, tan amable… Y ya sé lo que dijo Frankie, pero a mí su acento me gusta.

Me preguntó si quería probar la tabla y cuando me tumbé encima me dijo: ¿puedo? Y me pasó los brazos por encima para colocarme bien. Al principio me quedé petrificada, por lo de Hugo.

Pero fue distinto. Muy tierno. Y, además, él me preguntó primero. Todavía noto un cosquilleo donde me tocó.

Luego, cuando salimos, Gamba estaba sentado en las rocas, hurgando en los charcos. Le pregunté si vivía en el *camping* de caravanas y me dijo que sí. Son bastante pobres. Él es un poco raro, pero no es culpa suya. Tiene unos padres de mierda.

Cuando volví a la esterilla mi madre se puso: ¡es monísimo! (HORROR). A lo mejor ahora pasas más tiempo aquí, en vez de estar siempre en la casona.

Y yo le contesté: ¿a qué viene eso, a ver?

Pues no sé. Es que parece un mundo tan distinto. No sé qué ve ella...

Y luego se quedó callada, toda avergonzada.

¿Qué ve en mí? Gracias, mamá.

Supongo que me molestó tanto porque yo también me lo pregunto a veces.

**10 de agosto de 2010**

Hoy he vuelto a La Mansión porque a pesar de todo lo echaba de menos. Sentía que me estaba perdiendo algo. No vi a Frankie cuando llegué. Le mandé un mensaje: dnd sts?

Me contestó: pista de tenis. Me pareció raro, porque tiene cero interés en el deporte.

Cuando llegué a la pista estaba allí Cora, la del *pub,* fumando en una tumbona, en toples. Tiene un cuerpo como de chica de un vídeo musical de la MTV. Entonces apareció Frankie llevando dos cafés con hielo (¡y ni siquiera le gusta el café!), con la raya pintada y el pelo recogido hacia arriba.

Ah, dijo como si le sorprendiera que yo estuviera allí, aunque acabábamos de escribirnos, solo tenemos dos tumbonas. No sabía si ibas a volver. Tiró al suelo un par de cojines.

Cuando Cora fue al servicio, le pregunté qué hacía allí.

Frankie sonrió: ¿estás celosa, Gorrión? Viene por las mañanas a limpiarles la casa a mis abuelos. Necesitaba trabajo, como la despidieron del *pub*... Pero es guay. Así que últimamente nos vemos mucho. Lo dijo como si hiciera tres semanas, en vez de DOS DÍAS.

Yo en realidad soy pintora, nos dijo Cora cuando volvió. Esto solo lo hago para ir tirando. Pero es muy difícil vivir de eso aquí, en el culo del mundo.

Mi abuelo podría ayudarte, le dijo Frankie. Conoce a un montón de viejos ricachones que pueden gastarse una pasta en cuadros.

¿En serio? Cora se incorporó, pero Frankie ya había cogido su revista y se puso en plan: madre mía, mirad a esta, qué pinta, debe de ser la cuarta vez que se opera las tetas.

**13 de agosto de 2010**

Echo de menos que estemos solas Frankie y yo. Cora va TODAS las tardes. Los gemelos siempre se buscan alguna excusa para ir a mirarla. Frankie y ella hablan de sexo, o Frankie habla de sexo, y de las *raves* a las que va en Londres y las drogas que ha probado. Pero Cora da la sensación de haber vivido cosas que nosotros no podemos ni imaginarnos. Yo me quedo allí sentada como una pringada total. Porque ¿qué voy a contarles? ¿Que uno de los hermanos de Frankie intentó hacerme un dedo en la caseta de la piscina? Además, seguro que Cora tiene amigos de su edad con los que salir, ¿no? Debemos de parecerle unos niñatos idiotas.

Hace muchísimo calor en las pistas. El aire se queda atrapado entre los setos. Pero cuando propuse que fuéramos a la piscina, Frankie contestó: Cora prefiere las canchas, ¿verdad, Cor? Cuando corre la brisa del mar, hace frío. Pero ¿qué dice? Si literalmente hay una ola de calor.

Luego Frankie se puso: además, no sabemos cómo se lo tomarían los viejos, ¿sabes? Lo de que socialicemos con el personal. Pero aquí no pasa nada. Mi abuela no juega al tenis desde que le pusieron la cadera nueva. Y el abuelo trabaja en su estudio del bosque y por las tardes llama a sus amigos importantes o, mejor dicho, a sus amiguitas.

¿Crees que podrías hablar con él?, volvió a preguntar Cora. ¿Sobre mis cuadros?

Frankie arrugó la nariz. Sí, claro. A lo mejor. ¿Me das otro cigarro?

Ya puedes esperar sentada, Cora.


**14 de agosto de 2010**

Hoy Frankie ha echado media botella de Malibú en una jarra de Nesquik de plátano. Los demás se pusieron otra vez a hablar de sexo y, como yo no podía participar en la conversación, le mandé un mensaje a Jake. Si no me hubiera tomado dos vasos del cóctel de Frankie, seguramente no me habría atrevido.

Hola q haces?

Me contestó enseguida.

Estoy currando pero estaría bien vernos luego.

En la playa?

¿A quién escribes? Antes de que me diera tiempo a contestar, Frankie me quitó el teléfono y leyó los mensajes. Es ese tío, ¿no? ¿El del *fish and chips*?

¡Uy, qué emocionante!, dijo Cora en un tono tan condescendiente que parecía una adulta fingiendo interesarse por cosas de niños.

Pero Frankie parecía cabreada de verdad. Seguía agarrando mi teléfono como si no quisiera devolvérmelo porque no se fiaba de mí. Te lo dije, Gorrión, tú puedes encontrar algo mucho mejor. Le describió a Jake a Cora. Es del pueblo, ¿lo conoces?

Cora parecía un poco incómoda y dijo: la verdad es que no conozco a muchos chavales de por aquí.

¿Lo ves? ¡Qué condescendiente! «Chavales». Como si se creyera muy superior. PUAJ.

Ojalá no se la hubiera presentado a Frankie. Por mí, que se vaya a la mierda.


**15 de agosto de 2010**

Hoy me he encontrado con Hugo cuando salía de La Mansión. Ha sido la primera vez que he estado con él a solas desde lo de la caseta de la piscina. Me ha sonreído. ¿Ya no eres la preferida? ¿Frankie ha cancelado tu tarjeta de socia? Ay, nadie quiere jugar contigo… A lo mejor es porque eres una putita muy sosa y una frígida.

Me miró de arriba abajo como si estuviera desnuda. Y para que lo sepas, las únicas que deberían llevar bikini son las tías buenas como la nueva. Tú sigue con el bañador, enana.

# Eddie

Llevo horas en la cocina fregando los platos de la cena. Miro por las ventanitas y veo que se está haciendo tarde: ya hay algunas estrellas en el horizonte. Salgo por recepción para tomar un poco el aire.

—Eds —me dice Ruby en voz baja desde el mostrador—. Ven a hacerme compañía un rato.

Me acerco. Unos minutos después pasan dos mujeres. Las dos llevan colgada del cuello la bolsita de terciopelo con cristales que había en las habitaciones. Una de ellas toquetea la suya sin parar.

Ruby las mira de reojo cuando pasan.

—Una vez vi un meme que decía «¿Cómo puede haber tantos problemas en el mundo habiendo tantas ricas con cristales?».

Luego dice:

—Ay, ¿te has enterado? Mañana nos van a hacer disfrazarnos. Para la fiesta. Los huéspedes tienen que ir de blanco y llevar una especie de corona de sauce o no sé qué movida. Es como si buscaran una estética en plan *Midsommar,* pero no hubieran visto la peli y no supieran cómo acaba. —Se interrumpe y vuelve a ponerse en modo profesional cuando un hombre entra en recepción.

—Hola, guapa. —El tío se acerca al mostrador y se inclina

189

hasta que su cara queda a cosa de medio metro de la de Ruby. Me impresiona que consiga no echarse para atrás... o no darle un cabezazo—. Hugo Meadows. ¿Sabes quién soy?

—Por supuesto. —Ruby le sonríe alegremente—. ¿En qué puedo ayudarle, señor Meadows?

—Mira, hay un tipo que llega esta noche. Una persona importante. Un inversor. Necesito que le trates con mucho mimo. Que le des un trato especial, ¿de acuerdo?

Me pregunto si pretendía que sonara como si estuviera pidiéndole algo dudoso, como cierto tipo de hombres podrían pedir un «masaje especial».

—Claro —contesta Ruby.

—Gracias, preciosa. —Se echa hacia delante y la pellizca debajo de la barbilla.

Ruby lo mira marcharse. Luego respira hondo y suelta el aire.

—Puto pajillero.

Estoy a punto de, no sé, de disculparme en nombre de todos los hombres cuando se oye un ruido raro fuera, una especie de aullido. Miramos los dos por la puerta principal.

Ruby señala.

—Oye, ¿tú crees que están bien?

Sigo su mirada y veo a una pareja andando por el camino de entrada, medio a oscuras, llevando unas bicis por el manillar. Van encorvados. Entonces, a mitad de camino, la mujer suelta su bici, se arrodilla y apoya la cara en las manos. Desde aquí se ve que le tiemblan los hombros. El tío también deja su bici y se agacha a su lado. ¿Están discutiendo? ¿La está consolando? Veo que él la hace levantarse casi a la fuerza. Ella se inclina otra vez y —ay, Dios— vomita en la hierba, a cuatro patas. Un par de huéspedes se giran para ver el espectáculo.

—Joder —dice Ruby—. Debería ir a ver qué pasa.

En La Mansión cuidan mucho lo de la «mala energía». Dan, uno de los jardineros, me ha contado que hoy a una pareja le han pedido que se vaya porque tuvieron una bronca a la hora del desayuno. ¡Los han echado el primer día!

Salgo fuera mientras Ruby se acerca a la pareja.

—¡Hola! —la oigo decir en su tono más alegre—. ¿Puedo ayudarles en algo?

La mujer sacude la cabeza y se levanta temblando, pero el hombre se adelanta y le dice algo al oído a Ruby. Veo que ella da un paso atrás. Luego le pone una mano en el hombro como para tranquilizarlo y le dice algo. Señala hacia el restaurante. ¿Qué coño pasa?

Ruby se da la vuelta y echa a andar hacia aquí.

—Acabo de decirles que vayan y pidan el menú degustación, que invita la casa —me dice—. Una botella de vino y lo que quieran. Y que no les vamos a cobrar la estancia. Pero esto es de locos…

—¿Qué ha pasado?

—Creo que vamos a tener que avisar a Michelle. Han encontrado sangre en el bosque.

Trago saliva. ¿Qué cojones…?

—¿Sangre?

—Sí. Y no unas gotas. El tipo dice que era «como una película de terror».

# Francesca

He venido al huerto a calmarme en la naturaleza. A los huéspedes les encantan los huertos; sobre todo, la idea de que las verduras de su cena las hayamos arrancado directamente de la tierra de La Mansión. En realidad no es así en muchos casos, porque casi todas las mañanas recibimos un envío de fruta y verdura fresca de un proveedor de Londres, pero lo que cuenta es la intención.

Este banco de la esquina, junto a la espaldera de las judías verdes, es un buen sitio para sentarse. Desde aquí veo a todo el que pasa por el arco. Llevo todo el día teniendo la sensación de que alguien me observa.

Cierro los ojos. Inhalo, exhalo. Ah, qué ma…

Abro los ojos. ¿Eso ha sido un grito? Parecía venir de la zona de la cocina. Me levanto y corro hacia allí. La verdad es que es un alivio tener algo en lo que concentrarme.

Veo a nuestra recepcionista, Ruby, y a ese chico, Eddie, con un par de huéspedes. Ruby se acerca y me susurra algo al oído.

—¿Que han encontrado qué en el bosque? —pregunto, convencida de que la he oído mal.

Me lo repite.

No, he oído bien. Sangre. Han encontrado sangre en el bosque. Por un momento parece como si la tierra se hundiera bajo mis pies. Practiqué la meditación trascendental hace tiempo, pero creo que quizá esta sea mi primera experiencia extracorporal.

Ruby se muerde el labio.

—¿No deberíamos avisar a la policía?

Eso me hace reaccionar.

—No, por Dios —contesto—. No podemos tener aquí a la policía.

El fin de semana de inauguración, no, y menos aún estando aquí los críticos de la página *Mr and Mrs Smith* y *Condé Nast Traveler*. ¡La fiesta de medianoche nos va a catapultar!

Pongo mi sonrisa más tranquilizadora para contestar a Ruby.

—Seguro que no es nada. Mi abuela tenía gallinas y los zorros pueden hacer unos destrozos horribles. Realmente espantosos.

¿De verdad creo que no es nada? Desde luego, hablo con el aplomo y la seguridad de la Francesca Meadows a la que la gente está acostumbrada. Pero pienso en esa cara del desayuno. En la imagen en el cuenco de piedra. En la sensación que he tenido todo el día de que alguien me estaba observando. No. Siempre que me he enfrentado a la adversidad en el pasado, he salido airosa. Así soy yo: afortunada. A Francesca Meadows no le pasan cosas malas.

—No podemos preocupar a los huéspedes —digo con suma calma—. Así que, Ruby, mi amor, te agradecería muchísimo que te ocuparas de esto por mí. ¿De acuerdo? —Espero, sonriente, hasta que por fin se da cuenta de que no tiene elección.

—Eh, sí, claro, vale.

—Genial, gracias. ¡Sabía que podía contar contigo! Explícales a los huéspedes que se han encontrado con esa desafortunada escena que estamos investigando el asunto, pero que todo forma parte de la auténtica vida rural y que no hay absolutamente nada de qué preocuparse. —Al decir las palabras, me las creo.

Ella asiente.

—¡Eres un sol, Ruby! Eres mi estrella. —Le hago señas al chico de que se acerque—. Eddie, ¿verdad? Me llevaste los huevos al *spa*.

Tose.

—Sí. —Otra vez ese rubor subiéndole por el cuello.

—Bueno, Eddie —le digo—, quiero que vayas al bosque. Y que lleves un poco de agua. Haz lo que tengas que hacer para limpiarlo. La naturaleza puede tener las garras y los dientes rojos de sangre, pero nuestros huéspedes prefieren su versión verde y limpia. ¿De acuerdo?

—Um...

—Y ve cuando haya oscurecido un poco, para no encontrarte con más huéspedes.

—Es que... —Parece titubear—. Um... ¿Eso es legal? ¿Y si...?

—¡Claro que es legal! —le digo con una sonrisa encantadora—. Esto es propiedad privada.

—Vale —dice dócilmente.

Gracias, querido Eddie, por ser tan tarugo y obediente.

Veo a otro empleado empujando una carretilla en dirección contraria.

—Dan, ¿no? —le llamo. Se para en seco, claramente sorprendido por que sepa su nombre—. Irás con Eddie, ¿verdad?

Asiente antes de saber lo que le estoy pidiendo. Puede ser muy embriagador tener tanto poder sobre la gente, pero yo no dejo qué eso me afecte.

—Y, mirad, que esto quede entre nosotros, ¿vale, chicos? —les digo—. Pero ¿qué tal si os doy una pequeña bonificación de quinientas libras a cada uno como muestra de gratitud?

Se les ponen unos ojos como platos. Claro que a ellos debe de parecerles un dineral. He conseguido que sonara a regalo, a premio por los servicios prestados. No a soborno, en absoluto.

Al poco rato subo al apartamento. Estoy en la cocina, abriendo la lata de té ayurvédico que guardo para emergencias, cuando me doy cuenta de que no estoy sola. Owen entra desde el cuarto de estar.

—Hola —me dice—. Quería darte esto. —Se saca algo del bolsillo—. Alguien lo metió por debajo de la puerta esta mañana. Acabo de acordarme.

Me lo pone delante. Una nota escrita en papel del hotel.

*Reúnete conmigo en el bosque a medianoche. Como en los viejos tiempos. Al pie del árbol de los cien ojos. Ha pasado mucho tiempo. Tenemos mucho que discutir.*

—¿De quién es? —pregunta con aire despreocupado, aunque noto que me observa con atención.

—¡Mi amor! —contesto alegremente—. No tengo ni idea. Seguramente será de algún chalado del pueblo. Además, también podría ser para ti. Tú eres el que está trabajando en el bosque…

—Pero no va dirigida a mí. Mira.

Ahora (¡ahora!) saca un sobre con un nombre escrito: *Frankie*.

No. Frankie ya no existe.

—Parece que esa persona te conoce bastante bien —dice—. No suena como las otras quejas que hemos recibido. ¿Qué crees que quiere decir con eso de «como en los viejos tiempos»?

—Venga ya, joder —siseo—. No es nada. Olvídalo… ¡Olvídalo y punto!

Abre los ojos de par en par y da un paso atrás.

—Amor mío —le digo—, te he asustado. Me he asustado a mí misma. ¡Dios! —Ni siquiera parecía mi voz. ¿Qué me está pasando? Sonrío—. Es el estrés de este fin de semana, que me está afectando. Mira, no sé de quién es esa nota, no tengo ni idea. Podría ser incluso una bromita de alguno de mis hermanos. Ya sabes cómo son.

En cuanto se da la vuelta, dejo que la sonrisa se me borre de la cara. No he cogido la nota porque he pensado que me temblarían las manos si lo hacía.

Pienso en la imagen que vi antes, en el cuenco de piedra. Un pájaro.

Y yo la llamé Gorrión, hace muchos años.

Eso significa que la cara que creí ver en el desayuno no era un espejismo. Después de todos estos años, ha vuelto. Y sé perfectamente dónde quiere que vaya. A lo profundo del bosque, a un lugar que no visito desde hace años.

# DIARIO DE VERANO
## La caravana – Camping Tate

**17 de agosto de 2010**

En el bosque, dijo Frankie. Esta noche. ¡La primera vez de Cora! ¿Te apuntas?

No sé, le dije, porque sigo teniendo pesadillas. No entiendo por qué ella no está más asustada.

Frankie dijo: vale, Cora, entonces vamos solo tú y yo. Total, que al final dije que sí que iría. Ya sé que es muy infantil, pero no quería que fueran sin mí.

Los chicos del pueblo cogen setas en el bosque de Tome, dijo Cora. Y luego empezó a contarnos una historia de una vez que tomó setas en Reading. QUÉ ROLLAZO.

Frankie se puso como loca. ¡Vamos a buscarlas! Así no me importará tanto que los gemelos me hayan dejado sin existencias.

Cora contestó: bueno, no sé si las hay en esta época del año. A Frankie eso le molestó, se notaba. Ella es así cuando algo se le antoja. No, dijo, seguro que alguna encontramos.

Estaba oscureciendo cuando nos metimos en el bosque, pero esta vez me llevé la linternita de llavero de mi madre. Pasamos por delante del estudio del abuelo, que estaba allí hablando por teléfono, muy serio.

Mientras nos adentrábamos entre los árboles, Frankie nos enseñó una foto en su móvil (el iPhone nuevo..., ¡qué pasada!) para que supiéramos lo que teníamos que buscar. Parecerá una tontería, pero yo tenía muchísimas ganas de encontrar setas, como si eso fuera a demostrar algo. Cora dijo que iba a hacer un pis. Yo estaba superconcentrada, escarbando por ahí con un palo. Cuando levanté la vista, Frankie también se había ido. Grité, pero no me respondieron. Solo se oía a los búhos llamando en lo alto de las ramas.

La verdad es que lloré un poco. Sabía que lo habían hecho a propósito. Que seguramente estaban escondidas en algún sitio, riéndose de mí. Estaba asustada. Y perdida. Cada vez que pensaba que había encontrado el camino, llegaba a un callejón sin salida: arbustos o un arroyo que no había visto nunca. Por fin encontré otro camino y lo seguí hasta llegar a un claro y entonces me di cuenta de que era el que tenía esas piedras y el árbol de los «ojos». Y entonces vi las setas, igualitas que en la foto que me había enseñado Frankie, debajo de un montón de hojas muertas. Eran claras comparadas con la tierra oscura y, con la luz de la luna que se colaba entre los árboles, parecía que brillaban. Fue como encontrar aquel fósil en la playa a principios del verano. Como si me hubieran encontrado ellas a mí. Eran casi bonitas, con esos capuchones puntiagudos de color tirando a marrón. Como el dibujo de un niño, no como si pudieras pillarte un buen colocón con ellas.

Entonces tuve una sensación muy intensa de que me estaban observando. ¿Cómo <u>siente</u> una que alguien la está mirando? Apunté alrededor con la linterna. Me pareció que algo se movía en las sombras. ¿Algo o alguien? Una figura oscura, agachada, medio escondida detrás de un tronco. Algo brilló, como unos ojos reflejando la luz. Puede que fuera un animal, un tejón o algo así. Aunque parecía más grande que un tejón..

En ese momento sí que me asusté de verdad. Solo quería salir de allí. Eché a correr.

Entonces oí música. Una canción antigua, chisporroteante, como si estuviera sonando en un gramófono. Una voz de hombre aguda y espeluznante cantaba la letra. Parecía venir de todas direcciones y seguirme entre los árboles.

# Owen

—Ahora tengo que ocuparme de unas cosas, querido mío —dice Francesca—. Estoy tan liada… Ya sabes, con los festejos de mañana. He de amarte y dejarte. —Se besa los dedos y me los acerca a la mejilla.

¿Por qué no me mira a los ojos? Por lo general, mira a los ojos con más intensidad que nadie que yo haya conocido. Yo le digo en broma que prácticamente me hipnotizó para que aceptase este proyecto.

¿Por qué esa nota la ha alterado tanto?

Ha sido una prueba enseñársela así, de sopetón, sin previo aviso. Y ha funcionado. Pero no sé qué significa, aparte de confirmar que me está ocultando algo.

La puerta se cierra tras ella.

Puede que esté haciendo una montaña de un grano de arena, después del susto que me he llevado antes. ¿Qué es lo que ha dicho Michelle? «No es buena persona». Pero Francesca irradia positividad, literalmente. No hay en ella nada de oscuro…

Y, sin embargo, todavía noto el escozor de los arañazos en el omóplato cuando me roza la camisa. Pienso en ese lado oculto suyo, en el demonio que se desata en el dormitorio. Pero eso es distinto, ¿no?

Estoy convencido de que no es nada, quizá porque tengo un miedo muy concreto a las notas misteriosas dejadas en la puerta. Así es como nos informó mi madre de sus intenciones hace muchos años.

*Lo siento mucho. No sé lo que pensarás de mí ahora mismo, pero espero que lo entiendas.*

Un trozo de papel metido en el buzón, dos semanas después de que se fuera. Como si no nos mereciéramos nada más. «Seguro que lo habrá traído uno de esos tipejos con los que anda», dijo mi padre. Poco después llegó un sobre acolchado con dinero. Veinte mil libras, nada menos.

«Bueno», dijo mi padre. «Ahora ya sabes cómo era de verdad. A saber de dónde habrá sacado ese dinero, pero me juego la cabeza a que no lo ha ganado honradamente». Poco después nos fuimos de Dorset. «Ni muerto me quedo aquí para que la gente ande chismorreando y se compadezca de mí», dijo. «Y no quiero su asqueroso dinero. Quédatelo tú, hijo, de herencia».

Saco el móvil. Es una pequeña manía que tengo. Me gusta echarle un vistazo varias veces al día. La exactitud es tan buena que casi da miedo, y funciona incluso cuando no hay señal 3G. Francesca está pasando por recepción; seguramente va a hablar con Michelle. Sigo mirando cuando pasa por la puerta principal y cruza el césped. Lo encuentro tan relajante… No sé, para mí es como la meditación que hace Francesca, algo equivalente. Por lo menos, esa es mi excusa para haber instalado una *app* de seguimiento en su teléfono. Tuvo que ir bastantes veces a Londres antes de la inauguración para hacer entrevistas y cosas así, y también hizo varios viajes de investigación, alojándose en hoteles de futuros competidores. Y siempre siempre estaba donde decía que iba a estar. Por supuesto que sí. Eso me daba mucha tranquilidad. Y no hace daño a nadie, ¿verdad?

Instalé la aplicación a escondidas, así que ella no sabe nada. Es inofensivo. Y tranquilizador. Ya se sabe, por si acaso. Y a pesar de que ahora Francesca está casi siempre aquí, yo sigo echando una ojeada, por costumbre, tres o cuatro veces al día.

Me he sentido un poco culpable por ello, claro que sí. Pero ahora me siento justificado. Porque parece que hay secretos en ambos lados de este matrimonio.

# EL DÍA DESPUÉS DEL SOLSTICIO

## *Inspector Walker*

—¡Jefe! ¡Mira!

Walker frena en seco. Unos metros más adelante, hay un par de piernas extendidas sobre el asfalto. Todo lo demás, de cintura para arriba, queda oculto por el seto. Lo primero que piensa Walker es: «Otro cadáver». Pero entonces ve que se mueve. La mitad superior del hombre se levanta y sale del seto como en una escena de *El exorcista* y su cabeza gira despacio para mirarlos.

Levanta una mano. Se incorpora a duras penas, se tambalea dos veces, está a punto de caerse y por fin consigue enderezarse. Viste camisa blanca de lino y pantalones a juego, manchados de barro, hierba y sabe Dios qué más. Lleva en la cabeza, casi caída, una guirnalda de hojas retorcidas. Y, en contraste con todo ello, unas zapatillas de diseño y un sello de oro.

—¡Ah, coño! —exclama cuando Walker se acerca y baja la ventanilla—. Creía que era mi chófer.

—Siento decepcionarle —contesta Walker.

—No pasa nada —dice el hombre—. Qué se le va a hacer.

Heyer lanza una mirada a Walker: «Pero ¿tú te crees, este tío?».

—La verdad es —dice Walker para darle un buen susto— que estamos investigando una muerte.

El hombre no parece oírle. Está distraído mirando su Apple Watch.

—¡Hombre, por fin tengo 5G! Hasta ahora no había podido sincronizarme con mi buzón de entrada. Tengo que volver a Londres.

—Me temo que eso no va a ser posible de momento —le dice Walker.

—Está de coña, ¿no?

—No. ¿Podemos llevarle de vuelta al hotel?

Frunce el ceño.

—De acuerdo.

Sube al asiento trasero medio dejándose caer y se apoya en el reposacabezas con un gruñido.

—¿Ha pasado mala noche? —Walker lo mira por el retrovisor mientras arranca.

—Mala de cojones. En realidad no soy cliente del hotel, ¿saben? Soy socio. Socio inversor. ¿Hugo y Oscar Meadows? —dice como si todo el mundo tuviera que conocerlos—. En fin… Esta semana me tocaba ir a Glastonbury. Soy socio de una cooperativa de *glamping*. Campamento Hedonista, se llama. Nada de yurtas de mala muerte. Este tiene de todo: zona de *coworking* con conexión por satélite, centro de *wellness,* servicio de habitaciones de primera clase…

—Qué… original —dice Walker.

—Sí, sí, es la leche. En fin… Después de esto, me va a hacer falta un mes de terapia. Menuda mierda. Los hermanos Meadows desaparecieron a mitad de la noche. Dijeron que iban a buscar algo mejor que beber y no volvieron. No los encontraba por ninguna parte. Qué falta de profesionalidad. Y el arquitecto, ese Dacre… Un desastre total.

—¿En qué sentido?

—Anoche, en la fiesta, lo vi cerca de la verja. Estaba claro que se había metido algo. —«Este no se ha mirado al espejo», piensa

Walker: tiene las pupilas del tamaño de monedas de cinco peniques—. Tenía una pinta como si llevara un mes durmiendo en la calle. Qué vergüenza, la verdad.

Walker nota que Heyer ahoga una especie de bufido, y no le extraña: hay que ser especialmente arrogante para ponerse a criticar a los demás estando uno en ese estado.

—Además, era siniestro, ¿saben? Parecía que estaba poseído, en serio. Despotricaba y hablaba consigo mismo. Y tenía una... una mirada demoniaca. —Walker ve que se estremece al recordarlo—. Sí, siniestro de narices.

# EL DÍA ANTES DEL SOLSTICIO

## *Bella*

Cae un crepúsculo azul mientras los últimos rayos de sol se funden con el mar, pero sigue habiendo gente en la pista de tenis de hierba cuando paso por allí. En La Mansión también hay pistas de pádel, cómo no, pero esta tarde parece que gana el tenis. Oigo el ruido del peloteo, risas, un grito: «¡Serás cabrón!». Tuerzo hacia allí y echo un vistazo a través del seto. La pista está ahora en perfecto estado, es de un verde esmeralda espléndido (por lo visto, las restricciones de riego no van con La Mansión). Antes, hace años, era una sabana reseca y amarillenta. La hierba crecida se acumulaba en mechones junto a la red, por donde el jardinero, ya viejo, no pasaba la desbrozadora. Era una auténtica solanera. Dios mío, cómo odiaba estar allí.

Está terminando un partido de dobles mixto cuyos jugadores parecen un poquito achispados: hacen el tonto, beben cócteles, dan raquetazos sin acertarle a la pelota y se manosean. Es un poco como ver a un grupo de caballos en celo retozando por un prado. Las mujeres llevan ropa casi idéntica (vestido blanco muy cortito) y parecen pasadas por un filtro de Instagram, pero una es rubia y la otra morena. Al primer vistazo me doy cuenta de que los dos hombres son exactamente del mismo tipo: altos, fondones y un poco echados a perder. Uf, no. Ahora los reconozco. Una desagradable punzada de adrenalina me atraviesa. ¿Qué posibilidades había de que, entre un centenar de huéspedes, me topara con Hugo Meadows dos veces el mismo día?

Están saliendo de la pista. Me pego al seto para que no choquen conmigo. Van los cuatro en paralelo, con la desconsideración típica de los borrachos. Cuando pasan, los dos hombres me lanzan una mirada, me evalúan de esa forma que recuerdo tan bien: de arriba abajo, deteniéndose en los pechos y las piernas. Sus miradas aprietan como dedos. Casi no consigo reprimir un escalofrío. La vergüenza, el miedo, tan a flor de piel como si fuera ayer.

Hugo Meadows aparta la mirada. Comparada con la chica que lleva colgada del brazo, yo ya estoy más que caducada. ¿Oscar Meadows duda un segundo? Me armo de valor, pero enseguida se pierden de vista. Todavía me late el pulso a mil por hora. Menos mal que no me parezco nada a la chica delgadita y tímida, con el pelo largo y moreno, de hace quince años. ¿De cuánto se enteraron entonces? Nunca he podido deducir la respuesta a esa pregunta. A fin de cuentas, estaban allí aquella noche.

Me alejo de las pistas y cojo el camino entre las Chocitas del Bosque. Las sombras se alargan, está saliendo la luna. Es casi la hora de meterme en el bosque. La adrenalina me zumba en el cuerpo y noto un nudo de miedo, pequeño y duro, entre las costillas. Me cuesta creer que de verdad vaya a hacer esto. Aún no me creo que esté a punto de encontrarme con ella cara a cara después de tanto tiempo.

Un poco más allá, entre los árboles, veo una especie de hueco o cicatriz en el suelo, con los cimientos de ladrillo de un edificio al aire. Tardo un momento en comprender qué es. Claro. El estudio del abuelo, donde iba a «atender llamadas importantes», o sea, a hablar por teléfono con sus amantes. Leí la necrológica en el periódico. Lord

Meadows murió aquí, *en su despacho, consagrado aún al trabajo el día que le falló el corazón.* No me extraña que ella quisiera arrasarlo.

Aquí parece como si la luz pasara por un cristal verde. No es solo que el aire sea más fresco, es como si hubiera entrado en otro clima. Al principio sigo el sendero de grava perfectamente cuidado que han abierto para los huéspedes, con sus primorosos letreritos indicando el camino. Pintado en una caligrafía bonita leo *Si esta noche vas al bosque...*

Joder, ¿en serio?

Otro vestigio del pasado que ella ha reutilizado para su peculiar refrito rústico chic. Seguro que soy la única a la que ese inocente cartelito le parece tan amenazador. Pero no soy la única que sabe lo que pasó en el bosque aquel día...

# *Eddie*

Está oscureciendo cuando Dan y yo entramos pedaleando en el bosque, en dos bicis de La Mansión. El huésped guardó la ubicación en What3words del sitio donde encontraron la sangre, así que tenemos esa referencia. Al principio es divertido ir a toda velocidad por los senderos llenos de curvas, esquivando troncos y matorrales: mucho mejor que estar delante del fregadero.

Pero luego nos adentramos en la penumbra y los árboles están más juntos y los sonidos del mundo exterior empiezan a desvanecerse. A Delilah le gustaba que nos metiéramos en el bosque para enrollarnos. Decía que mi cama individual, con mis viejas pegatinas de fútbol, y oír a mi madre abajo escuchando a *The Archers* en la cocina, le daba bajón. Yo intentaba disimular, pero la verdad es que siempre me cagaba de miedo cuando veníamos. Sobre todo cuando, a veces, Delilah se ponía a cantar esa cancioncilla que la mayoría de los del pueblo aprendemos de pequeños:

> *Porque todos los malos augurios*
> *se juntan allí esta noche.*
> *Porque los Pájaros Nocturnos*
> *vienen hoy con su reproche.*

209

Teniendo en cuenta la leyendas, imagino que eso de los «malos augurios» es como decir «pájaros de mal agüero», pero la verdad es que nunca lo he tenido del todo claro.

Cuando venía al bosque con Lila, me acordaba de las advertencias de mi madre, de que no fuera nunca de noche. Todo el rato me parecía ver cosas moviéndose entre los árboles: sombras y figuras. No paraba de pensar que no estábamos solos. En los bosques viejos se oyen todo tipo de ruidos si prestas atención: crujidos, roces y chasquidos que pueden ser de un animalillo, o del viento o de algo así, pero también de alguien que anda al acecho. Y mientras Lila y yo lo hacíamos, a mí a veces me costaba mantener la erección (y normalmente ese no era mi principal problema). Sobre todo porque a Lila le gustaba susurrarme cosas al oído como «Imagínate, podrían estar mirándonos. Da un poco de yuyu, pero excita, ¿a que sí?». Pues no, la verdad. Nunca se lo dije, pero yo disfrutaba mucho más cuando íbamos a su casa y ella encendía una vela perfumada y ponía a Lana del Rey.

Ahora mismo me estoy acordando de la última vez que vinimos al bosque, cuando encontramos al viejo lord Meadows muerto en su despacho. La expresión de su cara… Me están dando ganas de rechazar las quinientas libras de bonificación.

Le digo a Dan que pare para comprobar nuestra ubicación. Parece que los huéspedes se salieron del camino más o menos por aquí, siguiendo alguna trocha de las que se meten más entre los árboles.

Dan se para con un chirrido de frenos y se vuelve hacia mí.

—A lo mejor podemos decir que no hemos encontrado nada —dice atropelladamente—. O que no había nada. Que se lo han inventado. De todos modos, no van a venir a comprobarlo.

—Sí, ya —contesto—. No creo que podamos hacer eso. Si

Francesca Meadows o Michelle se enteran de que no hemos cumplido... —No merece la pena ni pensarlo.

—Pero esto no forma parte de nuestro trabajo, ¿no crees? —Dan mira con nerviosismo entre los árboles. Está asustado. Y yo también tengo miedo.

Seguimos pedaleando, hasta que oigo otra vez el chirrido de sus frenos. Señala adelante.

—Eds —dice con voz temblorosa—. ¿Quién es ese?

Yo también freno y miro hacia donde indica. Unos metros más adelante hay una figura agachada en el suelo, con la cara tapada por la sombra de una capucha negra. Me quedo sin respiración, como si me hubieran hecho un placaje y me hubieran dado un golpe en el estómago. Y entonces la figura se despliega y se levanta del todo, y veo que es Nathan Tate. Lleva unos vaqueros sucios que le cuelgan de las caderas huesudas y una sudadera negra con capucha que pone: PREFERIRÍA ESTAR MASTURBÁNDOME. Se queda quieto un momento, como un ciervo asustado, y luego se relaja.

—Pero si es mi colega Eddie —farfulla.

Creo que está borracho. Dan me lanza una mirada como diciendo: «¿De qué conoces a este tío?».

—¿Qué haces aquí? —le pregunto a Tate.

—Yo podría preguntarte lo mismo, chaval.

—Esto es propiedad del hotel —dice Dan, sacando fuerzas de alguna parte—. O sea, que es privado.

—¿Ah, sí? Pues a mí me parece un puto bosque que lleva aquí miles y miles de años, seguramente desde antes de que existieran los humanos. Y yo solo estoy aquí, dándome un bañito de bosque. ¿Es que es delito o qué?

—Ay, Dios. El que faltaba. —Delilah sale de entre los árboles, con una mano en la cadera.

211

Lleva unos vaqueros negros muy cortos y un top de vinilo morado con tirantes cruzados. En medio asoma el *piercing* de su ombligo. Veo que Dan se queda boquiabierto.

—¿Cómo es que apareces en todas partes? Deberíamos llamarte Eddie el Acosador.

—Podemos seguir —le digo en voz baja a Dan—. Son inofensivos.

Puede que Tate oiga mejor de lo que creo, o puede que esté menos borracho de lo que pensaba, porque mientras nos alejamos me grita:

—¡Eso es lo que tú te crees, Eddie, chaval! ¡Eso es lo que tú te crees!

Lo último que oigo es la risa de Delilah resonando entre los árboles.

—Venga —le digo a Dan haciéndome el valiente—, vamos a acabar con esto de una vez.

Compruebo la ubicación de What3words en el móvil. No hay cobertura, pero aun así me sirve como mapa, y parece que estamos bastante cerca del sitio. Dejamos las bicis en el sendero porque el suelo está cubierto de maleza, pero cuando llevamos un rato abriéndonos paso encontramos una vereda pisoteada, como si por aquí hubiera pasado algo más grande que un ser humano. En un trozo de tierra desnuda, veo la huella de una pezuña. ¿Un ciervo? Tendría que ser un ciervo enorme.

Entonces salimos a un claro y lo veo a la luz de la linterna. Dios mío.

El suelo está cubierto de sangre. Brilla, húmeda y roja, casi negra, a la luz de la linterna. Levanto la linterna y veo que hay salpicaduras en la parte de abajo de un tronco cercano y hasta en las hojas de las ramas más bajas.

—Hostias... —dice Dan con voz ronca. Le miro. Está agachado, como si quisiera hacerse más pequeño, con los ojos desorbitados, mirando a todas partes—. Joder, tío, eso es muuucha sangre.

No contesto. No me salen las palabras.

# Francesca

La sangre del bosque. La imagen en el cuenco de piedra. La nota que encontró Owen. Intento mantener los pies en la tierra. Relativizarlo. No dejar que nada empañe la energía positiva que me generaba este fin de semana. Pero la verdad es que estoy empezando a inquietarme.

Entro en la biblioteca (uno de los pocos espacios privados de la casa) y busco el libro de contabilidad del abuelo, el que guardaba en su estudio del bosque. Lo abro por las dos últimas páginas. La letra es débil, temblorosa, nada que ver con su impecable caligrafía de siempre.

*Los Pájaros…*

*Tengo que advertir a Francesca…*

*Tengo que decirle dónde…*

Recuerdo su mano agarrándome la muñeca con fuerza, sus uñas clavándoseme en la piel.

Cierro el libro de golpe. No. El pobre hombre no estaba bien, está claro. Es evidente que al final perdió un poco la cabeza. Porque los Pájaros no son reales. Eso lo sé a ciencia cierta. Me niego a dejarme asustar por un mito viejo y feo.

213

Pero sí que creo que alguien puede estar metiéndose donde no le llaman.

Ella siempre fue de las que se te pegan como una lapa. Un parásito que se aprovechaba del brillo que proyectaban otros. Y una mirona, además, una cotilla. Una pavisosa sin sustancia. Así que no me extraña que se haya presentado aquí con un nombre falso. Supongo que debería darme lástima. Qué vida más triste.

Cuando pienso en el pasado, siento como si todo eso le hubiera ocurrido a otra persona. Es como si yo no hubiera estado allí, ¿sabes? Quizá no sea de extrañar: todos contenemos multitudes. Y una no puede pasarse la vida pensando en el pasado remoto, obsesionada con cosas que ocurrieron hace años. Sería totalmente autodestructivo sentirse mal por cada cosita del pasado, ¿no? Quererse a uno mismo es el primer paso para querer a los demás. Y yo soy muy partidaria de practicar lo que predico.

Busco en el historial de imágenes de la Chocita del Bosque número 11 las de las últimas veinticuatro horas.

Son maravillosamente nítidas, pero aun así la mujer de la habitación me parece una extraña: el corte de pelo afilado, el tinte rubio, el flequillo, la ropa… No se parece nada a la chica esmirriada que recuerdo de entonces, con su pelo castaño con las puntas abiertas y su ropa barata. Casi empiezo a dudar de que sea ella. Entonces algún ruido la sobresalta, porque mira hacia arriba, un plano perfecto. Veo la cara en forma de corazón, la curva de las cejas bajo el flequillo. Ahora sí estoy segura de que es ella. Recuerdo haber pensado alguna vez que, en conjunto, esa cara no era gran cosa. Ninguno de sus rasgos tenía fuerza, nada destacaba. Y aun así era bastante guapa, de una manera un poco timorata, como si en ella esa belleza se desperdiciara.

¿Sabes?, ahora que lo pienso es lógico que haya venido sola. Sobre todo, si ha estado reteniendo energía tóxica todos estos años. No es lo más propicio para encontrar la felicidad con otra persona. Siempre estuvo destinada a ser un alma perdida, una solitaria.

Revisando las grabaciones, encuentro imágenes de hace media hora. Y ahí está, en el camino que lleva al bosque. Qué tontita eres, Gorrión. Siempre un paso por detrás. No voy a dejar que me arruines esto.

# *Bella*

Poco a poco, el camino se va encogiendo hasta no ser más que una cinta delgada y luego una vereda abierta por el paso de los animales. Los letreros pintados desaparecen. Voy bien, hacia el corazón del bosque.

Me entra un escalofrío: por primera vez hoy, echo de menos tener un jersey. Aquí no se oye el mar, ni los ruidos del hotel. Solo el murmullo de las hojas en la brisa y, de vez en cuando, el correteo furtivo de algún animalillo escondido. Se diría que el resto del mundo queda muy lejos. Pero yo ya sabía que sería así.

El diario que llevo en la mochila rebota contra mi pierna. Paso junto a enormes troncos manchados de liquen, apoyados en pies antiquísimos, cubiertos de musgo. Paso junto a tejos retorcidos, oscuros y brujeriles, con su mohoso olor a cementerio; junto a hayas susurrantes, con hojas de un verde ácido; junto a un par de araucarias plantadas por algún antepasado excéntrico, con sus extrañas ramas combadas. Oigo a mi alrededor, por todas partes, un sonido trémulo, una especie de gorjeo, como si el bosque estuviera encantado —emocionado, incluso— de que un ser humano se haya adentrado tan profundamente en él. Huele a pino y a hojarasca de meses atrás y, de tanto en tanto, también a podrido allí donde algún animal ha perecido entre la maleza.

Un hedor inconfundible, que quema las fosas nasales. Conocemos instintivamente el olor de la muerte.

Por fin lo veo: el Hueso de la Suerte, lo llamó ella. El árbol muerto se cierne pálido ante mí: el tronco bifurcado en dos ramas blancas como huesos, desnudas y crueles.

El nudo del miedo se aprieta un poco más.

Las sombras flotan y tiemblan en los márgenes de mi visión. El camino está cada vez más cubierto de maleza y ya no estoy segura de por dónde voy. Los árboles se apiñan todavía más. El aire es aún más frío, más denso. Me parece oír el crujido de una rama en algún sitio, más adelante, y de pronto me pongo alerta. Me paro y aguzo el oído, pero solo oigo mi propia respiración.

Justo cuando creo que me he perdido, lo veo: un árbol viejo y retorcido, con la corteza áspera tachonada de extraños nudos y espirales. Me detengo y lo alumbro con la linterna. Los remolinos tienen forma de almendra, con nudos dentro, redondos y obstruidos. Se parecen increíblemente a ojos. Desde lejos cuesta creer que no los hayan grabado en el tronco, hasta que te acercas y ves claramente que son obra de la naturaleza. Los hay a cientos, mirando en distintas direcciones.

*El árbol de los cien ojos.*

Es tal y como lo recordaba, igual de espeluznante. Y ahí está el extraño hueco oscuro en el tronco. Me inclino para mirar y me quedo paralizada. Acabo de oír que algo se movía detrás de mí, estoy segura. ¿Un animal? No: parecía algo más pesado, más torpe. Casi no respiro, tengo el corazón en la garganta.

¿De verdad estoy a punto de encontrarme cara a cara con ella después de tantos años? Noto el cuerpo entero electrizado por la adrenalina. Y por el miedo. Cómo no voy a tenerlo. A fin de cuentas, sé de lo que es capaz.

# DIARIO DE VERANO
## La caravana – Camping Tate

**18 de agosto de 2010**

Hoy Cora no estaba en La Mansión.

Solo estábamos Frankie y yo. Como antes. Solo que no. Creo que lo he echado todo a perder.

Ayer en el bosque pasó otra cosa que no escribí aquí porque estaba hecha un lío. Y ahora me siento rara. No sé si hice bien.

No he corrido nunca tan rápido como cuando oí esa música. Sentía que me seguía.

Solo quería salir de allí. Qué alivio fue ver luces entre los árboles. El estudio del abuelo. Sí, es viejo y pijo y me da un poco de miedo, pero seguro que conocía el camino para volver a La Mansión. Estaba bastante cerca cuando oí voces. Pensé que estaría aún hablando por teléfono, pero al acercarme vi dos figuras. Un hombre y una mujer, la puerta estaba medio abierta y había luz detrás de ellos, así que solo veía sus siluetas.

El abuelo y… Cora. Pensé: ¿qué narices hace en la cabaña del abuelo? Él apoyó la mano en su brazo. Se inclinó hacia ella… ¿Para decirle algo? ¿¿¿¿Para besarla???? Pero justo en ese momento pisé una ramita, crujió y Cora se volvió a mirar hacia el bosque. Yo retrocedí, no sabía si me había visto. Me había alejado bastante cuando una figura apareció delante de mí, en el camino, y me agarró con fuerza por los brazos. Grité y grité y traté de escaparme, pero cada vez me apretaba más fuerte.

Entonces oí una voz que decía: Gorrión, soy yo, idiota. Frankie.

¿Dónde te habías metido?, le grité, histérica todavía.

¿Has oído la música?, me preguntó. Yo veía brillar sus ojos a la luz de la luna. Os perdí de vista y... Dios mío, Gorrión..., ¿tú también oíste la música?

Sí, le dije, la oí.

Creo que <u>los</u> he visto, Gorrión, dijo en voz baja.

¿A tu abuelo y a Cora?, dije yo, un poco aliviada porque ya lo supiera.

Pero contestó: no, eran unas figuras altas, vestidas todas de negro...

Entonces se quedó parada. Espera, espera. ¿Qué es eso de mi abuelo y Cora?

Tenía que contárselo, ¿no?

Los he visto juntos en la cabaña de tu abuelo. Fue lo único que le dije. Pero a lo mejor, si <u>hubiera dicho</u> algo más, no hubiera sonado tan mal, ¿sabes? Así ella no se habría puesto a imaginar cosas en medio del silencio. Creo que a lo mejor yo lo sabía.

¿Qué cojones...? Nunca la había visto tan enfadada.

Yo la invité a venir aquí. Si mi abuela se entera... Todos me han decepcionado, empezando por la zorra de mi madre. Entonces me clavó la mirada. Más vale que tú no, Gorrión.

# EL DÍA DESPUÉS DEL SOLSTICIO

## *Inspector Walker*

Walker y Heyer casi han llegado a La Mansión. O a lo que queda de ella. Doblan la última curva. A lo lejos, las dos grandes columnas de la puerta, rematadas por sendos zorros de piedra, parecen burlarse del estado del edificio que hay más allá.

—Madre mía —dice Heyer—, qué desastre.

Se quedan mirando un momento, con el ruido de fondo de los fuertes ronquidos del pasajero del asiento de atrás, que está arrellanado en posición tan horizontal como le permite el cinturón de seguridad, con la baba cayéndole por la barbilla y los zapatos sucios apoyados contra la puerta de enfrente.

Todavía sale humo del edificio, a lo lejos. Los pisos de arriba están abiertos a la intemperie. Las vigas de madera se alzan, melladas, como carboncillos rotos. Cuesta creer que este espectro macabro haya estado intacto alguna vez. Parece muy antiguo y maligno, como si llevara agazapado aquí mil años.

—Oye, ahí hay algo. —Heyer señala con el dedo—. Junto al arcén.

Walker para el coche. Se bajan y van a echar un vistazo.

—Parece un cuaderno viejo —dice Heyer mientras lo miran.

Está tirado en el suelo, con la tapa abierta mirando hacia arriba. La cubierta está manchada, carcomida y llena de polvo de la carretera, pero aún se distinguen las palabras DIARIO DE VERANO grabadas en relieve. Al mirarlo, Walker siente un ligero arrebato de algo que podría ser expectación o un mal presentimiento.

Heyer se inclina.

—No lo toques —le dice él rápidamente—. Ya sé que parece algo sin importancia, pero cualquier cosa que haya en este tramo de carretera, entre La Mansión y los acantilados, podría ser una prueba. Puede incluso que sea de la víctima.

Heyer hace una mueca. Luego se pone en cuclillas

—Pero mira, jefe, se ve desde aquí.

—¿El qué?

—Que le han arrancado todas las hojas.

# EL DÍA ANTES DEL SOLSTICIO

## *Eddie*

—Esto no me gusta. —A Dan le tiembla la voz mientras miramos la sangre—. No, ni pizca. Es una mierda. —Entonces da media vuelta y echa a correr entre los árboles antes de que me dé tiempo a pararlo.

Me quedo solo en el claro. Yo también podría largarme. Pero, aunque me muero de ganas de salir pitando, es como si estuviera clavado en el sitio, mirando la escena. Entonces veo una cosa que parece un cinturón de cuero negro, con hebillas brillantes. Pero no es un cinturón. Al fijarme, me doy cuenta de lo que es. Es el arnés de Ivor, el toro, el que le ponen cuando lo van a llevar a algún sitio. Y ahí, a cosa de un metro, está la gran anilla metálica que lleva en la nariz. Ahora veo que alguien ha hecho fuego al otro lado del claro y que hay huesos carbonizados entre la ceniza, incluido el cráneo de un animal grande. No me hace falta acercarme más para saber que es el cráneo de un toro.

Contengo la respiración. Ha habido un asesinato, pero la víctima no es una persona. Alguien ha matado a Ivor.

Mientras intento abrirme paso entre la maleza, se hace de verdad de noche. No encuentro por ningún lado las bicis que trajimos de La Mansión. Supongo que Dan se habrá llevado la suya, de todos modos. Me tiembla tanto la mano con la que sujeto la linterna que la luz rebota por todas partes. Menos mal que la luna está casi llena: la verdad es que creo que eso ayuda más que la linterna. Ahora voy casi corriendo —o, por lo menos, lo más rápido que puedo con tanto árbol—, apartando ramas para que no me den en la cara. Creo que en realidad no me estoy concentrando en el camino por el que voy, porque no paro de pensar en esa cosa horripilante del claro y en quién puede haberle hecho algo así a Ivor.

De pronto, choco con algo… o con alguien. Se oye un grito horrible. Aunque, pensándolo bien, puede que haya sido yo. La linterna se me cae al suelo.

—¡Tú! —oigo decir a alguien en voz baja y ronca.

Me agacho para coger la linterna y, al apuntar hacia arriba, temblando, veo que es esa clienta, Bella, la de la Chocita 11. Me mira desde arriba apuntándome también con la linterna de su móvil. Me llevo tal alegría que casi la abrazo. Ella pone mala cara.

—Creía que eras… ¿Qué haces tú aquí? Esto está muy lejos del camino.

—Pues… me han mandado del hotel.

—¿Para reunirte conmigo?

—Pues… no. ¿Por qué?

Qué pregunta más rara.

—Por… nada. Era solo… por si acaso.

Quiero preguntarle qué hace ella en medio del bosque de noche, pero evidentemente no puedo. Es una huésped, y pueden hacer lo que quieran.

—Creía que conocía el camino de vuelta, pero de noche todo parece distinto —explica—. Vas para La Mansión, ¿verdad? ¿Puedo acompañarte?

—Claro, sin problema. —Intento que no se me note lo aliviado que estoy.

Caminamos un rato en silencio, concentrados en no tropezar con las ramas y las cosas del suelo.

—No sé si nos estamos acercando al camino o alejándonos —comenta ella.

—Sí, yo tampoco.

—Joder, creía que ibas a decir que sabes perfectamente dónde estamos.

—Lo siento.

—Da igual. Me alegro de tener compañía, de todos modos.

—Sí. —Yo también, aunque no quiero parecer un cobardica.

—Eddie —susurra de repente, y me agarra del brazo—. Para.

Otra vez se me acelera el corazón.

—¿Qué? —susurro yo.

—¿Ves eso? —dice en voz baja—. Ahí delante… Hay algo. —Me tira de la manga—. Ven, ven aquí. Detrás de este árbol. Y apaga eso. ¡La linterna! Apágala.

Oigo crujidos y chasquidos de ramas, pero al principio no distingo nada. Siento que me voy a desmayar por culpa de la adrenalina. Intento decirme a mí mismo que a lo mejor es solo Dan, que sigue dando vueltas por ahí, igual de perdido que nosotros. Y entonces veo lo que ella ha visto y dejo de respirar.

# Francesca

Noto un hormigueo en el cuero cabelludo y las yemas de los dedos, puede que de emoción. Qué tonta y qué crédula eres, Gorrioncito... Por supuesto que no voy a encontrarme contigo en el bosque. Primero, porque eso sería viajar al pasado y yo soy muy partidaria de vivir en el presente. Y, segundo, ¡porque no estoy completamente chalada! Ni que fuera a reunirme con ella según sus condiciones... Quiero prepararme como es debido para nuestro primer encuentro. En cierto modo, siento que se lo debo. Si ella ha hecho un esfuerzo, yo también debería hacerlo. Además, ha pasado mucho tiempo. Tengo que procurar que este reencuentro transcurra lo mejor posible.

Me visto con esmero, tranquilamente. Me pongo aceite de aromaterapia en los puntos de pulso.

Y luego —solo por si acaso— saco un cuchillo de cerámica japonés, con funda de silicona, de un cajón de la cocina.

De jovencita, me encantaba escaparme a medianoche. Hay algo tan vivo a esa hora, tan mágico y elemental... Es como si pudiera pasar cualquier cosa.

# Owen

Oigo cerrarse la puerta del apartamento. Abro los ojos de golpe y miro la hora en el despertador. Las doce pasadas.

Cojo el móvil y abro la *app* de seguimiento. Francesca sigue en el recinto del hotel, aún no se ha metido en el bosque. De hecho, parece dirigirse a una de las cabañas: a la Chocita del Bosque número 11. ¿Qué va a hacer allí a estas horas de la noche? No tenemos ninguna habitación libre este fin de semana. ¿Va a encontrarse con alguien? Esto no me gusta.

Me visto, cruzo el patio y salgo a la parte pública del edificio. Me acerco a la recepcionista. A diferencia de muchos hoteles rurales, aquí hay alguien en recepción las veinticuatro horas del día, para atender incluso los antojos nocturnos de los huéspedes.

—¿Dónde está Michelle? —le pregunto—. ¿Sigue por aquí?

La chica da un paso atrás.

—Me parece que está en el almacén.

Unos minutos después abro la puerta del almacén de los vinos. El fluorescente del pasillo alumbra una figura acuclillada en el suelo, con la cabeza rubia agachada.

—Tengo que hablar contigo —le digo.

—¡Ah! —Se sobresalta al oír mi voz. Se levanta y se gira, sacudiéndose el polvo de la falda.

Da gusto ser yo quien la pilla desprevenida, por una vez.

Cierro la puerta a mi espalda. Ella mira el pestillo, que hace ruido al encajar.

—Estaba revisando las existencias para la fiesta de mañana —dice innecesariamente, y señala las cajas de licores que hay en el suelo, a su lado—. ¿Qué haces aquí?

Como si yo no tuviera derecho a estar aquí. Como si no tuviera autoridad sobre ella. Odio que sepa quién soy. Odio que al mirarme vea a aquel niño zarrapastroso, solitario y falto de cariño. Pero de momento voy a tragarme mi orgullo.

—¿Qué has querido decir antes con eso de que no era buena persona?

—Bueno —dice, incómoda—. Es que... no me gusta ver que te avergüenzas de tus orígenes. Y no quiero que la tengas en un pedestal.

Hay algo sospechoso en su lenguaje corporal, en su forma de evitar mi mirada. Parece sentirse culpable. Pienso en cómo se ha levantado de un salto cuando he entrado.

—¿Qué estabas haciendo cuando he entrado?

—Nada —contesta al instante—. Estaba comprobando las existencias, ya te lo he dicho.

—No te creo —le digo—. Dímelo o... o voy directamente a hablar con Francesca.

Doy un paso hacia ella. Entorna los ojos, levanta un poco la barbilla.

—No, qué va. Creo que te has esforzado mucho para convertirte en Owen Dacre y dudo que quieras que le cuente que en realidad eres hijo de un pescador y que de pequeño eras tan pobre que ni siquiera vivías en una casa de verdad. No solo eres del pueblo: eres de una familia a la que hasta los del pueblo despreciaban.

Siento como si acabara de darme un puñetazo: esa vergüenza arraigada en lo más hondo desde hace tanto tiempo... Pero intento salir del paso con un farol.

—Ya —le digo—, pero puede que no me importe. Ser pobre no es ningún delito.

—No, eso no es un delito. —Un destello de esa dureza de acero que vi antes en ella. Me señala con un gesto, señala mi ropa.

Siento un temor repentino.

—¿Qué quieres decir?

Suspira.

—No sé si lo recuerdas, pero la freiduría estaba justo al lado del Nido del Cuervo. Abríamos hasta tarde, para servir a los borrachos que se quedaban hasta última hora en el bar, así que yo solía estar allí de madrugada, mucho después de que los demás se fueran a casa. Me quedaba a limpiar, sacaba la basura y cerraba. Te vi. Te vi con esa caja de cerillas y... ¿qué era? ¿Una lata de gasolina de la barca de tu padre?

Oh, no.

—Cállate. —Solo quiero que deje de hablar.

—Mira —dice en tono razonable—, lo entiendo. En serio. La gente se portaba fatal contigo y debió de ser muy satisfactorio vengarse. —Y luego añade, casi como si se estuviera disculpando—: Pero si intentas que me despidan, le contaré a todo el mundo lo que vi la noche antes de que tu padre y tú os fuerais de Tome. No creo que eso le hiciera ningún bien a tu imagen pública, ¿verdad? «Se descubre que un famoso arquitecto fue un pirómano de niño». Sospecho que Francesca no se lo tomaría muy bien. Para ella, la imagen lo es to...

La última palabra termina en un gemido ahogado, porque la agarro del cuello. Me dan ganas de apretar, para cortar de raíz ese horrible torrente de palabras, para borrar la expresión de desprecio y piedad de su cara.

Nadie más me ha reconocido. Ella es la única que podría…

Y entonces recobro el sentido. La suelto. ¿Qué me acaba de pasar?

—Dios mío —digo, y se me escapa una especie de sollozo—. Joder, lo siento. No sé qué…

—No pasa nada —contesta en voz baja—. No importa.

La miro fijamente. Ella me sostiene la mirada.

Y entonces ocurre algo completamente absurdo. La beso. O ella me besa a mí. Hay un momento en que nos separamos, quizá por la sorpresa. Luego volvemos a besarnos, ella deja escapar un gemido profundo, ronco, casi animal, y yo sé que esto es un error en muchos sentidos, pero al mismo tiempo hay algo de embriagador en el hecho de que me reconozcan y me deseen por lo que soy. He aquí alguien que sabe que me crie en una caravana que olía a pescado, a tabaco y a desengaño. Y que aun así, a pesar de todo, me desea. Que conoce lo peor de mí, seguramente, y lo acepta.

Estoy desabrochándole los botones de arriba de la camisa cuando veo la marquita de tinta justo encima de su pecho izquierdo.

—¿Qué es eso? —le pregunto.

—Oh. —Sonríe—. Solo un error de juventud. —Me calla con otro beso.

Y a mí me gusta. Me gusta muchísimo.

# *Eddie*

Oigo la respiración agitada de Bella mientras estamos agachados entre las sombras de los matorrales. Noto su mano en mi antebrazo, sus dedos me aprietan tan fuerte que me hacen daño.

Se oye el crujido de la hojarasca, chasquidos de ramas al romperse. Y entonces vemos que algo sale de entre los árboles y avanza por el claro, a unos metros de nosotros. Una figura oscura, encapuchada... Alta, tan alta como yo. Por un momento pienso: es Nathan Tate otra vez. Pero luego me fijo en otras cosas. Lleva un palo largo o un garrote y una especie de capa larga y andrajosa, y sus harapos se mueven extrañamente, como con una ondulación o un temblor... Y entonces me doy cuenta de que la capa está recubierta de miles de plumas negras que llegan hasta el suelo, de modo que arrastran por la tierra. Pero lo peor de todo es que dentro de la capucha, donde debería haber una cara... Se me pone el pelo de punta. Donde deberían estar la nariz y la boca, hay un pico negro y ganchudo, y no parece que haya ojos.

Tiene que ser algún tipo de máscara. Tiene que haber una persona debajo. Pero no hay nada de humano en esa figura. Incluso la forma en que se mueve, con esa capa, como deslizándose...

230

Creo que he dejado de respirar.

—Dios mío —susurra Bella—. Es uno de ellos. Uno de los Pájaros.

Se oyen más roces, más crujidos de ramas y hojas, y entonces aparecen más: otra figura, y otra, y otra, todas con la misma capa oscura y la misma máscara negra con el pico ganchudo, y los mismos garrotes. Cuento ocho. No, nueve… Luego, diez, once… Doce, creo, aunque cada vez cuesta más llevar la cuenta. Se apiñan formando una masa negra. De repente se oye un ruido y lo que yo creía que era un garrote se convierte en una antorcha encendida. Los pájaros se la van pasando, hasta que todas las antorchas están encendidas. Las sostienen en alto y el bosque parece de pronto aún más oscuro. Solo se ven las llamas y, debajo, esas horribles figuras iluminadas.

Esto es peor que la sangre. Peor aún que encontrar a aquel viejo muerto en el estudio. Pienso en el niño pequeño que fui, al que le daba miedo el bosque que había al final del campo y cerraba las cortinas para que no entrara ni un resquicio de luz de luna. Esto es lo que me daba tanto miedo. Pero, a pesar de las leyendas, a pesar de la sangre que he encontrado y de aquella pluma en la mesa del viejo, creo que nunca lo había creído realmente. Por lo menos, hasta ahora.

Me da miedo moverme, aunque sea un centímetro. A mi lado, Bella tiene la respiración agitada, y pienso que quizá esté haciendo ruido. Me agarra el brazo tan fuerte que me hace daño.

Luego se oye otro sonido, un chillido que parece atravesarme y que, durante un buen rato, parece resonar entre los árboles, a nuestro alrededor. Fuera lo que fuera ese sonido, no era humano. Entonces, como obedeciendo una orden, todos los encapuchados empiezan a moverse en círculo.

Ahora suena un tamborileo rítmico y veo que están golpeando el suelo con la base de las antorchas de modo que las llamas se

231

agitan, saltan y chisporrotean. El tamborileo se acelera, las antorchas son un borrón de luz y, entre el fulgor de las llamas y la profunda oscuridad del bosque, me cuesta centrar la mirada. Entonces, de repente, se paran y el silencio al otro lado es tan intenso que contengo la respiración, convencido de que esta vez van a oírme.

Una figura ocupa el centro del corro. Hace un gesto y otros dos se adelantan, arrastrando un saco que parece contener algo muy pesado. Y de pronto tengo la certeza absoluta de que algo espantoso va a salir de ese saco. No quiero mirar, pero sigo haciéndolo mientras se arrodillan y el jefe mete la mano en el saco y empieza a sacar algo grande y oscuro. Los otros dos se acercan para ayudarlo y entre los tres sacan la cosa del saco.

Oigo que Bella murmura «Dios mío» y a la luz de las antorchas lo veo con claridad. Es una cabeza de toro. La cabeza de Ivor. La levantan cada vez más alto, hasta sostenerla por encima del claro, como si los mirara desde arriba, y ya no se parece a Ivor, que era un toro muy tierno, todo lo tierno que puede ser un toro. A la luz parpadeante parece viejo, malvado y poderoso, los ojos muertos reflejan la luz de las antorchas como si estuvieran iluminados desde dentro, los oscuros ollares parecen hinchados, los labios separados de los grandes dientes blancos, la lengua negra colgando...

Dios mío.

De pronto, sin previo aviso, sin que pueda impedirlo, estornudo. Noto que Bella contiene la respiración. Por un momento, pienso que no ha pasado nada. Entonces, el jefe hace un gesto con el brazo y el canto se detiene poco a poco.

Y entonces la figura se vuelve hacia aquí y señala.

Todos se giran. El círculo se deshace y los Pájaros de este lado del corro avanzan hacia nosotros apartando la maleza. Están cada vez más cerca...

Me quedo paralizado un momento. Solo oigo el latido de la sangre en mis oídos. Y luego:

—Eddie —susurra a Bella clavándome las uñas en el brazo—. Eddie, cuando yo lo diga creo que deberíamos… —Se levanta de un salto y murmura—: ¡CORRE!

# *Francesca*

Abro la puerta de su chocita con mi llave maestra. No creo que
tenga mucho tiempo. Ella ya se habrá dado cuenta de que no he acu-
dido a la cita. Aun así, me paro en el umbral al notar una extraña
onda de energía. Soy muy sensible a estas cosas (es a la vez un don y
una maldición) y, aunque solo lleva aquí veinticuatro horas, su esencia es muy palpable. La percibo en el aire, en todas las posesiones
esparcidas por la habitación. Me acerco a la cama y cojo una almohada. Aspiro. Casi me sorprende no notar el olor dulzón de Tommy
Girl.

Echo un vistazo a la habitación. Está bastante desordenada,
lo que demuestra cierta falta de respeto por el precioso diseño en el
que he puesto tanto mimo. Pero quizá no debería sorprenderme. Ya
la he acogido en mi casa otras veces, y entonces se mostró igual de
ingrata.

No sé exactamente qué estoy buscando, pero estoy segura de que
lo sabré en cuanto lo encuentre. Abro el armario y encuentro una hi-
lera de bolsas para ropa transparentes, de una empresa de alquiler de
prendas de diseño. Típico de Gorrión, disfrazarse con ropajes aje-
nos. Ya era así entonces. Una insulsa, una pánfila que vivía a través

de otros, vicariamente. Un parásito, como un cangrejito ermitaño que tomaba prestada una concha.

Fue un acto de caridad invitarla aquí, hace todos esos años. Compartir un poco de lo mío con esa criaturilla desgarbada de la playa. Para ver si podía hacer algo con ella. Para transformarla. Pero, como solía decir mi abuela, aunque la mona se vista de seda, mona se queda.

En la cómoda (la ropa interior, como era de esperar, es barata y tiene un color tirando a gris), encuentro un montoncito de recortes sobre mí y sobre La Mansión. Tampoco me sorprende. Siempre supe que estaba obsesionada conmigo, con mi vida. Que la codiciaba. Pero, claro, es lo que pasa cuando irradias algo que otros desean. Es una lástima. Nuestra amistad podría haber sido tan bonita… Pero la gente puede ser muy desagradecida. Yo, como digo, soy generosa por naturaleza, así que es muy fácil que se aprovechen de mí.

Dios, me encantan estas fotos mías con Owen, las del reportaje de *ELLE* sobre nuestra boda. Hacemos una pareja tan perfecta… Él también está obsesionado conmigo, claro, pero en el buen sentido.

Registro el minibar. Miro debajo de la cama. Echo un vistazo a sus cosas de aseo en el cuarto de baño (todas baratas, desagradables, cargadas de productos químicos). Y luego, al volver al dormitorio, me fijo en la pequeña caja fuerte empotrada en la pared. No creo que contenga ningún objeto de valor, porque ya he encontrado su cartera y algunas joyas (baratas, claro).

Pruebo un par de códigos aleatorios, pero ninguno funciona. Cierro los ojos e intento ver el número detrás de los párpados usando mi poder de manifestación, pero hay tantas interferencias en mi cabeza que no consigo conectar con mis conocimientos más profundos, como me enseñó el gurú al que iba antes.

Camino unos minutos por la habitación. Podría llevarme la caja fuerte, no pesa mucho. Creo que tenemos una llave maestra en algún sitio, por si algún huésped olvida el código que ha puesto. Michelle lo sabrá.

Y entonces se me ocurre una idea. Puede que, al final, mi poder de manifestación sí que funcione. Una fecha de hace quince años. Marco los números, pulso la tecla de la llave y la lucecita verde empieza a parpadear.

Noto los dedos extrañamente agarrotados cuando voy a abrir la puerta.

En la penumbra, la caja fuerte parece vacía. Si hay algo dentro, debe de ser muy pequeño. Meto la mano. Cierro los dedos alrededor de un objeto cuadrado y metálico. Lo saco. Lo miro un momento. Es un iPod rosa, con los auriculares conectados.

Me pongo los auriculares, pulso el *play* y la letra de *A Forest* se filtra en mis oídos. Habla de oír voces en la oscuridad, de perderse entre los árboles…

Pulso el botón de *stop*. No necesito oír más. Me acuerdo de estar tumbada junto a la piscina, escuchando a The Cure con ella, con un auricular cada una. (¿Lo ves? ¡Lo compartía todo con ella!). Pero no creo que lo que ella intenta sea evocar ese recuerdo agradable. Me está mandando un mensaje. Sobre lo que pasó.

Por un momento, el iPod me tiembla violentamente en la mano. Luego, haciendo un esfuerzo, consigo que el temblor pare. Aquí, yo tengo el control. Igual que lo he tenido siempre. Para que yo me asuste, hace falta mucho más que esto.

La abuela, que era muy aficionada a la jardinería, siempre me decía que, si quieres deshacerte de una mala hierba, tienes que arrancarla o quemarla de raíz. Extirparla por completo. Toco el ópalo negro engarzado en mi anillo. Esta vez siento cómo se filtra su poder dentro de mí, fortaleciéndome.

Odio el conflicto, pero a veces hay que hacer una excepción. Al fin y al cabo, la defensa propia es una manifestación del amor propio. Y el amor propio es tan importante... Tienes que amarte a ti misma antes que a los demás. Sé lo que tengo que hacer.

Me siento en el pequeño tocador. Me miro al espejo. Y sonrío.


Unos minutos después vuelvo a entrar en el apartamento. Estar en su espacio me ha dejado agotada, y tengo hambre de Owen. Necesito nutrir mi alma con el calor de otro cuerpo, unir mi esencia a otra esencia. Perderme en lo físico, en la carnalidad. Necesito una liberación.

Me tumbo en el dormitorio a oscuras y deslizo una mano por su lado de la cama.

—Hola, amado —susurro. Pero mis dedos solo encuentran espacio, la frialdad de la sábana ligeramente arrugada, el hueco del colchón donde suele yacer su cuerpo.

Vaya, qué interesante. No sería la primera vez que se va a deambular de noche. Sé (porque lo he visto en las cámaras) que a veces va a sentarse al huerto y se fuma un cigarrillo de madrugada, en secreto. A veces simplemente vaga por la finca como lo que es, un alma inquieta. Ahora, sin embargo, preocupada por los sucesos de esta noche, siento un deseo repentino de saber su ubicación exacta.

Abro el portátil y busco rápidamente en las imágenes de las cámaras. El patio desierto; el huerto, luminiscente a la luz de la luna; el bar interior; el almacén de los vinos; el...

Espera.

¿Qué?

Vuelvo a la imagen del almacén de los vinos. Parece...

Amplío la imagen. Con tanto aumento, está bastante desenfocada, pero no necesito una nitidez perfecta para entender la pose de las dos figuras ni para reconocer a la otra persona por el brillo borroso de su pelo. Incluso estando la imagen tan pixelada, reconocería ese tinte tan cutre a cincuenta pasos de distancia.

Me invade una furia blanca y fría, tan poderosa que me parece casi vigorizante, purificadora: un subidón trascendental y primitivo, como el de la ayahuasca, que me deja temblando.

De repente me acuerdo del cuchillo japonés que he llevado a la chocita de Gorrión. Lo saco de su funda de silicona, entro rápidamente en el dormitorio, lo levanto por encima de la cabeza (me asalta fugazmente una imagen muy agradable de mí misma como una antigua sacerdotisa ejecutando un importante papel ceremonial) y luego lo clavo en la almohada de Owen. Me deleito en el sonido que hace la tela al rasgarse, en la sensación de la hoja atravesando las suaves entrañas mientras plumas blancas estallan formando nubes. Me extasío. Estoy eufórica, me siento casi transportada. Respiro entre gruñidos animales, sudo, estoy viva, ¡ah, estoy tan viva…!

Sí, sí, esto. Esta es la liberación que necesitaba. Más potente, en realidad, que cualquier orgasmo. Porque cuando llevas tanto tiempo portándote bien, es una delicia ser un poco mala.

# EL DÍA DESPUÉS DEL SOLSTICIO

## *Inspector Walker*

Walker aparca el Audi a unos veinte metros del edificio siniestrado. Luego, los dos detectives se quedan sentados un momento, contemplando el espectáculo que tienen ante sí.

El huésped del hotel que han recogido por el camino se revuelve en el asiento de atrás y se frota los ojos soñolientos.

—Dios —dice, malhumorado—, no me puedo creer que todavía esté aquí en vez de estar a medio camino de Londres. Qué puta pesadilla. Esto parece el Fyre Festival.

La gente está diseminada por el césped, delante de La Mansión, envuelta en mantas de supervivencia. Muchos tiritan a pesar del calor de la mañana. Algunos se han agrupado y hablan en murmullos, otros sollozan y unos pocos están acurrucados en posición fetal sobre la hierba. Casi todos tienen el mismo aspecto desastrado que su pasajero. Walker ve mucha ropa blanca manchada y coronas verdes torcidas. Con el edificio quemado como siniestro telón de fondo, y entre los copos de hollín que siguen cayendo en remolinos entre ellos, parecen en cierto modo de otro mundo: un centenar de espectros desamparados.

Tres mesas largas abandonadas en el césped, frente a los acantilados, manteles blancos que la brisa levanta, sujetos por los restos de una especie de banquete. Las sillas están esparcidas al azar. Un arco de mimbre ha caído de lado y hay estatuas tiradas por la hierba, cristales rotos y comida aplastada allí donde mires. Las ruinas de un escenario.

Walker y Heyer salen del coche y hacen levantarse al tipo de atrás, que parece tan molesto como un pasajero de primera clase al que despertaran para el desayuno en contra de sus deseos. Lo dejan, farfullando, al cuidado del personal sanitario.

—Inspector Walker.

Se gira y ve acercarse al sargento Fielding. Las otras dos veces que se han visto, Fielding iba tan arreglado como un futbolista de la Premier League: el pelo cortado en un degradado *high fade,* la piel bien hidratada y las cejas depiladas como Ronaldo. Aquí, en cambio, está en el mismo estado que el resto: el hollín se pega a la pátina de sudor de su cara, y se ha pasado tantas veces la mano por su peinado perfecto que lo tiene levantado como la cola de un pato.

—Walker —dice—, me alegro de verlo. Por fin han conseguido controlar el fuego. Por suerte, la mayoría de los huéspedes estaban fuera, en el césped, celebrando no sé qué fiesta elegante. Hemos estado interrogando a algunos testigos. Es… Bueno, debería usted intentar hablar con ellos. Si no me equivoco, la gran mayoría están… Creo que la única manera de describirlo con precisión es «ciegos perdidos».

—Sí, ya. —Walker señala con la cabeza a su pasajero, que está intentando zafarse del personal sanitario—. Creo que nos hemos encontrado a uno.

—Varios han comentado que anoche vieron a unos personajes bastante extraños. —Fielding parece avergonzado—. Ya sé que parece una chaladura, pero… Figuras enmascaradas, con capa oscura y…

Se interrumpe al notar que se ha hecho el silencio en la pradera. Se vuelven todos a mirar el edificio humeante mientras dos equipos de paramédicos sacan un par de camillas de las ruinas. En cada una de ellas yace una figura en decúbito supino, con una máscara de oxígeno. Siguen con la mirada su avance hacia la parte trasera de la ambulancia.

El jefe de bomberos se acerca.

—¿El inspector Walker?

—Soy yo.

—Los hemos encontrado atrapados dentro, en una especie de bodega. El personal médico está haciendo todo lo posible, pero la cosa no pinta bien.

O sea que serían dos muertos más. Santo Dios. «Esto tenía que pasar», piensa Walker, no por primera vez. Entonces se da cuenta de que el jefe de bomberos sigue hablando. Vuelve a centrarse en el presente.

—Estaban encerrados —añade el hombre—. No podrían haber escapado, aunque hubieran querido.

—Ya, sí —dice Walker—. Ha dicho antes que estaban atrapados.

—No, no es eso. La puerta estaba cerrada con llave por fuera. Los habían encerrado a propósito.

# EL DÍA ANTES DEL SOLSTICIO

## *Bella*

Cuando llego a mi chocita, estoy temblando y tengo náuseas por culpa de la adrenalina. Meto la llave en la cerradura y entro a trompicones. Los Pájaros existen de verdad. Era cierto que vi uno en el bosque, hace años. Lo sabía.

Dos preguntas me bullen en la cabeza: ¿nos han visto? ¿Qué hacen aquí?

Me pongo a dar vueltas por la habitación, con la cabeza llena de sombras amenazadoras y antorchas encendidas, y tardo un rato en darme cuenta de que algo ha cambiado en la chocita. Las lámparas de las dos mesillas de noche, a los lados de la cama, están encendidas, y estoy casi segura de que no las he encendido yo. Las cortinas están corridas y el embozo de la cama retirado. Creo que incluso han rociado con perfume la habitación. No suelo alojarme en hoteles que ofrezcan este tipo de cosas, pero poco a poco me doy cuenta de que esto es lo que llaman «servicio de cobertura». La verdad es que me parece un poco excesivo, teniendo en cuenta la hora que es. Sobre todo, porque colgué el cartel de *No molestar* en la puerta.

Me da un vuelco el corazón al ver que me han dejado algo sobre la almohada.

Me acerco y veo que es una hojita de papel con el membrete del hotel. Encima de la nota hay algo: un bombón con aspecto de caro. ¡A la mierda! Lo cojo y lo tiro a la papelera como si fuera radiactivo. Luego, con el corazón acelerado y un picor en el cuero cabelludo, leo la nota, escrita con letra de niña pija, desenvuelta y llamativa.

*¡Hola, Gorrión!*

*Míranos, escribiéndonos notitas la una a la otra como esas amigas que se escriben cartas, cosa que nosotras nunca hicimos. Cuánto siento haberme perdido el reencuentro. ¡Ha pasado tanto tiempo! Y tenemos tantas cosas que contarnos... Sobre todo, teniendo en cuenta lo <u>involucrada</u> que estuviste en todo esto.*

*No te preocupes, mañana te lo compenso.*

*xox*

El miedo y la ira pugnan por imponerse. Toda la nota es una amenaza elegantemente velada, pero es la parte central la que más me altera: *lo involucrada que estuviste en todo...* Intenta asustarme para que siga callada. Bueno, le funcionó una vez, pero esta vez no le va a funcionar.

Si tuviera algún remordimiento, no habría montado este sitio. Habría vendido la casa cuando la heredó y habría puesto tierra de por medio.

Este verano se cumplen quince años. Un aniversario horrible. Y es el año en que he sido madre, lo que me ha obligado a hacer examen de conciencia. Soy lo único que tiene Grace. Tengo que serlo todo para ella. Pero ¿cómo voy a serlo todo si no estoy completa? Algo se rompió dentro de mí una noche de verano, hace quince años.

Quizá nunca pueda repararse por completo. Llevaré conmigo ese peso toda la vida, pero quiero poder mirar a mi hija a los ojos. Necesito ponerle punto final a esto, aunque suene un poco cursi.

Todavía hay muchísimas cosas que no entiendo sobre lo que pasó. Convivo con la culpa desde entonces. Ha sido lo que ha definido mi vida. Mis perspectivas laborales, porque dejé la universidad en el último año de carrera. Mi relación con el padre de Grace, porque había algo enorme que no podía contarle. Todas las relaciones que he tenido, en realidad. Incluso mi vínculo con mis padres, porque desde entonces los he mantenido a distancia. No me quedaba más remedio. No es una exageración decir que lo que pasó me destrozó la vida. Y, sin embargo, no sé si en la suya fue siquiera un tropiezo. He tenido que hacer acopio de valor para volver, pero aquí estoy, he vuelto, como el Espíritu de las Navidades Pasadas. No voy a dejar que se le olvide. Y sé lo que tengo que hacer.

El roce de las ramas en las ventanas. Me acerco de puntillas a la puerta, cierro el pestillo y pongo la cadena. Después de pensarlo un momento, arrastro el pesado sillón de terciopelo y lo coloco delante de la puerta. Están de verdad ahí fuera, en el bosque. Y ella ha estado aquí esta noche, en mi habitación. Y lo que es peor aún: quiere que yo lo sepa.

# DIARIO DE VERANO
## La caravana – Camping Tate

**19 de agosto de 2010**

Vale, creo que a lo mejor mi amistad con Frankie se ha terminado. Y no sé cómo me siento.

Cora tampoco estaba hoy en la casa. Yo pensaba/esperaba que las cosas podían volver a ser como antes. Solas Frankie y yo tomando el sol y leyendo. Pero Frankie quería quedarse tumbada en su cuarto viendo episodios de *The Simple Life* con el volumen quitado. Para animarla, le llevé las setas mágicas que encontré en el bosque, pero ni las miró, se limitó a guardarlas en la mesilla de noche.

Hacía muchísimo calor en su habitación, era bastante deprimente. Le dije que podríamos ir a tomar el sol a la piscina como hacíamos antes. Y me soltó: vaya, lo siento, ¿esto no está a tu altura? Es que no es un puto *camping*. Vuelve a las caravanas si es lo que quieres.

Me dolió, pero yo notaba que estaba deprimida. Así que le dije: ¿qué tal si ponemos música? Pensé que así se animaría, que cambiaría un poco el ambiente. Vi su iPod en la estantería, conectado a los altavoces. Lo encendí y lo que oí fue esa versión antigua y horrorosa de una cancioncilla infantil: *Si esta noche vas al bosque...*

La misma música que oí la otra noche entre los árboles.

La que suena en bucle en mi cabeza desde entonces.

Lo primero que pensé fue: qué raro. ¿Por qué estaba escuchando esto?

Pero entonces Frankie se lanzó a quitarme el iPod y lo apagó. Y al ver su cara lo entendí.

Dije: la música del bosque, ¿eras tú?

Se quedó callada un momento, como si estuviera pensándose qué contestar. Luego puso cara de fastidio. Era yo todo el tiempo, Gorrión.

Me quedé flipada. Las cosas que encontramos en el bosque. Me puse como... ¿qué? Pero lo de la casa del árbol, no, ¿verdad? ¿Ese pájaro muerto? ¿Y los símbolos de los árboles?

Sí, idiota. Se me dan bien esas cosas. Fue fácil. Mi abuela compra sangre en la carnicería para hacerle morcilla a mi abuelo. Le quité el chándal a Hugo y lo rellené con paja. Kipling mató un pájaro y pensé que podría ser un buen toque. Los Pájaros no existen, claro que no.

Me puse enferma. Y luego me enfadé. Me enfadé de verdad. Y sigo enfadada. Cuando pienso en lo asustada que estaba... ¿Se estuvo riendo de mí todo el tiempo?

¿Por qué?, le pregunté. ¿Se puede saber por qué hiciste eso?

Se encogió de hombros. Uf, no sé. ¿Porque me pareció divertido? ¿Porque leí *Leyendas de Tome* y se me ocurrió hacer algo en plan *El proyecto de la bruja de Blair*? ¿Porque estaba cabreada con los gemelos por robarme las pastillas y quería que se asustaran pensando que los Pájaros iban a ir a por ellos? ¿Porque me aburría? Dios mío, cuáááááááánto me aburro, joder.

Supongo que vio la cara que puse.

Sí, lo siento. Hasta con tu emocionante compañía, Gorrión. Pero fuiste la tontita ideal. ¡Casi te cagas de miedo!

Creo que ya sé qué vio en mí. Por qué me eligió en la playa aquel día. Para que fuera su tontita, la que todo se lo cree.

# SOLSTICIO

## *Eddie*

Abajo suena a todo volumen Dorset FM.

«¡Hoy va a hacer un calor increíble, amigos! El verano más caluroso de los últimos cincuenta años. ¿A qué estás dedicando el tuyo? Llama y cuéntanoslo…».

Anoche también hizo mucho calor. Me pasé horas tumbado encima de las sábanas, sudando y pensando en lo que había pasado en el bosque.

Los Pájaros existen. Mataron a Ivor. ¿Y si nos hubieran pillado? Me acuerdo de cuando encontramos al viejo en su estudio. La expresión que tenía, esa cara mortalmente pálida. Ahora entiendo, mamá, por qué me decías que nunca fuera al bosque de noche. ¿Y si ahora vienen a por mí?

Estoy intentando decidir si les cuento a mis padres lo de Ivor. Mi madre se llevaría un disgusto muy gordo. Además, porque yo lo cuente no va a volver, ¿verdad? ¿Y si mi padre hace una tontería y se mete en el bosque para enfrentarse a ellos?

Hago *scroll* en el teléfono para distraerme y no pensar en las imágenes que veo una y otra vez, como si se reprodujeran en bucle en mi cabeza: las figuras enmascaradas, la cabeza de toro…

Delilah ha colgado un vídeo nuevo en TikTok, hablando a cámara y agitando su nueva melena pelirroja.

—Lo de esta noche va a ser grande, chicos —dice—. No sé cuánto puedo contaros, pero estoy superemocionada. Va a ser puro FUEGO. —Un guiño y un gran beso fingido a la cámara. Y entonces aparece Nathan detrás de su hombro.

—¡Ah, síííííííí! ¡La vamos a liar! —Suelta una carcajada de loco.

Menudo imbécil. Pero cuando lo veo otra vez, y luego otra, me parece notar algo en sus ojos. Algo peligroso. No sé si debería decírselo a Michelle, avisarla. Pero ¿qué voy a decirle? No tengo ni idea de si es un farol y, además, no quiero que me relacionen con Tate de ninguna manera.

Suena el despertador por tercera vez y me levanto. Abajo no hay nadie, aunque la radio sigue encendida, parloteando. Me como unos cereales en la cocina y luego abro el armario del hueco de la escalera para buscar el costurero de mi madre. Otra vez tengo turno partido: esta mañana me toca fregar los platos del desayuno en la cocina, luego unas horas de descanso a mediodía y, más tarde, a última hora, tendremos que ponernos los trajes para la fiesta del solsticio. A mí el mío me queda pequeño, así que en el descanso voy a ensancharlo un poco de los hombros. Se me dan bastante bien esas cosas, y a mi madre le encanta. «¡Qué bien enseñado te tengo! Nunca he querido que mis hijos esperen que una mujer les remiende la ropa o les friegue los platos». Puede que yo me lo haya tomado un poco al pie de la letra: me he convertido en un auténtico friegaplatos.

El armario está lleno de productos de limpieza; también hay un par de botes de creosota y varios sacos grandes de sal industrial para el invierno. Hasta hay cosas de mi hermano: un balón de *rugby* que le firmó el equipo de Exeter y un par de chaquetas viejas.

El costurero no está en los estantes: a lo mejor se ha caído detrás de la caldera. Me estiro y meto la mano en el hueco. Se me enredan telarañas en los dedos. Entonces toco algo que está claro que no es el costurero de mi madre. Una cosa dura y acabada en una punta roma. Retiro la mano rápidamente. Por la forma y el tacto, parece un hueso.

A estas alturas ya me he dado cuenta de que seguramente es algo que yo no debería ver. Para esas cosas tiene uno una especie de sexto sentido, ¿sabes? Sobre todo, si estás en tu propia casa. Es la misma sensación que tuve de pequeño cuando encontré los regalos de cumpleaños que mi madre había escondido en el armario de arriba y supe que no debía mirar dentro de las cajas, pero aun así no pude resistirme. Y sé que ahora voy a mirar.

Me inclino más sobre la caldera, estiro el brazo y agarro la cosa, que parece estar envuelta en algo blando. Cuando lo levanto, veo que es una tela gruesa y oscura. Estoy palpándolo cuando lo que hay dentro cae al suelo. Me quedo mirándolo un momento, paralizado. Creo que sé lo que es. Pero no puede ser…

Respiro hondo y lo cojo. De repente me tiemblan las manos. Una máscara negra. Y no de esas que se compran en Amazon o en una tienda de artículos de fiesta. Tiene un pico largo, curvo, afilado y bastante realista, con los orificios nasales cuidadosamente moldeados. Parece muy vieja: una cosa antigua, de una época en la que todo se hacía a mano. Le doy la vuelta. Se ata por detrás con dos gruesas cintas negras.

Conozco esa máscara. Pero no entiendo qué hace aquí.

Miro el montón de tela negra que hay en el suelo. Estaba tan concentrado en la máscara que no me he dado cuenta de que tenía plumas cosidas. Cientos y cientos de ellas. Toco el bulto con la punta del pie. Se abre y veo la capa larga y negra con capucha. Y un par de guantes de cuero negro.

Todo parece muy distinto aquí, en el armario, a la luz de la bombilla, sin un cuerpo ni una cara dentro. Pero aun así sigue teniendo una especie de energía macabra.

Pienso a toda prisa. Todo encaja. El que mi padre llegara tan tarde la noche anterior. Lo raro que estuvo ayer con lo de Ivor, como si se sintiera culpable. A mí me extrañó. Ahora entiendo por qué: sabía perfectamente lo que le había pasado al toro.

Los Pájaros no son solo una historia con la que los niños se asustan unos a otros. Son reales. Están planeando algo. Y mi padre es uno de ellos.

Me quedo pensando un momento. Lo de anoche en el bosque fue repugnante. No quiero que mi padre tenga nada que ver con eso. Pienso en aquella noche en el garaje cerrado, con el tractor… Tengo que protegerlo, aunque sea de sí mismo.

Lo recojo todo, lo llevo fuera, a mi bici, y lo meto en la alforja de atrás. Si lo escondo aquí, no podrá usarlo. Puede que lo eche de menos y que se pregunte qué ha pasado. Pero es igual.

# *Owen*

La mañana amanece calurosa y soleada. El día de la fiesta de Francesca. Estoy acostada en nuestro cuarto, empapado en sudor. Aunque todavía es temprano, ya noto cómo aprieta el calor: el aire pesa como una manta de lana. Y mi culpa pesa más aún.

¿Qué he hecho?

Miro a Francesca, tumbada a mi lado, con la melena extendida sobre la almohada. Parece un ángel, joder, durmiendo el sueño de los inocentes, de los benditos. Incluso tiene un par de plumas blancas enredadas en el pelo, como el toque final del cuadro.

Y aquí estoy yo: un ser asqueroso y despreciable, indigno de yacer a su lado.

No tengo excusa. Sea lo que sea lo que Francesca se trajera entre manos anoche, mis actos son imperdonables. He puesto en peligro lo mejor que me ha pasado en la vida por mi maldita inseguridad, porque nunca me he sentido a su altura. Qué tópico soy.

¿Y Michelle? No quiero ni pensarlo. Es una víbora dentro de nuestro nido.

Necesito fumarme un cigarro y dar un paseo para despejarme y pensar qué voy a hacer ahora.

Son las siete y diez, o sea que los chicos llegarán pronto con la excavadora para empezar la siguiente fase del proyecto Casa del Árbol. Aunque no nos pondremos a trabajar hasta esta noche, cuando empiecen las celebraciones del solsticio, el plan es llevar la excavadora al bosque hoy a primera hora para que los huéspedes no la vean subir por el camino de entrada. Sería un espectáculo antiestético.

Retiro la sábana con cuidado. No creo que pueda enfrentarme a Francesca todavía. Pero cuando me levanto, se vuelve hacia mí y abre los ojos. Se estira voluptuosamente, me dedica una sonrisa radiante y acerca la mano para acariciarme la mandíbula. Me siento tan indigno de sus caricias que tengo que hacer un esfuerzo para no apartarme.

—Buenos días, amado mío —dice clavando sus ojos en los míos—. Espero que hayas dormido bien.

# *Bella*

Cuando me despierto hace un calor sofocante. La almohada está húmeda y arrugada. Tengo el pelo enmarañado, como si me hubiera estado revolcando en sueños. Solo he dormido un par de horas, pero he tenido unas pesadillas salvajes y horrendas. He soñado con los árboles, con raíces que se abrían paso a través de la tarima del suelo, se retorcían a mi alrededor y me arrastraban consigo. Se me llenaba la boca de tierra…

Siento que este sitio me está asfixiando, que está minando toda mi fuerza y mi valentía. Tengo que salir de su órbita, aunque sea solo una hora. Al poco rato estoy en el sendero del acantilado. El sol flota, enorme y anaranjado, sobre el horizonte, tiñendo con su rubor las columnas de piedra caliza de la Mano del Gigante. Aquí, con el ligero alivio de la brisa marina, puedo pensar con un poco más de claridad. Le di la oportunidad de reunirse conmigo en el bosque. Ahora es momento de actuar.

Un estrépito brutal y ensordecedor me sobresalta. Tardo un momento en darme cuenta de lo que es: una bandada de pájaros negros —cuervos, creo— volando en círculos. Los hay a cientos. Qué raros e incongruentes me parecen sus cuerpos oscuros; esperaba ver gaviotas. Se posan un momento en el borde del acantilado, delante de mí. Y entonces, como obedeciendo a una señal, hay una explosión de ruido y movimiento y echan a volar todos a la vez, como uno solo, graznando y aleteando. Se lanzan al aire y desaparecen en un enjambre negro al otro lado del promontorio. Hacia el oeste, en dirección a La Mansión.

Aprieto el paso, notando un presentimiento en las entrañas.

Bajo a la playa y miro rápidamente las olas, acordándome de la brillante vela de *kitesurf* que apareció ayer. Quiero asegurarme de que estoy sola. Luego me obligo a entrar otra vez en la cueva. He venido para centrarme. Para reunir el valor necesario. Dentro está oscuro y hace un frío horrible comparado con el calor de la mañana, pero no creo que sea por eso por lo que tiemblo así, sin poder controlarme.

Apoyo la frente contra la húmeda pared de la cueva y descanso aquí un momento, dejándome envolver por los fantasmas del pasado.

# DIARIO DE VERANO
## La caravana – Camping Tate

**20 de agosto de 2010**

Hoy ha sido un buen día.

Esta mañana me llegó un mensaje de Frankie. Lo siento, Gorrión. No quería ponerme así contigo. Me siento fatal. Vienes?

Pero sigo estando rara con ella por todas las cosas que ha hecho. Por todo lo que se esforzó. Pájaros muertos y sangre. Qué asco. Además, hacía <u>mucho</u> calor y el mar brillaba mientras me comía mis cereales en la tumbona, al lado de la caravana. Era como ¡la libertad! Podía hacer lo que me diera la gana. Así que cogí mi bikini y mi libro y me fui a la playa. Iba por el camino del acantilado cuando me encontré con Jake. Me dijo: no contestaste a mi mensaje. Pero lo dijo sonriendo. Y yo le contesté que sí, que era él quien no había contestado. Entonces sacó su teléfono y me lo enseñó. Sí que contesté. ¿Ves? Era de hace una semana.

Mñn libro. ¿Playa a las 10?

Siempre digo que mi teléfono es una mierda porque la batería se me muere todo el rato, pero con los mensajes nunca ha dado problemas, que yo sepa. Frankie me quitó el teléfono ese día, cuando estaba escribiendo. Antes habría dicho: no, ella no haría eso. Pero ahora ya no lo sé.

Jake se encogió de hombros y dijo: no pasa nada. ¿Vamos ahora?

Le dije que sí.

Le seguí por el camino hasta que se desvió hacia un lado, como si fuera a tirarse por el precipicio. Se rio de mí. La mejor playa está por aquí. Hay un camino, solo que no se ve desde ahí.

Le seguí. Para no mirar hacia abajo, iba mirando la mancha de sudor de su camiseta fina, entre los omóplatos, y la cadena de plata que le rozaba el pelo de la nuca. Tropecé, tuve que agarrarme a una zarza y chillé como una tonta. Se dio la vuelta, me cogió la mano, se acercó mi pulgar a la boca y me sacó las espinas así, chupándome el dedo. Su pelo me rozaba la muñeca. Fue la cosa más excitante que me había pasado nunca, hasta que nos metimos en el mar. Me miraba de una forma con el bikini que dejaron de importarme mi pecho plano y mis rodillas, que parece que me las he pintado con maquillaje naranja. No paraba de agarrarme y de amagar con hacerme aguadillas, y nuestras piernas se enredaban debajo del agua y la piel de sus hombros era como la seda y me apretaba contra sí y yo sentía…

Entonces miré hacia arriba y vi La Mansión asomando por encima de los acantilados, un poco más allá. Todas las ventanas brillaban. De repente se me ocurrió que a lo mejor ella podía vernos desde allí. Le pregunté a Jake si podíamos volver a la arena.

A lo mejor me vio mirar porque, cuando estábamos otra vez en la playa, me preguntó: ¿cómo es estar allí, en la casona? Nunca se mezclan con nosotros, los campesinos. Nos quedamos allí tumbados, con los dedos de los pies metidos en el agua para estar fresquitos, pero al sol para secarnos el resto del cuerpo, y se lo conté.

Le dije lo del bosque. Y lo que hizo Frankie. Y él se puso: ¿qué? Menuda putada. Fue muy agradable que otra persona lo dijera.

Pero a mí me pareció ver uno, le dije. Un Pájaro. Cuando estábamos cogiendo setas.

Y él: ¿estuvisteis cogiendo setas?

Sí, hace un par de días.

Se sentó y dijo: ya, pero es imposible que fueran setas mágicas.

Le dije que eran igualitas que las de la foto que vi.

Qué va. Esas solo crecen en otoño. Te lo digo yo, que soy de campo. Lo que encontraste…, eso es otra cosa.

Le pregunté qué era.

No lo sé, dijo, pero ten cuidado. Las setas te pueden hacer polvo.

Me acordé de Frankie guardándolas en el cajón de su mesilla de noche y de pronto me asusté pensando que a lo mejor las probaba. Y aunque ahora mismo estemos raras, le escribí enseguida: ¡¡¡Tira las setas!!! NO TE LAS COMAS. Puede ser superpeligroso.

Se equivoca con los Pájaros, me dijo Jake luego. Existen de verdad. Pero solo actúan cuando pasa algo gordo. Y por aquí no hay delitos graves casi nunca. La última vez fue hace unos cinco años. Un tío del pueblo se acercaba a las chicas de noche y les enseñaba sus partes. La gente sabía quién era, pero la policía nunca lo pillaba haciéndolo. No sé qué le hicieron los Pájaros, pero debió de acojonarse de verdad, porque se fue del pueblo una mañana y no volvió nunca más. Su casa sigue vacía. Pero tu amiga eso no lo sabe, porque ella no es de aquí de verdad. Hay cosas que no se entienden si no eres de aquí. No es un cuento de hadas. Más vale que no la tomen contigo.

## 21 de agosto de 2010

Hoy ha hecho todavía más calor. En todos los sentidos. Dios mío, qué mal ha sonado eso. Pero es verdad.

Estábamos otra vez en la playa secreta y Jake me dijo: oye, ¿quieres ver una cosa muy guay? Me llevó otra vez hacia los acantilados, pero se paró en mitad de la playa y miró hacia arriba achicando los ojos. Le pregunté qué pasaba y me dijo: no sé, me ha parecido ver a alguien. Estuvimos mirando un rato, pero nada, y al final dijo que no, que debían de haber sido imaginaciones suyas.

Lo que quería enseñarme era una cueva. Es más bien un túnel, en realidad, que se mete muy dentro en los acantilados. Hacía mucho frío allí dentro después del calor del sol y chorreaba agua por las paredes y olía a huevos y era un poco espeluznante, pero también muy guay, estando con él. Me dijo: mira, por ahí detrás llega aún más lejos. ¿Te apetece?

¿Me prometes que no me has traído aquí para asesinarme?, le dije para hacerme la graciosa.

Se rio. Me gustas demasiado para asesinarte. Entonces me puse muy nerviosa, pero en el buen sentido. Me aupó para que viera el túnel que había al fondo y noté su aliento caliente en la nuca. ¿Quién iba a pensar que podías excitarte tanto en una cueva fría y maloliente? Y entonces me bajó, pero no se apartó cuando me volví hacia él, así que nos quedamos un momento así, con la nariz casi pegada.

No sé quién besó a quién, pero fui yo quien metió la lengua. Él entonces gimió en bajito y yo sentí, ya sabes, que se apretaba contra mí. Y entonces me puso las manos en la parte de arriba del bikini y me quedé un momento congelada porque no paraba de pensar en Hugo y en las cosas que dijo sobre mi pecho plano. Entonces dijo: joder, eres preciosa.

Y yo solo pensé: voy a perder la virginidad en una cueva y no me importa. Pero entonces se apartó.

¿Has oído eso? Pasos.

Se reía un poco, pero se notaba que estaba molesto. Seguro que es Nathan Tate. O peor, los gemelos. ¿Saben que existe este sitio? O a lo mejor es Gamba. Sé que baja aquí a veces.

Se apartó y corrió a la entrada de la cueva. ¿Dónde estás, gilipollas?

Entonces oí los pasos. Sonaban por encima de nosotros, en el techo de la cueva.

Él volvió. Creo que se ha largado. Menudo pervertido. Aunque no creo que haya visto gran cosa. Y además no estábamos desnudos ni nada. Todavía.

Pero como que nos había cortado el rollo.

Entonces dijo: oye, ya sé que es un poco hortera, pero ¿quieres que mañana por la noche tomemos algo en el *fish and chips* y luego vayamos a Seafarer's Point en mi vespino? Va a haber superluna y allí es donde mejor se ve.

Me reí. ¿Me estás invitando a salir?

Y contestó: sí, creo que sí.

Volví tarde a la caravana, con la sensación de que me había quemado y estaba toda llena de sal, y sonriendo como una tonta. Y entonces me paré en seco porque Frankie estaba allí, sentada en las tumbonas con mis padres, con una botella de Coca-Cola en la mano. Mis padres se estaban riendo de algo que estaba contando.

Estuve a punto de dar media vuelta y marcharme, pero me llamó: ¡hola, Alison!

No sé cuándo fue la última vez que me llamó por mi nombre de verdad.

Mi madre me sonrió. ¡Es increíble que aún no conociéramos a Frankie! Dice que tenemos que ir a tomar algo y a conocer a sus abuelos. Hablaba con una voz rara, como haciéndose la fina, y pronunciaba todas las palabras con mucho cuidado.

Frankie se levantó y se acercó a mí. Me dijo en voz baja: quiero que me perdones, por favor, Gorrión, perdóname. Nos lo pasamos bien juntas, ¿verdad? Lo del bosque… solo era para reírnos, ¿sabes? Pero ahora me doy cuenta de que fue una mierda. Me pasé de la raya. A veces me pasa. Pero te echo de menos. Mira, mañana por la noche los viejos se van a no sé qué cena geriátrica barra orgía por aquí cerca, en la costa, y tendremos la casa para nosotras solas. Acercó la mano y me tocó el brazo.

Luego dijo un poco más alto: ¿qué te parece? ¿Barbacoa mañana por la noche?

¡Qué ideal!, dijo mi madre. Nunca, literalmente, la había oído decir «ideal». ¡Seguro que a Alison le apetece ir! Podrías llevar unas salchichas, cariño.

Yo no dije nada. Estaba pensando en Jake, en el *fish and chips* y la superluna.

Y entonces Frankie me miró fijamente y sonrió. Ah, dijo. Cuantos más seamos, mejor. Tráete a tu novio si quieres. A tu novio secreto.

# *Bella*

Podría tirar el diario al mar y dejar que sus secretos se disuelvan en la nada. Podría volver a subir al sendero del acantilado y echar a andar en dirección contraria, hacia Tome. Podría coger un tren a Londres y no volver la vista atrás. Estoy en una encrucijada, igual que aquella noche de verano hace quince años.

La brisa, como contestándome, revuelve las hojas del diario en mi regazo hasta dejarlo abierto por la última página. El mapa dibujado a boli. La X que marca el lugar.

No, no puedo dejar que esto siga supurándome dentro. Por eso he venido. Por eso he vuelto.

Voy andando deprisa por la parte del sendero que bordea la carretera, muy cerca de la granja Seaview, cuando observo que alguien abre la verja. Me paro en seco, con el corazón acelerado, y consigo esconderme un poco entre los setos, confiando en que no me vean. No quiero encontrarme cara a cara con nadie que venga de ese lugar. Es un chico joven, alto y ancho de espaldas, con las piernas largas. Lleva una bici por el manillar y al principio pienso... pienso que...

Mis pensamientos giran en torbellino, se dispersan. Me cuesta respirar, no entiendo lo que pasa. Es demasiado joven. Parece de la misma edad que tenía él entonces, hace quince años. Luego se vuelve hacia aquí —joder, me aprieto más contra el seto— y me doy cuenta de que no es él. Claro que no es él.

Pero yo conozco a este chico. Y de repente muchas cosas encajan. Por qué me sentí tan atraída por Eddie, el camarero, la primera noche. Ese extraña sensación de familiaridad. Por qué perdí totalmente la cabeza y me descubrí intentando seducirlo.

Es su hermano. Su hermano pequeño.

# Francesca

Lo de hoy va a ser un éxito.

Es el día de nuestra fiesta del solsticio, la guinda del pastel del fin de semana de la inauguración. Y va a ser perfecto.

Me acerco a las ventanas y las abro de par en par para que el sol me bañe con su luz y su calor. El aire caliente entra cargado de olor a mar y a flores. La verdad es que, si se pudiera embotellar, podría ganarse una fortuna. Quizá tendría que planteármelo: un nuevo desarrollo de nuestra línea de bienestar.

Abajo, en el césped, veo al personal ir de acá para allá, muy atareado. Tienen que hincar las estacas para colgar los faroles, levantar el escenario para las actuaciones musicales, preparar la hoguera para el asado y montar tres mesas largas a unos metros del borde del acantilado. Dentro de poco vestirán las mesas. La mujer que ha diseñado el estilismo (con el tema «abundancia veraniega») es un genio. No le gusta hablar de sus otros clientes porque es maravillosamente discreta, pero digamos que se le escaparon sin querer las palabras *Amal* y *Como* cuando estábamos debatiendo cómo llevar a cabo mi visión.

Siento un arrebato de ilusión al imaginarme las vistas que tendrán mis huéspedes mientras se divierten: el sol hundiéndose bajo las olas y la imponente formación caliza de la Mano del Gigante. He creado algo verdaderamente único. Me he desprendido de las sombras del pasado y he materializado un nuevo futuro para mí y para este lugar.

Ah, y aquí vienen mis impresionantes esculturas de mimbre. Las llevan sobre sus anchos hombros los chicos del equipo de jardinería. Posiblemente, la pieza clave. Compondrán una escena de bosque encantado por la que mis huéspedes podrán pasear mientras beben buena sidra y escuchan los primeros acordes de la música.

Allá abajo, el sol de la mañana lo dora todo. Es una escena tan perfecta que casi parece irreal. El epítome de la «elegancia pagana». Siempre se me ha dado bien crear experiencias. Y organizar fiestas. De hecho, hicimos un par aquí cuando éramos adolescentes. Claro que entonces todo era muy distinto. Una barbacoa, unos altavoces, la piscina. Alguna que otra travesura juvenil. Pero los principios básicos son los mismos. En lugar de refrescos con alcohol habrá sidra achampanada; en vez de salchichas a la parrilla, habrá un asado al espetón con carne de primera (les ponen a Bach a los cerdos y los alimentan con bellotas escogidas a mano) y, en vez de música enlatada y altavoces portátiles, habrá actuaciones en vivo. Hemos guardado muy en secreto el cartel de artistas para evitar que se filtrara a la prensa y porque en La Mansión no nos jactamos de esas cosas, pero esta noche tendremos un plantel que muy bien podría actuar en uno de los escenarios principales de Glastonbury. ¡Y estaban todos deseando que los invitáramos!

Ah, sí, está clarísimo que vamos a entrar en la *Hot List* de Condé Nast. No: vamos a reventarla, vamos a machacar a la competencia…

Estoy tan emocionada.

Y sorprendentemente tranquila. Aunque puede que no sea tan sorprendente, teniendo en cuenta cuánto he trabajado conmigo misma estos últimos años. Hace tiempo, me habría dejado dominar por la ira después de lo que vi anoche en el almacén de los vinos, habría dejado que la rabia me nublara el juicio. Ahora sé que es mucho mejor ver estas cosas con una mirada límpida.

La verdad pura y dura es que ahora mismo los necesito a los dos: a Owen, para que trabaje en el proyecto de las Casas del Árbol; y a Michelle, para los preparativos de la fiesta de esta noche. Necesito su diligencia, su atención al detalle. Pero, aun así, es tan decepcionante... Odio que la gente me decepcione.

Bueno, no importa. Al menos hoy, nada ni nadie va a hacer que mi mercurio se ponga retrógrado.

Cierro los ojos para disfrutar por completo del calor del nuevo día en la cara. Diosa mía, pero qué calor hace... Espero que no apriete mucho más. Casi como si respondiera a ese pensamiento, noto que el calor afloja un poco. El brillo rosado de la luz a través de mis párpados se atenúa. ¿Ha sido por mí, lo he hecho yo? Abro los ojos. Ha caído una sombra sobre el sol. Abajo, algunos empleados señalan al cielo.

Miro hacia arriba. Han aparecido enormes nubarrones. ¿De dónde han salido, tan de repente? Es imposible. Hoy debería estar totalmente despejado. En ninguna parte, ni en la previsión meteorológica ni en mi visión, estaba previsto que fuera así. Los miro fijamente, ordenándoles que se dispersen.

Pero por cómo se mueven y cambian... no son nubes normales. Me protejo los ojos con la mano y entorno los párpados. Y ahora veo que son...

Pájaros.

Oscurecen el cielo. Tapan la luz del sol. Llenan el aire. Enjambres negros, pululantes. Están por todas partes, allí donde mire: llegan en oleadas, se juntan, las puntas de sus alas se rozan mientras giran en el aire, se posan en el césped hasta que apenas veo una brizna de hierba entre sus cuerpos negros. Se posan también en las mesas, en los respaldos de las sillas, en las esculturas de mimbre. Parecen un gigantesco vertido de alquitrán. Entonces me llega el ruido: los graznidos y el parloteo se convierten en estruendo. De repente, ni siquiera me oigo pensar. Voy a cerrar la ventana para sofocar el ruido y justo cuando la estoy cerrando uno se lanza hacia el cristal, se estrella contra él con un ruido sordo y rebota. Se me escapa un gritito.

Busco a tientas el móvil, necesito a Michelle... Tiene que arreglar esto ya. Busco su nombre en la pantalla y me llevo el teléfono a la oreja mientras espero a que lo coja. Pero no contesta. ¿Por qué no contesta?

Yo, por supuesto, estoy muy a favor de la armonía con la naturaleza, pero esto es el colmo. No parece natural en absoluto. Parece algo personal. Un maleficio.

# Bella

Su hermano. El hermano de Jake. He sentido una sacudida al ver así a Eddie. Un ansia nueva. Un recordatorio de lo que se perdió. De lo que ella me arrebató.

Mientras avanzo hacia las puertas de La Mansión, cobro conciencia de un sonido a mis espaldas: un ruido sordo, como de maquinaria pesada. Me giro y veo una excavadora amarilla y una furgoneta blanca que suben despacio por la carretera, hacia aquí. Será por las obras en el lindero del bosque: la razón por la que me hicieron tanto descuento en el precio del alojamiento.

Mientras observo cómo se acercan, se me ocurre una idea. Es a la vez tremendamente audaz y tan sencilla que parece de lo más natural. El corazón empieza a latirme a toda deprisa en el pecho.

Abro el diario. Con manos temblorosas, busco el mapa dibujado a boli en la parte de atrás, para cerciorarme. Luego me vuelvo y camino hacia la excavadora, levantando una mano para llamar su atención.

La equis marca el lugar.

# *Eddie*

—Es bastante siniestro, la verdad —dice Ruby mientras miramos a los cientos (¿o miles?) de pájaros que se han juntado en el césped. Casi no se ve el verde de la hierba.

A Ruby, a mí y a algunos más nos han convocado para que nos libremos de ellos.

—¿Alguna vez los habías visto hacer algo así?

Sacudo la cabeza: no. Entiendo que diga que es siniestro, porque lo es. Parecen un ejército de *Juego de tronos* reuniéndose antes de una batalla.

—¿Estás bien, Eds? —Ruby me mira con atención.

—Eh…, sí.

Estaba pensando en la escena de anoche en el bosque. En la capa y la máscara que encontré en casa. Mi propio padre, uno de ellos. Y ahora, estos pájaros de carne y hueso comportándose de una manera tan antinatural…

Pero, como no puedo contarle nada de eso a Ruby, le digo:

—Hay una película en la que los pájaros empiezan como a atacar a la gente, ¿no? Es muy famosa. Antigua pero famosa. Solo que no recuerdo cómo se titula.

—Se titula *Los pájaros*, Eddie —dice Ruby con un poco de fastidio—. Y el relato original es mejor.

Digo que sí con la cabeza, como si supiera de qué me está hablando. Con Ruby siempre me siento un poco lerdo.

—En fin —dice—, vamos a ver qué hacemos.

Salimos juntos al césped. Probamos a gritar y a dar palmas, pero los pájaros no parecen asustarse en absoluto. Casi ni se inmutan mientras pasamos entre ellos. Hay algo en la forma en que nos miran que no me gusta ni un pelo. Tienen los picos y las garras muy afilados. Me pregunto cómo acaba la película.

De repente se oye un bum y los dos damos un brinco, asustados. Francesca Meadows ha salido por la puerta principal de La Mansión. Lleva el pelo alborotado y suelto y un vestido largo de seda que puede que sea un camisón elegante, porque es de un color rosa muy claro y se le ve todo debajo, aunque yo hago esfuerzos por no mirar (no creo que sea muy profesional mirarle los pezones a tu jefa). Va descalza.

Ruby me mira. Dice en voz baja «¿Qué cojones…?». A mí en parte me dan ganas de reírme, pero por otra estoy nervioso, porque todo esto es muy raro. No puede ser cosa de los Pájaros Nocturnos. ¿O sí? Eso sería de verdad magia negra, o algo así.

Vemos que Francesca Meadows se mete corriendo en medio de la bandada y empieza a mover los brazos para intentar ahuyentarlos. No parece darse cuenta ni parece que le importe que el bajo de su vestido esté arrastrando por el suelo y manchándose de caca verdosa de pájaro, igual que sus pies descalzos. A medida que se acerca, grupos de plumosos cuerpos negros se alzan en el aire y giran y giran a su alrededor como tornados en miniatura. Luego, vuelven a posarse en el suelo. Ella suelta un grito de rabia que se mezcla con el chillido de los pájaros, empieza a lanzarles patadas y luego se lanza a por ellos con las manos, casi como si intentara pillarlos al vuelo. Tengo la horrible sensación de que, si agarrara alguno, lo haría pedazos.

—Madre mía —murmura Ruby, un poco asombrada—. Se le ha ido del todo la pinza. Ya sabía yo que estaba fingiendo, con tanto yoga y tanto buen rollo... —Se interrumpe cuando Francesca Meadows se vuelve hacia este lado.

Le salen de la boca hilos de saliva espumosa que le cuelgan hasta la barbilla. Algún pájaro debe de haberla arañado, porque tiene sangre encima de la ceja. En su camisón de seda, debajo de los brazos, han aparecido manchas de sudor oscuras. Y se nota que está jadeando.

Ruby y yo la observamos a unos metros de distancia, clavados en el sitio. Entonces se vuelve hacia nosotros y nos quedamos mirándonos. Ruby me da un codazo y los dos empezamos a movernos otra vez entre los pájaros, intentando ahuyentarlos mientras, a unos metros, Francesca Meadows ejecuta una especie de baile-lucha.

—Espera —me dice Ruby de repente—. Mira. Están comiendo algo, ¿no? —Se adelanta unos pasos y se agacha para ver mejor—. ¡Sí! Creo que es alpiste. —Se agacha y coge un puñado para enseñármelo—. Lo han esparcido por todas partes. Por todo el césped. Ostras... Por eso están aquí. No es un fenómeno de la naturaleza.

Vuelvo a acordarme de las figuras embozadas del bosque.

De la máscara de pájaro escondida en casa.

Todo esto lo ha planeado alguien.

# *Owen*

Saco mi tabaco del escondite de la pared. Rasco una cerilla en la tira de la caja. Disfruto haciéndolo igual que cuando era niño, hace tantos años. Esa sensación de control, de crear una llama en el aire. Igual que justo antes de que mi padre y yo nos marcháramos de Tome para siempre, cuando encendí aquella cerilla y la tiré a un charco de gasolina que había sacado del motor fueraborda de la barca. Vi cómo las llamas trepaban a toda velocidad por las vigas de madera viejas y se extendían por el viejo tejado de paja de El Nido del Cuervo, que estalló en una enorme bola de fuego, lanzando chispas. El *pub* era el centro de todo. El sitio donde se reunían todos. La gente que me maltrataba y me criticaba y que luego le tenía lástima a mi familia. Por mí podían arder todos.

Mientras lo observaba, experimenté algo nuevo. Me sentí poderoso por primera vez en mi vida.

Ahora, mientras me fumo el cigarro, tomo el camino que se adentra en el bosque. De repente parece que hay pájaros por todas partes. Los veo alzar el vuelo desde las ramas más altas de los árboles para reunirse con los que ya llenan el cielo. Es como si hubiera algo maligno aquí. Me detengo. Por Dios santo. No soy un hombre supersticioso. Mi padre sí que lo era, y por eso yo no lo soy. A mi padre, que en paz descanse, esto no le habría gustado ni pizca. Habría dicho que era un mal presagio.

Cobro conciencia de otro sonido, por debajo del alboroto de los pájaros. Me paro en el camino y me quedo quieto, escuchando. Juraría que oigo el ruido de una máquina en lo más profundo del bosque: el chirrido y el rugido inconfundibles de una excavadora en funcionamiento. Pero no puede ser. No debían empezar hasta esta noche. Ni siquiera saben dónde tienen que excavar.

Y, sin embargo, lo que estoy oyendo sugiere lo contrario. Echo a correr por el sinuoso camino que zigzaguea entre las Chocitas del Bosque, ansioso por saber qué está pasando.

Efectivamente, cuando salgo al claro, veo que el brazo articulado de la excavadora se eleva transportando una carga completa de tierra.

¿Qué coño…?

Han empezado ya. Y no solo han empezado sin mi permiso, sino que además están excavando donde no es, a treinta metros del lugar correcto. Echo a correr otra vez, agitando los brazos y gritando para llamar su atención, pero tanto el tipo que está abajo como el que maneja la excavadora están de espaldas a mí, concentrados en la tarea. Al acercarme, veo que ya han abierto un hoyo de buen tamaño en el suelo. Las mandíbulas metálicas salen del foso, vertiendo una enorme bocanada de tierra y hierba.

Gesticulando como un loco, intento avisar al conductor, pero aún no me ha visto. Vuelca la carga en el montón que tiene al lado y acciona los mandos para volver a hundir la pala en tierra.

Por fin, el que está abajo oye mis gritos, se vuelve y me mira mientras me acerco a grandes zancadas. Le hace una seña al de la cabina. Finalmente, la excavadora se queda quieta.

—¿Qué cojones estáis haciendo? —grito—. ¡No tendríais que haber empezado! ¡Y además os habéis equivocado de sitio, por Dios! ¿Se puede saber qué coño está pasando aquí?

—Vinieron a darnos órdenes —contesta, un poco a la defensiva.

—¡Pero si el jefe soy yo! —le grito.

—Esa mujer dijo que era la dueña.

—¿Francesca os dijo que empezarais?

—¡Sí! —dice, pescando el nombre al vuelo—. Francesca Meadows. Eso es lo que dijo. La jefa.

Me quedo pasmado. Francesca está todavía en la cama. Por lo menos, eso creo, aunque no sería la primera vez que últimamente sale a escondidas, sin dar explicaciones.

—Nos dijo que empezáramos a excavar aquí. ¿Verdad? —le dice al de la cabina, que se asoma y asiente.

—Sí. Dijo que empezáramos. Y nos indicó dónde.

Me quedo mirando el hoyo del suelo.

—Pero este no es el sitio. Tendría que ser allí, donde están esos árboles talados. ¿Seguro que fue aquí donde os indicó?

—Tan seguro como que es de día. —El de abajo se cruza de brazos—. Parecía muy segura de lo que quería. Tenía una especie de mapa.

Todo esto es raro de cojones. No tengo ni idea de qué está pasando, pero no me gusta.

—Mirad —digo—, tengo que llamar a Francesca. —Le hago un gesto al de la excavadora—. Apaga ese cacharro. No hagáis nada más hasta que yo lo diga, ¿vale?

Se miran, se encogen de hombros y asienten.

—Lo que usted diga, jefe —dice el de abajo.

Quizá no sea el fin del mundo. Han hecho un poco de destrozo, pero nada más. Pueden volver a rellenarlo. Solo que es una estupidez y una pérdida de tiempo de narices. Pero eso no es lo que me preocupa. Es lo raro que es todo esto.

Intento llamar a Francesca, pero aquí hay muy poca cobertura. Me alejo un poco hacia la casa, hasta que aparecen dos rayitas, pero su teléfono suena y suena sin que lo coja. Abro la aplicación de seguimiento y espero a que aparezca el puntito parpadeante. Ahí está: en el césped, delante de La Mansión.

Vuelvo corriendo donde están los obreros.

—¿Qué aspecto tenía la mujer con la que hablasteis? —pregunto.

—Pues… —Se miran y se les escapa una sonrisita. Les pareció atractiva. El primero tose—. Rubia, treinta y tantos años.

Vuelvo hacia la casa y lo intento otra vez. No contesta. Cuelgo. Tendré que ir a hablar con ella. Pero uno de los obreros viene hacia mí.

—Jefe —dice casi disculpándose—, hay algo ahí, donde estábamos excavando. A lo mejor quiere echarle un vistazo.

«Dios», pienso. «¿Y ahora qué?».

Vuelvo con él hacia los árboles. Me asomo al agujero. Al principio no veo nada, solo broza, raíces rotas, piedras y tierra. Luego, un color que no tiene ningún sentido: una larga franja de azul intenso. Me agacho para verlo mejor. Creo que es una lona que asoma entre la tierra. Parece como si la hubieran usado para envolver algo, un objeto grande, oculto aún bajo la tierra.

Me vuelvo a levantar, intentando racionalizar la inquietud que siento de repente. Es solo una tela. Puede que no tenga ninguna importancia. Y aun así no me gusta nada. Noto un cosquilleo en la nuca. Un temor animal. Porque de repente estoy seguro de que, sea lo que sea lo que hay ahí abajo, en ese foso, sí que tiene importancia.

# EL DÍA DESPUÉS DEL SOLSTICIO

## *Inspector Walker*

El inspector Walker está hablando con los bomberos para cerciorarse de que no han encontrado más víctimas en La Mansión cuando se acerca un agente uniformado.

—Acabamos de encontrar otra cosa en el bosque, jefe. Creo que conviene que venga a echar un vistazo.

Walker deja a Heyer a cargo de las diligencias policiales en la pradera. Fielding y él siguen al agente hacia el bosque, por un sendero que serpentea entre cabañas de madera.

—Meten ahí a los huéspedes —comenta Fielding señalándolas con la cabeza—. Parecen conejeras, ¿verdad? Pues cuestan quinientas libras la noche. —Parece agobiado—. Mi mujer estaba empeñada en que reservara una por nuestro décimo aniversario. Prefiero mil veces un hotel corriente. Y si quiero bañarme al aire libre, pues me baño en el patio de casa…

Walker apenas le escucha. Está mirando los árboles. Vuelve a prestar atención cuando oye decir a Fielding:

—Tiene gracia, de todos modos.

—¿El qué?

—Que ahora nadie va a querer quedarse ahí, ¿no? Nunca más.

276

Esto tiene que ser un récord, ¿no? Un hotel que solo ha estado abierto un fin de semana.

Casi han llegado al bosque. Fielding mira a Walker y frunce el ceño.

—¿Tiene frío? —Debe de haber notado el escalofrío involuntario del inspector.

—Estoy bien —contesta Walker—. Parece que hace más frío en esta zona. Será por las sombras.

—Qué suerte la suya. Yo estoy sudando como Boris Johnson en una prueba de paternidad. Aunque por lo menos no hace tanto calor como ayer. Eso fue increíble. Antinatural.

De pronto, las ramas de los árboles de la linde del bosque se estremecen y medio centenar de pájaros negros levantan el vuelo armando un alboroto brutal.

—¡Joder!

Walker consigue reprimir otro escalofrío.

—Hay muchas leyendas sobre este sitio —dice Fielding cuando entran en el bosque—. Supongo que a un londinense le parecerán chorradas, pero hay que reconocer que este sitio pone los pelos de punta.

—Sí —dice Walker—, eso es verdad.

Al poco rato pasan por un claro donde varios árboles han sido talados recientemente: la madera de los tocones todavía está húmeda y fresca. Cincuenta metros más allá, Walker ve un grupito de agentes y el destello de la cinta policial que están desplegando. En el suelo, dentro de la zona acordonada, distingue algo que parece una sombra profunda. A medida que se acercan, descubre que se trata de una fosa. La longitud y la profundidad del agujero rectangular son universalmente reconocibles.

Walker empieza a respirar con dificultad.

—Vamos allá —dice Fielding apretando el paso.

Un poco más allá, Walker distingue con claridad el pozo oscuro, de bordes irregulares, abierto en la tierra por las mandíbulas de una máquina de gran tamaño. Los agentes uniformados se apartan para dejar paso a los investigadores. Y aunque está medio preparado para lo que le espera, Walker respira hondo al aproximarse.

El intenso olor a tierra recién removida lo golpea de lleno: una historia secreta acaba de salir a la luz.

# SOLSTICIO

## *Francesca*

La forma en que me miran los pájaros con sus ojos negros y brillantes. Su malevolencia. Su conocimiento. Como si pudieran verme el alma. Pienso en esa forma que vi en el cuenco de piedra y me acuerdo de los desvaríos de mi abuelo al final. Me llevo una mano a la mejilla arañada y veo sangre en la yema de mis dedos. Siento que me invade el miedo.

Entonces observo que Ruby, la recepcionista, recoge algo del suelo y lo deja resbalar entre sus dedos. Miro abajo, a la hierba, miro bien esta vez, donde antes solo veía los pájaros y la niebla de mi propio miedo, y veo el alpiste esparcido por el suelo. Mi horror se convierte en rabia instantáneamente.

Alguien intenta sabotearme a mí y sabotear todo lo que he creado. Es Gorrión, estoy segura.

—Michelle, ve a buscar a Michelle —le digo a Ruby—. Ahora mismo.

Aparece unos minutos después, con su camisa blanca, tan odiosamente impecable, y sin uno solo de sus pelos mal teñidos fuera de su sitio.

—Francesca —me dice solícita, mirándome rápidamente de arriba abajo—, ¿estás… bien? —Me señala la frente—. Tienes algo ahí.

—Los pájaros —siseo—. Necesito que se vayan ya.

—Por supuesto —contesta—. Como ves, el personal está haciendo todo lo posible…

Miro su carita engreída y vulgar. ¿Cómo ha podido? ¡Uf! Otra oleada de rabia se apodera de mí.

—Por Dios, ¿tú eres imbécil o qué? —le grito—. ¡Con eso no basta! Necesito a todo el personal aquí. Quiero que no quede ni un puto pájaro. ¿Es que no puedo confiar en que la gente haga bien su trabajo en este puto sitio?

Se hace un silencio sepulcral. Siento que los empleados me observan. Tengo la extraña sensación de que yo también me observo desde arriba, flotando sobre mí misma. Poco a poco, la niebla empieza a despejarse. Esta no es Francesca Meadows. Francesca Meadows nunca habla así, ni siquiera para sus adentros. Es como si Francesca hubiera perdido el control y otra persona hubiera tomado los mandos por un instante.

Respiro hondo, muy lentamente. Exhalo despacio.

—¡Vaya! —digo en tono alegre—. Creo que necesito un descanso. ¡Ja, ja! El estrés me está afectando. No tiene nada que ver contigo, Michelle. —En realidad no me disculpo, porque alguien me dijo una vez que disculparse es admitir la culpa, y ponerse en esa situación es peligroso. Me siento temblorosa, agotada.

—Déjamelo a mí, Francesca —dice ella con calma—. Lo arreglamos enseguida.

Dios mío, qué eficiente es. Casi me da pena despedirla.

# *Owen*

Cavamos en medio de un silencio tétrico.

Hemos conseguido quitar más tierra de encima de la lona. Uno de los obreros ha bajado a la fosa y está usando una pala para sacar la tierra. Poco a poco se va descubriendo la lona azul: su color brilla a la lúgubre sombra de los árboles.

Muy despacio, se va perfilando una forma. Es bastante grande y alargada. Dentro hay un bulto. Una palabra me resuena constantemente en la cabeza, pero la alejo. No hay que llegar a conclusiones precipitadas.

Luego vislumbro un pequeño desgarro en la tela que revela algo liso y blanquecino.

Y entonces hago caso a la premonición que ha ido cobrando forma en mi mente.

—Ya sigo yo —digo.

Pago a los hombres. Les digo que dejen la excavadora y que vuelvan mañana. Intento actuar como si no ocurriera nada importante. Ya les han pagado, pero les pago más, en efectivo. Mucho más. Lanzan una última mirada al hoyo, pero en general parecen contentos de poder largarse.

El resto del trabajo lo hago yo solo. Por fin consigo retirar toda la tierra. Respiro hondo y luego, con manos torpes, me inclino y desato las cuerdas que rodean la lona. El fardo se abre con sorprendente facilidad, como si llevara mucho tiempo aguardando para revelar sus secretos.

¡Joder!

No puedo apartar los ojos. Me resulta tan familiar como los disfraces de Halloween y las películas de terror. Y sin embargo, no creo haber visto nunca un esqueleto humano completo. Y pensar que, bajo la piel, solo somos esto...

# LA NOCHE
# DE LA FIESTA

## Bella

Un barullo de voces fuera. Miro por las ventanas y veo a los demás invitados, vestidos con sus trajes blancos, saliendo de las Chocitas del Bosque para asistir a los festejos de esta noche. A la luz dorada y densa, parecen fantasmas saliendo de los árboles. Retazos de música vuelven flotando desde los prados de delante. Tengo que salir.

He pasado las últimas horas acurrucada aquí, en el sofocante reducto de mi cabaña, angustiada por lo que he puesto en marcha. Temblando de expectación, a la espera de que suceda algo. Alboroto, sirenas, luces azules subiendo por el camino, quizá. Siento que debería estar allí cerca, pero soy incapaz de aproximarme.

Hasta ahora, sin embargo…, nada. ¿No era ese el sitio? No, estoy segura de que era allí.

Mientras me pongo un vestido de lino blanco de Toteme —alquilado también, evidentemente—, me acuerdo de cuando me preparaba para otra fiesta. Por un momento, siento tan cerca a la chica que fui que casi creo que podría inclinarme a través del tiempo y susurrarle al oído. Entonces me pongo en la cabeza la corona de mimbre. Al instante, una sombra grotesca aparece en la pared, cerniéndose frente a mí: una figura oscura con una masa enorme donde debería estar la cabeza, como Medusa. Tengo que girarme para comprobar que soy

285

yo quien la proyecta. Me miro al espejo. Bajo la franja de verdor mis ojos se ven oscuros, sin iris: los ojos de un depredador. Parezco un espantajo. La seguidora de una secta pagana, una fanática. No parezco yo, desde luego. Y eso está bien, porque esta noche tengo que salir de mí misma, ser otra cosa. Tengo que desprenderme de esa niña asustada del pasado. Intento sonreír, solo para comprobar el efecto. El contraste con mis ojos es horrible. Parezco una de las chicas de la familia Manson en el banquillo de los acusados. Enseño los dientes. Mejor.

Salgo de la chocita y echo a andar en dirección contraria a los huéspedes que afluyen hacia las praderas. Hay farolillos encendidos a lo largo de los senderos, flores silvestres de colores esparcidas por la grava. Sigo el camino que lleva serpenteando al bosque, hasta que veo la excavadora amarilla parada en el pequeño claro, con la garra paralizada sobre el suelo. No se ve a nadie. El lugar parece abandonado.

Me acerco, con el corazón saltándome como un pez dentro de la caja torácica. Está claro que han estado cavando: se ve el hueco oscuro en el suelo. Sigo acercándome y parece que me ahogase con mi propia respiración. Creo que voy a vomitar, pero me obligo a seguir adelante. Me obligo a acercarme al borde de la fosa, a mirar y...

Nada. Vacía. Estudio fijamente el agujero. ¿Me habré equivocado? Pero estaba segurísima. Claro que después de tanto tiempo...

No. Ahí hay algo. Algo olvidado. Brilla en el fondo de la fosa: un destello de plata en medio de la tierra oscura. Me arrodillo para mirar. Ha pasado mucho tiempo, pero ese accesorio está tan ligado en mis recuerdos a su portador que lo reconocería en cualquier parte. Me tumbo bocabajo y meto la mano en el hoyo para cogerlo. Me estremezco cuando mis dedos agarran el metal frío.

Vuelvo a pensar en aquella chica, arreglada para una fiesta con su vestido sedoso. En irme con el chico en su vespino. En ir juntos a ver la superluna.

Habría sido todo tan distinto...

# DIARIO DE VERANO
## La caravana – Camping Tate

**22 de agosto de 2010, 19:00 p. m.**

Esta noche es la barbacoa de Frankie. Le conté a Jake lo de la invitación. Le dije que, a pesar de todo, después de haber pasado allí todo el verano, siento que le debo esta última noche. Como de despedida o algo así. Después no tendré que volver a verla.

Me contestó que él la mandaría a la mierda. Que no tenía por qué sentir que le debo nada. Luego se encogió de hombros. Pero, oye, si es tan importante, podemos pasarnos un rato. Entonces sonrió. Además, creo que siempre he querido ver qué hay detrás de esa verja. Cómo vive la otra mitad.

Me preocupa un poco llevar a Jake (pero no quiero ir sin él, eso lo tengo claro). No dejo de pensar en lo que dijo Frankie. Sobre su acento y lo vulgar que era su cadena de plata, y eso. ¿Va a burlarse de él? ¿Me avergonzaré yo de él? ¿Hará que me guste menos? Buf, sé que suena muy superficial, pero para eso están los diarios, ¿no?

Además, hace media hora, cuando salí de las duchas, Cora estaba allí esperando. Me llevé tal susto que se me cayó el champú. Parecía un poco hecha polvo. Un poco más mayor. Dijo: hola, te estaba buscando. ¿Podemos hablar? Pensé que a lo mejor quería encararse conmigo porque la vi en el estudio del abuelo, pero solo dijo: me gustó mucho pasar el rato con vosotras, ¿sabes? No sabes cuánto me gustó. Solo charlar de tonterías, sin preocuparme por nada… Yo nunca puedo hacer esas cosas. Fue genial, ¿no?

Le dije que sí, aunque a mí no siempre me parecía tan genial.

Y además necesito ese trabajo de limpieza, dijo después. No hay mucho curro por aquí. Las chicas como nosotras normalmente no tenemos ni un respiro. Creo que se refería a mí, como si estuviéramos las dos en el mismo barco. Luego me dijo: he mandado mensajes, he escrito y esas cosas, pero no sé si Frankie los ha recibido. ¿Podrías decirle tú algo? Porque eras tú, ¿no?, la del bosque. Mierda. O sea que sí que me vio.

Me dijo: sabes que no fue nada, ¿verdad? Yo no haría eso. Pero estoy intentando ganarme la vida con mis cuadros. Frankie dijo que había hablado con él, pero luego… Se encogió de hombros. Así que se me ocurrió ir a preguntárselo yo. Y supongo que los viejos como él piensan que pueden, ya sabes, tocarte: el brazo, la espalda, el culo… Pero fue solo eso. Te lo juro. Lo sabes, ¿verdad?

Le dije que sí, aunque no sé si lo sé. Pero lo alucinante es que ni siquiera me importa. Aunque solo ha pasado una semana desde aquel momento en el bosque, me siento como si fuera otra. Es por Jake, supongo. La de antes me parece una cría tonta y celosa.

Al ver a Cora, me sentí mal por ella. Y también culpable porque hubiera perdido su trabajo por mi culpa. Le conté lo de los planes de esta noche. Le dije que a lo mejor podía pasarse un poco más tarde, cuando Frankie estuviera más suave. Se puso tan contenta que me sentí todavía peor. No sé si Frankie va a cambiar de idea a estas alturas. Aunque ayer, en el *camping,* con mis padres, estaba distinta. Así que puede que sí.

El caso es que Jake viene a recogerme a las ocho y me estoy arreglando. Tengo mi vestido amarillo de Miss Selfridge. Como no puedo llevar sujetador debajo, voy a ponerme encima la cazadora vaquera decolorada para que mi padre no se asuste. Le he cogido prestado el maquillaje a mi madre y me he pintado la raya con rabillo. Quiero que se quede flipado.

Y a lo mejor solo nos pasamos un ratito. A lo mejor podemos escaparnos sin quedar mal. Ir a los acantilados a sentarnos y a mirar la superluna…

La última verdadera noche de verano.

# Eddie

—Definitivamente, rollo *Midsommar* —dice Ruby mirando a los huéspedes que ya han llegado a la pradera, con sus coronas en la cabeza y sus trajes blancos.

Ruby y yo les ofrecemos sidra en copas de champán cuando pasan bajo un arco de mimbre para reunirse con los demás en el césped.

Hace tanto calor que ya se ha derretido el hielo de las cajas donde las botellas de sidra están puestas a enfriar. Fantaseo con echarme por la cabeza el agua helada que queda.

—¿No te parece increíble que nos obliguen a llevar estas mierdas? —Ruby señala su atuendo: los cuernitos y la túnica verde que llevamos todos los miembros del personal.

Ella hace que parezca alta costura. A mí lo que más me preocupa es que se me vean mis partes, porque la tela es muy fina y la brisa no para de soplar y de pegármela al cuerpo. Me recuerda a cuando hice de niño perdido de *Peter Pan* en el colegio. Tuve que ponerme unas mallas que me quedaban pequeñas y a mi padre le pareció lo más gracioso que había visto nunca. Lo recuerdo porque mi padre nunca se ríe. Eso me hace pensar en lo que encontré esta mañana. Mi padre, uno de los Pájaros Nocturnos.

—¿Estás bien? —Ruby me mira—. ¿Eds? Estás como ido.

Antes de que me dé tiempo a responder —¿estoy bien?—, se nos acerca una pareja. La mujer señala la bandeja de bebidas que sostengo.

—¿Eso contiene sulfitos?

—Pues… es sidra —le digo.

Ruby pone cara de fastidio cuando se alejan (han cogido una copa cada uno, de todos modos).

—Eso no es lo que tienes que decir, Eddie. Dices: «No, aquí no admitimos sulfitos vulgares y corrientes, faltaría más», y sonríes.

—¡No puedo! Podría darle una reacción alérgica.

—Te lo garantizo, Eds, hace un par años habría preguntado si contenía gluten, solo que ahora están más de moda los sulfitos. Además…, ¿de verdad sería una tragedia? Uno menos, de esta gente. —Arruga la nariz—. Sabes, a veces pienso que este trabajo está bien. El sueldo está bien. Y otras veces me entran muchísimas ganas de darle un cabezazo a alguien. O de prenderle fuego a este sitio. —Hace una pausa—. Aunque quizá esta noche no, porque ¿te ha llegado el rumor de que va a tocar Nick Cave? Y Wolf Alice. ¡Eh! ¿Me estás oyendo?

Acabo de ver una cara que no tendría que estar aquí.

—¿Sí? Perdona… Me ha parecido ver a alguien.

Busco entre las caras de la gente. Ahora no veo ni rastro de él, solo más clientes yendo hacia el césped como borregos, con sus trajes blancos. A lo mejor me lo he imaginado. Pero ¿por qué iba a imaginarme a Nathan Tate rondando por aquí como un lobo hambriento?

# EL DÍA DESPUÉS DEL SOLSTICIO

## *Inspector Walker*

Se arma de valor. Se inclina para mirar dentro de la fosa y...

Nada. Solo la oscuridad de la tierra.

—Aquí no hay nada. —Se vuelve hacia el agente que los ha traído hasta aquí—. Creía que había dicho que han encontrado restos humanos.

El agente hace un gesto de asentimiento.

—Sí, pero los restos propiamente dichos los hemos encontrado un poco más lejos, entre los árboles. Vengan por aquí.

Walker y Fielding lo siguen, adentrándose en el bosque. Caminan varios minutos por la arboleda cada vez más tupida, más oscura, más densa.

—Es ahí. —El agente señala por fin otro rincón acotado con cinta policial. Dentro, un bulto de plástico azul. Algo pálido, blanquecino, brilla en su interior—. Es como si lo hubieran arrastrado... ¿Un animal o algo así? Aunque no se me ocurre ningún animal lo bastante grande como para hacer esto.

Por más años de experiencia que Walker tenga a sus espaldas, por muy antiguo que sea el caso, nunca deja de sentir un aguijonazo de dolor al hallarse de pronto cara a cara con la muerte.

Nunca estás del todo preparado para contemplar los restos de un ser humano.

Y hay algo tan digno de piedad en esos huesos amontonados, envueltos en su sudario de plástico azul… Fue antaño una persona. Con una vida. Con seres queridos. Nadie debería yacer así, abandonado y solo, en un pedazo de bosque sin marcar.

Por esto. Por este motivo le atraen los casos sin resolver: por los que no han sido vengados, por los desaparecidos. Por eso no deja piedra por remover. Porque todo el mundo merece un rito funerario. Que su familia lo llore como es debido. Y todo el mundo merece justicia.

# SOLSTICIO

## *Francesca*

Oigo el clamor procedente de la pradera, las pruebas de micrófono, el estruendo de los altavoces. Estoy casi lista para salir a escena. Este es mi momento. Yo soy el momento.

Ya me siento mucho mejor. Mucho más tranquila, de verdad,
ahora que se han ido esos pájaros bestiales. Estuve... estuve a punto
de perder el control por un instante. Pero no voy a darle más vueltas.

He hecho mis afirmaciones. Me he envuelto en un halo de bruma sagrada. Me he puesto salvia esclarea en los puntos del pulso y he
metido cuatro cristales distintos en la bolsita de terciopelo que llevo
colgada al cuello: cuarzo rosa, ojo de tigre y selenita para la calma, y
citrino para alejar la energía negativa. Me he hecho rápidamente un
masaje facial Qigong. Ahora me siento mucho más centrada.

También me he tomado cinco chupitos de vodka, de la reserva
de emergencia que guardo en una botella que antes contenía el agua de
pitaya y rosa que me mandan de Erewhon, en Los Ángeles. El vodka
es un licor superlimpio, así que es lo mejor que puedes tomar, si vas
a beber. Ah, y además lo he usado para tragarme un par de las pastillitas que guardo en mi lata vieja de té ayurvédico. A veces lo fundamental es recuperar el equilibrio. No tiene por qué importar cómo

lo consigas. Yo tengo ciertas pautas de estilo de vida, sí, pero ninguna regla: ¡las reglas son peligrosas!

Bajo prácticamente flotando las escaleras y salgo al césped iluminado con farolillos. Los huéspedes que pululan por aquí están guapísimos con sus coronas vegetales y sus prendas blancas. Como era de esperar, las esculturas de mimbre son preciosas. Pero lo mejor de todo es el impresionante arco de mimbre por el que tienen que pasar los huéspedes para sumarse a la celebración, como si entraran en otro reino.

Hace quizá un pelín más de calor de lo que sería ideal, pero eso contribuye a la sensación general de trascendencia, de estar en otro mundo. Estoy segura de que va a ser una noche de la que todos hablarán durante años. Mi momento de mayor triunfo. He creado algo verdaderamente hermoso aquí, en este lugar que siempre ha sido mi santuario.

Pensar que ella está aquí, en alguna parte, es como un pequeño dardo envenenado. La amargada, la intrusa que se ha colado en el banquete. Busco cuidadosamente entre las caras de la gente. ¿Dónde estás, Gorrión?

Ni rastro de ella. Entonces se me ocurre una cosa. De hecho, al darme cuenta se me escapa un gritito de sorpresa tan alto que un par de huéspedes se vuelven y me miran. He estado buscando a la persona equivocada. Aunque sé qué aspecto tiene ahora porque la he visto en el vídeo —el pelo rubio, el flequillo desfilado—, buscaba a una chica de dieciséis años con el pelo largo y moreno y un vestidito amarillo. Tal y como era la última noche que la vi.

# *Bella*

Paso por el arco y me encuentro rodeada de liebres y zorros danzantes, ciervos saltarines y hasta algún que otro jabalí, todos hechos de mimbre entrelazado.

Aun así, no paro de pensar en el bosque, en esa fosa oscura. Así que se ha deshecho del cuerpo. Claro, cómo no. Debería haberlo imaginado. Era de esperar. Aunque es un descuido muy raro en ella el haberse dejado algo olvidado. Llevo ahora mi hallazgo a buen recaudo dentro de la bolsa de tela (pesa muy poco).

¿Dónde está? Miro a mi alrededor, un poco aturdida. Varios empleados van de acá para allá, disfrazados con unas capas de color verde esmeralda con hojas de tela cosidas y unos cuernitos que parecen extrañamente realistas. Los farolillos que cuelgan de varas metálicas se mecen como luciérnagas en la neblina del crepúsculo, y allí delante, frente a los acantilados, hay tres mesas largas, con sitio para unos sesenta comensales cada una. Están adornadas con ramas verdes, musgo, montones de lustrosas bayas rojas y flores y largas velas en tarros de cristal. Miro a la derecha y veo un pequeño escenario construido con madera y follaje.

Es todo tan bonito, tan elegante… Pero hace muchísimo calor. Me juego algo a que eso no lo había previsto. No hace una deliciosa noche de verano inglés: este calor es antinatural, sofocante. El vestido se me pega a los omóplatos. A mi alrededor, los huéspedes ataviados de blanco, con coronas de mimbre, se refrescan con los abanicos de plumas blancas que les están repartiendo, y aun así todos tienen una pátina de sudor en la cara. Al acercarme a las mesas, me pregunto si son imaginaciones mías o si es verdad que los adornos ya han empezado a marchitarse con este calor: las hojas se pliegan, los pétalos se oscurecen, las bayas se rajan y sueltan su jugo.

Me sobresalto al oír una reverberación repentina de los altavoces. Ahí está ella, ha subido al escenario con su largo vestido blanco, el pelo ondulado suelto sobre la espalda y los pies ostensiblemente descalzos. Parece una sacerdotisa pagana. Recorre con la mirada a la multitud reunida ante sí, escudriñando las caras como si buscara algo o a alguien…

De repente me siento expuesta. Cojo un abanico blanco de la cesta que sostiene un empleado aquí cerca y me lo pongo delante, como una especie de escudo.

—¡Miraos! —dice sonriendo—. Quiero daros las gracias a todos por habernos elegido. Gracias por elegir pasar aquí parte de vuestro precioso tiempo. Porque os entiendo. Sé lo mucho que os merecéis hacer una pausa y resetear. Puedo imaginarme lo mucho que trabajáis y cuánto necesitáis este tiempo de descanso.

Como si todo el mundo a mi alrededor trabajara en Médicos Sin Fronteras.

—Y en este momento siento una enorme conexión, me siento muy unida a todos vosotros. Esta noche nos une algo verdaderamente trascendental.

¿Ah, sí? ¿El qué? ¿Los cientos de libras que han pagado por gozar de este privilegio? Pienso una vez más en esa fosa oscura en el lindero del bosque. Se me encoge el estómago. Ella y yo sí que estamos unidas, pero por otra cosa.

—Estoy muy orgullosa de este lugar. Orgullosísima de compartirlo con todos vosotros. Y estoy superorgullosa de la visión creativa y transformadora de nuestro arquitecto. Owen, amor mío, eso va por ti…

Se protege los ojos de un rayo de luz del atardecer y mira a la gente. Su sonrisa no vacila a pesar de que la pausa se alarga hasta hacerse incómoda. Está claro que ahora le tocaría a Owen Dacre acercarse a saludar. Pero no está por ningún sitio.

Se repone con elegancia.

—Seguro que estará trabajando todavía en las Casas del Árbol. ¡Estoy deseando compartirlas con vosotros! Ya están reservadas para este otoño… ¡Dios mío, sois maravillosos, estáis todos deseando venir! Aunque creo que algo de disponibilidad tenemos para el año que viene…

A mi alrededor, varios huéspedes sacan el móvil y empiezan a teclear con ansia.

Ella sonríe, radiante.

—Pero, por ahora, tomémonos un momento para dar las gracias e inhalar el aire purificador del mar. —Cierra los ojos y levanta el micrófono hacia el público, como si quisiera absorber su respiración colectiva. Luego vuelve a abrir los ojos—. Esta noche no he podido resistirme a un toque de nostalgia. Un guiño a las fiestas de medianoche de mi infancia. Las espléndidas horas doradas que pasé en este lugar. Cuando oigáis sonar el gong, nos sentaremos a comer. Mientras tanto, disfrutad de esta hermosa velada.

Otra sonrisa radiante. De repente me entran ganas de subir de un salto al escenario, arrancarle el micrófono de las manos y exponerla delante de todos. Pero sé que no es la mejor forma de hacerlo. Primero tengo que hacer otra cosa. Busco entre la gente. Ahí está él, de pie detrás de una barra provisional adornada con ramas, que cruje bajo el peso de docenas de vasos. Eddie. No sé cómo no me di cuenta antes. Jake no era tan rubio y era menos corpulento, pero aun así se parecen un montón. Trato de recordar. ¿Dijo Jake alguna vez que tenía un hermano, un niño pequeño en aquel momento?

Echo a andar hacia Eddie, pero una camarera vestida de ninfa de los bosques me cierra el paso, cargada con una bandeja de bebidas.

—¿Le apetece una sidra espumosa?

¿La sidra no es casi siempre espumosa?

—Pues… Sí, gracias.

En cuanto bebo un sorbo, me arrepiento. Sabe a tierra, casi a podrido. Puede que sea por el calor o por la afición de los ricos a todo lo gratis, pero los demás se la están bebiendo como si fuera agua. Veo que un tipo para a otra camarera que lleva una bandeja y se bebe tres copas seguidas de un trago. El líquido le chorrea por la barbilla y le moja la pechera de la camisa.

Cuando vuelvo a mirar hacia la barra, Eddie ya no está, pero descubro entre el gentío otra cara conocida. Hugo Meadows, perorando delante del grupo que lo rodea. Tiene la mano apoyada en el culo de la mujer que está a su lado, que lleva la versión más llamativa que he visto hasta ahora del código de vestimenta de la fiesta: un vestido ceñido de lentejuelas blancas, largo hasta el suelo, cuyo brillo combina a la perfección con el increíble lustre de su melena oscura. El mismo Hugo Meadows al que vi ayer reclinado junto a la piscina como una especie de rey medieval, tan soberbio y arrogante como siempre. A su lado, como en una extraña ilusión óptica, está su doble, Oscar Meadows. Como si notara la presión de mi mirada, este se vuelve hacia aquí y tuerce el gesto, pero se distrae al ver acercarse a una mujer. Es la encargada del hotel. Tiene un aspecto tan formal, con su camisa blanca y su falda negra, que parece la única adulta de la fiesta. Ahora que lo pienso, ¿me suena su cara o es que veo sombras del pasado en todas partes?

Al acercarme un poco, la oigo decir:

—Señor Meadows, señor Meadows, tengo entendido que no les gusta mucho nuestra sidra. ¡Es una lástima!

—No entiendo por qué la sirven —responde Hugo con fastidio—. A mí me sabe a manzanas podridas y a pis. Es la idea que tiene mi hermana de lo rústico chic, imagino. ¿Qué tiene de malo un buen borgoña blanco? Es una vergüenza, la verdad. Tengo aquí a un posible inversor y tampoco le gusta nada. —Se seca la frente con un pañuelo que saca del bolsillo de la pechera—. Y además hace un calor de mil demonios. Casi no puedo ni pensar con este calor.

Como si la pobre mujer pudiera hacer algo al respecto.

—Miren —dice ella en tono confidencial, con una sonrisa comprensiva y obsequiosa—, ¿qué les parece si me acompañan a la bodega y eligen lo que más les apetezca? Además, allí se está fresquito, si quieren escapar un rato de este calor. Y tenemos algunos vinos ingleses estupendos…

—Si lo sabré yo —la interrumpe Hugo—. Puede que tú no lo sepas, guapa, pero la mitad de esos vinos están aquí por mí. Fui yo quien puso a Francesca en contacto con la gente del negocio. El vino es lo mío. Creo que sí, que haremos eso, gracias. Vamos, Osc. —Se vuelve hacia Oscar, que asiente con la cabeza, siempre sumiso.

Luego, como añadiendo un signo de puntuación, Hugo le da una palmadita en el culo a su mujer, novia o *escort* y veo que siguen los dos a la encargada hacia la casona.

Yo continúo adelante, buscando a Eddie. Me descubro deambulando en dirección a la piscina, que está iluminada con cientos de farolillos flotantes.

De repente, como un extraño espejismo, solo veo lo que había aquí antes, cuando la piscina tenía forma de riñón y era de color turquesa brillante, con una ninfa de piedra en un extremo. Por entre el humo de la barbacoa, vislumbro a un grupito de adolescentes tumbados alrededor mientras iba oscureciendo, sin tener ni idea de cómo terminaría la noche.

# DIARIO DE VERANO
## La caravana – Camping Tate

**23 de agosto de 2010, 02:15 a. m.**

No deja de temblarme la mano. No puedo parar de llorar. Ay, Dios. No parece real. Sigo pensando que a lo mejor no lo es, que ojalá no lo sea… A lo mejor me lo he imaginado todo, ¿no? Necesito escribirlo, pero no para de temblarme la mano.

Me siento tan alejada de la que era antes de esta noche… A esa chica le preocupaba que fuera incómodo llevar al chico o que pareciera que él se había arreglado demasiado, con su camisa azul y su cadena de plata, que estaba buenísimo, pero también parecía un granjero vestido para ir a una fiesta pija.

Daría cualquier cosa por volver a ser esa chica. Ahora ya ha desaparecido para siempre. Ella también ha muerto esta noche.

Tengo que volver al principio. No puedo decírselo a nadie. Solo puedo escribirlo aquí.

Lo primero fue que Hugo salió a recibirnos al camino de entrada, o sea que fue todo superincómodo desde el principio. Miró a Jake de arriba abajo como diciendo: ¿dónde vas, tío, a un cóctel de gala? Uf. Nos miraba de un modo que me dieron ganas de matarlo.

Imagínate si Jake se lo hubiera tomado a mal y le hubiera dado un puñetazo o algo así y hubiéramos tenido que irnos. Ahí se habría acabado todo. Pero le dio igual. Vio la sudadera con capucha y los pantalones cortos anchos de Hugo, se dio una palmada en la cabeza y dijo: vaya, lo siento, tío, me he equivocado, ¿esto es el festival *gamer*?

Y entonces hubo un momento horrible en el que yo no sabía lo que iba a pasar. Por fin Hugo dijo: ¡ja! ¿De dónde has sacado a este tío? Me cae bien. Luego me miró de arriba abajo y dijo: joder, la verdad es que estás como un tren. Te sienta bien haber perdido la virginidad. Veo que tienes un poco de frío.

Noté que Jake se ponía tenso y le agarré la mano como diciendo: no digas nada. Podríamos haber dado media vuelta entonces, pero…

Pero no lo hicimos. Seguimos a Hugo hasta la piscina. Oscar estaba allí con un par de chicas del pueblo. Frankie estaba en una tumbona. Al ver cómo iba vestida, me sentí como una niña pequeña vestida de domingo: bikini verde lima, sandalias rosa fuerte y un top de ganchillo de los que dejan ver casi todo. Pero entonces Jake me apretó la cintura. Vi que los ojos de Frankie miraban un momento su mano y volvían a subir. Luego sonrió. Encantada de conocerte, le dijo a Jake, y se puso de pie y rodeó la piscina andando como una supermodelo por la pasarela. Ay, me encanta tu camisa. Te queda tan bien con esa cadena… Me miró un momento. Gorrión me ha hablado mucho de ti.

A mí me dio un vuelco el estómago. En realidad no le he contado nada.

Luego, como si fuera una película porno, va y le dice a Jake: ven a ayudarme con el hielo. Tengo que traer un montón para las bebidas y tú pareces muy fuerte.

303

Jake me miró, se encogió de hombros y entró con ella en la casa. Yo cogí una cerveza y me quedé junto a la piscina como un pasmarote mientras Hugo y Oscar se exhibían delante de las chicas del pueblo y yo no paraba de pensar si no tendría que encontrar la manera de avisarlas sobre los gemelos.

Por fin, cuando ya me había tomado la primera cerveza y otra más, volvieron a aparecer Jake y Frankie. Jake llevaba una caja grande de hielo.

Señaló la piscina con la cabeza, nos sonrió y dijo: ¡pero cómo no os estáis bañando! Si yo me hubiera traído el bañador…

Al segundo siguiente, se oyó un chapoteo y Jake sacó la cabeza escupiendo agua, con cara de pasmo. Tardamos un momento en darnos cuenta de lo que había pasado.

Ya está, tío, dijo Hugo con una gran sonrisa en la cara. Solucionado.

Que te jodan, pensé. Puede que fuera porque me había tomado dos cervezas con el estómago vacío, porque normalmente no soy tan valiente. Pero el caso es que ni me lo pensé. Cogí aire y me tiré al agua. El vestido flotaba a mi alrededor. Jake sonrió y tiró de mí. Las luces de la piscina iluminaban el vapor del agua como una cortina de humo. Sentí por un momento que solo estábamos él y yo, así que me acerqué y lo besé. Sentí que me rodeaba con sus brazos. Cuando por fin nos separamos, vi que Frankie tenía la cara vuelta hacia nosotros y nos estaba mirando.

Entonces comprendí que había sido un enorme error ir allí.

# Eddie

Son casi las ocho y sigue haciendo un calor de narices, puede que incluso más que antes. Los clientes no se cansan de beber sidra, hay una cola enorme delante de la barra. Están cada vez más borrachos. Borrachos perdidos. Parece que todo el mundo grita. Han empezado a desvariar. Es como cuando, en una fiesta en una casa, llega ese momento en que parece que puede pasar cualquier cosa, solo que con *millennials* ricos achicharrados por el sol y borrachos de sidra pija, en vez de con adolescentes ciegos de sidra barata y M.

—Anda, mira —dice Ruby—, debe de ser la primera actuación. —Señala. Miro al escenario. Y vuelvo a mirar. ¿Qué?

Ahí está Nathan Tate con esa ridícula camiseta que pone PRACTICO LA ASFIXIA AUTOERÓTICA EN LA PRIMERA CITA (dudo que la haya lavado desde hace dos noches), con la guitarra colgada al hombro. Uno de sus colegas, Gareth Turner, se sienta detrás de la batería y sonríe al público con cara de loco. Deben de haberse colado, porque es imposible que estén invitados.

Tardo un momento en darme cuenta de quién es la otra persona, la que acaba de subir al escenario. Delilah está espectacular. Lleva un vestido largo plateado que parece hecho como de cota de malla muy fina y ondea como el agua cuando se mueve. Se nota que no lleva sujetador, ni nada debajo, seguramente. Su cara, sus brazos y hasta su pelo también parecen plateados. Brilla como si desprendiera una especie de energía eléctrica, o a lo mejor lo que pasa es que refleja toda la luz del lugar: la de las velas de las mesas y la piscina, también la de los farolillos encendidos.

Todo el mundo se queda callado, mirándola.

—Joder —oigo susurrar a un tipo, y no sé si es un taco o un deseo expresado en voz alta.

Ella se acerca al micrófono. Se oye un pitido de retorno y algunas personas del público hacen muecas y se ríen. Yo, a pesar de todo, pienso: «Vamos, Lila. Tú puedes». Ella los contempla con su mirada característica: como si fuera a darle un puñetazo al próximo que se ría. Entonces abre la boca y empieza a cantar.

El público se queda en silencio. Yo solo puedo pensar: ¿cómo es que no sabía esto de ella? Lo hacía bastante bien cuando cantaba a Lizzo en el coche y esas cosas, pero esto es distinto. Nunca la había oído cantar así. Creo que nunca había oído cantar a nadie así. No parece una voz, sino un instrumento. Y es tanto una sensación como un sonido, algo que se siente con todo el cuerpo, desde el cuero cabelludo hasta la yema de los dedos.

—Madre mía, es como una nueva Kate Bush —le dice un tipo al que está a su lado—. Pero una Kate Bush que además está buena, no, ya sabes, una chiflada en camisón.

—Sí —dice su colega—. El nombre del grupo es horrible y es una pena lo del tío ese de la guitarra, que parece un vagabundo, pero ella lo hace muy bien. Lo tiene todo. Me gustaría saber si ya ha firmado con alguien. Debería llamar a Otto.

Y entonces, de repente, el micrófono se apaga con un pop y Delilah deja de cantar y mira confusa a su alrededor. Las luces del escenario se apagan y los altavoces vuelven a encenderse. Suena *Firestarter* de The Prodigy, tan fuerte que siento que los bajos me vibran en la caja torácica y en la parte de atrás del cráneo.

A mi alrededor los clientes empiezan a gritar de alegría y a bailar como si estuvieran en una *rave*. Pero yo solo distingo el brillo plateado de Delilah en el escenario a oscuras. Está totalmente quieta, mirándonos. Cuando termina la música y vuelven a encenderse las luces, parece alucinada y más cabreada aún que cuando rompí con ella.

Entonces me fijo en otra cosa. Está sola en el escenario: Nathan Tate y el otro se han esfumado.

# *Francesca*

Me muevo entre la gente sin parar de sonreír, como si lo que acaba de ocurrir estuviera totalmente previsto y fuera una parte más de la velada. Y, desde luego, eso parecen creer los huéspedes.

—¡Ha sido una pasada! —oigo decir a uno—. Esa voz... Etérea, como de otro mundo, y luego ¡BUM! Ha sido como estar en el Burning Man.

—Sí, sí, o en una prefiesta de Ushuaïa. Lo de Ibiza este año fue alucinante...

Es como llevar una máscara, esta sonrisa, labrada en mi memoria muscular gracias a años de entrenamiento. Pero empiezan a dolerme las mejillas.

Y Owen sigue sin aparecer. Lo necesito a mi lado. Además, ese momento durante el discurso ha sido un poco incómodo. ¿Dónde estará? Le llamo al móvil, pero no contesta. Estoy empezando a estar un poco intranquila...

¿Y dónde se ha metido Michelle? No la veo por ninguna parte. Tendría que estar controlándolo todo. Pienso en las imágenes de anoche y un rayo de pura rabia me atraviesa.

No. Así, no.

Inhala en cuatro, exhala en…

No funciona. Cojo una copa de sidra de una bandeja. Para tomar solo un sorbito. Parece que esta noche voy a tener que rebajar un pelín mis estándares. Pero, bueno, las manzanas tienen muchos polifenoles.

Uy, parece que me lo he bebido todo. Bueno, tiene casi tan poco alcohol como el mosto…

Dentro de un rato todo el mundo tendrá que sentarse para el banquete, en la cocina ya están emplatando la cena. Pero parece que a los huéspedes les pasa algo…

Miro a mi alrededor. Hay una mujer sentada sola en la hierba, a unos metros de mí, mirándose las palmas de las manos. Y un poco más allá, un hombre ha volcado uno de mis preciosos ciervos de mimbre y parece estar… montándolo, como un perro en celo.

Putos vándalos.

Creo que acabo de murmurar eso en voz alta. ¿Qué me está pasando? Me tapo la boca con la mano. Tranquila, Francesca. No pasa nada.

Inhala en cuatro, exhala en…

Noto que el sudor me resbala entre las escápulas y se me acumula en el nacimiento del pelo. Espero que no se me esté corriendo el maquillaje, con el tiempo y el esfuerzo que me ha costado conseguir un brillo celestial. Sacudo mi abanico y salen volando unas cuantas plumas blancas, pero no parece que esté dando ningún aire.

La mala energía puede ser también muy poderosa, claro. Quizá la culpa de esto no sea del tiempo, sino de la corriente de karma venenoso que emana de Gorrión. Yo soy muy sensible a esas cosas. Y ella está aquí, en alguna parte. Cerca. Lo noto. Casi puedo olerla. Pero, por más que lo intento, no la veo. Pasa algo extraño cuando la busco entre la gente. Estoy casi segura de que es una… ilusión óptica o algo así. Un efecto de las sombras cada vez más espesas. Pero, de vez en cuando, mientras miro entre los trajes blancos y las coronas verdes, me parece ver una figura vestida toda de negro. Un rostro enmascarado. Inmóvil en medio del movimiento y el caos de los festejos. Cada vez que sucede, me llevo un pequeño susto. Porque esa figura está siempre vuelta hacia mí, mirándome fijamente. Miro a mi alrededor y la veo hacia los acantilados, o cerca de las mesas, o junto al arco de mimbre. Pero nadie puede desplazarse tan rápidamente. Debe de ser un efecto óptico.

O quizá haya más de uno.

Noto que me tocan el codo y me sobresalto.

Es Michelle. Ya era hora, joder.

—Ah, Michelle —digo, crispada, y respiro hondo—. Te estaba buscando, cielo. ¿Dónde te ha...?

—Está todo controlado —responde obsequiosamente—. Lo de la primera actuación... No tengo ni idea de cómo han podido colarse. Pero a los clientes les ha encantado, ya ves. Todo el mundo dice que ha sido increíble. Creo que piensan que estaba planeado.

—Ya —digo—, pero esa no es la cuestión, ¿verdad, Michelle? Imagínate que no hubieran sido buenos. Imagínate que hubieran sido pésimos. La cuestión es que he organizado con todo cuidado una velada exquisita, hecha a medida de nuestros huéspedes, con lo que sabemos que va a encantarles. No podemos permitir que unos paletos del pueblo entren aquí y se pongan a tocar la batería. No me basta con esa explicación. —Sacudo la cabeza—. No me basta, Michelle.

Por un momento me parece ver un brillo en sus ojos: un pequeño destello de rebeldía. ¿Es desafío? ¿Incluso euforia? Pero ese brillo se extingue con la misma rapidez y Michelle vuelve a adoptar su actitud sumisa. Puede que solo hayan sido imaginaciones mías.

—Lo siento mucho, Francesca —dice, muy seria—. Los encontraremos y nos aseguraremos de que salgan del recinto.

Es una persona muy capaz, eso lo reconozco. Por eso la elegí al principio. Esa aura de control. Es una lástima.

—Bien —digo—. Gracias, Michelle.

Se aleja a toda prisa. La miro marchar. Cojo otra copa de sidra.

Un par de huéspedes pasan a mi lado y oigo que el hombre le dice a la mujer:

—Sí, eso es lo que más me ha gustado, lo de la playa. Es como muy primitivo. Muy pagano. El resto es todo un poquito pedestre, ¿no crees? Un poco… como de la plaza del Covent Garden.

—Sí —dice su pareja—. Ahí han echado el resto. Me gusta que esté tan logrado. Da bastante miedo. Pero, ya me conoces, todo lo que sea terror folk me chifla.

¿Qué?

La mujer me mira con nerviosismo. Me doy cuenta de que los estoy mirando con mala cara. Haciendo un esfuerzo supremo, vuelvo a sonreír.

No voy a pensar en el comentario sobre la plaza del Covent Garden. Algunas personas, por desgracia, tienen dinero, pero no buen gusto. Él tiene unos cuarenta años y sigue llevando Yeezys. Pero ¿de qué estaban hablando? Yo no he encargado nada para la playa. He supervisado todas las instalaciones esta mañana. Están todas aquí arriba, en la pradera.

Intento reprimir el miedo que me invade mientras me acerco al borde del acantilado. ¿Qué me espera abajo, en la playa?

# *Eddie*

Vuelve a formarse cola en la barra de la sidra; los clientes quieren seguir bebiendo después de la primera actuación musical. No doy abasto repartiendo copas.

—¡Eddie! —oigo susurrar a alguien, pero me lo habré imaginado porque, cuando me doy la vuelta, no hay nadie cerca de mí ni detrás—. ¡Eddie! ¡Aquí, idiota!

Miro hacia abajo y casi doy un brinco del susto. Una cara plateada resplandece en la oscuridad, asomada por debajo del mantel. Luego, unos brazos plateados se tienden hacia mí.

—¿Lila? —La miro pasmado—. ¿Qué haces ahí abajo?

—Pues… —Mira alrededor como si buscara algo o a alguien, con los ojos muy abiertos y un poco desquiciados—. Ven, acércate. —Me hace una seña.

Solo me da tiempo a mirar un momento alrededor para comprobar que Ruby está ocupada sirviendo sidra. Luego, Lila tira de mí y me mete debajo de la mesa, con ella. Había olvidado lo fuerte que es; una vez casi me gana echando un pulso. Aquí, en la cálida oscuridad, noto un olor fuerte y dulzón, a Chance de Chanel (antes yo se lo regalaba por su cumpleaños) y a váper con sabor a fresa.

—¿Qué pasa, Lila? —pregunto—. ¿Ocurre algo? Por cierto, tu actuación… No sabía que cantabas así. ¡Ha sido increíble! Eres…

—Sí, sí, ya —dice, cortándome—. Pero luego hablamos de eso, ¿vale? Me he metido aquí para esconderme de Nate.

—¿Por qué?

—Estoy preocupada, Eddie.

Eso me sorprende. Hay pocas cosas que preocupen a Delilah. De pronto se me ocurre una idea horrible.

—¿Te ha… te ha hecho algo?

—No, no es eso. Es que no paraba de hablar de… de una especie de plan. Al principio yo pensaba que solo íbamos a colarnos en la fiesta, ¿sabes? Aparecer en el escenario y tal. Pero creo que no es solo eso. Está muy enfadado, Eds. Por todo. Por lo de su padre. Y ahora ha desaparecido. Creo que va a hacer algo. Y yo no quiero meterme en eso, Eds. No quiero hacer nada ilegal, ¿vale? Lo de cantar, tú mismo lo has dicho. Soy increíble, ¿verdad? Soy la hostia. Podría triunfar a lo bestia. Podría ser la próxima Dua Lipa.

Casi sonrío al oírla; es tan propio de ella…

—No es que lo diga yo, Eds. Un tío me ha dado su tarjeta y me ha dicho que lo llame el lunes. Podría ser mi gran oportunidad, mi momento. Y no quiero que nada lo estropee. ¿Te has enterado de lo de las piedras de ayer, en la piscina?

—Sí.

—Fue idea suya. Solo íbamos a tirar algas, ya sabes. Una cosa un poco asquerosa pero inofensiva. Para darle un aviso a esa bruja. Pero fue él quien cogió la primera piedra. Siempre se le va la mano…

Oigo una voz por encima de nosotros.

—¿Eddie? Eddie… Por Dios, ¿dónde se ha metido?

—Mierda —digo—, es Michelle, mi jefa. Tengo que irme, Lila.

—Intento apartarme, pero me sujeta de la muñeca.

—En serio, Eds —sisea—. Intenta vigilarlo, ¿vale?

—Eh… Vale, vale.

Hay un problemilla: que no tengo ni idea de dónde ha ido Nathan Tate. Pero me acuerdo de él en el bosque. Y en la playa, la otra noche. Cómo le brillaban los ojos cuando dijo: «¿Sabéis lo que creo? Que va siendo hora de que cambien las tornas». Pienso en la ira que centellea debajo de su chulería y de sus camisetas ridículas, como una navaja automática escondida en unos de esos paquetitos sorpresa navideños que petardean cuando los abres. Siempre parece que está a punto de perder el control. De pasarse de la raya. ¿Y si hoy por fin lo hace? ¿Hasta dónde será capaz de llegar?

# EL DÍA DESPUÉS DEL SOLSTICIO

## *Inspector Walker*

Es un alivio estar fuera del bosque otra vez, a la luz del día. El aire sigue cargado de humo, pero a Walker le cuesta menos respirar aquí, en el césped, frente a La Mansión.

Heyer se acerca con paso enérgico.

—¿Te encuentras bien, jefe? —Mira a Walker atentamente—. Estás un poco pálido.

—Sí, ya. ¿Qué es lo que tuviste antes en el coche? Una bajada de azúcar. Creo que debe de ser eso.

—Si tú lo dices. —Pero no parece convencida, y su gesto serio y decidido da a entender que tiene que comunicarle una noticia—. No han sobrevivido —dice—. Las dos personas que encontraron atrapadas en el edificio. Han estado intentando reanimarlas hasta hace unos minutos. Así que ya son tres víctimas. La del fondo del acantilado y las dos encerradas dentro de la bodega.

—Cuatro —dice Walker, pero en voz tan baja que ella no parece oírle.

—Y han encontrado algunos acelerantes en la parte de atrás de la finca. Indicios claros de que el incendio fue provocado.

—Ya —dice Walker—. Así que nuestro pirómano también

315

tiene las manos manchadas de sangre. Voy a echar un vistazo a las víctimas.

Walker la sigue hasta la ambulancia donde están las dos camillas. Les han retirado las máscaras de oxígeno y el personal sanitario está preparando las bolsas para cadáveres. Walker mira primero a uno y luego al otro. Y viceversa. Mira y vuelve a mirar. Sí, no se ha equivocado.

Los cuerpos —las caras— son idénticos. Salvo por una cosa: una diferencia macabra. El que está más cerca de él tiene un peculiar mechón de pelo blanco.

# SOLSTICIO

## *Eddie*

—Eddie —dice Michelle con cara de enfado–, ¿qué hacías debajo de la mesa?

—Pues… estaba… comprobando las existencias. —Espero que Lila se quede quieta, escondida debajo del mantel—. Creo que casi no nos queda sidra. Podría ir al almacén…

Y buscar a Nathan, de paso.

—Ya me encargo yo —contesta, tajante—. A lo mejor podrías…

—Mira a su alrededor—. Esa invitada de ahí. Parece que necesita que la atiendan. ¿Puedes ir a ver qué quiere?

Me giro y veo a Bella observándonos a unos metros de distancia, con una expresión rara en la cara.

Se acerca sin quitarme ojo.

—Hola —le digo—. ¿Puedo ayudarte en algo? —Suena un poco formal, después de lo que pasó anoche en el bosque, y lo de antes, pero la verdad es que no sé muy bien cómo tratarla.

—Eddie —dice—, ¿puedo hablar contigo?

—Pues… estoy trabajando —respondo—. Tengo que…

Acerca la mano y me la pone en el brazo.

—No puedo creer que no me diera cuenta antes, con lo que te pareces a tu hermano.

¿Qué? El corazón empieza a latirme muy deprisa. ¿Por qué esta desconocida habla de mi hermano? Nadie habla de él. Ni mi familia ni la gente de por aquí. Por lo menos, no a la cara. A no ser que quieran hacer llorar a mi madre.

Intento dar un paso atrás, pero ella sigue agarrándome del brazo.

—Yo lo conocí, Eddie —dice.

—¿A Jake? —pregunto al final, y me sale la voz ronca al pronunciar su nombre. Hacía mucho tiempo que no lo decía en voz alta.

—Sí. Yo tenía dieciséis años y él dos o tres más, creo… Unos diecinueve.

Diecinueve… Fue en esa época cuando ocurrió. ¿De qué va esto?

Me aprieta un poco más el brazo.

—Por favor, Eddie. Necesito hablar contigo, en privado.

Miro hacia atrás buscando alguna excusa para escaquearme.

—No sé —digo—, eso ya da igual, no se puede hacer nada…

—Por eso estoy aquí —explica ansiosamente—. Por lo que pasó. Quiero contarte… —Cierra los ojos—. Mira, esto va a sonarte muy dramático, pero sé de lo que es capaz ella. Francesca. Lo está haciendo otra vez. Intenta borrar su rastro —dice, y añade atropelladamente—: Quiero que lo sepas todo… por si me pasa algo.

Me acuerdo de la habitación vacía de Jake, conservada tal y como estaba entonces. De las fotos de los álbumes que he mirado tantas veces, intentando comprender. Intentando recordar cómo era mi hermano, sin llegar a ninguna conclusión. Y sin poder preguntar a mis padres, por el daño que les haría.

Puede que tenga que escucharla, después de todo. Quizá Bella Springfield tenga en su poder una pieza perdida del puzle.

Pienso en todas las cosas que tendría que estar haciendo en la pradera. En Lila, rogándome que vigile a Nathan Tate. Pero todo eso puede esperar.

—Vale —le digo.

—Algún sitio tranquilo. —Mira alrededor y señala una de las cabañitas privadas de los acantilados, que se usan para cenar—. Una de esas.

La sigo hasta la cabaña. Nunca había estado en una de estas. Son circulares y tienen ventanas panorámicas todo alrededor. Me doy cuenta vagamente de que se ve toda la costa hasta Poole, las casas iluminadas como lucecitas de Navidad. Es como si flotáramos en el aire, entre el mar y la tierra. Unas vistas increíbles, supongo. Aunque ahora mismo solo hacen que me sienta un poco mareado. Me agarro al marco de la puerta para estabilizarme.

Bella se sienta a la gran mesa redonda y yo me siento frente a ella. Aunque está bastante oscuro, veo que está pálida y asustada. Empieza a hablar en cuanto cierro la puerta. Rápidamente, casi susurrando.

—Me di cuenta de que erais hermanos esta mañana, cuando te vi salir de la granja —dice—. Jake me contó que estaba destinado a tomar el relevo de su... de vuestro padre.

—Sí. —Trago saliva—. Era lo que tendría que haber pasado.

Me mira a los ojos y luego aparta la mirada. Parece sentirse culpable.

Entonces mete la mano en su bolsa y saca un cuaderno viejo y estropeado. Noto que le tiemblan las manos. Pasa las páginas con torpeza y luego lo sujeta un segundo, mirando fijamente lo que hay escrito, con los nudillos tensos y blancos, como si no pudiera soltarlo. Después respira hondo, temblorosa, lo deja encima de la mesa y me lo acerca.

—Toma —dice señalando la página—. Lee desde aquí.

# DIARIO DE VERANO
## La caravana – Camping Tate

**23 de agosto de 2010, 03:00 a. m.**

Si le hubiera hecho caso a Jake, esto no habría pasado. No habríamos ido a la fiesta. No paro de pensarlo.

Cuando salimos de la piscina, los gemelos se habían ido por ahí, con las chicas. Yo esperaba que a ellas no les pasara nada. Frankie estuvo muy simpática y habladora mientras nos comíamos los perritos calientes quemados (ya me había comido la mitad del mío cuando me di cuenta de que estaba negro por fuera y crudo y rosa por dentro). Le hizo a Jake un montón de preguntas sobre la granja de su padre, en plan, ay, no me puedo creer que no nos hayamos conocido antes viviendo tan cerca, como si nunca hubiera dicho que era un paleto y un hortera y esas cosas. Sonreía todo el tiempo y no paraba de mirarlo.

Jake me miró, sonrió y se encogió de hombros como diciendo: no está tan mal. Yo no pude sonreír. Era demasiado. Estaba tan distinta a como es ella normalmente… ¿Estaba drogada? Tenía los ojos raros, las pupilas enormes.

Yo notaba una especie de calambre en el estómago, aunque supongo que a lo mejor era por ese perrito caliente tan asqueroso.

Ay, dijo de repente, y se levantó de un salto. Se me olvidaba, ¡he hecho *brownies*! Una merendola de medianoche, Gorrión, como las de antes.

Se agachó, cogió un Tupperware y le quitó la tapa. Yo cogí uno, aunque sabía que no iba a comérmelo, en parte porque ya había cometido ese error una vez y quería tener la cabeza despejada, y en parte porque el perrito caliente me estaba dando náuseas. Jake también cogió uno. Pensé en hacerle una seña para que no se lo comiera.

Entonces sonó el timbre de la verja y Frankie dijo: ¿quién coño es? No pueden ser los viejos, tienen un mando…

Se me había olvidado por completo. Creo que a lo mejor es Cora, dije. Frankie… Lo siento mucho, se me ha olvidado decírtelo. Le conté lo de esta noche y quiere hablar contigo de una cosa…

Pensé que iba a ponerse furiosa, después de lo que pasó con su abuelo. Pero la nueva Frankie se encogió de hombros y pulsó el botón para abrir la verja. Puso su nueva sonrisa y dijo: bueno, cuantos más seamos, mejor.

# Eddie

Levanto la vista de la hoja.

—¿Jake vino aquí? —pregunto, confuso, intentando ganar tiempo—. ¿A esta casa? ¿A una especie de fiesta?

—Sí. —Hace una mueca como de dolor—. Jake me acompañó esa noche. Lo que le pasó… fue culpa mía. —Se tapa los ojos con la mano—. Por favor, sigue leyendo. Esto lo explica mejor de lo que puedo hacerlo yo.

Vuelvo a mirar el diario. Temo lo que voy a encontrar ahora. Mi hermano desapareció de repente hace quince años.

Creo que estoy a punto de descubrir por qué.

# DIARIO DE VERANO
## La caravana – Camping Tate

**23 de agosto de 2010, 04:00 a. m.**

Cora vino a sentarse con nosotros. Se había pintado los ojos to-davía más que de costumbre. Le lanzó a Frankie una sonrisa ner-viosa y me susurró: gracias. Vi su diente roto. Hubo un momento un poco raro cuando ella miró a Jake y él la miró a ella. Hola, dijo él un poco extrañado. Hola, respondió ella. O sea que se cono-cían. Pero supongo que es lógico, siendo los dos de aquí.

Cora empezó: Frankie, ¿podemos hablar un momento? Quie-ro explicarte una cosa. Pero Frankie tenía la cabeza ladeada y dijo: no, no, qué va. No es… Da igual. Vamos a vivir el momento, ¿vale? Y esa sonrisa otra vez. Abrió el Tupperware y dijo: cóme-te uno de estos, mi amor.

Frankie puso música. Estuvimos escuchándola un rato y be-bimos un poco más. Los otros volvieron de donde hubieran esta-do y se tiraron a la piscina, las chicas se pusieron a gritar. Jake trazaba círculos sobre mi pierna a través del vestido. Yo quería que estuviéramos solos. Quería alejarme de ese ambiente tan ex-traño. Entonces levanté la vista y vi que Frankie estaba mirando cómo movía Jake el dedo sobre mi muslo. Me recordó a mi gato, Trasto, cuando deja que una araña corra delante de él y luego se abalanza sobre ella.

Entonces Frankie se levantó de un salto y dio una palmada. Me aburro, vamos al bosque. Y… vamos a quitarnos la ropa, para estar en comunión con la naturaleza. Me guiñó un ojo. Prométeme que esta vez no habrá sorpresas, Gorrión.

A mí se me aceleró el corazón. Dije: no sé. ¿No es ya muy tarde?

Y ella: venga, Gorrión, se está acabando el verano. Solo una vez más. Por los viejos tiempos. Cogió uno de los farolillos solares que había colgados junto a la piscina. Nos llevamos uno de estos para el camino.

Y entonces la seguimos todos como si no tuviéramos más remedio y cruzamos el huerto para llegar al bosque.

Pero cuando llegamos al final del huerto, me las arreglé para quedarme atrás con Jake y dejamos que Frankie y Cora se adelantaran. No quiero ir ahí, le dije, después de lo que pasó. No sé a qué está jugando, pero me da mal rollo.

Claro, dijo él, pues nos vamos. Nos largamos cuando no mire y nos vamos a divertirnos un rato los dos solos. Sus labios junto a mi oreja, su aliento cálido… Hay un montón de sitios para perdernos. Sonrió. Y ha dicho que nos quitemos la ropa.

Yo veía balancearse el farol de Frankie entre los árboles oscuros, aunque aún había bastante luz, por la superluna.

Así que nos dimos la vuelta y nos largamos, riéndonos como niños pequeños. Un par de minutos después, oí que Frankie nos llamaba. La verdad es que no me sentí muy culpable. Llevé a Jake a la pista de tenis porque estaba cerca y porque sabía que podíamos escondernos detrás de los setos.

De eso tendría que tratar esto, si no hubiera pasado lo otro. De que nos tumbamos en la pista de hierba y nos quitamos la ropa (o parte, por lo menos) y nos reímos de cómo pinchaba la hierba. Y después nos quedamos tumbados, juntos, yo con la cabeza sobre su hombro, mirando la enorme luna. Suena muy cursi, pero fue superbonito. Tengo que escribirlo. Para intentar recordarlo. Puede que sea el último momento feliz de mi vida.

No sé cuánto tiempo estuvimos allí tumbados (igual hasta nos quedamos dormidos) antes de que empezaran a oírse los gritos en el bosque. Todavía los oigo. Entonces comprendí que ocurría algo terrible.

# *Owen*

Cuando abro los ojos está oscuro. Noto el frío de la tierra bajo la mejilla, el roce de las ramitas caídas y las hojas muertas. Las raíces me arañan las costillas y los muslos. Oigo el ulular solitario de un búho, allá arriba, muy alto, y retazos de música lejana, y mi propia respiración áspera, medio sofocada por la tierra. Tardo un momento en comprender dónde estoy. Cuánto tiempo llevo aquí. Cómo he llegado hasta aquí.

Creo que me desmayé de la impresión.

Noto debajo de la mano un crujido de plástico. La luz que se cuela entre los árboles basta para que distinga el azul intenso de la lona. El blanco de los huesos dentro.

## Bella

—Todavía los oigo, incluso ahora: los gritos —le digo a Eddie, sentado frente a mí con el diario abierto.

También veo la escena. Nosotros dos tumbados, vestidos solo a medias, en la cálida y tranquila oscuridad de nuestro lecho de hierba, como niños en el bosque. Y, entonces, esos sonidos agónicos rompiendo el silencio. El pánico y el terror se apoderaron de mí. Jake y yo nos pusimos rápidamente de pie y Jake dijo: «¿Qué coño era eso?».

Luego se oyó otra cosa que sonaba un poco menos animal, un poco más humana. Sonaba como un gemido de auxilio.

# DIARIO DE VERANO
## La caravana – Camping Tate

**23 de agosto de 2010, 04:00 a. m.**

Nos pusimos la ropa. Corrimos hacia el bosque atravesando hojas y ramas. La linterna de Jake rebotaba en el suelo. Los gritos eran cada vez más fuertes. Luego se hicieron más débiles (lo que era todavía peor). Y pararon.

Pareció que tardábamos horas en encontrarlas. Seguramente fueron solo unos minutos. Frankie estaba agachada en el suelo y Cora acurrucada de lado, con las rodillas encogidas. La luz de la luna la iluminaba. Supongo que yo estaba aturdida, porque al principio solo pensé en lo extrañamente guapa que estaba. Era como si hubiera nacido del suelo del bosque. Parecía muy joven y pequeña, aunque es mayor que nosotras. Entonces Jake gritó: ¿qué cojones ha pasado? Parecía tan serio, tan adulto. Eso me hizo reaccionar. Frankie levantó la cabeza y contestó: yo no he hecho nada, se ha…

Pero Jake ya estaba alumbrando con la linterna a Cora y el vómito que tenía al lado. Luego apuntó a Frankie y dijo en voz alta, con mucha frialdad, como si fuera un interrogatorio: ¿qué ha tomado? Frankie se quedó mirándolo. Yo veía la forma de su cráneo. Sus ojos brillando en las cuencas.

Miré el vómito, a Cora, la cara de Frankie. Me acordé de su sonrisa mientras repartía los *brownies*.

¿Qué hiciste con las setas?, le pregunté. Un largo silencio. Y luego dijo: solo quería que nos divirtiéramos. Como una niña a la que le ha salido mal un juego en una fiesta. Entonces se le ensombreció la cara porque Jake había soltado la linterna y se había agachado junto a Cora. Dijo: voy a hacerle el boca a boca. Entonces me di cuenta de lo grave que era aquello. Me di cuenta de que Cora no respiraba. Cogí la linterna. Necesitaba verle la cara a Frankie. ¿Qué has hecho?, le pregunté. No contestó, pero no hacía falta. Las pusiste en los *brownies, ¿*verdad?, le dije. Te dije que las tiraras. Que no eran setas mágicas.

Contestó muy rápido, como un rayo: no, no me lo dijiste. Demasiado rápido.

Te mandé un mensaje.

¿Con esa mierda de teléfono que tienes?

Estaba mintiendo, yo lo sabía. Lo sé.

Pero entonces Jake se puso a gritar: por Dios, ¿podéis llamar a una ambulancia? Y me di cuenta de que me había dejado el teléfono en la piscina. Pero Frankie ya había sacado el suyo, se alejó de nosotros y empezó a hablar rápidamente por él. Pensé por un momento que todo se iba a arreglar.

Y entonces Jake dijo: joder, no le encuentro el pulso. Creo que está muerta.

# Owen

Oigo un gemido ronco y me doy cuenta de que procede de mis pulmones. El horror vuelve a invadirme. Recuerdo fragmentos:

La excavadora. Los hombres diciéndome que me acercara.

Una fosa oscura y, asomando al fondo, esa forma envuelta en una lona de color claro.

La lona que se abre.

Yo saliendo de la zanja, mi sombra apartándose de los huesos.

El cráneo con la boca abierta. Y, dentro de la boca, los dientes. Uno de ellos, partido por la mitad. Yo conocí una sonrisa así, hace mucho tiempo.

La paleta izquierda rota, inconfundible. Hacía quince años que no la veía, desde que... desde que me sonreía cuando la esperaba en la puerta del parque de caravanas. O cuando lloraba desesperada por su suerte, atrapada en una vida ínfima, con sus grandes sueños sofocados.

Recuerdo que aparté los ojos del diente y vi la bisutería. Las alhajas baratas con las que se adornaba. Las pulseras plateadas, los pequeños pendientes de bolita y los aretes de sus orejas, brillando en contraste con la tierra oscura.

La última vez que la vi, me cogió de la barbilla. Me sonrió con esa sonrisa mellada. «Ya sé que soy una madre de mierda, Owen. Era una cría cuando te tuve, esa es la cuestión. Que no había vivido. Sé que bebo demasiado, que salgo hasta muy tarde. Pero voy a esforzarme más, te lo prometo. Lo eres todo para mí. Lo sabes, ¿verdad? Yo nunca te haría daño».

Caí de rodillas. La levanté, envuelta en ese horrible sudario azul. La llevé conmigo más adentro del bosque. Solo para sacarla al aire, a la luz. No podía dejarla ni un segundo más en esa sepultura anónima, oscura y fría, donde había estado tanto tiempo sola.

No nos abandonó. No me abandonó. Fui yo quien la abandonó a ella. Con razón me sentía arrastrado hacia aquí. Ha estado esperándome todo este tiempo.

# *Bella*

Eddie levanta los ojos de la página. De repente no parece que tenga diecinueve años, sino muchos más, como si hubiera envejecido de golpe.

—No hay más —dice—. Parece... Parece que el diario acaba aquí.

—Sí. No pude escribir más.

—O sea, que os dio *brownies* a todos. A ti y a Jake también. Podría haberos matado a todos.

—Sí, pero yo no me comí el mío. Y resultó que Jake tampoco se había comido el suyo porque odiaba...

—El chocolate. Sí, mis padres me lo han contado. —Sacude la cabeza—. Esa pobre mujer. Y Jake... Ay, Dios. Qué se sentirá al ver morir a alguien así, delante de ti...

—Yo puedo decírtelo —contesto—. Te destroza la vida.

—Y tenía mi edad. No me imagino... Nunca supimos...

—Era increíble —le digo—. Quiero que lo sepas. Fue el único capaz de reaccionar. Quería llamar a emergencias.

—¿Y lo hizo?

Dudo un momento.

—No.

Le cuento el resto. Que Jake sacó a Cora del bosque y la depositó con mucho cuidado en el césped. A mí me cegaron los faros de un coche que se acercaba por el camino, deslumbrantes después de la oscuridad del bosque. Había llegado la ambulancia y luego, quizá, llegaría también la policía. Ansiaba que alguien se hiciera cargo de aquello, que decidiera lo que había que hacer a continuación, fuera lo que fuese.

Pero, cuando las luces se apagaron, vi que no era un vehículo de emergencias, sino un Range Rover de color burdeos. El que estaba siempre aparcado delante de la casona. Frankie se acercó corriendo al lado del conductor y vi salir a una figura alta, de pelo blanco. Se pusieron a hablar en voz baja, nerviosos.

Creo que fue entonces cuando comprendí que las cosas no iban a salir como yo esperaba.

Recuerdo que entonces me giré bruscamente al oír un alboroto en el bosque. Un tumulto en las ramas más altas de los árboles cercanos. Cien graznidos roncos y horribles, de una bandada —una caterva— de cuervos que alzaban el vuelo desde las copas de los árboles. Y bajo ellos se agazapaba el bosque oscuro, silencioso y vigilante.


Recuerdo que Frankie y su abuelo dejaron por fin de conferenciar y se acercaron a nosotros.

—¿Viene ya la ambulancia? —preguntó Jake.

—Puedes estar seguro de que se han tomado todas las medidas oportunas —respondió el abuelo—. Pero, desde luego, no necesitamos que nadie se entrometa en esto. —Se volvió hacia mí—: Espero que no se te ocurra hacer ninguna tontería.

—Se lo he contado todo a mi abuelo —dijo Frankie—. Que fuiste tú quien recogió las setas y me las dio.

Jake dio un paso hacia ella.

—Has sido tú quien ha hecho unos putos *brownies* con ellas y se los ha dado para que se los comiera.

—Yo te dije que no se podían comer —le dije yo—. Te mandé un mensaje.

Frankie puso cara de fastidio. El miedo que yo había visto en el bosque se había esfumado.

—Sí, pero ya te he dicho que no lo recibí.

—Entonces, ¿por qué tú no los has probado? —preguntó Jake—. Porque no te has comido ninguno, ¿verdad?

Frankie se encogió de hombros.

—Siempre tiene que haber alguien que vigile a los demás. Estaba siendo responsable.

—Creo que está bastante claro que vosotros tampoco os los habéis comido —dijo su abuelo—. Si no, habríais corrido la misma suerte. En ese sentido, parecéis igual de culpables.

—Yo tenía el estómago revuelto —dije.

Y Jake añadió:

—Y yo odio el chocolate.

Nuestras respuestas sonaban muy estúpidas y arbitrarias. Al abuelo no se le escapó.

—Sin duda eso les parecería muy convincente a las autoridades —comentó lacónicamente.

—Tú la odiabas —dijo Frankie acercándose a mí—. Vi cómo la mirabas. Estabas celosa.

Tragué saliva. No sabía que se me notaba tanto.

—Yo nunca habría…

Entonces nos asustamos al oír un grito procedente de la piscina: una carcajada.

—Frankie —dijo el abuelo—, ve a decirles a tus hermanos que la fiesta se ha acabado. Yo me ocupo de esto.

Supuse que al decir «esto» se refería a nosotros. Y al cuerpo sin vida tendido en el césped. No me atrevía a llamarlo por su nombre, Cora.

Cuando Frankie se fue, el abuelo se volvió hacia nosotros. Me miró.

—No creo que quieras responsabilizarnos de esto, ¿verdad?, después de todo lo que hemos hecho por ti. No creo que seas tan desagradecida. Has estado encantada de bañarte en nuestra piscina, de comerte nuestra comida, de tomar el sol en nuestro jardín… Es una mejora importante viniendo de un caravana del Camping Tate, ¿no? Te lo has montado muy bien. —Me repugnó la imagen que daba de mí, de codiciosa y calculadora—. Ahora te estamos pidiendo algo. Ya nadie puede hacer nada por esa mujer. Creo que todos somos conscientes de ello. Lo que ha pasado esta noche ha sido un terrible percance. Creo que estamos de acuerdo también en eso.

«Percance», esa palabra que le quitaba importancia a todo…

—Si sintieras la tentación de hacer alguna tontería —prosiguió, hablando despacio para que yo entendiera con claridad cada palabra—, te advierto que sería muy imprudente por tu parte. Como ya ha quedado claro, si interviene la policía, tú lo tendrías mucho peor que Francesca. Esta familia tiene ciertos… recursos. Y no dudaremos en utilizarlos. Conozco a gente del más alto nivel en este país.

Comprendí entonces por qué había tenido tanto éxito como líder de su grupo parlamentario. Me había envuelto con sus palabras como una pitón. Sin duda había hecho lo mismo con los diputados díscolos, sirviéndose de amenazas y coacciones para impedir que se desmandasen. Y nosotros no éramos más que dos críos asustados. No teníamos nada que hacer contra él.

Luego se volvió hacia Jake:

—Y da la casualidad de que sé que tu padre ha cometido diversas infracciones legales con sus prácticas ganaderas. Podría hacer que lo echaran de sus tierras si hablara con ciertas personas. —Hizo una pausa para que sus palabras surtieran efecto—. Os propongo lo siguiente —continuó en tono mesurado y razonable—. No se va a avisar a nadie. Y vosotros dos os vais a quedar aquí esta noche. Es tarde. Estáis cansados. Deberíais descansar.

Intuí ya entonces que quería dejar correr el tiempo en contra nuestra. Cada minuto que pasaba sin que llamáramos a la policía hacía menos probable que llegáramos a llamarla.

Nos llevaron a la biblioteca de la planta baja. Se fue unos minutos y cuando volvió nos entregó un sobre grueso a cada uno.

—Echad un vistazo —dijo—. Por favor.

Dentro había más dinero junto del que yo había visto jamás. Resultó que eran tres mil libras. Mucho dinero, a los dieciséis años. Una suma importante, adulta. El solo acto físico de coger el sobre, de aceptarlo de su mano, cambió algo. Aunque le hubiéramos tirado los sobres a la cara, ese simple gesto, de apenas una fracción de segundo, nos convertía de alguna manera en cómplices.

—Descansad un rato —dijo el abuelo antes de cerrar la puerta, y sus palabras parecieron tener una coda silenciosa: *y mantened la puta boca cerrada.*

Jake me miró. A la luz tenue de la lámpara de pie, estaba pálido y demacrado, como si lo sucedido esa noche hubiera borrado todo rastro del chico moreno y feliz que yo conocía.

—Cora… Me extrañó tanto verla aparecer aquí esta noche.

—¿Por qué?

—Porque tiene un hijo —dijo—. Está casada, es madre.

—¿Qué?

Lo primero que pensé fue que se equivocaba. Cora no podía ser madre. Los tatuajes, los *piercings* y la raya pintada, lo de tomar el sol en toples… No podía ser.

—Sí, tú lo conoces. Es Gamba, el de las caravanas. Lo tuvo cuando tenía como dieciséis años. Ay, Dios mío…

Entonces se dobló por la cintura y le oí llorar. Pero pasado un rato paró y cuando volvió a mirarme tenía la cara blanca y parecía muy enfadado.

—No podemos dejar que se salgan con la suya —dijo—. Ella debería pagar por lo que ha hecho.

—Pero ya has oído lo que ha dicho su abuelo —contesté—. Dirán que también hemos sido nosotros. —Lo que de verdad quería decir era: «Dirán que he sido yo». A fin de cuentas, era yo quien había recogido las setas—. Y ha amenazado a tu familia.

Entonces vi que se desinflaba.

—No puedo hacerlo —recuerdo que murmuraba en la oscuridad, una y otra vez—. No puedo.

Miro a Eddie.

—Creo que no pegué ojo —le digo—. Pero algo debí de dormir, por lo menos unos minutos, porque cuando me desperté tu hermano no estaba. Fue la última vez que lo vi.

Eddie traga saliva.

—Así que fue eso —dice con voz ronca—. Siempre me lo había preguntado. Igual que mis padres. Nunca supieron qué…

—Le mandé un mensaje al día siguiente —añado—. Pero no me contestó. Pensé que a lo mejor era mi teléfono. Probé a llamarlo. Y al final, el día que nos fuimos, fui a hablar con él. Pensaba que iba a volverme loca. Intentaba comportarme normalmente delante de mis padres, quería ver las noticias, pero me daba miedo… Cuando llegué a la granja, vi el coche de policía con las luces encendidas. Había una mujer en la puerta, llorando. Un hombre la estaba abrazando.

Imagino que eran tus padres. Pensé que Jake se lo había dicho. Que se lo había contado a la policía. Volví corriendo al *camping* y esperé a que acabara todo de una vez.

Más tarde, cuando mi padre volvió a la caravana, parecía angustiado. Yo me escondí en mi cuartito. Me latía tan fuerte el corazón que pensé que mis padres tenían que oírlo, y escuché a través de la puerta, que era tan delgada que parecía de papel.

—Graham me ha contado una cosa horrible —oí que le decía a mi madre—. Casi me alegro de que nos vayamos. Esto lo estropea todo un poco. Porque… Dios mío, qué desgracia. —El resto creo que solo lo oí a trozos—. Un chaval de la granja… su vespino se cayó por los acantilados anoche… están buscando el cuerpo ahora mismo…

Le cuento esto último a Eddie sin mirarlo a los ojos, porque no seré capaz de decírselo todo si le veo la cara.

—Como ves, fue culpa mía —continúo—. Yo lo traje a la mansión. Yo le hice venir aquí y lo metí en el puto juego de Frankie. —Por fin levanto la vista y le sostengo la mirada—. Así que esa es la verdad. Si no fuera por mí, tu hermano no habría muerto.

# Francesca

Me deslizo entre la multitud, hacia los acantilados, sin abandonar mi sonrisa radiante, aunque estoy un poco nerviosa, un poco... desenfocada. Es casi agradable, la verdad. Un poco como si acabara de tomarme algo, aunque casi no he tomado nada, solo una copita de sidra orgánica —bueno, y esos chupitos de nada que me tomé antes, en el apartamento—, porque el cuerpo de Francesca es su templo y blablablá. Uy, parece que otra vez estoy hablando en tercera persona. Pero, bueno, ¡todos contenemos multitudes!

Me vibra el móvil en la mano. Miro la pantalla. Owen. ¡Por fin!

Aunque la verdad es que ahora mismo no tengo tiempo. Tengo que ver qué hay abajo, en la playa. Además, él ha estado pasando de mí cuando lo he llamado. No estaría mal darle a probar su propia medicina.

Mientras paso entre los huéspedes, observo más comportamientos extraños: un hombre tendido en el suelo, mirando el cielo estrellado; una mujer que arranca las hojas de su guirnalda y... ¿Se las está comiendo? Aquí está pasando algo muy raro. ¡Ah! Noto una sacudida desagradable. Otra cara enmascarada que me mira fijamente. Luego, se disuelve entre el tumulto.

Sigo adelante. Dejo que mi cuerpo me lleve. Respiro, dejando que el aire atraviese la burbuja del miedo. Todo va bien.

¡Allí!

Al otro lado de la gente, detrás de dos mujeres que están bailando. Una figura cubierta con una capa oscura. Asoma entre los vestidos blancos de las mujeres y luego parece desvanecerse como humo entre las sombras.

Cierro los ojos. Debe de ser el estrés. No son reales, no existen…

—¡Mirad eso! —oigo gritar a un hombre justo delante de mí.

Varios huéspedes se han juntado al borde del acantilado y están mirando hacia abajo, hacia la playa. Me acerco a ellos. Distingo algo ahí abajo. Algo negruzco, monstruosamente grande. Su parte superior casi llega a lo alto del acantilado. Pero la playa está tan oscura que no lo veo bien. Una nube ha tapado la luna y, además, parece que tengo los ojos un poco empañados. Quizá sea el sudor, por culpa de este calor antinatural. Se oyen graznidos, un parloteo a mi alrededor. ¿De dónde viene ese ruido? Es horrible. Y suena muy cerca. Me tapo los oídos con las manos, pero sigo oyéndolo. ¿Está dentro de mi cabeza?

Aparece un rayo de luz en el horizonte, mar adentro. Un relámpago, muy lejos. Pero el aire está seco. Pesado y caliente, pero seco. Otro pequeño espasmo de luz ilumina un instante esa cosa. Veo con claridad una cabeza. Un cuerpo. Lo que parecen ser unos enormes brazos extendidos. El graznido se hace aún más fuerte. Siento que todos los pelos de mi cabeza se despegan de mi cuero cabelludo cuando el aire se llena de electricidad estática. Debe de ser una perturbación eléctrica, la misma energía que provoca los relámpagos.

El parloteo se convierte en un rugido. Es casi insoportable. Pero a los demás no parece afectarles. Miran todos esa cosa horrible como maravillados, la señalan y sueltan exclamaciones de asombro y emoción.

La luna sale de detrás de las nubes y de repente veo por completo esa cosa monstruosa. Se me corta la respiración. Tiene tres veces la altura de un hombre y está construida a una escala completamente distinta a las otras esculturas, las gráciles y delicadas esculturas que yo encargué. Es un coloso descomunal. La cabeza afilada, con las oscuras cuencas oculares, el pico amenazador y ganchudo, las enormes alas negras extendidas, casi tan grandes como ancha es la figura. Se mueve de manera grotesca. Mientras miro, su superficie parece temblar y convulsionarse. Me fijo más y veo que hay miles de plumas cosidas a su estructura.

Además, lo huelo: un hedor acre que se me pega al fondo de la garganta.

—¿Hay alguien ahí abajo? —le pregunta una mujer a su compañero—. ¡Mira!

Creo que tiene razón. Veo una figura oscura cerca de la base, una pequeña chispa. Luego, una ráfaga de llamas que asciende con un ruido suave. A mi alrededor, los huéspedes ahogan gritos de sorpresa. Esa cosa debía de estar empapada en líquido inflamable.

El calor que desprende casi me tumba. Chispas y pavesas llenan el aire, vuelan por todas partes, llegan a la cima del acantilado y caen sobre los huéspedes. Ahora que las llamas suben por su interior, los ojos parecen brillar con malevolencia reconcentrada. Parece mirarme fijamente.

# Eddie

Me quedo sentado, aturdido por lo que acabo de oír. Intento encontrarle sentido a lo que me ha contado Bella.

—Pero eso no es lo que pasó —digo.

Frunce el ceño.

—¿Qué?

—Mi hermano Jake no está muerto.

Se queda totalmente pasmada.

—No entiendo. Oí…

—Puede que quisiera morir —le digo—. Yo era pequeño y mis padres nunca hablaban de eso, pero sé que de alguna manera se hizo con un montón de drogas e intentó tirarse por los acantilados con la moto. Supongo que cambió de idea en el último segundo o algo así. La moto patinó por el borde y se estrelló contra las rocas del fondo. Quedó completamente destrozada. Imagino que al principio se temieron lo peor; que el mar había arrastrado su cuerpo o algo así, porque estuvo varios días desaparecido. Cuando por fin apareció, hasta yo me di cuenta de que había cambiado. Era como si el Jake de antes ya no existiera. Como si tuviera… un demonio dentro o algo así. Y fue de mal en peor.

Le cuento lo de las drogas. Y los robos.

—Vendió el tractor de mi padre. Un día se lo llevó y lo vendió. Costaba decenas de miles de libras, un dinero que mis padres no podían permitirse perder. Nunca consiguieron que les contara qué había hecho con él. Comprar más drogas, seguramente. Mis padres tuvieron que rehipotecar la granja para comprar un tractor nuevo. Estuvieron a punto de perderlo todo.

Bella me mira fijamente, pálida y atónita.

—Todo este tiempo —dice— pensaba que… —Se interrumpe—. Pero entonces…, ¿dónde está?

—No lo sé.

—¿Cómo que no lo sabes?

—Se… ¿Cómo te lo explico? Se distanció de nosotros. Podría estar en cualquier parte. —Podría estar muerto, en realidad, por el camino que llevaba. Pero nunca he querido creerlo—. Después de lo del tractor… Mi madre tuvo que convencer a mi padre de que no lo denunciara. Papá dijo que no quería volver a verlo. Dijo que, por lo que a él respectaba, ya no tenía hijo mayor. Tiene muy mal genio, mi padre. El caso es que estoy seguro de que después se arrepintió. —Sé que se arrepintió. Esa noche que se encerró en el granero con el tractor nuevo y el motor en marcha…—. Pero para entonces Jake ya se había ido.

Así que, en cierto modo, es como si estuviera muerto. Pienso en todos esos años que hemos perdido como familia. Todas las noches que he pasado acostado en mi habitación, oyendo a mi madre llorar abajo, en la cocina. «Ni siquiera sé dónde está, Harold. Mi pequeño. Podría estar… Dios mío, podría estar muerto en algún callejón».

Pienso en el padre que apenas recuerdo, el que cantaba canciones folclóricas y hasta sacaba su viejo violín si había bebido lo suficiente. Pienso en que ya nunca le oigo reír como antes, con esas carcajadas. Pienso en que mis padres ya casi no se hablan.

Pienso en todas las veces que he pasado por delante de la puerta de la habitación de mi hermano, que está igual que cuando se marchó. Mi madre pasa la aspiradora cada semana para quitar el polvo que se acumula en las superficies porque no hay nadie que lo remueva. Pienso en todas las veces que he mirado su tabla de *bodyboard,* sus trofeos de fútbol y *rugby,* sus libros o las fotos de cuando era pequeño, y he pensado en las cosas que podría haberme enseñado: las cosas que un hermano mayor le enseña a uno pequeño. En todas las cosas que podríamos haber hecho juntos, en todas las aventuras que podríamos haber vivido.

Pienso en aquella vez que me colé en la habitación de Jake y cogí un jersey de su armario que aún olía a él y me lo probé y las mangas me quedaban largas. Y luego, unos años después, volví a probármelo y me quedaba bien, pero ya no tenía aquel olor.

Pienso en cuando me quedaba despierto por la noche, de pequeño, e intentaba acordarme de él, del sonido de su voz. Intentaba sentirlo ahí fuera, en algún sitio, imaginar dónde estaría, qué tipo de vida llevaba. Y luego me enfadaba muchísimo con él porque, si estaba por ahí, ¿por qué no volvía a casa?

Ahora lo sé. Ahora lo entiendo. Porque una mujer del pueblo murió en el bosque y él estaba presente y no pudo socorrerla ni decírselo a nadie. Y luego papá dijo que no quería volver a verlo. Pero nada de eso fue culpa suya, en realidad. Como dice Bella, ella se salió con la suya. Francesca Meadows. Se salió con la suya mientras mi familia se desmoronaba.

—No nos dio ninguna explicación —digo—. Quizá si lo hubiéramos sabido… Si mis padres lo hubieran sabido… —Casi no me sale la voz. Noto un sabor a sal en los labios y me doy cuenta de que estoy llorando.

Bella estira el brazo sobre la mesa y pone su mano sobre la mía. Luego dice:

—Por eso he venido, Eddie, por las vidas que ella destruyó aquella noche. Tu familia entera. Lo entiendes, ¿verdad? No puedes olvidarte de algo así como si no hubiera pasado. Y tampoco puedes volver.

No sé si se da cuenta de la fuerza con que me está cogiendo la mano. Me hace daño en los dedos. La expresión de su cara me asusta un poco. Sé que no es conmigo con quien está furiosa, pero casi me alegro cuando de pronto se abre la puerta de la cabañita y aparece Ruby.

—Eh, hola. —Le dedica a Bella su deslumbrante sonrisa profesional. Mira su mano apoyada sobre la mía y luego me lanza una mirada como diciendo: «Hazme una seña con los ojos si te tiene secuestrado esta loca». Después frunce el ceño—. Eh, Eds, necesito que me ayudes con… —Noto que está eligiendo sus palabras con mucho cuidado y que desprende una energía nerviosa.

—Ah —digo, y mi voz me suena muy lejana—. Sí. Sí, lo siento. Ahora mismo voy. —Me vuelvo hacia Bella.

—Vete, vete —me dice—. Yo tengo que hacer una cosa. —Su voz suena dura, decidida. Está mirando por las ventanas como si ya estuviera en otro lugar.

Mientras nos alejamos de la cabaña, Ruby me agarra del brazo y mascula:

—¿Quién era esa?

—Pues… nadie —le respondo, todavía aturdido—. Solo una… una clienta.

Una clienta que acaba de coger todo lo que yo creía saber sobre mi hermano y lo ha hecho estallar para crear una imagen totalmente nueva. Jake no tuvo elección. Debía de sentirse tan asustado, tan solo…

—Parecía un poco trastornada —dice Ruby.

Me encojo de hombros.

—Seguro que ha bebido demasiado.

Por suerte, Ruby está distraída y no insiste.

—Por aquí —me dice mientras nos dirigimos a toda prisa hacia La Mansión—. Necesito que me ayudes con un… asunto. —Señala con la mano a la gente del césped—. Ah, y esto se ha desmadrado por completo.

—¿Qué? —digo, incapaz de concentrarme.

—Están todos raros de cojones. Ya deberían estar sentados. ¡Y míralos!

Miro ahora y veo lo que quiere decir. La comida está servida: bandejas y bandejas de ensaladas artísticas y pescados a la parrilla, verduras asadas servidas a lo pijo, lonchas de cerdo asado, todo salpicado de flores comestibles de colores… Pero está todo ahí, intacto, a la luz de las velas medio consumidas. No hay ni un solo huésped sentado en las mesas y varias sillas están volcadas. Antes de que yo entrara en la cabañita las cosas se estaban desmandando, pero no era nada comparado con esto. Los invitados corren, se arrastran, se balancean en el sitio. Muchos se han juntado cerca del borde del acantilado y están mirando algo que hay en la playa.

Ruby señala y descubro que el mantel de la mesa más cercana se levanta un poco y que debajo hay unos miembros desnudos que se retuercen.

—¿Están…? —Entorno los ojos intentando distinguirlo y luego los aparto rápidamente—. Ah. Sí, creo que sí.

—Joder —dice Ruby de repente, señalando otra vez—. También están en la piscina.

Veo cuerpos retorciéndose iluminados por las luces de la piscina, oigo gritos y chillidos extraños. Los invitados se van amontonando mientras miramos, sin preocuparse de si caen sobre alguien al lanzarse al agua.

—¿Qué les pasa? —pregunto—. No lo entiendo.

—Es como si estuvieran todos colocados —dice Ruby—. Pero eso no tiene ningún sentido. Bueno, sí, he pillado a un par de ellos empolvándose la nariz en el baño, pero no pueden estar todos drogados, ¿no?

Ya casi estamos en el edificio principal. Ruby me lleva a la parte de atrás, cerca de la entrada de servicio.

—¿Adónde vamos? —le pregunto.

—Dice que es amigo tuyo. Que le has invitado. Está claro que es mentira, pero, por si acaso es amigo tuyo, prefería avisarte antes de llamar a la policía.

Ay, mierda. Tengo un mal presentimiento. Encima de lo que ha pasado, ahora esto.

—Ahí. —Ruby señala y ahora los veo: un par de figuras en sombras en los parterres. Oigo risitas, murmullos. Un «¡Joder, colega!» que me suena muchísimo.

—¿Nathan? —llamo.

Se quedan parados y levantan la vista. Los ojos les brillan a la luz de los faroles del camino. Son Tate y el otro, Gareth, el de la banda, el que sonreía como un idiota detrás de la batería.

Al mirarlos, me acuerdo de Nathan la otra noche en la playa: «Me han dicho que van a hacer no sé qué gilipollez de fiesta por el solsticio. Un amigo mío que trabaja en una fábrica de sidra ecológica dice que les han hecho el mayor pedido de su historia».

Y me acuerdo de que, en esta zona, si quieres pillar algo, recurres a Nathan Tate.

—Ruby —digo—, creo que ya sé lo que les pasa a los invitados.

## Francesca

Mientras miro absorta esa cosa monstruosa de la playa, una pluma encendida flota hacia mí. Siento su roce al rojo vivo como un beso en la mejilla. Duele. Se me eriza la piel. Se me nubla la vista. Son reales. Eso es lo que significa la cosa de la playa. Esas caras enmascaradas que sigo viendo entre la gente. La advertencia del abuelo, la última vez que lo vi. Los Pájaros…

Vinieron a por él. Y ahora están aquí. Vienen a por mí.

Me alejo de esa cosa odiosa, soy incapaz de mirarla ni un segundo más. Y entonces la veo. No sé cómo no la he visto antes. Está completamente inmóvil mientras el resto de los huéspedes se congregan a lo largo del acantilado. No mira hacia la playa como los otros. Me mira a mí, fijamente. Es casi un alivio. He aquí un problema que puedo resolver.

Qué tontita eres, Gorrión. No deberías volar tan lejos de lo que conoces. No deberías acercarte tanto al sol.

# EL DÍA DESPUÉS DEL SOLSTICIO

## *Inspector Walker*

A Walker le vibra el teléfono en el bolsillo. Es la jefa del equipo de criminalística de la playa.

—Solo quería darle novedades.

—Claro. ¿Qué tal va todo por allí?

—La marea ha subido por completo. Hemos puesto a salvo todo lo que hemos podido. El cuerpo va camino del laboratorio. Ahora estamos con el coche, con el Aston Martin, en lo alto del acantilado.

—Vale —dice Walker—. ¿Algo de interés?

—Está la sangre del volante. Y también hemos encontrado una bolsa en el espacio para los pies, con algunos efectos personales. Una joya de plata y un anillo. Y también una llave. Parece la llave de un hotel pijo. Dice —se aclara la garganta—: «Chocita del Bosque Once».

# SOLSTICIO

## *Eddie*

—Hola, Nathan —le digo.

Me pone mala cara. Lleva puesta una sudadera negra con capucha, aunque hace como treinta grados. Se cree una especie de gánster.

—Os dejo —dice Ruby en voz baja—. Tengo que llevar a la gente a las mesas, pero llámame si necesitas ayuda, ¿vale? —Me mira con intención y luego vuelve a la pradera.

—Ah, mi colega Eddie Eddie Eddie —dice Tate cuando se ha ido—. ¿Qué tal te va, chaval?

Pero su mirada no cuadra con su tono. Sus ojos son como los de un animal herido, como los del ciervo que mi padre tuvo que sacrificar una vez con una escopeta, después de que lo atropellaran en la carretera, junto a la granja. Enciende y apaga el mechero que tiene en la mano. Entonces me doy cuenta de que también está intentando esconder algo que tiene detrás, algo abultado. Noto una descarga de adrenalina.

—¿Qué tienes ahí, tío? —le pregunto. Se mueve para esconderlo. Alumbro con la linterna: tres garrafas de gasolina—. ¿Qué vas a hacer con eso, Nathan?

—Venga ya, Eddie, tío. ¿De verdad te importa este sitio? ¿Esta

350

gente? Además, ¿tú los has visto? Van ciegos de algo. Es para partir-
se la polla.

—¿Qué les has dado, Nathan? —digo con el tono más severo
que puedo—. Sé que has sido tú.

—Bueno… —Se vuelve hacia el otro y hace como que no me
ha oído—. A Gaz y a mí se nos ocurrió venir a echar un vistacito y
disfrutar un poco de la fiesta, ¿verdad, Gaz? Todo muy inocente. Y
entonces nos encontramos con esto. Alguien lo habrá dejado aquí
por descuido. Solo queríamos asegurarnos de que no cae en malas
manos, ¿sabes? Porque eso sería una verdadera lástima.

—Olvídate del tema, Nathan.

—No, me parece que no. Esa tía se ha quedado con todo. Tú
has visto a mi padre. Está en las últimas. Este sitio ha acabado con
él. Nunca lo recuperaremos. —Su voz suena baja y áspera. Luego se
yergue por completo (no es muy alto) y sisea—: Quiero verlo arder
hasta los putos cimientos. ¿No irás a decirme que prefieres a estos ricos de mierda antes que a Tome, a tu gente?

No le tengo ningún aprecio a este lugar. Y menos ahora. Pero
podría resultar herida gente inocente.

—Déjalo, Nathan. Siento lo de tu padre, pero esto no va a arreglarlo. Vete a casa, ¿vale?

Coge una garrafa de gasolina.

—Pásame el mechero, Gaz.

—No voy a repetírtelo —le digo, acercándome unos pasos—. Y
además sé que has puesto algo en la sidra.

—No sé de qué me hablas.

No le creo ni por un segundo. Al contarle a Bella lo de mi hermano, me he acordado de otra cosa, de algo que siempre he sabido,
pero que nunca había dicho en voz alta.

—Y sé también que eras tú quien le pasaba droga a Jake.

351

—No me vengas con eso ahora —dice, burlón—. Tu hermano ya era mayorcito. Lo hizo todo él solo. Se jodió la vida. Fue bastante entretenido verlo, la verdad. El niño bonito y todo eso.

Le doy un puñetazo. Ni siquiera sabía que iba a hacerlo hasta que lo hago. Es la primera vez que le doy un puñetazo a alguien y duele, pero creo que a Tate le duele más aún. Se tambalea hacia atrás y se lleva las manos a la cara. Alucino con lo qué acabo de hacer. Me tiembla todo el cuerpo. Pero no voy a mentir: después de todo lo que he oído esta noche y de los sentimientos que se agitan dentro de mí, también es una especie de liberación.

—Joder, tíííío —murmura Gaz, casi impresionado.

—¡Serás cabrón! —gime Nathan por entre los dedos. Retira la mano y veo que le sangra la nariz.

Estoy tan sorprendido por lo que he hecho que me alejo medio corriendo, a trompicones.

—¡Sí, sí! —oigo gritar a Nathan detrás de mí—. ¡Está bien claro de parte de quién estás, mamón! Pero ya no puedes pararnos. ¡Vamos a seguir viniendo a por ella como la puta marea!

# *Bella*

—Dios mío —dice Francesca al acercarse—. ¿De verdad eres tú? Sabes, me pareció verte ayer en el desayuno, pero pensé: «¡No puede ser!». El pelo, eso fue lo que me despistó. ¡Te queda bien! ¿Cómo estás, mi amor? ¿Cómo te va? Hacía muchísimo tiempo.

Me quedo completamente descolocada un momento. Esto no es lo que esperaba, en absoluto. Es de una desvergüenza total. Claro que ella siempre ha sido así. La gente no cambia tanto. Todo esto —la melena ondulada, sus fotos de diosa rural con animalitos de granja, su vaporosa ropa de lino— esconde algo acerado e inflexible. Por debajo, ha sido siempre dura como una puta roca.

Doy un paso hacia ella. Desvía los ojos, incapaz de sostenerme la mirada. Es lo único que la delata.

—Necesito hablar contigo, Francesca.

Mueve la cabeza.

—Qué curioso —dice con suavidad—, yo también esperaba que pudiéramos ponernos al día.

Su sonrisa amplia y repentina resulta tan siniestra como la del Gato de Cheshire. Me trago el miedo y avanzo hacia ella. Me acerco más de la cuenta, invado su espacio personal. Y funciona. Da un paso atrás y veo un atisbo de algo en su cara. Miedo.

Siento una oleada de euforia. Parece que se ha dado cuenta de que ya no soy la niña tímida que ella recuerda. Que no puede mangonearme a su antojo. Para que acabe de entenderlo, me acerco más, la agarro de la muñeca y aprieto con fuerza sus frágiles huesos. Noto vagamente que varias personas se vuelven y nos miran.

—Vas a venir conmigo —le digo—. O monto un escándalo. Peor que este. Mucho peor.

Otra vez, ese destello de alarma en su semblante.

—Vamos a otro sitio —contesta en tono apaciguador, lanzando una mirada a los huéspedes—. Donde estemos más tranquilas y podamos hablar.

La sigo al edificio principal, más allá de la entrada del bar donde conocí a Eddie.

—Aquí —dice al abrir una puerta—. Creo que te acordarás de esta habitación. Casi no ha cambiado. Es muy acogedora, ¿verdad?

Es la biblioteca: tres paredes recubiertas de estanterías llenas de tomos antiguos y piezas curiosas, y una gran chimenea antigua. La última vez que estuve aquí, fue con Jake. Acababan de pagarnos tres mil libras por guardar silencio.

Cierra la puerta y veo que echa la llave. Siento una punzada de alarma. Rozo con una mano mi bolsa para sentir la forma tranquilizadora de la botella de ginebra que cogí de mi habitación. La toco con cuidado, porque justo antes de salir de la cabañita del acantilado le he dado un golpe contra la mesa para romper el cuello y ahora la parte de arriba tiene un filo letal. Por algo soy del sur de Londres.

En cuanto la cerradura encaja en su sitio, Francesca se vuelve hacia mí.

—¿Qué haces aquí? —sisea.

Francesca Meadows ha desaparecido en medio de una nube de humo impregnado de olor a salvia y la Frankie que conocí acaba

354

de materializarse ante mí. En cierto modo, me alegro. Francesca Meadows me parecía una especie de trampantojo. Porque Frankie… Frankie era malintencionada, descarada y divertida. Frankie fumaba Marlboro Lights en la pista de tenis y bebía Nesquik de plátano con Malibú. Frankie, con su voz de pijita guay, ronca y letárgica. Frankie, con sus historias de sexo en *raves* en polígonos industriales de Londres. Frankie, que me hacía anhelar una vida más amplia y glamurosa. Que a veces casi me hacía sentir que podía saborearla.

Frankie, que me destrozó la vida.

—¿A qué has venido? —me pregunta.

Parpadeo. Su transformación repentina me ha descolocado tanto que he bajado la guardia un momento. Pero solo un poco. Cojo la botella para armarme de valor.

—He venido a recordarte lo que hiciste. Creo que hace falta que alguien te refresque la memoria.

Suelta un pequeño suspiro. Y cuando vuelve a hablar, su voz ha cambiado y es otra vez Francesca Meadows, diosa magufa de alto nivel, y Frankie ha vuelto a las sombras.

—Ay, Gorrión, no puedes pasarte la vida viviendo en el pasado. No es bueno para tu salud. Tienes que vivir el presente.

—No estoy de acuerdo. Y me parece que tú has pasado página con demasiada facilidad. A ti no te afectó en absoluto, ¿verdad? Ni entonces ni ahora. No tienes ni pizca de mala conciencia. No deberías soportar estar aquí. Debería ponerte enferma. ¿Cómo puedes hablar con los periodistas de lo idílicos que eran tus veranos aquí y de tus putas «travesuras», como si todo fuera una broma, cosas de críos?

Pone cara de fastidio.

—Gorrión, ya hemos pasado por esto, ¿no? Fue una tragedia terrible. No fue culpa de nadie.

—No. Tú la mataste. Puede que quisieras matarnos a todos. Y la verdad es que en cierto modo da igual que lo hicieras a propósito o no. Porque lo que hicisteis después, cómo lo encubristeis todo, eso fue malvado. Ella no importaba lo suficiente, ¿verdad? Era pobre, una chica de pueblo. Para alguien como tú, no era una verdadera persona.

»El caso es —añado— que todos estos años habéis hecho que me sintiera como una asesina. Tú y tu odioso abuelo, haciéndonos cómplices a Jake y a mí y dándonos dinero para libraros de nosotros. Pero nosotros no éramos los culpables. La culpable eras tú, Frankie.

—No me llames así —sisea. De un plumazo, esa criatura etérea y distante vuelve a esfumarse. Luego cierra los ojos y respira hondo—. Gorrión, deberías buscar ayuda. Irte de retiro unos meses. Meditar. En serio. A mí me cambió la vida. Me dio una razón de ser, un propósito.

—Yo ya tengo una razón de ser —respondo—. Por eso he venido.

—¿Has venido a matarme?

Lo pregunta en tono ligero, casi desenfadado, como si estuviéramos charlando en una fiesta. Vuelve a descolocarme. Pero aun así continúo:

—He venido a buscar justicia. Y ni siquiera importa que hayas cambiado el cadáver de sitio.

Frunce el ceño.

—Pero ¿qué estás diciendo? —Por un momento parece desconcertada.

—Habrá pruebas, aun así —añado—. Tendrías que haber sido más meticulosa.

Pienso en el anillo de plata de Cora, el del nudo celta, que llevo escondido en la bolsa.

—No hay ningún cadáver —dice con voz un poco más aguda de lo habitual. Por primera vez parece dudar—. Mi abuelo se ocupó de todo, me lo contó. La tragedia… Lo borró todo.

La miro con fijeza. Parece realmente inquieta. ¿Es posible que de verdad no lo sepa?

Es posible, sí. Al fin y al cabo, se marchó a la mañana siguiente.

—Volví —le digo—. El día antes de marcharme de Tome, hace todos esos años. —Tuve que hacer acopio de todo mi valor—. Quería hablar contigo. Quería mirarte a los ojos, las dos solas, y preguntarte si lo habías hecho aposta. Pero ya te habías ido.

Marqué el código de la verja. El abuelo salió a recibirme a la puerta.

«Francesca y los gemelos se han ido una temporada con su abuela», me dijo. «Creía que ya me había ocupado de ti. Ya has hecho bastante, ¿no crees? Aquí no pintas nada. Déjanos en paz». Y suspendidas en el aire quedaron esas palabras que alguien de su posición no pronunciaría en voz alta: «O si no…».

Me cerró la puerta en las narices. Me di la vuelta y bajé los escalones. Me habría ido para no volver nunca más si no fuera porque a mitad de camino me llamó la atención algo que había en la linde del bosque. Una alteración del suelo. Un montón de tierra. Como sabía que él podía estar mirando desde la casa, seguí adelante. Pulsé el botón para abrir la verja, pero, en el último momento, en vez de cruzarla, me escabullí entre las sombras, junto al muro. Eché a andar siguiendo el perímetro de la finca, sin apartarme de las sombras, y cuando llegué al bosque me escondí entre los árboles y seguí avanzando por el lindero.

En el sitio que había visto desde el camino de entrada la tierra estaba desnuda, pelada de vegetación. Tenía un par de metros de largo. Me quedé mirándolo un buen rato, tratando de decidir qué debía hacer con ese conocimiento. Quizá, si hubiera sido más mayor y valiente, o si Jake hubiera estado conmigo… Pero estaba sola y asustada, en los terrenos de una gran casa señorial ocupada por una gran familia con dinero, poder y capacidad para cumplir sus amenazas.

357

Sabía que lo único que podía hacer era grabar aquel lugar en mi memoria: su ubicación exacta, los árboles que había al lado. Cuando volví a la caravana, dibujé un mapa en la parte de atrás de mi diario. Me parecía importante que alguien lo recordara. Además, le mandé un mensaje a Jake. *Sé dónde está.*

—¿Es posible que tu querido abuelito no fuera tan cuidadoso como tú pensabas? —le pregunto ahora—. A fin de cuentas, era bastante descuidado a la hora de ocultar sus líos de faldas, ¿no?

—Cállate —me dice, y se aprieta la frente con la palma de la mano como si se hablara a sí misma tanto como a mí—. CÁLLATE de una vez.

Pero ya no puedo parar. Es tan agradable hacerle sentir una pequeña fracción del dolor que he sufrido yo a lo largo de estos quince años…

—Quiero que lo digas. Necesito que reconozcas lo que le hiciste a ella, y a nosotros. Quiero poder mirar a mi hija a los ojos. Quiero poder mirarme al espejo y saber que, a pesar de mis muchos defectos, soy una buena persona. Que soy alguien que hace lo correcto. Porque eso es lo que tú y tu abuelo me quitasteis aquella noche —digo sollozando.

Empiezo a acercarme a ella, con la botella dentro de la bolsa. Veo que sus ojos se fijan en la bolsa. Con un poco de suerte, pensará que llevo un cuchillo.

—Los vi —susurro—. Anoche vi a los Pájaros.

Se echa a reír, un poco histérica.

—¿A los Pájaros? Te dije que eso era cosa mía, idiota. —Señala con la mano hacia los festejos—. Siempre se me ha dado bien crear espectáculo, ¿no crees?

—Ahí es donde te equivocas, Frankie.

—No me llames así.

—Los vi entonces…

Me parece vislumbrar un ligerísimo espasmo de temor. Luego parece recomponerse. Se pone otra vez la máscara.

—¿Cuándo? ¿Mientras estabas colocada con los fármacos que le robé a mi madre? Sí, ya, claro.

—Y los vi anoche, en el bosque.

Pone los ojos en blanco.

—Gorrión, por favor, hace mucho tiempo que me olvidé de juegos infantiles y cuentos de hadas. Me estás haciendo perder el tiempo.

Pero cuando doy un paso hacia ella, retrocede hacia el rincón, hasta quedar pegada a las estanterías. Entonces veo por encima de su cabeza, en una balda, mi fósil, el que encontré en la playa aquel primer día y desencadenó inesperadamente toda esta cadena de acontecimientos. Esa pequeña reliquia de un pasado misterioso y ancestral que tanto ha influido en mi presente.

Sus ojos tienen una mirada enloquecida, acorralada.

—Siempre has sido una sanguijuela —sisea—. Una aprovechada. Pero no voy a dejar que me quites nada de esto.

Primero siento el dolor, antes de entender lo que ha pasado. El dolor, el estupor del impacto. Y entonces noto que las piernas me fallan y me desplomo como una marioneta con los hilos cortados. Tumbada aquí, envuelta en la roja y ciega energía estática del dolor, reducida a mi yo más animal y menguado, tardo uno o dos segundos en darme cuenta de lo que acaba de ocurrir. Me ha golpeado con un objeto pesado y contundente. Estoy tendida en el suelo delante de ella y me duele la cabeza. Distingo borrosamente sus sandalias a pocos centímetros de mi cara y sus impecables uñas pintadas en tono *nude*. Y a pesar de todo, no puedo evitar fijarme en un detalle absurdo: lleva, cómo no, un anillo con diamantes en un dedo del pie.

De repente siento un cansancio abrumador, irresistible. No pasaría nada porque descansara aquí un rato, ¿verdad? Solo para recuperar fuerzas.

—Que duermas bien, Gorrión —me susurra, tan cerca que noto el olor dulzón de su aliento—. No voy a dejar que me arruines esto, como tampoco lo permití entonces. He creado algo hermoso. Algo para el presente y para el futuro. Mucho más grande que cualquier cosa que ocurriera en el pasado.

Siento que me quita la bolsa del hombro. Y como desde muy lejos, oigo que la puerta se abre y vuelve a cerrarse.

Cierro los ojos.

# *Francesca*

Salgo al aire hirviente. Huele a madera quemada y plumas chamuscadas. Los huéspedes están bajando por las escaleras de la playa, brincan alrededor de la monstruosa hoguera como demonios en un fresco medieval, chillan y lanzan vítores. Algunos se quitan la ropa y se lanzan al mar, las llamas iluminan las olas, el agua bulle alrededor de los cuerpos desnudos. Otros se arrastran, bailan y lloran, y es casi seguro que algunos están copulando en el césped.

Pero de momento me da igual. Me siento casi exultante. Cojo una copa de sidra de una bandeja abandonada y me la bebo de un trago. Me he ocupado de Gorrión. He sofocado su energía tóxica. No me puedo creer lo fácil que ha sido al final, a pesar de la botella rota que he encontrado dentro de su bolsa. Supongo que la llevaba a modo de arma improvisada. Ese es el problema de algunas personas: que carecen de claridad mental y de capacidad de concentración, de confianza en sí mismas para llevar algo a cabo de verdad, hasta el final.

Ahora me siento capaz de casi todo. Puede que esta noche haya aquí saboteadores e intrusos, pero me niego a dejar que me intimiden. No tienen ni idea de con quién están tratando. Yo no soy un viejo frágil con el corazón débil. Lo siento, abuelo, pero es verdad.

Llevo oscuridad dentro, una oscuridad violenta que he mantenido a raya mucho tiempo: un pozo sin fondo de negrura, como petróleo crudo enterrado en lo hondo de la tierra. Cierro los ojos, aspiro el olor a quemado y sonrío.

Owen vuelve a llamarme. Esta vez, contesto.

—Cariño —le digo—, perdona que no lo haya cogido antes. Esto está siendo… una locura. ¿Dónde te has metido? No paraba de preguntármelo.

—Fran —su voz suena extraña—, he encontrado… —Su voz suena ahogada cuando añade algo más, casi como si se hubiera tapado la boca con la mano. O puede que haya mala cobertura.

—No te he entendido, amor mío. ¿Qué has encontrado?

Vuelve a repetirlo.

Me río suavemente para demostrar que sé lo absurdo que suena lo que voy a decir.

—Debe de haber una cobertura horrible, cariño, porque me ha parecido que decías que has encontrado un cadáver.

De nuevo, su voz suena extrañamente apagada, incoherente, pero esta vez estoy segura de que ha dicho «huesos». Luego oigo una serie de ruidos extraños y tengo la impresión —si no fuera porque estoy hablando con Owen— de que son sollozos.

Noto una pequeña punzada de inquietud. Gorrión ha hablado de un cadáver. Pero no, el abuelo no habría sido tan descuidado. Prometió solucionar ese asunto, borrar todo rastro. «Ya está hecho», me dijo. «Me he ocupado de todo».

Y sin embargo… Me acuerdo de una vez que oí a la abuela hablar por teléfono con una amiga sobre una de las aventuras del abuelo. «Él, claro, siempre se cree que no deja ninguna pista. Eso es lo más insultante. Estuve a punto de divorciarme de él solo por eso. Los hombres son tan descuidados para esas cosas, ¿verdad? Son unos vagos, ese es el problema. Como un perro que siempre entierra su hueso favorito en el mismo arriate».

Siento una sacudida de pánico. Intento respirar con calma, pero no funciona. Solo siento que me ahogo.

—Seguro que lo que has encontrado es muy antiguo, cariño —digo—. Ya sabes que por aquí hay montones de cosas antiguas. —Casi me convenzo a mí misma. Se me da tan bien esto, soy tan tranquilizadora… Nadie adivinaría que me está costando respirar.

—No —contesta con la respiración entrecortada—. No, joder, Fran, no es antiguo. Estaba envuelto en una lona de plástico. Y… Dios mío, creo que… No, lo sé. Ha estado ahí enterrada todo este tiempo. Es mi madre, Fran.

—¿Tu madre era Cora, la limpiadora?

Se me escapa sin darme cuenta. Me he quedado tan estupefacta que lo he dicho en voz alta. Porque eso significa que todo lo que creía saber sobre Owen es completamente falso. Ese glamur enigmático, ese lustre urbano, todo lo que me atrajo de él. ¿Y resulta que es… de aquí, del pueblo? ¿El hijo de Cora Deeker, la putita del bar del pueblo?

Solo ahora, en medio del silencio que sigue, comprendo la magnitud de lo que he revelado. Un escalofrío me recorre desde el cuero cabelludo hasta la punta de los dedos.

Al otro lado de la línea se prolonga el silencio. Puede que haya colgado. Deseo con todas mis fuerzas que se haya entrecortado la llamada justo antes de decir lo que he dicho. Que no me haya oído. Seis palabritas de nada. Si se ha interrumpido un momento la señal, quizá no las haya oído, ¿no?

Pero no, ahora le oigo respirar.

—¿Dónde estás, Francesca? —Su voz ha cambiado. Es dura y fría. Nunca me llama Francesca.

Lo ha oído todo.

# Owen

*¿Tu madre era Cora, la limpiadora?*

Me quedo mirando la pantalla del móvil.

Mi madre, muerta. Y Francesca lo sabía.

Es la noche más calurosa del año y aun así me castañetean los dientes.

Abro la *app* de rastreo del teléfono.

## Francesca

Miro el hervidero de gente, con el miedo subiéndome por la garganta. La voz de Owen al final de la llamada, su frialdad. Nunca la había oído así.

«¿Dónde estás?», ha preguntado. ¿Me estará buscando ahora mismo? ¿Persiguiéndome? Si es así, de repente me siento muy expuesta aquí parada, en medio de la fiesta.

Tengo que dejarle espacio para que se calme. Me cuesta usar la palabra «esconderme», pero es lo que tengo que hacer.

Y luego… Bueno, quizá se me ocurra alguna manera de persuadirlo de mi inocencia. Seguro que no es insalvable. Nada lo es. Eso lo aprendí hace mucho tiempo. Todo se arreglará. Siento que la opresión del miedo se afloja, ya me cuesta menos respirar.

Michelle pasa delante de mí con un *walkie-talkie* en la mano y se adentra entre el tumulto. En una visión repentina, como un caleidoscopio de pura inmundicia, me acuerdo de que anoche copularon en el almacén de los vinos, de las cerdadas que le hizo a mi marido.

El miedo se transforma al instante en rabia. Sí, ¡una rabia con la que puedo trabajar! Es la espita que necesito para toda esta mala energía.

—Ah, hola, Francesca. —Me mira como si no nos rodearan escenas de caos absoluto.

Parece absolutamente tranquila. Su práctico y feo moño no tiene ni un mechón fuera de su sitio y la suya debe de ser la única cara que no brilla de sudor. ¿Es que esta mujer no nota el calor? ¿Cómo se atreve a no sudar cuando en la pradera reina el caos?

Me dan ganas de abofetearla.

—Michelle, mi amor —le digo—, creo que tenemos que hablar un momentito. —Desvío la mirada hacia el gentío del césped—. Pero aquí no. En un sitio más tranquilo.

Es mejor que no nos vean. Le hago una seña.

Como es tan obediente, me sigue al trote. Sí, presiento que se acerca una liberación energética. Una purga de emociones tóxicas.

La llevo lejos del tumulto, hasta el huerto. Aquí se está bien, reina la calma. Y además —lo que es crucial— puedo ver ambas entradas. Me giro para mirarla, pero ella carraspea y señala con la cabeza el banco de la esquina, donde hay un par de huéspedes sentados, visibles solo por el resplandor blanco de su ropa. Espera, espera. No están solo sentados. Uno parece estar a horcajadas sobre el otro.

¡Oh, por favor! Pero tiene razón. La conduzco a través del huerto, hasta el camino que lleva a las Chocitas del Bosque. Esto está muy oscuro y tranquilo, lejos del caos y el bullicio de la pradera. Servirá.

Solo que me siento un poco... rara. Un poco desatada. Parece que le pasa algo raro a mi vista. Las Chocitas parecen cada vez más grandes. Parpadeo y vuelven a su tamaño normal, pero al segundo siguiente parece que se inclinan hacia mí. Levanto la mano para pararlas y cierro los ojos un poco más. Cuando vuelvo a abrirlos, ¡qué alivio!, han vuelto a su posición de siempre.

—¿Va todo bien, Francesca? —me pregunta Michelle.

—Por supuesto que sí —contesto, reponiéndome, y recupero

mi claridad de propósito al visualizar otra vez las imágenes del almacén de los vinos. Francesca Meadows puede elevarse sobre ese tipo de cosas. Francesca no siente verdaderos celos. Entiende que el sexo y la atracción son impulsos naturales importantes y que a veces, sencillamente, no se pueden reprimir.

Pero Frankie... Frankie está loca de rabia con Michelle, con esa zorra astuta y desagradecida.

Creo que, de hecho, voy a disfrutar con esto.

—Michelle —le digo—, para mí está bastante claro que esto te viene grande. Es hora de que te vayas, mi amor. Me temo que me has decepcionado y odio que la gente me decepcione.

Levanta la barbilla y vuelvo a ver ese destello de rebeldía en sus ojos. No es lo que esperaba.

—No —contesta.

—¿Cómo que no? —Me echo a reír. Será posible...

La risa se me atasca en la garganta. Algo me ha llamado la atención, junto a los árboles. Algo extraño les pasa a las sombras. Parecen moverse y expandirse hacia mí desde la oscuridad más profunda del bosque. Sacudo la cabeza.

—La verdad es —dice Michelle alisándose un mechón de pelo imaginario— que quien tiene que irse eres tú, Francesca.

Me quedo tan asombrada que por un momento no puedo ni hablar. Es como si una mascota dócil se hubiera revuelto de pronto y me hubiera mordido la mano. Por el amor de Dios, elegí a Michelle en parte porque es muy beis: una tipa de lo más básico, alguien a quien podía manejar como a un perrillo faldero.

Noto más movimiento junto a los árboles. Por encima del hombro de Michelle, me parece vislumbrar formas aberrantes, sobrenaturales, que se mezclan y se disuelven una vez más entre las sombras del bosque. Figuras oscuras con monstruosas cabezas de pájaro.

Perfiles demoniacos, semejantes a guadañas. Ojos vacíos que miran con fijeza.

No es real, no es real, no es real.

—Oh, es muy real —dice Michelle.

¿Lo he dicho en voz alta?

—Los ves —dice—, ¿verdad?

Me alejo un paso de ella.

—Pensabas que tú eras lo peor que había en el bosque —dice—. ¿Verdad?

—Basta —contesto.

—Siempre le has faltado al respeto a este lugar. A nuestras tradiciones. —Se retira el cuello de la camisa y deja al descubierto una marca justo debajo de la clavícula. Conozco esa marca porque una vez la pinté por todo el bosque para asustar a los otros.

—¿Eres... de ellos?

—Los cerdos de tus hermanos me encerraron en esa casa del árbol. Lo que me hicieron... —Se interrumpe un momento, cierra los ojos. Luego vuelve a abrirlos—. Además, no fui la primera. Y seguramente tampoco la última.

La miro fijamente.

—Eres...

—Shelly. Aunque ni siquiera te molestaste en preguntar cómo me llamaba.

Me gustaría decir que la reconozco, pero la verdad es que casi no me fijé en ella aquella vez. Solo era una chica del *fish and chips* con chándal y unos horribles aros dorados.

—Pero no fui yo —le digo—. Fueron mis hermanos.

—Pero estuviste encantada de dejarles hacer lo que quisieran, ¿verdad? De todos modos, tienes razón, es con ellos con los que tengo que ajustar cuentas.

Mientras hablaba, todo ha ido encajando en su sitio de una forma siniestra.

—Todo este tiempo has estado…

—El alpiste del césped, la sidra… —Hace una pequeña reverencia—. He sido yo, sí. El gallo muerto clavado ayer en tu puerta… También fue cosa nuestra. Y espero que te haya gustado nuestra instalación de la playa.

No tengo ni idea de a qué se refiere con lo de la sidra y el gallo. Pero ¿el alpiste? ¿Ha sido ella? ¿Y lo de la playa?

De nuevo siento más rabia que miedo. Le di un puesto de confianza, superé mis reservas sobre su horrendo estilo personal y su acento dudoso, ¿y así es como me lo agradece? ¿Cómo coño se atreve? Esta vez no intento refrenar mis sentimientos. No me hace falta respirar para calmarme. Mi rabia es mi poder oscuro.

—Bueno —le digo—, ahora lo entiendo todo. La que es puta lo es para siempre. Sí, os vi, imbécil. Anoche, en el almacén de los vinos. No te he echado hoy mismo porque he pensado que podías serme útil. Pero está claro que ya no me sirves de nada.

Doy un paso hacia ella. Al hacerlo, percibo las sombras monstruosas que salen de entre los árboles. Las cabezas cubiertas, los picos crueles. Se acercan a mí como si quisieran envolverme. Las acompaña un alboroto horrendo, un parloteo que se convierte en rugido. Me tapo los oídos, pero sigo oyéndolo. ¿Está dentro de mi cabeza?

—Alguien nos dejó un mensaje —dice Michelle—. Donde siempre. A la vieja usanza. Te acusaba de un crimen aún peor. De segar una vida. Del asesinato de una vecina de Tome. Aquí mismo, en este bosque. Lo tapasteis todo, el viejo y tú.

Desplomado en su estudio del bosque, con la puerta abierta a la noche. Sus desvaríos aterrorizados antes de morir…

Debajo de mí, el suelo parece inclinarse y tambalearse. Esto no puede estar pasando.

—No fui yo —digo—. No tienes pruebas.

Sonríe.

—No necesitamos pruebas. ¿Es que no lo entiendes? Nos ocupamos de estas cosas a nuestra manera, como siempre hemos hecho. Pero vamos a darte una oportunidad. Vete inmediatamente, en el plazo de una hora, y no vuelvas nunca más.

¡Qué ultraje! ¡Qué barbaridad, qué absoluta insolencia, ordenarme a mí que me vaya de mi hogar ancestral!

—Estas son mis tierras —siseo—. Es mi herencia.

De pronto me acuerdo de la botella rota de la bolsa de tela que le he quitado a Gorrión. Meto la mano en la bolsa y siento el roce del cristal roto en la yema del dedo. Sí, está lo bastante afilado para lo que lo quiero.

Agarro la botella. Estoy a punto de sacarla cuando veo que otra figura sale al claro desde otra parte del bosque. Es muy real, claramente humana. Pero no se parece en nada al hombre que conozco, tiene el rostro transfigurado por la ira.

Owen.

Me doy la vuelta y echo a correr.

# Owen

Me quedo un momento parado mirando cómo huye, como si tuviera los pies clavados en el sitio.

He seguido el punto parpadeante hasta el lindero del bosque. He corrido como un loco entre los árboles hasta llegar a las Chocitas del Bosque y he visto a Francesca ahí de pie. Quería que me mirara a los ojos. Necesitaba que me lo explicara. En parte, deseaba desesperadamente convencerme de que, a pesar de lo que ha dicho por teléfono, era inocente. La alternativa... era impensable.

Pero la cara que ha puesto al verme lo decía todo. La culpa, ese faro encendido.

Eso, y el hecho de que haya huido.

Creé este lugar para ella. Para la niña-diosa que vi por primera vez hace tantos años. Por el sueño de perfección que representaban ella y este edificio. La mujer que le daba sentido a todo. Mi amor. Mi luz.

¿Una asesina? ¿La asesina de mi madre?

Ahora todo está claro: tan claro como cuando era niño y sostenía esa cerilla encendida, previendo el cambio que estaba a punto de obrar en el tejido de las cosas.

Sé lo que tengo que hacer.

# *Francesca*

Corro hacia La Mansión. Casi he llegado al edificio principal, cruzo el aparcamiento de personal y, al mirar al otro lado de la explanada de grava, veo a dos de los sucios pueblerinos que asaltaron antes el escenario. El mayor —un espectáculo lamentable: un hombre de mediana edad vestido como un adolescente, con una asquerosa camiseta con algo escrito— sostiene uno de mis faroles encendidos. Los miro fijamente un momento y se quedan mirándome boquiabiertos, como dos ratas acorraladas. La peste a gasolina, la llama desnuda, los charcos brillantes en el suelo, entre ellos y el edificio. Y en ese mismo instante se me ocurre que Gorrión, el único testigo verdadero de lo que ocurrió entonces, está ahora mismo encerrada en la casa. ¿Qué decía yo? El universo siempre acude en mi auxilio.

—¡Adelante! —les digo—. Vamos. A ver si os atrevéis. A ver si os atrevéis.

Siguen dudando. Parecen asustados. Creo que me tienen miedo. Puede que ese encuentro junto al bosque me haya cambiado de algún modo, me haya prestado algún poder sobrenatural.

—¡Oh, por Dios! —grito—. ¿Es que tengo que hacerlo todo yo?

Me abalanzo hacia ellos, cojo el farol y lo lanzo al brillante charco de fluido, que se prende y forma al instante una cadena de fuego líquido que avanza rápidamente hacia el edificio. Se desplaza tan rápido que la vista no alcanza a seguirlo, y puede que sea lo más hermoso que yo haya visto jamás.

Este lugar ha sido la creación de toda una vida. Es el único sitio en el que me he sentido de verdad feliz. De verdad yo misma. Pero ahora está envenenado. Contaminado irremediablemente. Esta podría ser la solución. Un terrible incendio provocado por vecinos resentidos. Si tratan de decir lo contrario, los machacaré en los tribunales. Una de las máximas de mi abuelo era: nunca vayas a ningún sitio sin un buen paraguas legal.

Un nuevo comienzo. Limpiar todo lo que ha pasado antes. Sí, ahora lo veo con claridad. La purificación por el fuego. Resurgir, como el ave fénix, del hollín y los restos de la tragedia.

Y además tengo un seguro excelente.

Me refugio un momento a la sombra de la casa y observo cómo empiezan a trepar las llamas. Luego doy media vuelta y regreso corriendo al aparcamiento de personal, donde el Aston Martin de Owen brilla como una carroza de plata lista para sacarme de aquí.

Tengo que irme. Alejarme un poco para recuperar mi espacio mental. Todo esto es…, bueno, es muy fuerte, ¿sabes?

Un plan empieza a cobrar forma. Yo, por supuesto, no sabía nada del cadáver enterrado en los terrenos de la finca. Una herencia sorpresa bastante desagradable. Lo que sí sabía es que mi abuelo estaba liado con esa mujer. Eso diré. A fin de cuentas, ya tenía antecedentes, todos esos escándalos anteriores que llevaron a mi abuela al borde de la locura. Y quizá una noche las cosas se le fueron de las manos en el bosque, donde tenía su estudio.

El abuelo era muy pragmático, después de todo. «A un muerto no se le puede difamar», dijo una vez cuando publicó sus memorias y echó a los lobos a varios compañeros fallecidos. A un muerto tampoco se le puede condenar. ¿Sabes?, la verdad es que creo que a él no le importaría. Desde luego, creo que lo entendería. ¿Que lo aprobaría, incluso? Y el abuelo tenía muchos recursos, igual que yo. Cuando le dije lo de la nota que me dejó Cora para intentar congraciarse conmigo después de colarse en el estudio del abuelo, me dijo que podía usarla en nuestro provecho: *Lo siento mucho. No sé lo que pensarás de mí ahora mismo, pero espero que lo entiendas…*

¿Podía haber algo más sencillo que reutilizar la nota? ¿Enviársela al marido de Cora fingiendo que ella había huido de su vida miserable en ese parque de caravanas? De todos modos, seguramente solo era cuestión de tiempo.

Sí, cuanto más lo pienso, mejor me parece.

Respiro hondo para restaurarme. Ya me siento mejor. Empiezo a ver cómo va a salir todo. El abuelo asumirá las culpas a título póstumo. Yo soy la parte perjudicada. Los pecados de nuestros padres y abuelos, etcétera. El veneno del patriarcado. Podemos darle un giro feminista. No, quizá deberíamos darle un tono menos furioso, más apenado. Hacerlo girar en torno a la sanación.

Me niego a que me castiguen por algo que ocurrió hace tanto tiempo. La chica que era entonces ahora me parece una pariente lejana. Supongo que lo único que tengo en común con ella es que las dos somos supervivientes. Hemos sobrevivido a todos esos momentos en que la gente nos ha defraudado.

Me paro en la grava y me siento al volante del coche plateado. Saco la llave de la funda de mi teléfono y el motor cobra vida con un rugido al tiempo que, detrás de mí, todo empieza a arder.

# *Bella*

Abro los ojos a una densa y roja neblina de dolor. Me arrastro hasta la puerta: está cerrada. Ella… me golpeó, ¿verdad? Sí, veo el fósil manchado de sangre tirado en la alfombra antigua. Me muevo por instinto a través del dolor, con el pensamiento reducido a lo esencial. Agarro el fósil, lo sostengo en la mano y lo uso para romper la ventana. Arranco del marco todos los trozos que puedo, me subo a una silla y paso por el hueco. Noto vagamente el escozor de los cristales rotos al rozar mi carne, pero no es nada comparado con cómo me duele la cabeza.

Hay más distancia de la que esperaba hasta el sendero de grava, y caigo en mala postura. Me levanto tambaleándome, temblorosa, y voy medio corriendo, medio tropezando hasta la entrada delantera de la casa, con la vista nublada como si tuviera los ojos encharcados. Huele a humo. El calor parece haberse intensificado.

Entonces oigo el gruñido de un motor y veo el coche plateado avanzar por el camino de entrada, con una figura rubia al volante.

Solo puedo pensar: se marcha. Se escapa. Sé que es muy importante que la detenga, pero no puedo pensar con claridad, el dolor de cabeza lo nubla todo. ¿Podría bloquear la verja desde aquí de alguna manera? No, no hay tiempo.

Me dirijo tambaleándome hacia la entrada, pero es inútil. Es imposible que la alcance. Pero alguien la persigue: una figura que sale corriendo del bosque. A medida que se acerca, veo que es Owen Dacre, corriendo tras el coche como un loco. Y me parece distinguir otras formas sombrías que salen del otro extremo del bosque y avanzan hacia la verja.

—Dios mío —dice alguien. Giro la cabeza y veo a Eddie—. ¿Estás bien? Tu cabeza, tus brazos… Estás sangrando. Ven, creo que deberías sentarte…

—Eddie —jadeo agarrándome a su brazo—, me ha atacado. Y ahora se va. Mira…

El coche plateado se desliza inexorablemente hacia la verja.

—No puedo dejar que se vaya —digo—. Tiene que ser ahora, esta noche. Tengo que impedir que se salga otra vez con la suya.

# *Eddie*

Corro a la parte de atrás de La Mansión. Le he dicho a Bella que voy a buscar una bolsa de hielo para su cabeza. Como juego al *rugby*, he visto muchas conmociones cerebrales y la suya tiene muy mala pinta. He intentado que se sentara, pero seguía de pie cuando la he dejado. Espero de verdad que no esté pensando en hacer ninguna tontería.

Doblo la esquina y me topo con Nathan Tate. Tiene los ojos desorbitados y parece aún más hecho polvo que antes.

Entonces se oye un estruendo sordo, una ventana estalla allá arriba y llueven cristales a nuestro alrededor. Miro hacia arriba y veo salir las llamas por el hueco.

—Dios mío —digo—. Nathan, ¿qué has hecho?

—No he sido yo. Ha sido esa puta bruja, que está loca. Te lo juro. —Se lanza hacia delante y me agarra por los brazos—. Eddie, iba a buscarte. —Tuerce el gesto. Las palabras siguientes le salen de golpe, atropelladamente—. Mira, voy a decirte la verdad, ¿vale? Es cierto que le pasaba caballo a Jake. Y me... me siento fatal desde entonces por haberlo hecho. Me reconcome por dentro. Lo siento, tío. Pero tendrías que haberlo visto. Se notaba que lo necesitaba, por lo que fuese. Necesitaba algo que le hiciera sentirse mejor. Estaba muy jodido, muy triste.

Mira hacia el camino.

—No puedo creer que esa tía le haya prendido fuego a su propia casa. Qué puta psicópata. —Se le endurece la voz. Tiene una mirada salvaje, aprieta los puños—. Eso también tenía que quitármelo, ¿no? Y ahora cree que se va a ir de rositas. Pues no. Ni hablar.

Entonces me vuelvo y veo que echa a correr.

# *Owen*

Veo desaparecer las luces traseras de mi coche por el camino, pero me siento sobrehumano, imbuido de una fuerza y una velocidad anormales. Mi cuerpo entero, de la cabeza a los pies, vibra lleno de rabia y adrenalina. Me siento como si pudiera hacer pedazos a una persona con mis propias manos.

Ahora lo entiendo. Por eso me hicieron venir a Tome.

Y pensar que Francesca llevaba una vida de luz y opulencia bajo el sol mientras mi madre yacía aquí todo este tiempo, abandonada en la tierra fría y oscura… Y que haya escapado a la justicia todos estos años…

Pero eso va a terminarse esta noche.

Esta vez no va a salirse con la suya.

# Francesca

La verja se abre para dejarme salir. Veo por el retrovisor llamas saliendo de las ventanas de abajo. Secretas, casi furtivas. Casi desearía quedarme a mirar. Un leve espasmo de emoción. La misma emoción que sentí hace años en el bosque, esperando ver el terror reflejado en la cara de Gorrión. O mientras repartía los *brownies* que hice aquella noche y esperaba a que se desencadenaran las consecuencias.

Entonces miro por el parabrisas y me parece ver a varias de esas horribles figuras encapuchadas retirándose velozmente del extremo más alejado del bosque. Echo otro vistazo por el retrovisor y veo una figura que corre hacia mí. Owen. Y cuando me acerco a los postes de la verja, alguien sale de entre las sombras. Capto el brillo del pelo rubio claro: Michelle, su cara seria y decidida. Extiende los brazos como si tratara de agarrarme.

Pero la verja se ha abierto para franquearme el paso. Piso a fondo el acelerador y paso a toda velocidad, dejándola atrás. La verja se cierra y puedo volver a respirar. Voy a escaparme. Como antes.

Ahora todo ha quedado atrás, voy más rápido de lo que nadie podría ir a pie, ni siquiera por este tortuoso camino rural, y siento que tengo todo el tiempo del mundo. Al frenar en una curva cerrada, algo se sale de la bolsa que le quité a Gorrión y cae al suelo. Paro el coche y me molesto en recogerlo. Parece ser una especie de diario. Lo hojeo rápidamente y veo las fechas. Mi nombre. Arranco las páginas del lomo y las lanzo a la brisa caliente. Tiro detrás de mí las tapas vacías, despojadas por completo del poder que quizá podían tener. ¡Qué bien sienta purgarse físicamente del pasado!

Entonces vuelvo a pisar el acelerador.

Ahora estoy doblando la curva que lleva a esa granja repugnante y apestosa junto a los acantilados. Más allá está ese horrible parque de caravanas.

Voy a necesitar un sitio nuevo, obviamente. En el extranjero. Quizá podamos variar un poco: ofrecer sesiones de terapia, reseteos mentales de una semana. Una clínica Mayr sin el componente masoquista. Ya estoy viendo las entrevistas y los reportajes. Cualquiera pensaría que este tipo de cosas —este tipo de escándalos, porque supongo que eso acabará siendo— echaría a la gente para atrás, pero nada más lejos de la realidad.

Noto el viento cálido en el pelo. El aire de la noche de verano me acaricia como terciopelo la cara vuelta hacia arriba. ¡Cómo brillan las estrellas! De hecho, es como si brillaran solo para mí. Resplandecen, vibran casi con esa energía loca y hermosa, como si el universo me hablara directamente, como hace a menudo. Bajo la mirada y veo que tengo algunas estrellas esparcidas por el regazo, brillando ahí. Parpadeo. Qué extraño. ¡Y qué maravilla!

Cojo un puñado y las lanzo hacia arriba. Saltan al cielo de medianoche como purpurina, como las motas de mi anillo de ópalo negro. Me río y el viento cálido se lleva mi risa como si fuera otro puñado de estrellas. Me siento un poco rara. Pero no mal. Solo… desatada. Dejo que mi mirada se pierda en el mar mientras sueño con nuevos horizontes.

Cuando vuelvo a mirar la carretera, hay una figura en medio. Agito la mano para borrarla, para dispersarla como he dispersado las estrellas. Pero no ocurre nada. Cierro los ojos y vuelvo a abrirlos. La figura sigue ahí. Un oscuro temor se apodera de mí. Un mal presentimiento. Intento volver a las estrellas, al viento cálido. Sé que debe de ser un truco de las sombras, una mancha que se ha formado en mi visión.

Y, además, no son reales.

Pero cuando parpadeo continúa ahí: la figura alta vestida de negro, la capa ondeando tras ella como un jirón más oscuro de la noche. Levanta los brazos y me hace señas de que me detenga. Al acercarme, veo la forma grotesca de la cabeza, el pico ganchudo.

Ese sentimiento turbio se eleva como un hongo atómico de terror. Algo le pasa a mi vista, porque la figura también parece hincharse, crecer delante de mí. Los brazos extendidos se convierten en dos alas negras dispuestas a envolverme por completo. Estoy casi encima de ellas, pero no se mueven. Giro un poco el volante, intentando desviarme. Toco el claxon. Pero se cruza en mi camino. Parece que va a abalanzarse hacia mí, a echarse sobre mí: salta sobre el capó del coche. Doy un volantazo y se oye un ruido sordo y un tintineo disperso. Cuando piso el acelerador, no pasa nada, solo se oye un horrible chirrido. Abro la puerta, miro hacia arriba y veo que viene a por mí.

Se oyen aullidos a mi alrededor: yo estoy aullando, el universo está aullando. Creo que también la oigo aullar a ella, hace tantos años, cuando cayó al suelo del bosque.

Empujo a la figura oscura y le arranco un trocito blando. Ahora corro, huyo. ¿Estoy en el bosque? Hay algo que se me enreda en las piernas. ¿Son ramas? No, son zarzas, entrelazándose a mi alrededor. Me abro paso a empujones y, de repente, ceden tan fácilmente como si fueran nubes de humo. Y ahora no hay nada debajo de mí ni delante, solo el cálido aire de una noche de verano. Navego, remonto el vuelo hacia el cielo estrellado.

Ah. Ya no estoy volando, estoy cayendo y…

*Las sombras vuelven a fundirse con el bosque. Se arremolinan y se mezclan en torno al árbol de los cien ojos. Sombras con forma, con sustancia. Nunca fracasan cuando buscan justicia. Son parte de la naturaleza. Y la naturaleza siempre encuentra una manera.*

# DESPUÉS

# EL DÍA DESPUÉS DEL SOLSTICIO

## *Eddie*

Está amaneciendo. El humo se está disipando y más allá no hay ni una nube en el cielo. Están todos sentados en el césped, la mayoría envueltos en las mantas térmicas que ha repartido el personal de emergencias, aunque ya empieza a hacer calor. Pero es lógico, por el *shock* y todo eso.

La espalda me está matando. Siento como si me hubieran descoyuntado los hombros. Todavía me duele respirar. Dicen que soy un héroe por la cantidad de gente que saqué de La Mansión antes de que ardiera hasta los cimientos. Cuando levanté la vista y vi el edificio totalmente envuelto en llamas, no me paré a pensar. Corrí a ayudar, con el piloto automático puesto. Agarraba a la gente a medida que iba saliendo. Algunos estaban totalmente fuera de sí, no sé si por la sidra o por el humo o por qué. Los arrastraba uno por uno por el césped hasta un lugar seguro, lejos de los cascotes de piedra y los cristales que caían de arriba. Entré una y otra vez.

Oigo el chisporroteo de un *walkie-talkie*. Un par de policías, uno de uniforme y otro de paisano, están a unos metros de mí conversando en voz baja, pero capto lo que dicen:

—O sea, que lo fundamental es la secuencia de los hechos.

Cómo acabó a un kilómetro y medio de aquí, al fondo del acantilado, mientras esto se quemaba…

—Dios mío, Eddie. —Ruby se acerca a mí tambaleándose y pierdo el hilo de lo que están diciendo los policías.

—¿Estás bien, Ruby?

Niega con la cabeza, incapaz de hablar. Me levanto y se acerca a abrazarme. Puede que mi abrazo sea demasiado largo o demasiado fuerte, porque se echa un poco para atrás y me mira.

—¿Y tú? ¿Estás bien, Eds?

Abro la boca, pero no encuentro palabras para responderle. Ni siquiera sé por dónde empezar.

—Has estado increíble, Eds. ¿Qué pasa? ¿Que hay dos personas a las que no pudiste sacar? Pues no tienes que sentirte culpable por eso. Tú no podías saber que había más gente ahí dentro. Te lo noto en la cara, que te está reconcomiendo.

Es verdad que quería salvar a tanta gente como fuera posible. Por eso entré tantas veces en el edificio en llamas, sin importarme lo que me pasara.

Hay dos a los que no logré sacar. Todos hemos visto las bolsas negras en la trasera de la ambulancia. Pero no es por eso por lo que me siento culpable. Sé que seguramente no podía haber hecho nada por ellos. Supongo que Ruby me conoce bastante bien. Y supongo que es capaz de interpretar bastante bien lo que siento. Pero lo que ella cree ver no es la imagen completa.

# *Bella*

—No se mueva —me dice el sanitario mientras me pone el último punto de aproximación en la herida que tengo sobre la ceja.

Aquí sentada, envuelta en mi manta térmica, entrecierro los ojos por el dolor mientras intento escuchar las conversaciones ajenas. A mi alrededor se arremolinan rumores sobre muertos, puede que varios.

Ya ha llegado la policía. Los veo moverse entre los grupos de huéspedes de la pradera y hablar con unos y otros. Yo no quiero hablar con ellos. Todavía no. Para empezar, porque no consigo aclararme sobre lo que pasó anoche. Me duele muchísimo la cabeza. Por lo visto, tengo una conmoción cerebral bastante grave. Lo último que recuerdo es ver a Francesca marcharse en ese coche plateado. Y saber que no podía dejarla escapar.

¿Me desmayé después de eso? Creo que sí. Todo lo que pasó después está en blanco.

Ahora mismo solo puedo pensar en mi hija. Quiero volver a casa con ella, con mi bebé. A mi vida pequeña y segura. Pero presiento que va a pasar un buen rato antes de que pueda hacerlo.

Ahora entiendo mejor a Cora. No dejas de tener anhelos solo porque hayas tenido un hijo. No dejas de desear cosas o de aferrarte a una versión anterior de ti misma. Y menos aún, imagino, si fuiste madre siendo aún una cría. A nosotros Cora nos parecía guay y sofisticada, y ella nos veía como dos chavalitas incapaces de imaginar las responsabilidades que tenía en casa. En ese lugar mágico —ese sitio que en algún momento comparé con Narnia o con el País de Nunca Jamás—, Cora podía escapar a otro mundo, aunque fuera solo unas horas al día.

Levanto la vista al oír el crepitar de una radio. Hay policías uniformados por todas partes, además de un puñado selecto que van de paisano, creo. Me fijo en uno en particular. Un hombre más o menos de mi edad, con el pelo muy corto y canas en las sienes. Es el más alto de todos y el que parece tener más autoridad. Al girarse hacia aquí, la luz del sol le da en la cara.

Pero no puede ser.

# Inspector Walker

—Es un milagro que no haya más víctimas —le dice Fielding a Walker—. He empezado a hacer una lista de testigos clave, como me pidió. No paro de oír que hay un tipo del personal, un pinche de cocina, que se ha portado como un héroe. Dicen que ayudó a salir a un montón de gente. Es un chico simpático. Está un poco conmocionado. No parece que se las dé de héroe, como suele pasar con quienes lo son de verdad. Habría que proponerlo para una Medalla al Mérito Civil o algo así. Mire, está allí sentado. Venga a conocerlo.

Walker sigue al sargento Fielding hasta un trozo de hierba donde está sentado un joven corpulento. Tiene la mirada un poco perdida, está pálido y cansado y se le marcan las ojeras a pesar de estar moreno.

—Aquí está —dice Fielding—. ¿Cómo dijiste que te llamabas, chaval?

—Eddie —contesta—. Eddie Walker.

Fielding se vuelve hacia el inspector Walker.

—Anda, qué coincidencia. Aunque supongo que es un apellido bastante común. —Vuelve a mirar al chico. Y luego a Walker—.

Tiene gracia. Si no supiera que no puede ser, diría que… —Se interrumpe, visiblemente desconcertado.

Walker ve cómo se esfuerza su cerebro por asimilar lo imposible.

El chico —que es ya casi un hombre— se pone en pie y mira fijamente a Walker. El inspector capta el momento exacto en que se da cuenta.

—Qué cojones… —dice Eddie, y, por la torpeza con la que lo dice, Walker comprende que no está acostumbrado a usar ese lenguaje.

«Mamá educó a sus hijos para que no dijeran palabrotas».

—Si nos disculpa un momento —le dice Walker a Fielding.

—Sí. Claro…, jefe. —Pero, mientras se aleja, el sargento mira hacia atrás una o dos veces como si tratara de entender lo que ven sus ojos.

Walker sabía que este momento iba a llegar. Cuando tuviera que retirarse de la investigación porque el caso tiene demasiadas implicaciones personales. Cuando tuviera que desvelar sus profundos vínculos con este rincón del mundo. Y admitir que, aunque llegó aquí desde Londres, no es de Londres de donde procede.

Nota que Fielding lo observa, un poco apartado. Sabe que tiene que dar algunas explicaciones. Muchas, de hecho. Cabe la posibilidad de que esto le acarree una sanción disciplinaria o algo peor. Pero no puede preocuparse por eso ahora. Porque, sobre todo, debe darle una explicación al chico que tiene delante. Traga saliva.

—Soy yo —dice—. Soy Jake, tu hermano mayor. He vuelto.

# *Eddie*

—No —digo—. No puede ser.

Es una broma de mal gusto. Tiene que serlo. Es completamente absurdo. Jake era un desastre, un drogadicto. Le robó el tractor a mi padre. Se descarrió. Es imposible que haya acabado siendo esto: un policía, nada menos.

Pero es él. Aunque tiene la cara más fina y avejentada, por debajo veo al chico de los álbumes de fotos. Si lo sabré yo… Las he mirado muchas veces arriba, en mi cuarto, intentando recordarlo tal y como era e imaginando cómo sería ahora.

Ya lo sé.

Y también sé, después de lo de anoche, que nadie es lo que parece.

—Eddie —dice con voz ronca. Veo que le brillan lágrimas en los ojos—. No puedo creerlo. Sé que es una estupidez. Que ha pasado mucho tiempo. Pero para mí sigues siendo ese niñito rubio que chapoteaba en su piscinita infantil. Te encantaba esa dichosa piscina.

Se tapa los ojos y veo que respira hondo, tembloroso. Luego tose y cuadra los hombros. Veo cómo se recompone.

—Lo siento. He pensado muchas veces en este momento, pero me cuesta creer que estés de verdad aquí, delante de mí, hecho un hombre. Y además dicen que eres un héroe, Eddie. ¡Mi hermanito! Me han contado lo que has hecho. La cantidad de gente a la que salvaste anoche. Mira, sé que esto está fuera de lugar y que no tengo derecho a decírtelo después de tanto tiempo, pero estoy muy orgulloso de ti.

—No —digo rápidamente—, no soy un héroe.

—Pero…

—No lo soy.

—Vale. —Asiente como si estuviera dispuesto a dejarlo pasar por ahora—. Oye… Imagino que tendrás un montón de preguntas.

Siento tantas cosas a la vez, tengo tantas cosas que preguntarle, que no sé por dónde empezar.

—Pero ¿dónde has estado? —le digo—. Creía que estabas en la cárcel o incluso… —No puedo decirlo en voz alta: «muerto»—. Pero, pero… Fíjate. Estás bien. —Lo digo con enfado. Y es verdad que estoy enfadado. Si está bien, ¿de qué ha servido tanto sufrimiento?

—Eddie —dice—, no estoy bien, aunque supongo que podría decirse que estoy mejor que antes. Estaba muy mal en aquella época. Después de lo que les hice a mamá y papá. Después de que papá me echara. Pero no se trataba solo de eso. Pasó algo muy grave, Eddie. Me era imposible volver aquí después de aquello. No podía volver así como así.

—Lo sé —le digo—. Sé lo de la chica que murió.

Se pone pálido.

—¿Cómo? —susurra.

—Me lo contó ella. —Señalo al otro lado del césped, donde Bella está sentada mientras un sanitario le cura la cabeza. Nos está mirando fijamente. No, está mirando a Jake.

—Así que ha venido —murmura él casi para sí mismo—. No sabía si vendría después de tanto tiempo. Me preguntaba cómo lo habría afrontado, si le habría afectado tanto como a mí. Verás, tuve que encontrar la manera de sobrellevarlo. Este trabajo me ha ayudado mucho. Resolver asesinatos. Ha sido como… una penitencia, supongo. Me he especializado en casos archivados, Eddie. En descubrir la verdad acerca de crímenes que llevan mucho tiempo sin resolverse. En buscar justicia. —Como si hablara aún consigo mismo, añade—: Quizá tendría que haber imaginado que esto solo podía acabar así.

Se pasa una mano por el pelo cortado a cepillo, mira al suelo. Respira agitadamente, su pecho sube y baja. Por fin parece armarse de valor. Me mira directamente a los ojos.

—Lo sé por experiencia. Sé que las posibilidades de llegar a imputar a alguien en un caso como este, pasados quince años, son casi nulas. Y eso incluso teniendo todas las pruebas. Esta gente no permite que le salpique el barro. Tienen los mejores abogados, contactos de alto nivel. Se creen que son… invencibles. Es como si heredaran eso junto con todo lo demás. Yo no tenía nada, aparte de mi palabra, la palabra de un chaval asustado.

Se encoge de hombros.

—Sabía que era inútil recurrir a las autoridades. Y sabía también que yo no podía acercarme. Me amenazaron en aquel entonces, amenazaron a nuestra familia. No podía arriesgarme. Pero, por el amor de Dios, era tan absurdo que mi trabajo consistiera literalmente en resolver asesinatos y que no pudiera hacer nada respecto a un asesinato que presencié con mis propios ojos. —Su voz cambia. Suena más dura, más enfadada—. Sabía que no podía dejar que se saliera con la suya. —Se interrumpe y mira por encima de mi hombro.

Me giro y veo a Bella Springfield a unos metros de distancia.

—¿Jake?

Asiente con la cabeza. Se aclara la garganta.

—Hola —dice—. Cuánto tiempo.

Si intentaba darle un toque distendido a la situación, no lo ha conseguido. Me pregunto si estarán recordando ambos la última vez que se vieron. Dos adolescentes aterrorizados.

Se quedan mirándose un momento. Luego, Bella cierra los ojos y suspira como si acabara de entender algo.

—Fuiste tú —dice mirándolo de nuevo—, ¿verdad? Tú me enviaste ese recorte. Tú me trajiste de vuelta aquí.

Él asiente.

—Tú sabías lo que habían hecho con el cadáver. Siento no haber contestado a tu mensaje en aquel momento. Me encontraba muy mal. Pero siempre me arrepentí de no haber hecho nada, de no haber dicho nada. Sobre todo, cuando me hice policía, y especialmente cuando empecé a dedicarme a casos sin resolver. Luego, ella volvió aquí como si no hubiera pasado nada, con intención de blanquear este sitio y su pasado. Iba detrás de las tierras de mis padres. Empezó a hacer reclamaciones a través del ayuntamiento. Está todo en su página web. Decía que en realidad esas tierras eran suyas. Así que os busqué.

Señala en otra dirección y al volverme veo a Owen Dacre sentado con la cabeza entre las manos. Aunque no se le ve la cara, parece completamente destrozado.

—Primero contacté con él —continúa Jake—. Fue el primero a quien traje aquí, antes que a ti. En cierto modo fue una crueldad, pero no soportaba pensar que durante todos estos años él creía que su madre lo abandonó.

—Dios mío —dice Bella, atónita—. Me siento como una idiota. ¿Cómo he podido no darme cuenta? Es él, claro que es él. Ahora lo veo. Pero para mí fue siempre solo Gamba. Supongo que ha sido por la ropa y el nombre. —Hace una mueca—. Y porque está casado con ella.

Jake menea la cabeza.

—Destapar así el pasado puede tener repercusiones impredecibles. No se me ocurrió pensar que le ocultaría a ella quién era. Pensaba que quizá habría alguna forma de comunicarme con él, de contarle lo que ocurrió. Pero entonces se enamoró de ella, de golpe. Y me di cuenta de que necesitaba algo más. Así que recurrí a ti.

Bella sacude la cabeza, muda de asombro. Luego dice:

—Pero no sabías si yo vendría. No sabías si vendría alguno de los dos.

Jake asiente.

—Claro que no. Pero hice lo que pude para que las cosas empezaran a moverse. No sabía exactamente qué ocurriría, pero pensaba que podía pasar algo. Verás, eso es lo que se hace con un caso sin resolver. Vuelves a interrogar a los testigos principales, investigas de nuevo a los participantes clave. Haces todo lo que puedes. Tiras de cada hilo. Pruebas todas las posibilidades. Le das la vuelta a todo otra vez, de arriba abajo. —Frunce el ceño—. Pero no sé si podría haber previsto todo esto. Yo… —Se interrumpe.

—¿Qué? —pregunta Bella.

Él echa un vistazo hacia atrás, hacia sus compañeros policías. Baja la voz.

—No debería decírtelo. Podrían despedirme. Aunque quizá ya no importe. Hay un cadáver en el fondo del acantilado. Estamos a la espera de la identificación oficial, pero es ella, sé que es ella.

Oigo que Bella contiene bruscamente la respiración.

—Fueron los Pájaros —dice Jake—. El viejo Graham Tate jura que los vio. Y ella tenía una pluma negra en la mano.

—¿Está muerta? —Trago saliva como si tuviera algo atascado en la garganta—. ¿Estás diciendo que… Francesca Meadows ha muerto?

—Sí. —Jake hace un gesto afirmativo. Luego me mira fijamente—. Eddie, ¿estás bien?

# SOLSTICIO

## *Eddie*

Observo la silueta plateada del coche que avanza por el camino, hacia la verja. Las palabras de Nathan Tate resuenan en mi cabeza. «Pero tendrías que haberlo visto. Se notaba que lo necesitaba, por lo que fuese. Necesitaba algo que le hiciera sentirse mejor. Estaba muy jodido, muy triste».

Pienso en mi hermano perdido. En mi padre destrozado. En mi familia, rota por lo que ella hizo. Entiendo lo que quiere decir Bella. Francesca Meadows es rica y pija y lleva quince años saliéndose con la suya. Naturalmente, lo hará otra vez, saldrá impune.

¿Qué puedo hacer yo? Pero algo tengo que hacer. Nunca en vida había odiado a nadie, pero después de lo que he descubierto, de lo que hizo… Sí, creo que la odio.

No hay mucho tiempo. «Piensa, Eddie, piensa». La carretera serpentea tierra adentro un trecho antes de volver al mar y no se puede ir a más de treinta por hora. El camino del acantilado es mucho más corto, más directo. Quizá pueda…

Corro al aparcamiento de bicis, a pocos metros. Cojo la mía. Pedaleando como un loco, adelanto a Nathan Tate, que no tiene ninguna posibilidad de alcanzarla, y luego casi pierdo el equilibrio al ver a Owen Dacre corriendo hacia la verja con la cara crispada por la furia. Me tambaleo un poco cuando adelanto también a Michelle, que mira hacia el camino con cara de rabia. Y cuando cruzo la verja, me parece vislumbrar varias figuras oscuras en los márgenes de mi campo de visión, observándome mientras avanzo.

Luego los dejo a todos atrás y estoy solo yo. En el sendero del acantilado, pedaleo como si mi vida dependiera de ello, derrapando sobre guijarros y pisando baches. Muevo las piernas sin cesar, me arden los pulmones y el sudor se me mete en los ojos. La luna alumbra mi camino: cuelga, enorme y pesada, sobre el agua negra. Me arde el pecho, siento que voy a vomitar por el esfuerzo, pero no puedo detenerme. Lo único que sé es que tengo que llegar a tiempo.

Por fin llego al lugar donde la carretera sale de nuevo a los acantilados, junto al parque de caravanas. Salto de la bici, jadeante. Miro en ambas direcciones tratando de oír algo por encima del latido de mi corazón, que me retumba en los oídos. No se ve ningún coche. He llegado tarde. Ya debe de haber pasado. Pero entonces…

Sí, oigo el gruñido de un motor. Veo el resplandor de los faros sobre una pequeña elevación del camino, viniendo de La Mansión. Un destello de plata. Es ella. El corazón me late aún más fuerte. Es mi oportunidad.

Pero necesito otra cosa, algo más. Tengo que ser algo más. Algo más que el buenazo de Eddie Walker, que ni siquiera es capaz de matar una araña cuando su novia se lo pide. Necesito algo que la haga pararse en seco.

El rugido del motor se hace más fuerte. No tengo mucho tiempo. Tiro la bici y, al hacerlo, la alforja cae al asfalto con un ruido sordo y me acuerdo de la máscara, la capa y los guantes escondidos dentro. De la aterradora visión de esas figuras negras en el bosque.

Levanto la máscara, pero de repente no parece solo una

máscara. Es como si vibrara con una extraña energía... o puede que sea solo el temblor de mis manos. Por un momento se para el tiempo, la miro fijamente y pienso: «¿Seré capaz?». Ahora, sin embargo, siento que esto estaba destinado a ocurrir. Es la única manera.

Me la pongo sobre la cara. Me echo el manto sobre los hombros y, aunque hace un calor horrible y la tela negra es gruesa y pesada, siento un extraño frescor sobre los hombros. Me estremezco: el primer escalofrío que siento en toda la noche.

Me quedo aquí, esperando. Oigo un grito procedente del parque de caravanas. Miro atrás y, a la luz de la luna, veo al viejo Graham Tate agarrado a la valla, con una botella de *whisky* en la mano. Me mira asustado, con los ojos muy abiertos. Tardo un instante en darme cuenta de que no me ve a mí, a Eddie, sino a uno de los Pájaros. Y está aterrorizado.

Esta cosa que llevo puesta no es solo tela y plumas. Me está convirtiendo en alguien —o en algo— distinto. Un poder oscuro se infiltra dentro de mí. Y cuando los faros giran en la última curva, me planto en medio de la carretera, levanto las manos, la capa se hincha detrás de mí y grito «¡PARA!», pero mi voz ya no es mía. Sale como un graznido, no se parece a ningún sonido que yo haya hecho jamás, a ningún sonido emitido por un ser humano.

Veo su cara a través del parabrisas. Ella también está aterrorizada.
Bien.

Porque ya no soy Eddie. El miedo se ha esfumado; la duda, también. Solo queda la ira. Y no solo mi propia ira, por mi familia, que es un sentimiento triste y entumecido como un moratón. Es más grande que eso, más grande que yo: más potente y peligrosa. Casi excitante. Como si en algún lugar dentro de mí se hubiera encendido un fuego. Y oigo un parloteo en mi cabeza, como el alboroto de cientos de pájaros en el césped esta mañana.

El coche sigue acercándose, pero tiene que parar. Estoy aquí. No voy a dejarla pasar. Corre hacia mí y oigo el ruido del motor, cada vez más fuerte. Puede que, a fin de cuentas, no vaya a detenerse. No tengo tiempo de apartarme. Veo su cara pálida a través del parabrisas, su boca abierta en un grito. En el último instante, se desvía y el coche plateado se estrella en la zanja de la cuneta con un tintineo de cristales rotos. Hay un momento de silencio y quietud total. Y por un momento pienso que ya está, que todo ha terminado. ¿Estará…?

No, ahora abre la puerta y sale del asiento del conductor. Se vuelve y me mira, y veo lo asustada que está. Pero no me basta con eso. No es suficiente con que esté asustada. Necesito más. Los Pájaros necesitan más. El parloteo sube y sube hasta convertirse en un bramido. Ella se aleja corriendo de mí y puede que así se sienta una rapaz cuando ve a un ratón de campo corretear por la hierba, porque al verla correr solo siento crecer la rabia, el anhelo. La persigo. Estoy a punto de alcanzarla, pero ella se abre paso entre las zarzas al borde del camino y una vocecita en mi cabeza —lo que queda de Eddie— piensa: «¿Por qué por ahí? Por ahí no…».

Atravieso las zarzas tras ella y siento rasgarse la capa. Casi la he alcanzado —solo un poco más— y siento la oscuridad al otro lado: oscuridad, espacio y vacío. En el último momento se vuelve hacia mí como si cambiara de idea y me tiende la mano, y siento que me arranca una pluma.

Otro grito. Ni siquiera sé si es ella o yo, si es real o si suena dentro de mi cabeza, pero de repente ella desaparece.

Estoy solo en lo alto del acantilado.

Llega un olor a humo de algún sitio.

Y no se oye nada, salvo el sonido del viento caliente agitando el mar.

Dios mío.

# DOS MESES DESPUÉS

## EPÍLOGO

### *Owen*

Lo heredé todo. El pariente más cercano. Un chaval del pueblo que se crio en un parque de caravanas, un niño que se avergonzaba de ser tan pobre, convertido en señor de La Mansión. O de lo que quedaba de ella, al menos.

Lo peor de todo es que a veces echo de menos a Francesca. O, mejor dicho, a la Francesca que creía conocer. Su esplendor. Luego me acuerdo de que esa persona era, ante todo, un espectro. Una creación ingeniosa, de un cinismo absoluto. Y entonces es como si volviera a perderla.

Mi primer impulso fue venderlo todo, deshacerme de la finca, no tener nada más que ver con este lugar. Salió a la venta y enseguida aparecieron posibles compradores, todos de la misma calaña: promotores inmobiliarios que querían construir más casas de lujo, fondos de alto riesgo en busca de un escondrijo lejos de Londres y algún que otro empresario hotelero al que no asustaban el escándalo y la tragedia. Porque un sitio así, con unas vistas tan espectaculares, no se encuentra a menudo.

Pero no fui capaz. Para bien o para mal, era el lugar donde descansaba mi madre. Tenía que ser digno de ella.

Va a ser mi primer proyecto público. En lugar del imponente y ancestral mazacote de piedra, habrá una galería ultramoderna y luminosa donde se expondrá exclusivamente la obra de artistas locales. Un nuevo destino cultural en este lugar apartado. Y también un centro de reunión para las familias de la zona, con piscina y pistas de tenis. El huerto se ha dividido en pequeñas parcelas y el bosque vuelve a estar totalmente abierto al público.

Lo he construido para ella. Para el niño que fui. Y para este lugar. Porque, al final, Tome acudió en auxilio de mi familia. Me devolvió a mi madre. Cuidó de los suyos. De la gente del pueblo, de la gente humilde. De los verdaderos herederos de esta tierra.

# Eddie

Sentado en mi habitación, contemplo la oscuridad. ¡Cómo brillan las estrellas esta noche! Las veo allá arriba: la Osa Mayor, la Osa Menor. Las estrellas siguen igual. El bosque, también. Yo he cambiado para siempre.

Se oye un murmullo de voces procedente de abajo, del cuarto de estar. Una carcajada estruendosa. ¿Ese era mi padre? Qué sonido tan extraño… Luego mi madre dice algo. Y entonces se oye otra voz, una voz nueva. Jake.

Ha vuelto a casa. Después de quince años, mi hermano mayor ha vuelto a casa. Estamos todos juntos otra vez bajo el mismo techo: una familia. Solo un par de horas cada vez. Pasito a paso. Pero hoy domingo ha venido a comer y luego se ha sentado junto al fuego en el cuarto de estar. A veces es muy raro y superincómodo. Es como si intentáramos interpretar a los miembros de una familia sin habernos aprendido los papeles. Jake y papá echan mano de la salsera al mismo tiempo y se disculpan como extraños.

Porque somos extraños. Nunca recuperaremos los años perdidos. A veces pillo a Jake mirando a mi padre con una cara rara cuando él no lo ve y pienso que no lo ha perdonado. Todavía no. Quizá nunca lo perdone. Y otras veces papá mira a Jake con una expresión torva, avergonzada y triste. Y sé que quedan cosas por llegar, cosas difíciles, complicadas, enfados y tristezas a los que tendremos que enfrentarnos cuando superemos esta fase de cordialidad entre desconocidos.

Hoy todo el mundo quería llevarse bien y lo hemos conseguido. Hemos charlado mientras nos comíamos la tarta de moras, con la barriga bien llena de comida y bebida. Jake ha comentado cuánto echaba de menos las natillas caseras de mamá y a ella se le han puesto los ojos vidriosos y le ha revuelto el pelo. Luego Jake ha dicho en broma que hasta echaba de menos los grumos y ella ha hecho como que le daba una torta en la oreja. En ese momento de felicidad he tenido que excusarme y subir aquí para estar un rato solo. Porque no me molesta la incomodidad. Al contrario, la prefiero. Puedo esconderme tras ella, ocultar el cambio que se ha operado en mí.

He pillado a Jake mirándome extrañado un par de veces. Y cuando estamos los dos solos, abre la boca como si fuera a decir algo y luego la vuelve a cerrar como si cambiara de idea o no supiera qué decir. Supongo que, trabajando en lo que trabaja, habrá visto la culpa muchas veces.

Lo peor de todo es que aquí todo el mundo piensa que soy un héroe. Me dicen lo bien que me porté durante el incendio, sacando a toda esa gente… cuando volví en bici a La Mansión porque no soportaba la idea de volver a casa después de lo que había pasado. De lo que había hecho.

¿Lo hice a propósito? ¿Sabía lo que podía pasar cuando me puse esa capa? ¿Cuando me planté en medio del camino para obligarla a detenerse? ¿Cuando yo, Eddie Walker, me convertí en un asesino?

Me sobresalto al oír unos golpes suaves en la puerta. Mamá asoma la cabeza antes de que me dé tiempo a responder, porque ella nunca espera, aunque lo lógico sería que, habiendo tenido dos hijos adolescentes, esperara treinta segundos por lo menos.

—¿Estás bien, cariño? —Entra en la habitación. Se queda mirándome. Me siento como si me hubiera pillado en falta, aunque solo estoy sentado en la cama mirando la oscuridad. Supongo que es porque no he tenido tiempo de ponerme la máscara, la careta del Eddie de antes que últimamente me pongo como un disfraz.

—Sí —contesto con voz un poco ronca.

—Me voy a mi club de lectura —dice—. Creo que Jake también se va dentro de un rato, por si quieres despedirte.

—Claro.

Como le he visto hacer a Jake un par de veces, abre la boca como si quisiera decir algo y vuelve a cerrarla. Ojalá dejara de mirarme. Ojalá se marchara. Así no tendría que esforzarme tanto en fingir.

Y entonces se le cae algo. Algo que cae al suelo con un ruido sordo. Miramos los dos la forma oscura tirada en el suelo.

—Vaya —dice, pero espera un segundo antes de agacharse a recogerlo.

En ese intervalo, me da tiempo a ver lo que es: un guante largo de cuero negro. No es el tipo de guante que suele llevar mi madre (lo sé porque una vez ahorré para comprarle las manoplas de cachemira beis que usa en otoño e invierno). Pero no es por eso por lo que de repente me quedo completamente helado. Es porque ya he visto unos guantes así antes.

—Mamá, ¿qué es eso?

Sostiene el guante un momento con las dos manos, como si lo sopesara, como decidiendo qué va a decir a continuación.

—Fuiste tú —dice por fin—. ¿Verdad, cariño?

Me quedo mirándola un momento con el corazón acelerado. Siento que voy a vomitar. ¿Me está preguntando…?

Luego dice:

—Quiero decir que fuiste tú quien cogió… las cosas del armario de abajo, ¿no?

Siento alivio, pero también perplejidad. Me llevé esas cosas para impedir que las usara mi padre, para protegerlo. Mi padre, uno de los Pájaros Nocturnos. Mi padre, que tenía escondidos una máscara, una capa y unos guantes.

¿No era…?

—Era un sitio absurdo para dejarlo —dice mi madre sacudiendo la cabeza—. Tenía que esconderlo en un sitio donde pudiera cogerlo rápidamente y donde tu padre no fuera a mirar, porque nunca hace la limpieza. Por suerte, tenía uno de repuesto. Una de las otras no se vistió esa noche.

No era mi padre. Era mi madre. El Pájaro Nocturno era —¿es?— ella.

Pero… no, no puede ser. No puede ser. Mamá es el hogar, la seguridad y el confort, el pastel de carne y ver programas de cocina juntos. Mamá no se va al bosque en mitad de la noche vestida con una capa y una máscara.

Aunque tal vez ya nada tendría que sorprenderme. El mundo entero se ha vuelto del revés. Nadie es lo que parece. Incluido yo.

—Pero… —titubeo, sin saber por dónde empezar—. Pensaba que… Estaba tan seguro de que era papá…

—¿Pensabas que tu padre era un Pájaro Nocturno? —Suelta un pequeño suspiro—. Tu padre, de noche, lo que hace es irse a la caseta a jugar al *Fortnite* (creo que se llama así) con desconocidos en Internet, hasta las tantas de la madrugada. Los dos tuvimos que encontrar la manera de seguir viviendo, ¿sabes?, después de todo lo que pasó.

—Tú… —No consigo asimilar la magnitud de esta nueva revelación. Empiezo por lo primero que se me viene a la cabeza: la sangre en el bosque. Las figuras encapuchadas—. Fuiste tú —digo—. ¿Tú mataste a Ivor?

Da un suspiro.

—Ivor era viejo y estaba enfermo. Tenía artritis en todas las articulaciones, sufría dolores constantes. Había tenido una buena vida y había llegado su hora. Teníamos que hacer un sacrificio por el solsticio. Y por Samhain, también, y Beltane… y por todas las demás fiestas. Es una tradición. Derramar sangre para que nuestros empeños lleguen a buen puerto. Y este solsticio nos hacía mucha falta.

La miro fijamente. Ni siquiera habla como suele hablar ella. Es como si otra persona —otra cosa— hubiera poseído el cuerpo de mi madre. Luego me mira y dice con su voz normal:

—De verdad, Eds. Cada vez que miraba al pobre Ivor a la cara, parecía decirme «Ayúdame». Fue mucho mejor eso que mandarlo al matadero…

—Pero… pero papá parecía tan culpable…

—Bueno, tu padre se sentía culpable porque no recordaba si había dejado la verja abierta. Pensaba que a lo mejor era culpa suya que Ivor se hubiera escapado. Había bebido y ya sabes cómo se pone tu padre cuando bebe.

Mientras habla, otra pieza del rompecabezas encaja en su sitio.

—Espera. ¿Por eso trabajabas en el hotel? —La veo con su uniforme blanco, empujando el carrito lleno de ropa manchada de sangre—. Las sábanas con sangre…

Se encoge de hombros.

—Ah, bueno, sí, iba a… entregar un mensaje cuando me encontré contigo.

La cabeza me da vueltas cuando me acuerdo de aquella noche en el bosque, con Delilah, hace ya mucho tiempo. La pluma negra sobre el escritorio.

—¿Y el viejo? ¿Lord Meadows?

—Solo le hicimos una visita… o dos. Ya sabes lo que dicen de la mala conciencia. Quién sabe, puede que de verdad pueda uno morirse de miedo.

La cara de Francesca Meadows esa última noche. Los ojos fijos, la boca desencajada en un grito...

—Esto —dice blandiendo el guante negro como si fuera algo más que un guante, y supongo que, en efecto, lo es—, esto me dio un propósito en la vida. Cuando me pongo esa máscara y esa capa, soy distinta. Soy poderosa. Soy algo más que yo misma.

Sus palabras quedan suspendidas un momento en el silencio. Siento que me mira, pero no me atrevo a mirarla a los ojos.

Y en medio de la quietud nos llega un sonido de abajo: otra carcajada de mi padre.

Ella se acerca y me pone las manos en los hombros. Sé que sigue mirándome. Por fin consigo levantar la vista y mirarla a los ojos.

—Esa risa —dice—. ¿Entiendes el milagro que es? Pensaba que no volvería a ver feliz a tu padre. Por fin, ¡por fin!, nuestra familia puede empezar a recuperarse. Y Tome también, libre de ese parásito mortal. Porque los Pájaros son como la naturaleza. Y la naturaleza siempre encuentra una manera. —Coge mi cara entre las manos—. Ay, mi niño precioso. No llores. Por favor, no llores.


Después me quedo aquí, en la oscuridad y el silencio, observado solo por las estrellas. Y entiendo lo que ha dicho mi madre sobre convertirse en alguien —en algo— más. Lo entiendo porque yo sentí lo mismo esa noche.

Pero la maté, aun así. Eso también lo sé. Lo siento como una herida muy honda dentro de mí, oculta a los demás. A pesar de lo que diga mi madre, no sé si alguna vez me recuperaré de esto. Seguramente no.

Pero ¿volvería a hacerlo, si pudiera dar marcha atrás en el tiempo? Sí. Creo que sí.

# *Bella*

Doy un sorbo a mi media pinta en la barra pegajosa mientras escucho a la dueña hablar con los dos parroquianos sentados en los taburetes de al lado.

—He oído que han descubierto que estaba drogada, igual que los demás —dice el tipo que está dos taburetes más allá—. Cogió el coche estando drogada y tuvo un mal viaje, o una alucinación o algo así. Salió corriendo y se cayó por el acantilado.

Ni siquiera Francesca Meadows pudo salvarse de esa caída.

Yo no conseguí la confesión que vine a buscar. La liberación, después de quince años de mala conciencia, de una culpa que me devoraba por dentro y que alteró el rumbo de mi vida. Pero quizá fuera una ingenuidad esperarlo. Resulta que un leopardo no cambia de manchas, por más que las tape con lino blanco y gilipolleces de autocuidado.

De todos modos, en realidad no se trataba de mi absolución, ahora lo sé. Me trajo aquí la mujer —la madre— enterrada en una tumba anónima en el bosque de Tome. Tiene gracia que Francesca dijera que yo no tenía razón de ser. Así fue estos últimos quince años. Pero al volver aquí, encontré un propósito. Ya puedo mirar a mi hija a los ojos. Tal vez nunca llegue a sentirme completa, pero puedo transmitirle algo mejor a ella.

Es hora de decirle adiós a este lugar. Por eso he vuelto esta noche. Dentro de una hora me reuniré con Jake Walker para pasear por el sendero del acantilado, por los viejos tiempos. Dos personas que se reencuentran un rato, libres al fin de las sombras del pasado.

Pero primero necesito un trago para darme ánimos. Ha pasado mucho tiempo… y muchas cosas. Doy otro sorbo a la cerveza y vuelvo a sintonizar la conversación de la barra.

—Ya habréis oído lo que va diciendo el viejo Tate —dice el tipo que está a mi lado—. Jura que fueron ellos…

—Graham Tate bebe como un cosaco —le corta la dueña—, así que perdóname que no me crea sus cuentos. Además, para que lo sepáis, su propio hijo declaró que la vio prender fuego a la casa. Incendiar tu propio hotel… Eso solo lo hace alguien que va ciego de drogas.

Incendiar su propio hotel dejando que Hugo y Oscar Meadows se asfixiaran dentro. Eso es pasarse de la raya, hasta para ella.

—Claro que sí —dice el que está a mi lado, y se vuelve hacia su compañero con una mueca (¿y un toque morboso, quizá?)—. Tú viste el cuerpo, tío.

—Sí. —El otro se estremece—. Volvíamos de faenar. Qué cosa más desagradable. No me gustaba ese sitio ni la familia, pero no le deseo esa muerte a nadie.

—Ah, ¿y os habéis enterado de lo del hijo pródigo? ¡Policía, nada menos! Y yo que pensaba que no volveríamos a verle el pelo a Jake Walker. Van a pasar unas Navidades muy raras en esa casa.

—Chist. —El otro le da un codazo—. Su madre está aquí, mira.

Sigo su mirada, hacia la mesa larga del fondo. Una mesa de mujeres, un poco incongruente en este espacio eminentemente masculino.

La mayoría tiene ya cierta edad: muchas canas, algunas raíces sin retocar. Hablan en un discreto murmullo.

Ahora que me fijo bien, hay un par de caras que creo reconocer. ¿La rubia, la más joven de todas, no era la encargada de La Mansión? ¿Y esa no es…? Sí, ahora veo el alzacuellos: la vicaria que conocí en mi visita al pueblo. La dueña sale de detrás de la barra con una bandeja de bebidas y la deposita en la mesa en medio de un coro de agradecimientos. Acerca una silla y se une al grupo.

El primer tipo se da la vuelta y se encoge de hombros. Da un sorbo a su pinta.

—¿Qué hacen aquí tantas pájaras esta noche? Está esto lleno de ellas.

# AGRADECIMIENTOS

¿Por dónde empiezo? Son muchas las personas creativas y volcadas en su trabajo que han contribuido a que este libro vea la luz, y no tengo palabras para expresar lo agradecida que les estoy a todas ellas. Creo, no obstante, que debo comenzar por el sin par equipo editorial que forman Kate Nintzel, Kimberley Young y Charlotte Brabbin, por trabajar TANTÍSIMO: incansablemente, con rapidez y, sobre todo, con tan buen humor. Ninguna consulta, ninguna ocurrencia repentina en plena noche os ha parecido demasiado insignificante o absurda, y os habéis tomado con calma todas mis rectificaciones y mis dudas de última hora. Gracias. Os estoy muy agradecida ¡y nunca me había parecido tan injusto que solo figure un nombre en la portada!

A continuación, a mis prodigiosas agentes literarias, Cathryn Summerhayes y Alexandra Machinist. Sois unas *cracks*: llenas de energía, brillantes y, encima, divertidas. Gracias a las dos por vuestra sabiduría inigualable, vuestra inteligencia y vuestro olfato infalible. Me siento privilegiada por el mero hecho de pasar tiempo con vosotras, no digamos ya por que me representéis. ¡Que empiece la gira!

Cath, gracias concretamente por deambular conmigo por volcanes islandeses estando malita y por acudir en mi auxilio en medio de los pasos de peatones de Los Ángeles. Disfruto de cada momento que trabajo (¡y conspiro!) contigo.

Alexandra, gracias por los almuerzos alcohólicos en el Soho y por esas fabulosas sesiones de cotilleo. De mayor quiero ser como tú.

Al magnífico Jason Richman. Todo el mundo me contaba maravillas de ti antes de que te conociera y ahora ya sé por qué: eres encantador y buenísimo en tu oficio. He pasado un año estupendo contigo. ¡Que venga lo demás!

A Katie McGowan y Aoife MacIntyre, ¡gracias por trabajar incansablemente por encontrarle un hogar a mis libros en todo el mundo!

A Annabel White y Jess Molloy, gracias por todo lo que hacéis y por hacerlo siempre con inmenso buen humor y eficacia sin igual. Siempre es una alegría veros en la oficina.

A Annabelle Jansens, ¡muchas gracias por tu arduo trabajo y tu paciencia con esta autora tan desastrosa y errática!

A mis maravillosas publicistas de ambos lados del charco, Emilie Chambeyron y Eliza Rosenberry, gracias por vuestra inventiva, vuestra diligencia y vuestro tesón, y por hacerlo todo con tanta gracia y sentido del humor. ¡Es un placer volver a trabajar con vosotras tras la pausa de un libro!

Gracias a un equipo de *marketing* de ensueño: Sarah Shea, Abbie Salter, Vicky Joss, Kaitlin Harri y Amelia Wood. Gracias por acoger este libro con tanta entrega e imaginación. Espero que nos divirtamos promocionándolo. ¡¿Cócteles de CBD para todos?!

A la fabulosa Holly Martin: qué ilusión tan maravillosa e inesperada trabajar juntas… Tenemos que escaparnos a comer y empezar a hablar en clave para poner celosos a Al y Harry.

A la espléndida Frankie Gray: gracias por tomar las riendas con tanta elegancia y seguridad. Es un placer volver a reunirnos. ¡Cabezas de cartel para siempre!

A los fantásticos equipos de HarperCollins en los Estados Unidos y el Reino Unido: Brian Murray y Charlie Redmayne, Liate Stehlik y Kate Elton, Roger Cazalet, Tom Dunstan, Bethan Moore, Emily Scorer, Ben Hurd, Fionnuala Barrett, Sophie Waeland, Jennifer Hart, Kelly Rudolph, Maya Horn, Jeanne Reina, Andrea Molitor, Pam Barricklow, Jessica Rozler, Michele Cameron, Marie Rossi, Rhian McKay y Linda Joyce. Gracias por vuestra dedicación y por creer en mí y en mis libros.

A la maravillosa y supertalentosa Anna Barrett, de The Writer's Space, por su sagaz, incisiva y estimulante labor de lectura editorial. A Anna se la puede encontrar en *www.the-writers-space.com*.

A Graham Bartlett, por sus espléndidos conocimientos policiales: todos los errores (¡y una pizca de licencia poética!) que haya cometido en los pasajes protagonizados por el inspector Walker son míos. Te estoy muy agradecida por tu ayuda. Y lectores: echad un ojo a los libros de Graham, ¡son fantásticos!

A Jordan Moblo, por creer tanto en mí y en mis libros. Gracias.

A Juniper y La Follia, por hacer que gran parte de la escritura de este libro resultara tan deliciosa.

A mis maravillosos padres, Sue y Paddy, y a mis fantásticos suegros, Liz y Pete, por todo vuestro apoyo, cariño y ayuda con los peques.

A dichos peques, los locuelos de mis hijos, por llenarme la vida de pura alegría.

A Al. Contigo de verdad que no sé por dónde empezar, porque todo empieza y acaba en ti. Eres mi cómplice de maquinaciones, mi primer lector y mi sabio consejero, todo en uno. Has sostenido a los nenes en brazos, has calmado mi angustia creativa y has conseguido mantener la máquina en marcha. Soy muy afortunada por tenerte a mi lado. Lo pongo aquí por escrito para que no puedas desentenderte o hacer una mueca y quitarle importancia. Gracias por todo.